Monika Feth • Die Julibraut

**Autorin**

MONIKA FETH wurde 1951 in Hagen geboren, arbeitete nach ihrem literaturwissenschaftlichen Studium zunächst als Journalistin und begann dann, Bücher zu verfassen. Heute lebt sie in der Nähe von Köln, wo sie vielfach ausgezeichnete Bücher für Leser aller Altersgruppen schreibt. Der sensationelle Erfolg der »Erdbeerpflücker«-Thriller machte sie weit über die Grenzen des Jugendbuchs hinaus bekannt. Ihre Bücher wurden in mehr als 20 Sprachen übersetzt.

Mehr über die Autorin unter:

www.monikafeth-thriller.de
www.monika-feth.de
www.facebook.com/Monika.Feth.Schriftstellerin

Weitere lieferbare Bücher bei cbt:

Die »Erdbeerpflücker«-Thriller:

**Der Erdbeerpflücker** (Band 1, 30258)
**Der Mädchenmaler** (Band 2, 30193)
**Der Scherbensammler** (Band 3, 30339)
**Der Schattengänger** (Band 4, 30393)
**Der Sommerfänger** (Band 5, 30721)
**Der Bilderwächter** (Band 6, 30852)
**Der Libellenflüsterer** (Band 7, 30957)

Die »Romy«-Thriller:

**Teufelsengel** (Band 1, 30752)
**Spiegelschatten** (Band 2, 30922)
**Blutrosen** (Band 3, 31232)

**Du auf der anderen Seite** (30934)
**Fee – Schwestern bleiben wir immer** (30010)
**Nele oder Das zweite Gesicht** (30045)
**Die blauen und die grauen Tage** (30935)

Mehr zu cbj/cbt auf Instagram unter
@hey_reader

Monika Feth

# Die Julibraut

Bei diesem Buch wurden die durch das verwendete Material und die Produktion entstandenen $CO_2$-Emissionen ausgeglichen, indem der cbj-Verlag ein Projekt zur Aufforstung in Brasilien unterstützt. Weitere Informationen zu dem Projekt unter: www.ClimatePartner.com/14044-1912-1001

FSC
www.fsc.org
MIX
Papier aus verantwortungsvollen Quellen
FSC® C083411

Verlagsgruppe Random House
FSC® N001967

Wir produzieren
Klimaneutral
ClimatePartner.com/14044-1912-1001
Druckprodukt



1. Auflage
Originalausgabe April 2020

Umschlagkonzeption: init | Kommunikationsdesign,
Bad Oeynhausen,
NahAufnahme © Karsten Molesch
he · Herstellung: MJ
Satz: Buch-Werkstatt GmbH, Bad Aibling
Druck: CPI books GmbH, Leck
ISBN 978-3-570-30958-2
Printed in Germany

www.cbj-verlag.de
Dieses Buch ist auch als E-Book erhältlich

wie viele
du
bist wie
fern
und tief
in meinem
ich

Caro

# 1

Das Schlimmste waren die Nächte. Die langen, quälenden Stunden, in denen er sich von einer Seite auf die andere wälzte, um seinen Gedanken zu entkommen. Die endlose Zeit allein mit sich selbst, zersplittert in unzählige Stunden schwärzester Furcht.

Er fühlte, wie seine Handflächen nass wurden und das Blut in seinem Kopf zu pochen begann.

Hektisch glitt sein Blick über die vertrauten Dinge in dem winzigen Raum: den Tisch, den Stapel Papier darauf, die Wasserflasche, das Glas. Schemen nur, nicht mehr als eine Andeutung der Dinge, aber sie beruhigten ihn allmählich.

Bis der Schrecken zurückkehrte.

Er schloss die Augen, um nicht zum Fenster zu sehen und nicht zur Tür. Trank die Luft wie ein Verdurstender.

Er stellte sich das Meer vor.

Darüber einen weit gespannten Himmel.

Es half immer nur für einen Augenblick, einen kurzen, köstlichen Moment, der in sich zusammenfiel, sobald er begann, sich zu entspannen.

Das Meer.

Bis zum Horizont.

Das Meer …

Doch das Blau verblasste. Die Stunden bauten sich vor ihm auf wie ein Gebirge. Drängten das Bild zurück. Bis nichts mehr da war, das ihm helfen konnte, diese Nacht zu überstehen.

*

Noch im Schlaf wusste ich, dass dies ein Albtraum war. Ich wollte aufwachen, aber es gelang mir nicht. Als ich den Mund aufriss, um zu schreien, merkte ich, dass meine Lippen zusammengewachsen waren.

»Jette! Jette, du träumst.«

Jemand rüttelte mich sanft an den Schultern. Ich erkannte Merles Stimme und blickte kurz darauf in ihr verschlafenes Gesicht. Ihre kurzen Haare standen störrisch in alle Richtungen ab.

Das Licht aus dem Flur lag in einem breiten Streifen auf dem Holzfußboden. Es hatte nicht genügend Kraft, um mein Zimmer zu erhellen. Sämtliche Farben waren erloschen, selbst das leuchtende Rot von Merles Haaren.

Als meine Freundin sich zu mir auf die Bettkante setzte, gab die Matratze seufzend nach. Merle breitete die Arme aus und zog mich an sich.

Ich atmete ihren Nachtduft ein, die vertraute Mischung aus einem Rest ihres Parfüms, Henna und Schlaf, und war froh, meinem Traum entkommen zu sein.

»Willst du reden?«

Merle hielt mich noch immer. Ihr Atem strich über meine Wange.

»Nein.« Ich löste mich von ihr und schüttelte den Kopf. Mein Traum hatte sich bereits verflüchtigt. Allerdings konnte ich die Angst immer noch schmecken. »Aber bleib noch ein bisschen, ja?«

Im nächsten Moment hatte Merle das Licht im Flur gelöscht und war zu mir unter die Bettdecke geschlüpft. Ihre Füße waren kalt, ihre Knie ebenfalls. Sie schmiegte sich an mich und gähnte.

»Gute Nacht«, flüsterte sie.

»Schlaf gut«, flüsterte ich zurück.

Ich fragte mich, ob alle Menschen im Dunkeln anfingen zu flüstern. Früher hatte ich geglaubt, in den finsteren Winkeln meines Zimmers lauerten Monster, die kleine Kinder fraßen und nur darauf warteten, dass ich einschlief, um sich auf mich zu stürzen.

Eines Tages hatte mein Vater mir einen großen Teddybären mitgebracht und mir versichert, das Tier habe magische Kräfte und sei in der Lage, mich vor sämtlichen Monstern der Welt zu beschützen. Von da an hatte ich meinen Teddy Nacht für Nacht fest umklammert gehalten.

Ich besaß ihn immer noch. Er thronte hoch oben auf meinem Bücherregal. Mein Bodyguard, dessen braunes Fell in meinen Armen brüchig und dünn geworden war.

Es dauerte nur ein paar Sekunden, bis Merles Atem ruhig und gleichmäßig wurde. Sie hatte sich mir zugewandt und mir einen Arm über die Hüfte gelegt.

Wenn ich die Augen schloss, konnte ich mir vorstellen, es sei Luke, der da neben mir lag. Doch obwohl ich ihn vermisste, war es schön, Merle mal wieder so nah zu sein.

In unserem früheren Leben, als Caro noch da gewesen war, hatten wir oft bei Pizza, Cola, Chips und Schokolade im Bett Filme geguckt. Ein verschworenes Kleeblatt, bei dem männliche Wesen allenfalls eine dekorative Rolle gespielt hatten.

Serien. Liebesfilme. Horrorthriller. Wir hatten vor Aufregung die Augen zugekniffen, uns vor Entsetzen aneinandergeklammert oder vor Lachen ausgeschüttet.

Wir drei. Danach kam lange nichts. Und dann erst der Rest der Welt.

Aber plötzlich hatte Caro sich zum ersten Mal richtig verliebt. Ohne Netz und doppelten Boden.

In ihren Mörder.

Das war vor drei Jahren gewesen.

*In dem Sommer, der alles verändert hatte.*

Seitdem hatte Merle eine ernste Geschichte mit Claudio angefangen und ich war Luke begegnet.

Mittlerweile war unsere Wohngemeinschaft von damals auf sechs Personen angewachsen und wir hatten unsere kleine Mietwohnung in Bröhl gegen einen Bauernhof am Rand der Stadt getauscht.

Außer Merle und mir lebten jedoch nur noch Luke und Mike ständig in Birkenweiler. Ilka studierte an der Kunstakademie in Düsseldorf und kam lediglich an den Wochenenden nach Hause. Mina war mit ihrem Freund Raoul in der therapeutischen WG nahe der Klinik hängen geblieben, in der sie beide behandelt wurden.

Wir hatten ihn bereits kennengelernt. Wie Mina litt er unter einer multiplen Persönlichkeitsstörung. Einige seiner Persönlichkeiten hatten sich uns schon gezeigt. Es war eine Herausforderung, mit ihnen allen zurechtzukommen.

»Wenn Mina und Raoul beide hier sind«, hatte Luke einmal gesagt, »wird es in unserer Küche verdammt eng.«

Das stimmte. Ich fragte mich oft, wie es Mina und Raoul gelang, mit ihrer komplizierten Beziehung fertigzuwerden, in der ständig die unterschiedlichsten Persönlichkeiten aufeinanderprallten.

Aber es gelang ihnen bisher ganz gut. Wir alle waren froh darüber, denn wir fanden, sie hatten sich ein bisschen Glück verdient. Auch wenn das bedeuten konnte, dass Mina irgendwann nur noch Gast bei uns sein würde, wie es nun schon eine ganze Zeit lang der Fall war.

Und jetzt war wieder Sommer.

Ganz Birkenweiler duftete nach Blüten und Früchten. Die Wege staubten unter den Schritten. Das Gras in den Gärten wurde allmählich gelb von der andauernden Hitze, die das Rheinland in Atem hielt. Kühe und Schafe drängten sich im Schatten der Bäume zusammen, während die Menschen bei geschlossenen Rollläden in der Kühle ihrer Häuser verharrten.

*Sommer.*

*Wie damals.*

*Vor drei Jahren.*

»An was denkst du?«, riss Merles schläfrige Stimme mich aus meinen Erinnerungen.

»An nichts«, wich ich aus. »Schlaf weiter.«

Ich wollte nicht über damals reden. Wollte nicht mal daran denken.

Schlimm genug, dass ich immer noch davon träumte.

*

Mike hatte die Musik so laut aufgedreht, dass die Bässe wummerten. Die Werkstatt, die er sich im ausgebauten Schweinestall eingerichtet hatte, war durch die dicken Mauern hervorragend isoliert, sodass er niemanden störte. Nicht mal um acht Uhr früh.

Er liebte die *Bohemian Rhapsody* und bekam Gänsehaut, wenn Freddie Mercurys Stimme sich in die Höhe schraubte, bis sie klang wie blitzendes Metall. Auch die Stones hörte er gern. David Bowie. Prince.

Ilka machte sich häufig über seinen Musikgeschmack lustig.

»Der ist dermaßen retro«, hatte sie erst gestern zu ihm gesagt, »dass er schon wieder in ist.«

*Retro.*

Okay. Solange Ilka ihn dabei ansah wie in solchen Momenten und ihn danach auf diese unwiderstehliche Art und Weise küsste und nicht wieder losließ, so lange war alles in bester Ordnung.

*Retro* passte doch genau zu dem, was er hier tat.

Er hatte seinen Traum verwirklicht und restaurierte alte Möbel. Schöne Stücke, von denen jedes seine eigene Geschichte erzählte. Vertikos, Nähtischchen und Sekretäre, Stühle, Sofas, Spiegel. Einmal hatte er sich sogar an ein Gemälde gewagt.

Längst wurde er weiterempfohlen und hatte sich schon eine Stammkundschaft aufgebaut. Dennoch überlegte er seit Kurzem, vielleicht doch eine Ausbildung zu machen und professionell in diesen Beruf einzusteigen.

Aber was hieß schon *professionell*? Und war es nicht genau die Freiheit in dem, was er tat, die ihn reizte? Aus welchem Grund sollte er sich Fesseln anlegen?

Um besser zu werden. Sicherer vor allem.

*Learning by doing* war zwar spannend und befriedigend, verschlang jedoch eine Menge Zeit, die er einsparen könnte, wenn er den Beruf von Grund auf erlernt hätte.

Dann wieder sagte sich Mike, dass die Geschäfte endlich angefangen hatten zu laufen. Er häufte nicht gerade

Reichtümer an, verdiente aber doch so viel, dass er einigermaßen davon leben konnte. Warum riskieren, die Kunden während der Ausbildung wieder zu verlieren?

Seine Überlegungen verliefen immer wieder im Kreis.

Für heute hatte er sich vorgenommen, ein bisschen klar Schiff zu machen. Er war bei dem letzten Auftrag höllisch unter Zeitdruck geraten und hatte die Werkstatt ziemlich zugemüllt. Neu gelieferte Möbelstücke standen im Weg. Verpackungsmaterial wartete darauf, entsorgt zu werden. Die leeren Farbbehälter, die sich in einer Ecke stapelten, drohten bei der nächsten Gelegenheit umzukippen und das Chaos komplett zu machen.

Mike wusste, dass er das Zeug nicht mit einer einzigen Fuhre zur Müllkippe schaffen konnte, und hatte deshalb genügend Zeit eingeplant.

Es war ein schöner Morgen mit blauem Himmel und klarer Luft. Die Vögel veranstalteten ein Heidenspektakel. Sicherlich befand sich eine der Katzen auf der Jagd. Oder alle zusammen, was ab und zu auch vorkam.

Mittlerweile waren es vier: Donna, Julchen, Smoky und Klecks, und wenn es nach Merle ginge, wären es noch mehr. Merle sah bei ihrer Arbeit im Albert-Schweitzer-Tierheim und bei ihren Einsätzen für den militanten Tierschutz so viel Elend, dass sie es manchmal kaum aushielt. Immer wieder brachte sie Tiere mit, die bei einer Aktion aus einem Versuchslabor befreit oder aus schlechter Haltung gerettet worden waren.

Sie päppelten sie auf und behielten sie in Pflege, bis die Tierschützer ein Zuhause für sie gefunden hatten. Doch dann mussten sie sich von ihnen trennen. Sie konnten unmöglich alle behalten.

Das war einer der vielen Vorteile des Bauernhofs – er

bot enorm viel Platz. Es verging kein Tag, an dem Mike sich nicht darüber gefreut hätte, hier zu wohnen. Zwar vermisste er Ilka, doch wenn die Sehnsucht während der Woche zu groß wurde, schwang er sich einfach ins Auto und besuchte sie.

Das hatte etwas von einer heimlichen Liebesgeschichte. Er verbrachte den Abend und die Nacht mit Ilka und verließ sie im Morgengrauen wieder. Seltsamerweise hatten sie beide oft das absurde Gefühl, etwas Verbotenes zu tun und jemanden zu betrügen, den es überhaupt nicht gab.

Ab und zu schwänzte Ilka eine Veranstaltung, dann blieb er länger, ein seltenes Geschenk, das sie beide genossen. Besuchte er sie an einem Wochenende, zeigte sie ihm die Stadt, führte ihn durch die Kunstakademie und stellte ihn den Leuten vor, die das Glück hatten, täglich mit ihr zusammen zu sein.

Mike machte sich keine Gedanken darüber, wie es mit ihnen weitergehen sollte. Es *würde* weitergehen. Irgendwie. Das war alles, was er wissen musste.

Er belud den Anhänger, verscheuchte Klecks, der es sich gerade auf einem zusammengerollten alten Teppich zwischen Elektroschrott und verbeulten leeren Farbdosen bequem machen wollte, und ging, nachdem er die Abdeckplane sorgfältig zugezurrt hatte, in die Küche, um sich eine Flasche Wasser aus dem Kühlschrank zu holen.

Es würde ein Jahrhundertsommer werden, wenn man den Meteorologen glauben wollte, die ständig neue Superlative aus dem Ärmel zauberten: der kälteste März seit Beginn der Wetteraufzeichnungen, der wärmste Blabla, der nasseste Blablabla …

Und jetzt eben der heißeste Sommer.

Allmählich fühlte Mike sich schon ausgelaugt, wenn ihn beim Aufwachen die Sonnenstreifen an der Nase kitzelten, die durch das Rollo in sein Zimmer fielen. Er sehnte sich nach ein paar Tropfen Regen und ein bisschen Kühle.

Jette saß mit ihrem Laptop am Küchentisch und blickte auf, als er eintrat.

»Hi, Mike.«

»Hi, du.«

Merles Job im Tierheim, Mikes Arbeit, Minas Therapie und Ilkas, Jettes und Lukes Studium hatten das Zusammenleben der WG auf den Kopf gestellt. Die Küche war bisher immer der Ort gewesen, an dem sich alle getroffen hatten, der eigentliche Dreh- und Angelpunkt ihres Zusammenlebens. Jetzt saß Mike manchmal ganz allein hier.

Er ging zur Espressomaschine, um sich einen Kaffee zu machen. Ein paar Minuten mit Jette würden ihm guttun. Ilka war am Vorabend wieder nach Düsseldorf gefahren und er vermisste sie schon jetzt.

»Auch einen?«, fragte er über die Schulter.

»Wenn du schon mal dabei bist.«

Er stellte ihr die dampfende Tasse hin. Sie klappte den Laptop zu, lehnte sich zurück und lächelte ihn an.

»Für die Uni?«, fragte er mit einer Kopfbewegung in Richtung Laptop und zog sich einen Stuhl heran.

»Nee.« Sie schüttelte den Kopf. »Luke.«

Jette konnte das: gleichzeitig glücklich und traurig aussehen. Mike fragte sich, ob das bei ihm auch so war.

»Wie gefällt es ihm da unten in München?«

Luke, der neben seinem Jurastudium wieder bei *Kerres und Söhne* jobbte, befand sich für ein paar Tage zur

Fortbildung im Mutterhaus des Immobilienmaklers, der nicht nur im Rheinland eine Riesennummer war.

»Er langweilt sich zu Tode.«

»Logisch.« Mike grinste. »Aus Luke wird nie im Leben ein Makler. Ihm fehlt das Schmierige und zu clever ist er außerdem.«

Er bewunderte Luke, der vor Energie nur so vibrierte und ständig unterfordert schien. Neben dem Jurastudium und dem Job kümmerte er sich intensiv um sein Jiu-Jitsu-Training und unterrichtete neuerdings sogar selbst. Dennoch fand er immer noch Zeit für Jette und war für jeden in der WG ansprechbar.

»Aber der Job hat seine Vorteile«, erinnerte Jette ihn und hob schmunzelnd die Tasse an die Lippen.

Sie hatte Luke auf der Suche nach einer neuen Bleibe für die WG kennengelernt. Zusammen mit einer Kollegin hatte er Jette und Merle durch diesen Bauernhof geführt und ihnen alles gezeigt.

Jette hatte sich damals rettungslos verliebt.

In den Hof und in Luke.

Inzwischen hatte Imke Thalheim das Anwesen gekauft. Als Geldanlage, wie sie behauptete, denn als Bestsellerautorin verdiente sie ein Vermögen mit ihren Krimis. Jette allerdings, die es hasste, wenn ihre berühmte Mutter sich in ihr Leben einmischte, nahm ihr das immer noch übel. Sie bestand darauf, dass sie die ortsübliche Miete zahlten, und versuchte ansonsten zu vergessen, dass ihre Mutter auch ihre Vermieterin war.

»Irgendwie ist es hier ziemlich still geworden.« Jette sah sich in der Küche um, die Tasse noch in der Hand. »Ich hätte nie gedacht, dass ich den Trubel mal so vermissen würde.«

Wie aufs Stichwort meldete sich ihr Smartphone.

»Hey, Süßer …« Sie sah Mike mit einem glücklichen Lächeln an. »Leider nicht. Nur Mike und ich. Wir haben gerade darüber gesprochen, dass wir dich und die andern ziemlich vermissen.«

Mike nahm seinen Kaffee, stand auf und beugte sich zu Jette hinunter. Das hier würde länger dauern.

»Morgen, Luke, du schmerzlich Vermisster«, rief er ins Smartphone, gab Jette einen Kuss auf die Wange und ging zur Tür.

»Moment, Luke.« Jette ließ das Smartphone sinken. »Du, Mike, das hätte ich fast vergessen: Kannst du irgendwann mal nach der kleinen Hoflampe gucken? Da hat sich irgendwas gelockert.«

Mike nickte ergeben. Er durchquerte die Küche und öffnete die Tür zum Innenhof. Seit er Möbel restaurierte, wurde er für alles Handwerkliche herangezogen. Erst wenn er nicht klarkam, wandten sie sich an einen Fachmann.

Tatsächlich hing die kleine Wandlampe, die den schönen alten Brunnen, die efeubewachsenen Bruchsteinmauern und die üppigen Pflanzen bei Dunkelheit in ein so geheimnisvolles Licht tauchte, ein wenig schief in den Angeln.

Mike untersuchte sie und stellte fest, dass eine der beiden Schrauben, mit der sie befestigt war, begonnen hatte, sich aus dem Mauerwerk zu lösen. Er stellte die Kaffeetasse ab, ging in seine Werkstatt und nahm die Bohrmaschine von der Wand, an der seine elektrischen Geräte hingen.

Keine große Sache.

Er würde nicht mal eine Leiter brauchen, um die Schraube wieder festzudrehn.

*

Zuerst dachte ich, eine unserer Katzen draußen gehört zu haben. Die wurden immer mal wieder in Revierstreitigkeiten mit den Dorfkatzen verwickelt und lieferten sich die erbittertsten Kämpfe.

Insbesondere Klecks, der durch seine entsetzlichen Erfahrungen in der Vergangenheit schwer traumatisiert war, ausgerechnet er zog die Aggressionen förmlich an. Er hatte bereits ein zerfetztes Ohr und sein armer kleiner Körper war mit Narben übersät.

Ich lauschte.

Hier auf dem Land gab es die seltsamsten Laute. Wenn man aus der Stadt kam, so wie wir, brauchte man eine ganze Weile, um sich an sie zu gewöhnen und sie auseinanderzuhalten. Sie platzten in die Stille und waren schon wieder verweht, bevor man sie richtig wahrgenommen hatte.

Das Geräusch wiederholte sich nicht.

Achselzuckend ging ich in mein Zimmer und raffte die Unterlagen zusammen, die Isa mir mitgegeben hatte. Ich steckte zwar bis zum Hals in den Vorbereitungen für die Klausuren, aber ich hatte den Studentenjob erst im Frühjahr ergattert und befand mich noch in einer Art Probezeit. Da wollte ich ihn nicht gleich wieder verlieren.

Ich arbeitete jetzt tatsächlich bei den *Bullen*, wie Merle Polizeibeamte abfällig nannte. Lediglich den Kommissar, der uns schon einige Male aus brenzligen Situationen gerettet hatte, nahm sie dabei aus. Dass ich nun auch irgendwie zu dem Verein gehörte, steckte sie nicht so leicht weg. Mein Traum, nach dem Psychologiestudium zur Polizei zu gehen, war für sie unbegreiflich.

Mit viel Glück hatte ich eine Stelle bei einer leibhaftigen Polizeipsychologin bekommen. Isa Kornblum, eine Kollegin des Kommissars aus den Zeiten vor seinem Wechsel nach Köln, war bereit gewesen, es mit mir zu versuchen, obwohl mein zweites Semester gerade erst angefangen hatte.

Ich hatte bestimmte Vorstellungen von diesem Beruf mitgebracht. Manche davon trafen zu, andere hatten mit dem Alltag einer Polizeipsychologin wenig oder gar nichts zu tun.

Isa war in vielen Fragen Ansprechpartnerin der Polizeibeamten, betreute sie nach besonders belastenden Einsätzen und bei persönlichen Problemen, machte sie fit für den Umgang mit Extremsituationen und wurde bei Befragungen hinzugezogen.

In meiner Fantasie hatte ich mich immer dabei gesehen, irgendwann einmal Täterprofile zu erstellen, doch Isa hatte mir erklärt, dass es den Profiler amerikanischer Serien in Deutschland überhaupt nicht gab. Ihre Entsprechung seien die Fallanalysten beim BKA, beim LKA und ansonsten höchstens in den großen Polizeipräsidien.

Doch eben das hatte ich ja in Erfahrung bringen wollen – was wirklich zu den Aufgaben einer Polizeipsychologin zählte. Ich hatte den Job mittlerweile seit fast drei Monaten, und auch wenn ich Isa lediglich zuarbeitete, merkte ich immer deutlicher, wie sehr sich mein Berufswunsch verfestigte.

Mit den Unterlagen und einigen Büchern beladen, machte ich mich auf den Weg in die Küche. Ich wollte mich in den Innenhof setzen, wo es schattig und noch einigermaßen kühl war. Als ich die Tür öffnete, die nach draußen führte, wäre ich fast über Klecks gestolpert, der panisch an mir vorbei ins Haus schoss.

»Hey!«

Ich legte alles auf dem Küchentisch ab. Vielleicht war der Kater wieder einmal verletzt und musste verarztet werden. Besorgt folgte ich ihm in Ilkas Zimmer, wo er sich meistens verkroch, wenn irgendwas mit ihm nicht stimmte.

Klecks hatte sein Herz an Ilka verloren und wartete Tag für Tag geduldig, bis sie an den Wochenenden nach Hause kam. An einen Umzug nach Düsseldorf war für ihn jedoch nicht zu denken.

Vor einem Jahr hatte er als Einziger das Massaker in der Katzenstation des Tierheims überlebt und wir hatten ihn damals zu uns genommen. Der liebe alte Herzensbrecher mit seinem schwarzen Fell und dem schneeweißen Fleck über der Nase hatte sich prächtig entwickelt, aber es würde noch lange dauern, bis seine verwundete Seele heilte, falls sie überhaupt jemals wieder gesund werden konnte.

Er hatte sich ganz oben auf Ilkas Regal geflüchtet, wo immer ein weiches Tuch für ihn bereitlag, für den Fall, dass er sich in Sicherheit bringen musste. Auch auf der Fensterbank hatte Ilka ein Tuch für ihn ausgebreitet, denn er liebte es, dort zu liegen und nach draußen zu schauen.

»Hallo, mein Kleiner.« Ich hielt ihm die Hand hin, wobei ich mich auf die Zehenspitzen stellen musste. »Was ist denn los?«

Zuerst fauchte er halbherzig, dann schnupperte er an meinen Fingern, ließ jedoch die Tür nicht aus den Augen.

Etwas hatte ihn zu Tode erschreckt.

Noch vor einem Jahr hätte ich jetzt augenblicklich nach der Ursache für sein Verhalten geforscht, doch Klecks geriet häufig aus der Fassung und konnte sich sogar vor Schatten fürchten. Mehr noch als unsere anderen Katzen, die ja alle ein verwundetes Leben mit Verwahrlosung und Gewalt hinter sich hatten.

Deshalb beließ ich es dabei, eine Weile sanft auf ihn einzureden.

Endlich ließ er den Kopf auf die Pfoten sinken und fing leise an zu schnurren. Ich ging zur Tür und drehte mich noch einmal nach ihm um. Klecks sah mir aus schmalen Augen nach. Er hatte sich wieder beruhigt.

Mit den Unterlagen trat ich in den Hof hinaus. Mein Blick war auf den Tisch gerichtet, an den ich mich setzen wollte, als ich aus den Augenwinkeln etwas wahrnahm, das mich irritierte.

Als ich mich umwandte, entdeckte ich Mike. Er kauerte auf dem Boden, bleich, die Arme um den Körper geschlungen, und sah mich mit einem Ausdruck von Schrecken und Schmerz an, der mich alles fallen lassen ließ, was ich in den Händen hielt.

»Mike!« Ich lief zu ihm und warf mich neben ihm auf die Knie. »Was ist passiert?«

Er drehte vorsichtig den Kopf, bewegte langsam die Arme, die Finger, betastete behutsam sein Gesicht.

»Ein Stromschlag.« Er blickte zu der immer noch schief hängenden Lampe. »Es hat mich komplett von den Füßen gehauen.«

Verwundert sah er mich an. Als könnte das jedem zustoßen, aber doch nicht ihm.

Jetzt erst merkte ich, dass es verbrannt roch. Die Bohrmaschine lag auf dem Boden, als könnte sie kein Wässerchen trüben. Ich wollte nach ihr greifen, doch Mike hielt mich zurück.

»Nicht!«

Die Schärfe in seiner Stimme machte mir bewusst,

in welcher Gefahr er geschwebt hatte. Ich rückte mich neben ihm auf den schon jetzt aufgeheizten Pflastersteinen zurecht.

An die Hauswand gelehnt, saßen wir nebeneinander und die Sonne brannte auf uns nieder. Zwei Meter weiter war wohltuender Schatten, aber wir hatten beide nicht die Energie, uns dort hin zu schleppen.

»Ich versteh das nicht«, murmelte Mike.

»Kurzschluss?«, fragte ich.

»Wahrscheinlich. Aber wieso?«

Sämtliche Maschinen, die Mike benutzte, waren in die Jahre gekommene Schnäppchen, die er irgendwo aufgetan hatte. Es war fast schon ein Sport für ihn, sie so günstig wie möglich zu ergattern. Ständig hing er im Netz, auf der Jagd nach irgendwas.

»Die Bohrmaschine hatte bestimmt schon etliche Jahre auf dem Buckel«, vermutete ich.

Mike nickte. Doch er schien mit den Gedanken ganz woanders zu sein.

»Du musst zum Arzt.«

»Quatsch.«

»Bitte, Mike! Du musst dich untersuchen lassen.«

»Mir geht's wieder gut.«

Gut? So kläglich, wie er da hockte?

»So ein Unfall kann Folgeschäden haben.«

»Ich brauch nur ein bisschen Zeit, Jette. Sobald mir irgendwas komisch vorkommt, geh ich zum Arzt, versprochen.«

Ich rappelte mich auf und zupfte mir ein knisterndes Ahornblatt vom Rock. Wenn das so weiterging, würde der Herbst dieses Jahr schon im Sommer stattfinden.

»Komm.« Ich streckte die Hand aus.

»Nee, lass mal.« Mike schüttelte unmerklich den Kopf. »Ich brauch noch einen Moment.«

Er hatte offenbar nach wie vor Schmerzen, und der Schock saß tiefer, als er mir oder sich selbst eingestand.

Ich sammelte meine Unterlagen auf und trug sie zum Tisch. Gut, dass ich mir vorgenommen hatte, heute Morgen zu Hause zu arbeiten. Ich würde ein Auge auf Mike haben.

Doch es gelang mir nur schwer, mich auf den Prüfungsstoff zu konzentrieren. Auch nachdem Mike die Bohrmaschine mit ins Haus genommen hatte und etwa eine Stunde später zur Müllkippe aufbrach, ließ sich das Gefühl nicht vertreiben, das sich in mir eingenistet hatte:

Etwas an der Sache stimmte nicht.

# 2

Georg war froh, dass er für die Arbeit in der Gärtnerei eingeteilt war. Nicht, dass er viel über Pflanzen und ihre Bedürfnisse gewusst hätte, aber er hatte sein Geld lange genug als Erntehelfer verdient, um ein beachtliches Durchhaltevermögen zu entwickeln, das ihm hier zugutekam.

All die Jahre, in denen er als Saisonarbeiter durch Deutschland gereist war, hatten ihn stark und widerstandsfähig gemacht. Es konnte stürmen und regnen, es konnte so neblig sein, dass man die Hand vor Augen kaum sah, der Himmel konnte vor Hitze flirren – ihn kümmerte das nicht.

Er tat seine Arbeit mit der Präzision eines Uhrwerks.

Auch an den Umgang mit ständig wechselnden Kollegen und Kolleginnen war er gewöhnt. Wenn er die Augen schloss, sah er die Erdbeerpflücker seiner letzten Saison auf dem weiten Grün der Felder. Ihre Rufe glitten über die endlosen Pflanzenreihen wie Wolkenschatten.

Polen. Rumänen. Deutsche. Der Zufall führte sie zusammen und trennte sie wieder. Als würde ein Gott sie wie Würfel in einem riesigen Becher schütteln und willkürlich irgendwo auskippen.

Georg hatte sie sich vom Leib gehalten. Nie hatte er mit ihnen die Unterkünfte der Bauern geteilt, die für das Zusammenleben etlicher Menschen auf engem Raum eingerichtet waren und keinerlei Annehmlichkeit boten.

Nur Enge, Aggression und Überdruss.

Bei jeder neuen Arbeit hatte er sich ein günstiges Zimmer in einer Pension oder einem kleinen Hotel gemietet, wo er seine Ruhe hatte und vor neugierigen Blicken sicher war.

Auch vor den Frauen, die anfangs noch versuchten, ihn anzumachen, auf eine billige, widerwärtige Art und Weise, die bei ihm Übelkeit erregte.

Und Wut.

Diese Wut begleitete ihn schon sein Leben lang. Sie strömte ihm aus sämtlichen Poren. Oft musste er den Blick gesenkt halten, damit sie nicht in ihm explodierte und ihn Dinge tun ließ, die er nicht kontrollieren konnte.

Niemand durfte ihm zu nahe kommen.

Nur einen ließ er jeweils an sich heran. Jedes Mal nur einen einzigen Kollegen. Er machte ihn von sich abhängig, bis er bereit war, Handlangerdienste für ihn zu erledigen, ihm jeden Gefallen zu tun und im Notfall die Kohlen für ihn aus dem Feuer zu holen.

Beim letzten Mal war es Malle gewesen.

Malle Klestof.

Einer, der seine Ohren überall hatte. Der gutmütig und bösartig zugleich sein konnte, gefährlich sogar, wenn er getrunken hatte, und er trank viel. Malle mit seinem undefinierbaren Akzent und seinem meckernden Lachen, den Schaufelhänden und den Baseballkappen, die er ständig trug.

Malle, lästig wie ein Floh und dennoch wertvoll und unverzichtbar.

Und hier gab es wieder einen wie ihn. Der gleiche Typ. Einer, der nach oben buckelte und nach unten trat.

Er hieß Janus.

Der Name hatte Georg augenblicklich fasziniert.

*Janus.*

Der Gott mit den zwei Köpfen.

Und so war der Kerl tatsächlich. Er konnte von einem Moment auf den andern ein völlig anderes Gesicht zeigen, was ihn absolut unberechenbar machte.

Seine Stärke war sein phänomenales Organisationstalent. Er beschaffte einem alles, wirklich alles, was man brauchte, ob es sich um Alkohol, Handys oder Drogen handelte.

Das Geld, das er mit seinen krummen Geschäften verdiente, verlieh er zu horrenden Bedingungen, die von seinen Schlägern, zwei hünenhaften Typen ohne jegliche Skrupel, konsequent durchgesetzt wurden.

Janus selbst war eher schmächtig, wurde jedoch nie angegriffen.

»Die wahre Macht kommt von hier«, sagte er gern und zeigte auf seine Stirn, die von tiefen Linien gefurcht war, obwohl er die vierzig noch nicht überschritten hatte.

Janus war für Raub mit Todesfolge zu elf Jahren verurteilt worden, von denen er knapp fünf Jahre abgesessen hatte. Über seine Tat verlor er kein Wort. Alles, was Georg darüber wusste, hatten andere ihm zugetragen.

Doch Einzelheiten interessierten ihn ohnehin nicht. Das Einzige, was ihn vom ersten Tag an beschäftigt hatte, war Janus selbst und die Frage, wie er ihn für seine Zwecke gewinnen konnte.

Es war ihm nicht schwergefallen, ihn zu beeindrucken. Janus, ein zutiefst zerrissener, gehetzter Mensch, schien in Georg all das zu erkennen, was er nicht war und niemals sein würde. Er bewunderte offenbar vor allem seine Fähigkeit, andere einzuschüchtern und sie konsequent auf Abstand zu halten – ohne jemals die Hand gegen irgendwen zu erheben.

Natürlich kannten alle Georgs Geschichte, zumindest das, was darüber in den Zeitungen gestanden hatte. Der Begriff *Serienmörder* hatte immer noch einen bedrohlichen Klang. Das und Georgs Nähe zu Janus schützte ihn und verlieh ihm hier im Knast den Status eines Unantastbaren.

Mit Janus war es nicht viel anders gelaufen als mit all den Handlangern, die Georg zuvor an sich gebunden hatte. Nur dass Janus mehr war als ein Handlanger.

Intelligenter. Ehrgeiziger. Machtvoller.

Ein Glücksfall, auf den Georg nicht zu hoffen gewagt hätte.

Wie Malle und jeder seiner Vorgänger sehnte Janus sich nach Anerkennung. Und nach Freundschaft.

Das war der Schlüssel.

Als Dealer hatte Janus kaum ernsthafte Konkurrenz innerhalb dieser Mauern, sodass fast jeder irgendwann einmal auf seine Dienste angewiesen war, wenn er sich illegale Dinge beschaffen wollte.

Und doch verabscheute ihn jeder.

Er hatte etwas Schleimiges an sich, das Georg nur schwer definieren konnte. Es war die Art, wie er einen anschaute, immer so ein bisschen von unten herauf. Er hielt dabei den Kopf leicht zur Seite geneigt und in seinem Blick lag ein flehentliches Lauern. Als wartete er auf ein persönliches Wort, das über den Handel hinausging.

Aber es war nur Georg, der sich beim Essen neben ihn setzte. Georg, der ihn raushaute, als Janus von rivalisierenden Häftlingen reingelegt werden sollte. Georg, der ihm zuhörte, als sei er wirklich an dem interessiert, was Janus zu sagen hatte.

Janus war nicht naiv. Ihm war garantiert bewusst, dass es nicht wirkliche Freundschaft war, die ihn mit Georg verband. Doch der Spatz in der Hand war ihm lieber als die Taube auf dem Dach.

Auf diese Weise hatte sich eine für beide lohnende Zweckgemeinschaft ergeben. Jeder benötigte etwas vom andern, um in der Parallelgesellschaft des Knasts bestehen zu können.

»Ey! Keine Augen im Kopf?«

Wortlos trat Georg beiseite, um den Vollzugsbeamten vorbeizulassen. Ole Pirol. Einer von denen, mit denen man sich besser nicht anlegte. Es war nur sein Name, der komisch klang. Er selbst besaß nicht einen Funken Humor, dafür aber Aggressionen im Überfluss.

Mit Georg kam er, wie die meisten Wärter, absolut nicht klar. Er hasste und fürchtete ihn und tat alles, um das nicht zu zeigen. Im Vorbeigehen rempelte er ihn an, obwohl Platz genug für beide war, und verschwand leise fluchend im Gewächshaus.

Georg schluckte seine Wut hinunter und wandte sich wieder der Arbeit zu. Er hatte noch jede Menge zu tun und würde seine Kraft nicht an Arschlöcher wie Pirol verschwenden.

Irgendwann, dachte er, während er damit fortfuhr, die tiefroten, glänzenden Cherrytomaten zu ernten und vorsichtig in den dafür vorgesehenen Eimer zu legen, irgendwann würde seine Zeit kommen. Dann würde er sich dieses Schwein schnappen und ihm zurückzahlen, was er hier hatte einstecken müssen.

*Auge um Auge. Zahn um Zahn.*

Das hatte ihm seine Großmutter beigebracht, dieses bigotte Weibsstück, das ihn nicht ein einziges Mal vor den Attacken ihres sadistischen Mannes beschützt hatte. Die ihn eine erbärmliche Kindheit lang mit Bibelzitaten, Kirchenliedern und frommen Sprüchen malträtiert hatte, nachdem schon seine Mutter von ihrer Biederkeit aus dem Haus getrieben worden war.

Auge um Auge.

Zahn um Zahn.

Erst jetzt merkte Georg, dass er die eben gepflückten Tomaten in der Hand zerquetscht hatte. Rasch sah er sich um.

Keiner in der Nähe. Niemand hatte es bemerkt.

Er duckte sich tiefer über den Tomatenstock und stopfte sich den Brei in den Mund.

Der heiße Sommer tat den Früchten gut. Sie schmeckten warm und süß, beinah so süß wie die Erdbeeren des Sommers vor drei Jahren.

*Hör auf!*

Er durfte nicht daran denken. Nicht jetzt. Nicht hier, wo ihn jeder beobachten konnte. Er musste die Kontrolle behalten. Davon hing alles ab. Alles …

Er musste diesen Vormittag überstehen. Dann den Nachmittag.

*Und schließlich die Nacht.*

Immer und immer wieder aufs Neue. Woche für Woche, Monat für Monat, Jahr für Jahr. Durchhalten.

Nicht schwach werden. Er musste stark sein für das, was sein einziger Grund zum Weiterleben war.

*

Bei den Unterlagen, die Isa mir mit nach Hause gegeben hatte, war auch ein Vortrag, den ich gegenlesen sollte. Sie wollte ihn auf einem Kongress zum Thema »Psychopathie und Dissoziale Persönlichkeitsstörung« halten. Ich war enorm stolz darauf, dass sie mir zutraute, ihn überhaupt zu verstehen.

Es ging das Gerücht um, Isa werde über kurz oder lang den Polizeidienst verlassen und auf die wissenschaftliche Seite wechseln. Niemand sprach es offen aus, doch hinter vorgehaltener Hand wurde getuschelt.

Dieser Gedanke raubte mir ein bisschen die Vorfreude auf ihren Vortrag. Doch nachdem ich angefangen hatte zu lesen, war von Vorfreude sowieso nichts mehr zu spüren. Ich musste mich zusammenreißen, um die Mappe nicht einfach zuzuklappen, meine Laufschuhe anzuziehen, um mich zwischen den Feldern auszupowern.

*Charmant. Gefühlskalt. Gewissenlos. Manipulativ. Egozentrisch.*

*Mangel an Reue oder Schuldbewusstsein.*

Diese Wesenszüge waren mir nur allzu vertraut.

Es gelang mir nicht, mich zu konzentrieren, weil ich vollauf damit zu tun hatte, die Flashbacks abzuwehren, die mich in meine Zeit mit Gorg zurückkatapultierten.

Vielmehr *Georg*, wie er eigentlich hieß.

Er hatte mich von Anfang an in allem belogen. Nicht mal seinen richtigen Namen hatte er mir genannt. Ich hatte mich nicht in einen Mann aus Fleisch und Blut verliebt, sondern in ein Phantom.

*geb dir*
*mein lachen*
*meine tränen*
*was du willst*
*du kannst es haben*
*gedanken*
*träume*
*mein ich*
*bedien dich*
*geliebter*
*hier ist mein leben*
*für dich*

Die Gedichte, die Caro geschrieben hatte, waren unauslöschlich in meinem Gedächtnis gespeichert. Es haute mich um, wie klar sie ihren Mörder gesehen hatte, ohne ihn zu erkennen.

Genau wie ich. Später.

*Dissoziale oder antisoziale Persönlichkeit.*

Als würde das irgendwas erklären.

Sein böses Schweigen, wenn ich ihn verärgert hatte. Die Geschicklichkeit, mit der er mir meine Geheimnisse entlockte. Wie er selbst jedoch seine Vergangenheit vor mir versteckte. Mich von meinen Freunden fernhielt. Einen undurchdringlichen Kokon um uns spann.

Und ich hatte es nicht bemerkt.

Ich rief Mike an.

»Ja?«

Seine Stimme klang am Telefon immer leicht abweisend. Als hätte man ihn bei etwas äußerst Wichtigem gestört.

»Geht es dir gut?«

»Jaaa, Mama.«

Seine schlaksige Sorglosigkeit konnte einen wirklich nerven.

»Sei doch bitte mal ernst, Mike.«

Sofort veränderte sich seine Stimme und wurde ganz weich.

»Alles okay, Jette, ehrlich. Mir geht's prima. Ich räume in aller Ruhe den Anhänger leer und komme dann ganz gemütlich zurückgetuckert.« Ich konnte sein jungenhaftes Lächeln spüren. »Und wenn du irgendwas vorhast, dann bleib bloß nicht zu Hause sitzen, um auf mich zu warten.«

Fünf Minuten später stürmte ich über die Felder. Zum Joggen war es eigentlich viel zu heiß, doch ich empfand sogar den Schweiß, der mir übers Gesicht lief, als befreiend.

Ich spürte mich. Jetzt. Hier. Und endlich wurde mein Kopf leer und leicht. Bis ich nur noch Körper und Bewegung war.

Das Licht lag wie ein Versprechen auf den Wiesen und Feldern und es glitzerte verheißungsvoll in den Kronen der Bäume. Ich entschied mich für die große Runde, denn ich hatte Sehnsucht nach dem Wäldchen und seinem kühlen Schatten.

Mike war offenbar wirklich wieder okay. Seine Stimme hatte ganz stabil geklungen. Ich beschleunigte meine Schritte und hörte meinem Atem zu. Es gab keinen Grund, mir Sorgen zu machen.

Keinengrundkeinengrundkeinengrund, hämmerte ich mir im Takt meiner Schritte ein. Keinenkeinenkeinengrund.

Probleme konnte man auch herbeireden.

*

Heute waren Merle und Robbie allein im Tierheim. Zu zweit brauchten sie wesentlich länger, um die Gehege zu reinigen und die Tiere mit Futter und frischem Wasser zu versorgen. Als sie endlich damit fertig waren, hatten sie deshalb nur für einen schnellen Kaffee Zeit.

Ein am Vortag abgegebener Wurf wilder Jungkatzen musste untersucht werden. Außerdem bereitete ihnen einer der Hunde Kummer. Er hatte sich offenbar irgendetwas eingefangen, denn er lag seit dem vergangenen Abend apathisch in der Ecke und verweigerte die Nahrung.

Es hatte sich vieles verändert.

Merles bisherige Chefin hatte die beneidenswerte Chance erhalten, in Thüringen ein neues Tierheim aufzubauen. Sie war vom ersten Schritt an in die Planung eingebunden und hatte zunächst einmal die Leitung des alten Heims vor Ort übernommen, das schließlich in dem neuen, mit viel Geld privater Sponsoren errichteten aufgehen würde.

Die Suche nach einer Nachfolgerin oder einem Nachfolger erwies sich als schwierig und so war Merle mit der kommissarischen Leitung beauftragt worden. Das war nur möglich, weil das Albert-Schweitzer-Tierheim relativ klein und überschaubar war, sich hauptsächlich privat finanzierte und über zwei, drei Gönner freuen konnte.

»Du musst das weitermachen«, sagte Robbie zum wohl tausendsten Mal und schob die Zeitschriftenstapel auf dem großen Tisch auseinander, damit die Kaffeetassen dazwischen Platz fanden. »You're really the best for this job.«

Er stammte aus Yorkshire und war der Liebe wegen für ein Jahr nach Deutschland gekommen. Die hatte zwar nicht gehalten, doch dann hatte er sich in Ann verliebt. Und war geblieben. Beide lebten mittlerweile zusammen, ein eingespieltes Team, nicht nur bei der Arbeit.

Merle wagte nicht, daran zu denken, dass sie eines Tages weiterziehen könnten, um ein Studium oder eine Berufsausbildung zu beginnen. Das Tierheim war von Anfang an lediglich als Zwischenstation gedacht gewesen und bot keine wirkliche Perspektive für ihre Zukunft.

Sie holte die Milch aus dem Kühlschrank und dachte wehmütig daran, dass Frau Donkas sich im fernen Thüringen bestimmt eine richtige Spülküche einrichten würde.

»Ich bin nicht der Typ für so was«, murmelte sie.

Jetzt erst hatte sie gemerkt, was Frau Donkas alles geleistet hatte, ohne es an die große Glocke zu hängen.

»Du bist exactly der Typ!« Robbie sprach ausgezeichnet Deutsch, verfiel jedoch immer mal wieder kurz in seine Muttersprache oder verzwirbelte den einen oder anderen Satz. »Und du hast ja auch noch Ann und mich.«

Ann war unterwegs, um die Supermärkte der Umgebung nach Futterspenden abzugrasen. Sie eignete sich am besten dafür, denn sie hatte ein echtes Talent, den Leuten den letzten Euro aus der Tasche zu ziehen. Sie brauchte einen Filialleiter nur anzulächeln, dann legte er zusätzlich noch ein paar Tüten Trockenfutter drauf.

Ihr Charme verfing auch bei Frauen. Ann war ein Mensch, dem man schlecht einen Wunsch abschlagen konnte, und wenn sie das Elend der Tiere in düstersten Farben schilderte, trieb es jedem die Tränen in die Augen.

»Bisher konnten wir alle so schön auf die Donkas sauer sein. Jetzt habt ihr nur noch mich, über die ihr euch aufregen könnt«, sagte Merle.

»Aber dich lieben wir.«

Merle lächelte. Frau Donkas war wirklich nicht der Mensch, dem die Sympathien zuflogen, aber sie gab alles für die Tiere und opferte dieser Aufgabe sogar ihr Privatleben.

Dazu wäre sie selbst nicht fähig. Da waren ihre Freunde. Da war die Tierschutzgruppe, für die sie weiterhin die Aktionen plante. Und da war Claudio, der ständig beleidigt war, weil sie kaum noch Zeit fand, in seinem Pizzaservice auszuhelfen.

Während sie ihren Kaffee tranken, legten sie die nächsten Schritte des Tages fest. Merle würde dem Tierarzt zur Hand gehen, während Robbie im Büro die Stellung hielt. Sie erwarteten eine Lieferung von Regalen, die *Möbel Braucker* gespendet hatte. Wenn es einigermaßen ruhig blieb, wollte Robbie sie gleich im Katzenhaus aufbauen.

Der Himmel war von einem milchigen Weiß überzogen, hinter dem die Sonne bereits ihre Kraft entfaltete. Noch war ein wenig von der Kühle der Nacht spürbar, doch sie verlor sich von Minute zu Minute mehr.

»Okay.« Merle warf einen Blick auf die hässliche, aber zuverlässige Plastikuhr an der Wand, das Werbegeschenk einer Firma, die Tierspielzeug vertrieb. »Dann wollen wir mal.«

Sie schob den Stuhl zurück, trug ihre Tasse zur Spüle und trat in den dunstigen Morgen hinaus. Noch hielten sich die meisten Hunde in den Außengehegen auf, aber es würde nicht mehr lange dauern, bis sie sich drinnen verkrochen.

Selbst den Katzen wurde die Hitze allmählich zu viel. Sie zogen sich zurück in die Räume des Katzenhauses, in denen es sich gut aushalten ließ, weil die dicken Mauern des alten Gebäudes wie eine natürliche Klimaanlage wirkten.

Die Tiere waren entspannt. Bis zum Nachmittag blieb das Tierheim geschlossen, erst am Nachmittag wurde für Besucher geöffnet.

Manche der Tiere reagierten gestresst, wenn die Leute an den Gehegen entlangspazierten und sie prüfend musterten. Andere schienen erfreut, dass endlich was los war. Und einige wenige spürten offenbar ganz genau, dass es hier um ihre Zukunft ging.

Besuche waren immer mit Aufregung verbunden.

Merle betrat den Auffangraum der Katzenstation, in dem neu eingetroffene Tiere untergebracht wurden, bis der Tierarzt sie untersucht und für gesund befunden hatte. Die wilden Katzenjungen waren satt und zufrieden. Aneinandergekuschelt schliefen sie in einer weich ausgekleideten Transportbox.

Was sich änderte, sobald sie Merle bemerkten.

Ihr Fell sträubte sich. Sie fauchten und spuckten und drückten sich zitternd aneinander.

Merle redete ihnen beruhigend zu, während sie die Oberfläche des Untersuchungstisches noch einmal desinfizierte, damit der Arzt keinen Grund zur Beanstandung fand.

Die Ärztin, die das Tierheim bisher betreut hatte, war zu ihrem Freund gezogen und hatte eine Praxis in Oberhausen übernommen. Ihr Nachfolger war Geschmackssache. Im Prinzip ein wortkarger Typ, neigte er dennoch dazu herumzupoltern, wenn ihm etwas nicht passte.

Allerdings, und das war die Hauptsache, war er ein Tierflüsterer.

Der aggressivste Hund verhielt sich wie ein Lamm, sobald er in der Nähe war. Die ängstlichste Katze wagte sich freiwillig aus ihrem Versteck hervor. Die Meerschweinchen und Kaninchen liebten ihn heiß und innig.

Merle war gespannt, wie die jungen Katzen auf ihn reagieren würden.

Sie beschloss, noch einmal nach dem kranken Hund zu sehen. Sie hatten ihn an der Autobahn eingefangen, wo er verwirrt und ausgehungert umhergeirrt war. Niemand schien ihn zu vermissen. Wahrscheinlich hatte man ihn ausgesetzt.

Er lag da und schlug kraftlos mit dem Schwanz, als Merle sich über ihn beugte. Sie hatten ihn in einem Einzelgehege untergebracht, damit er ein wenig Ruhe fand und andere nicht anstecken konnte. Seine Augen waren trübe. Die Nase fühlte sich heiß und trocken an.

Als Merle den Wagen des Tierarztes hörte, ging sie ihm erleichtert entgegen.

Dr. Kappke stieg aus und hob den Arztkoffer aus dem Wagen. Nachdem er Merle eher beiläufig die Hand geschüttelt hatte, erkundigte er sich nach den Symptomen des Hundes. Er quittierte Merles Aufzählung mit einem knappen Nicken. Den Rest des kurzen Wegs legten sie schweigend zurück.

Merle fühlte sich unwohl. Die pedantische Genauigkeit, mit der Dr. Kappke jede Einzelheit zu registrieren schien, entging ihr nicht.

Als hakte er eine Liste ab.

Baulicher Zustand der Gebäude: mangelhaft. Sauberkeit: mangelhaft. Engagement der Mitarbeiter: ungenügend.

»Er ist ein Fundhund und noch ziemlich ängstlich«, unterbrach sie das Schweigen, ohne eine Antwort darauf zu bekommen.

Sobald der Arzt das Gehege betreten hatte, wurde aus ihm ein anderer Mensch. Seine gesamte Aufmerksamkeit war auf das Tier gerichtet. Alles andere blendete er aus. Das war bei jeder Untersuchung so. Merles Anwesenheit würde er erst dann wieder zur Kenntnis nehmen, wenn er ihre Hilfe benötigte.

»Na, mein Alter? Wie geht es dir?«

Der Hund hob mühsam den Kopf und ließ ihn ermattet wieder sinken.

»So schlecht? Dann will ich mal sehen, wie ich dir helfen kann.«

Er hörte und tastete ihn ab, kontrollierte Augen, Ohren und Nase, warf einen Blick auf die kräftigen weißen Zähne und das rosige Zahnfleisch und maß die Temperatur. Das alles tat er mit großer Behutsamkeit, während er dem Hund immer wieder beruhigend über den großen Kopf strich.

Schließlich zog er eine Spritze auf, die der Hund mit einem nur leichten Zucken über sich ergehen ließ.

Dr. Kappke teilte Merle mit, dass er von einem Magen-Darm-Virus ausgehe, der Hund davon abgesehen aber kerngesund sei. Mit der Spritze habe er ein Langzeitantibiotikum verabreicht, das das Fieber rasch senken werde.

Kurz und bündig.

Fasziniert beobachtete Merle wenig später, wie die kleinen Katzen bloß halbherzig fauchten, als der Arzt sie eine nach der andern aus der Box hob. Ausnahmslos unterlagen sie seinem gut versteckten Charme und ließen sich zwar widerstrebend, aber ohne nennenswerte Gegenwehr untersuchen.

Der Mann war ein Phänomen.

Er schätzte das Alter der Tiere auf circa acht Wochen, entflohte und entwurmte sie und besprach mit Merle das weitere Vorgehen. Im nächsten Moment saß er wieder in seinem Auto und brauste davon.

Merle wusste nicht, ob sie jemals Zugang zu ihm finden würde, aber jemand, der den Tieren so guttat, hatte es verdient, dass sie es zumindest versuchte.

Bevor sie ins Büro zurückging, um Robbie abzulösen, machte sie einen Schlenker zur Scheune, die komplett ausgeräumt werden musste, damit die Handwerker sie in der kommenden Woche renovieren konnten.

Die an einigen Stellen brüchige Holzkonstruktion des Heubodens sollte verstärkt, das Holz mit einem speziellen Öl behandelt werden. Außerdem war das Dach an manchen Stellen undicht und der Wind pfiff durch sämtliche Ritzen.

Der Termin stand fest, doch sie wussten noch immer nicht, wohin mit all dem Krempel, der sich hier türmte.

Es waren hauptsächlich Dinge, die nach wie vor in Gebrauch waren. Transportkörbe. Anhänger in unterschiedlichen Größen. Zusammengelegte Marktstände für die hier regelmäßig stattfindenden Feste und Trödelmärkte. Etliche Säcke mit Katzenstreu und Trockenfutter. Baumaterialien, die von früheren Arbeiten übrig geblieben waren.

Und jede Menge Kram, der nicht gesichtet werden konnte, bevor man nicht das Zeug wegräumte, das den Weg dorthin versperrte.

Merle drückte auf den Schalter, der das mächtige Rolltor knarrend und knirschend hochfahren ließ, und betrat die Scheune.

Der Morgen war so hell, dass sie kein Licht machen

musste. Es roch nach Hitze und Staub. Eine Wespe surrte herein. Ihr Flug war taumelig, als wäre schon Spätsommer, und eigentlich stimmte das ja auch. Die lange Hitzewelle mit ihrer ungewöhnlichen Trockenheit hatte der Natur schwer zugesetzt und die Jahreszeiten verschoben.

Sie würden einen Teil dessen, was sich hier angesammelt hatte, auf die Kellerräume verteilen und den Rest einfach nach draußen stellen. Regen war auf lange Zeit nicht in Sicht. So war die gefährliche Dürre wenigstens für etwas gut.

Als Merle die Scheune gerade wieder verlassen wollte, meldete sich ihr Handy.

Robbie.

Das Tierheimgelände war zu weitläufig, um für jeden Handgriff hin und her zu rennen. Deshalb hatten sie sich angewöhnt, miteinander zu telefonieren, wenn es etwas zu besprechen gab.

Merle war im Begriff, den Anruf entgegenzunehmen, als sie eine dunkle, mächtige Bewegung über sich spürte und gleichzeitig ein Geräusch hörte, das ihr das Blut in den Adern gefrieren ließ.

Im nächsten Moment machte sie einen Satz ins Freie.

Sie saß noch auf dem staubigen Boden und rieb sich die Schulter, die sie sich bei dem Sturz geprellt haben musste, da fiel Robbies Schatten auf ihr Gesicht.

»What the fuck …« Sein entsetzter Blick tastete ihr Gesicht ab. »Was ist passiert?«

Das hätte Merle auch gern gewusst. Sie starrte das Rolltor an, das mit voller Wucht heruntergerasselt war.

»Das Tor«, stammelte sie. »Es hat mich fast erschlagen.«

»Scheißtechnik!« Robbie nahm sie bei der Hand und

zog sie auf die Füße. »Das kommt davon, wenn man an allem sparen muss.«

Auf wackligen Beinen kehrte Merle ins Büro zurück und setzte sich hin.

Erst jetzt fing sie an zu zittern.

# 3

Manchmal überkam ihn das Bedürfnis, blind um sich zu schlagen, mit solcher Wucht, dass es ihn eine ungeheure Kraft kostete, sich zu beherrschen. Er konnte den Anblick der vergitterten Fenster nicht länger ertragen, nicht den der hohen Mauern oder den der schweren Zellentüren.

Zwar hatte er das Glück, in einem sogenannten sozialtherapeutischen Knast einzusitzen, in dem die Häftlinge sich tagsüber frei bewegen durften. Doch am Abend wurden die Türen auch hier verschlossen.

Und die Nächte dehnten sich mit ungebremster Grausamkeit aus.

Hätte Georg an einen Gott geglaubt, hätte er ihm auf Knien dafür gedankt, dass die Inhaftierten in Einzelzellen untergebracht waren. Das war überlebensnotwendig für ihn, der die Gegenwart anderer Menschen kaum ertrug. Schlimm genug, dass er sie tagsüber in seiner Nähe dulden musste.

Eine grauenvolle Vorstellung, nachts bei seinen Albträumen belauscht zu werden! Wenn sich herumspräche, was in seinem Kopf vor sich ging – die Mithäftlinge würden ihm die Hölle auf Erden bereiten.

Hierher schickte man hauptsächlich die harten Fälle. Vergewaltiger, Totschläger und Mörder. Wiederholungstäter. Unverbesserliche, die man dennoch zu bessern versuchte.

*Bessern.*

Was wollten sie denn *bessern*? Den Abschaum, der hinter diesen Mauern gestrandet war? All die gestörten Typen, die im Knast genauso weitermachten wie in der Vergangenheit?

Räuber? Dealer? Erpresser? Zuhälter?

Und was war mit ihm selbst?

Was wollten sie da *bessern*?

Seine Sehnsüchte? Seine Hoffnungen?

Die ganze verdammte Welt, mit der er sich im Clinch befand?

Er hatte für seine Taten bezahlt. Er hatte mit der furchtbaren Trauer um jedes Mädchen bezahlt, das er getötet hatte. Die ihm niemand glaubte, auch die Therapeutin nicht, die ihm in unzähligen Gruppen- und Einzelstunden auf die Pelle rückte.

Ausgerechnet eine Frau.

Eine ziemlich junge noch dazu. Sah aus wie frisch von der Uni. Um die dreißig, aber vom Leben keinen Plan.

Okay. Sollte sie nur immer wieder versuchen, seinen Panzer zu knacken. Es würde ihr nicht gelingen, in hundert Jahren nicht.

Es war ihr Job. Ihre Aufgabe in diesem Vorzeigeknast, auf den die Gutmenschen da draußen so stolz waren. Doch weder sie noch irgendwer oder irgendwas sonst würde zu ihm vordringen.

Er hatte zu lange daran gearbeitet, sein Innerstes zu verbergen, um es jetzt vor aller Welt preiszugeben.

Aus gutem Grund. Denn jedes Mal, wenn er sich in der Vergangenheit am Ziel geglaubt und einer Frau sein Herz geöffnet hatte, war er von ihr verraten worden.

Er hatte nichts als Liebe gewollt und sie hatten seine Gefühle in den Schmutz getreten. Das würde ihm nie wieder passieren.

Sie hatten ihren Tod verdient.

Alle.

*

Als ich in unsere Straße bog, war ich schweißgebadet. Das völlig durchweichte T-Shirt flappte mir an Rücken und Bauch. Ich hatte ein ziemliches Tempo vorgelegt und spürte meine Beine nicht mehr, als unser Bauernhof endlich in Sicht kam.

Die Wasserflasche war längst leer, und die Zunge klebte mir am Gaumen, sodass mein erster Weg mich in die Küche und zur Spüle führte. Ich hielt ein Glas unter den Wasserhahn, trank es in einem Zug aus und goss mir ein zweites ein.

Als mein Durst gestillt war, rief ich nach Mike, und als ich keine Antwort bekam, ging ich zu seiner Werkstatt. Mein nasses T-Shirt kühlte ab und schickte mir unangenehme Schauer über den Rücken.

Die Ruhe und vor allem das Fehlen von Musik verrieten mir, dass Mike nicht zu Hause war. Wahrscheinlich war er wieder zur Müllkippe gefahren, um eine weitere Fuhre Abfall zu entsorgen.

Er hatte ganze Arbeit geleistet. Die Schönheit des großen Raums war endlich wieder zu erkennen, weil nicht mehr so viel Zeug herumstand und die Sicht verbaute.

Ich öffnete die Tür zu Lukes Zimmer, das durch das

Einziehen einer Trennwand im zweiten Stall entstanden war. Auf der Schwelle blieb ich stehen.

Luke sagte immer, er liebe Ordnung und klare Strukturen, und das erkannte man auf den ersten Blick. In diesem Raum war nichts zu viel. Er war sparsam und schlicht eingerichtet, ohne Schnörkel und Firlefanz. Die Bücher standen sorgsam aufgereiht im Regal, nichts lag herum, nicht mal ein Kugelschreiber oder ein Päckchen Kaugummi oder was sonst in Zimmern so zu finden ist.

Ich verstand inzwischen, dass Luke die äußere Leere brauchte, um Ruhe zu finden. Es zeigte mir einmal mehr, wie unterschiedlich Menschen waren, wie unterschiedlich wir alle in unserer WG sein durften, ohne dass wir irgendetwas erklären mussten.

Mein Abi war gut zwei Jahre her, aber erst allmählich schien ich erwachsen zu werden.

»Erwachsen«, hatte Merle mir verächtlich hingeworfen, als ich kürzlich mit ihr darüber gesprochen hatte. »Da gibt es doch wirklich bessere Ziele.«

»Reif?«, bot ich als Alternative an.

Daraufhin waren wir in Gelächter ausgebrochen und hatten das Thema nicht mehr berührt.

Ich ging ins Bad, streifte die nassen Sportklamotten ab und stellte mich unter die Dusche. Das heiße Wasser beruhigte meine Muskeln und entspannte mich. Mein Kopf, der beim Laufen angenehm leer geworden war, füllte sich zögernd wieder mit Gedanken. Ich versuchte, sie auf Isas Vortrag zu lenken.

Keinesfalls wollte ich dieses diffuse Gefühl von Bedrohung wieder hochkommen lassen.

Erst recht nicht die Erinnerungen, die mich auf die Felder getrieben hatten.

Es funktionierte so halbwegs. Ich trocknete mich ab und schlüpfte in eine bequeme weiße Leinenhose und mein rotes Lieblings-T-Shirt. Barfuß kehrte ich in die Küche zurück, um mir ein Brot zu schmieren, als mein Smartphone sich meldete.

»Stell dir vor, was mir passiert ist«, erzählte Merle mit einem komischen Lachen in der Stimme. »Mich hätte es fast erwischt.«

Ab und zu kam es vor, dass eine Katze die Krallen ausfuhr oder einer der Hunde zuschnappte. Tierheimmitarbeiter müssen hart im Nehmen sein.

»Eins der neuen Tiere?«, fragte ich.

»Nee. Ich wär fast von unserm Scheunentor erschlagen worden.«

Sie fing an zu erzählen und mit der Entspannung war es vorbei.

Eilig packte ich meine Tasche und setzte mich in meinen Peugeot. Obwohl das Bilderbuchwetter förmlich nach einer Fahrt mit offenem Verdeck schrie, verzichtete ich darauf. Wenn ich mich beeilte, konnte ich noch einen Abstecher ins Tierheim machen, bevor ich zur Polizei fuhr, um mich um meinen Nebenjob zu kümmern.

Der Weg war mir so vertraut, dass ich ihn im Schlaf gefunden hätte. Oft wusste ich am Ziel kaum noch, wie ich überhaupt dorthin gelangt war. Als wäre ich in Trance gefahren. Keine Erinnerungen an Situationen, Gebäude, Fahrzeuge, Menschen. Nichts.

Auch diesmal war es so. Auf einmal tauchte das Tierheim vor mir auf, und ich wunderte mich fast darüber, dass ich schon angekommen war.

Robbie machte mir das Gittertor auf und verschloss es wieder. Noch war keine Besuchszeit.

Die wenigen Hunde, die in den aufgeheizten Außengehegen gedöst hatten, veranstalteten das übliche Begrüßungsspektakel, worauf auch die andern herausgeschossen kamen.

Die meisten kannten mich und ich kannte sie. Doch heute war keine Zeit, um sie anständig zu begrüßen. Ich hörte Robbie zu, der mir genau berichtete, was vorgefallen war.

»Und dann ist – WHAM – das Rolltor runtergekracht.« Er überschlug sich beim Sprechen beinahe. »We're still shocked.«

»Und Merle ist wirklich nichts passiert?«

»Nichts.« Er schüttelte zur Bekräftigung den Kopf. »Sie hat ein Riesenglück gehabt.«

Merle saß vor ihrem überladenen Schreibtisch am PC, als wär nichts gewesen.

»Da hab ich schon ganz andere Sachen erlebt«, begrüßte sie mich beiläufig, tippte seelenruhig den Satz zu Ende, den sie gerade schrieb, und lehnte sich dann in dem schäbigen Schreibtischsessel zurück, gespendet von irgendwem, wie vieles hier. »Hast du Durst?«

Vielleicht war sie noch ein bisschen blass um die Nase, aber sie tat alles, um mich davon abzulenken.

»Wie geht es dir?« Ich hatte nicht vor, mich von ihrer Guck-mal-wie-tough-ich-bin-Einlage hinters Licht führen zu lassen. »Bist du verletzt?«

»Nicht der Rede wert«, wiegelte sie ab. »Deswegen hättest du nicht herkommen müssen.« Sie sah mir forschend in die Augen. »Aber ... das ist nicht der einzige Grund dafür, dass du hier bist, stimmt's?«

»Mike hatte heute Morgen auch einen Unfall«, fiel ich

mit der Tür ins Haus, statt die beiden schonend auf die Mitteilung vorzubereiten.

Meine Worte schlugen ein wie eine Bombe. Sekundenlang war es so still, dass wir die Fliege hörten, die irgendwo hinten beim Regal umhersummte.

Merle, die sich schon halb von ihrem Sessel erhoben hatte, hielt mitten in der Bewegung inne, die Hände auf die Armlehnen gestützt, den Oberkörper über die Tastatur gebeugt.

»Was?«

»Stromschlag.« Ich setzte mich auf den einzigen Stuhl am Besprechungstisch, der nicht mit irgendwelchem Zeug vollgepackt war. »Es geht ihm aber wieder gut«, fügte ich schnell hinzu.

»Stromschlag?« Robbie war gerade dabei gewesen, sich einen Stuhl freizuräumen. Er stockte, bevor er den Stapel alter Zeitungen, den er aufgenommen hatte, zu dem übrigen Chaos auf den Tisch wuchtete. »Mike?«

Merle ließ sich wieder auf den Schreibtischsessel sinken und rollte zu uns an den Tisch. Ich sah jetzt, dass ihre Jeans und die Bluse schmutzig waren, offenbar von dem Sturz, mit dem sie sich gerettet hatte. An ihrem linken Handgelenk klebte ein Pflaster, bei dem das Blut durchgesickert war.

»Ich hab ihm hundert Mal gesagt, er soll sich vernünftiges Werkzeug anschaffen«, wetterte sie. »Und was macht er? Jagt Schnäppchen auf Flohmärkten und lässt sich von windigen Onlinehändlern übers Ohr hauen.«

»Nicht alle Onlinehändler sind …«

»Weiß ich, Robbie! Aber hast du mal einen Blick auf Mikes Elektrosägen, die Schleif- und Bohrmaschinen und den ganzen anderen Kram in seiner Werkstatt geworfen?«

»Das nicht ...«

»Mike ist ein Tüftler, und er hat den bescheuerten Ehrgeiz, immer alles wieder hinzukriegen. Der kauft sogar kaputte Sachen. Und bingo! Das kommt dabei raus. Er ist so ein verdammter ...«

Bevor sie sich in Rage reden konnte, wie es ihre Art war, wenn sie sich richtig aufregte, fasste ich sie am Arm.

»Was?«, fuhr sie mich an.

»Ihr hattet beide einen Unfall«, erinnerte ich sie.

»Was soll das denn jetzt?« Genervt sah sie mich an. »Wieso lenkst du immer ab, sobald ich bei Mike mal den Finger auf die Wun...«

»BEIDE, Merle. Mike und du.«

»Fuck!« Robbie hatte sofort verstanden. »Ein irrer Zufall.«

»Zufall? Das glaubst du wirklich?«

»Was denn sonst?« Merle schickte einen gereizten Blick an die Decke. »Schicksal etwa?«

Robbie ging zum Kühlschrank und spendierte eine Runde eisgekühlter Fruchtsmoothies, nach denen er neuerdings süchtig war. Ich erwischte Erdbeer-Rhabarber und merkte erst jetzt, wie ausgedörrt meine Kehle war.

»Und wenn es gar keine Unfälle gewesen sind?« Ich leckte mir den Saft von den Lippen, schraubte die Flasche wieder zu und stellte sie auf einem Stapel Tierheimprospekte ab. »Wenn jemand sie inszeniert hat?«

»Hör auf!« Merle warf die Hände in die Luft. »Du bist so eine Dramaqueen, Jette. Die Tierheimgebäude sind über hundert Jahre alt und das Rolltor ist auch nicht wesentlich jünger. Da kann immer mal was passieren.«

»Und es ist ja auch glimpflich davongegangen«, sekundierte Robbie und widmete sich wieder seinem Banane-irgendwas-Smoothie.

»Abgegangen«, korrigierte ihn Merle.

Ihre Gleichgültigkeit brachte mich auf die Palme. Sahen sie denn wirklich nicht, dass meine Befürchtungen nicht aus der Luft gegriffen waren?

»Merle«, versuchte ich es noch einmal, »ich verstehe ja, dass der Schreck noch zu tief sitzt, um über diesen eigenartigen *Unfall* nachzudenken ...«

Sie schraubte ihre Flasche auf, grinste mich entwaffnend an und prostete mir zu. »Seit du bei den Bullen arbeitest, witterst du hinter jeder Kleinigkeit ein Verbrechen, Schätzchen.«

Merle war nicht so abgebrüht, wie sie in diesem Augenblick tat. Sie meinte nur immer, sich in möglichst jeder Situation stark und unabhängig präsentieren zu müssen. Das lag wahrscheinlich an ihrer Arbeit für den Tierschutz. Mit Samthandschuhen und Sensibilität gewann man im Kampf gegen Massentierhaltung, Tierversuche und jegliche Art von Tierquälerei keinen Blumentopf.

Trotzdem verletzte mich ihre Kaltschnäuzigkeit.

Wir hatten gemeinsam so viele Gefahren überstanden, verließen uns in jeder Lage blind aufeinander, da konnte sie doch nicht ernsthaft an meinem Instinkt zweifeln.

Tut sie auch gar nicht, kam es mir in den Kopf. Sie will die Sache nur nicht an sich heranlassen.

Ich schaute sie mir genauer an und sie wich meinem Blick aus. Es hatte keinen Sinn, sie in diesem Moment zu fragen, ob es nicht sinnvoll wäre, zur Polizei zu gehen. Der Abend war ein passenderer Zeitpunkt dafür.

»Wo du mich gerade daran erinnerst«, sagte ich und

schob meinen Stuhl zurück. »Ich hab noch zu tun. Die Bullen warten auf mich.«

Hoch aufgerichtet verließ ich das Büro, gefolgt von einem völlig zu Unrecht schuldbewusst wirkenden Robbie, der mich mit einer Umarmung verabschiedete und dann wieder das Tor mit einem metallischen Scheppern hinter mir schloss.

Es war Mittag, wie ich am Schlag der nahen Kirchturmuhr hören konnte.

Mittag.

Und ich hatte noch nichts zustande gebracht. Weder für meinen Job noch für die Klausuren, die sich unweigerlich näherten. Ich merkte, wie die ständig im Hintergrund lauernde Nervosität meinen Magen zusammenquetschte.

Dieser Montag war einfach nicht mein Tag. Er würde es auch nicht mehr werden. Dennoch biss ich die Zähne zusammen, setzte mich ins Auto und fuhr los. Ich wusste nicht, wann Mike zurückkommen würde, und auf gar keinen Fall wollte ich jetzt allein zu Hause sitzen. Dann lieber bei Isa im Büro, wo ich sowieso noch ein paar Sachen zu tun hatte.

Ich fuhr zu schnell, hörte zu laut Musik und konnte das Karussell meiner Gedanken doch nicht stoppen. Ein Fahrradfahrer schimpfte wild gestikulierend hinter mir her, ohne dass ich auch nur den Hauch einer Ahnung hatte, wieso.

Ich schimpfte zurück, bis er zu einem winzigen Punkt im Rückspiegel geschrumpft war.

Doch auch danach fühlte ich mich nicht besser.

*

Als Merle am Abend nach Hause kam, war sie mit den Nerven am Ende.

Striker, ein betagter, hinreißender Staffordshire-Mix, war der Tierpatin, die ihn seit einigen Wochen regelmäßig ausführte, abhandengekommen, und sie hatten Himmel und Hölle in Bewegung gesetzt, um ihn wiederzufinden.

Es hatte sich herausgestellt, dass er bis in die Innenstadt getrabt war, um dort eine gemütliche kleine Runde zu drehen. Eine Bekannte hatte ihn auf dem Marktplatz gesichtet, doch als es ihr endlich gelungen war, sich zu ihm durchzuschlängeln, hatte ihn die Menschenmenge wieder verschluckt.

Nach zwei Stunden war der Ausreißer von ganz allein zurückgekehrt, und fast hatte es so ausgesehen, als habe ein vergnügtes Lächeln auf seinem Gesicht gelegen. Friedfertig war er Robbie in sein Gehege gefolgt, hatte sich die Leine abnehmen lassen, seinen Durst gelöscht und war glückselig und erschöpft im Schatten eingeschlafen.

»Das Handy ist der Tierpatin hingefallen, und als sie sich danach bückte, muss sie die Leine losgelassen haben. Sie ist deswegen völlig durch den Wind.«

Das Tierheim konnte schlechte Presse nicht brauchen, erst recht nicht, wenn es um Listenhunde ging. Da half es auch nichts, dass es sich bei Striker um einen gutmütigen alten Schmuser handelte, der noch nie auffällig geworden war.

Merle hoffte sehnlichst, dass sie noch einmal mit einem blauen Auge davonkommen würden. Das Albert-Schweitzer-Tierheim besaß einen guten Ruf und es war kein Schaden entstanden. Mit ein bisschen Glück würde niemand Anzeige erstatten.

An diesem Abend kochten sie wieder einmal zusammen, was sie neuerdings viel zu selten taten. Und prompt kamen sie auf die Unfälle zurück.

Jette wollte einfach nicht lockerlassen.

»Wir sollten die Polizei informieren«, sagte sie beim Essen. »Die können sich das mal angucken.«

»Was sollen die sich denn angucken?«, fragte Mike gedehnt.

»Die Bohrmaschine und das Tor natürlich.«

»Den Bohrer hab ich heute Morgen entsorgt. Er war echt zu alt, um ihn noch mal zu reparieren.«

»Mike! Jetzt werden wir nie erfahren, ob er manipuliert worden ist.«

»Bitte, Jette, schalt einen Gang runter. Nur weil du neuerdings eine Bullette bist …« Er warf ihr einen schrägen Blick zu. »Okay, okay. Sollte ein Witz sein …«

»Stimmt aber doch irgendwie.« Merle schob ihren noch halb vollen Teller beiseite. »Wir meinen das ja nicht böse, Süße, aber du übertreibst wirklich.«

»Ihr findet es also nicht merkwürdig, dass ihr beide an ein und demselben Tag nur knapp dem Tod entkommt?«

»Also gut.« Mike legte seufzend die Gabel ab. »Nehmen wir mal an, du hättest recht und es wären keine Unfälle gewesen. Was ergäbe das denn für einen Sinn?«

»Genau.« Merle freute sich über Mikes Unterstützung. »Wieso sollte jemand, der Mike etwas antun will, es auch auf mich abgesehen haben?«

»Oder umgekehrt«, ergänzte Mike.

»Oder umgekehrt, richtig. Mike und mich verbindet doch nur die Tatsache, dass wir befreundet sind und zusammen in einer WG leben.«

»Das ist doch schon mal was.«

Eigentlich mochte Merle das an ihrer Freundin, diese sture Unbeirrbarkeit und ihre fast schon legendäre Hartnäckigkeit. Heute Abend jedoch hätte sie lieber in aller Ruhe gegessen und einfach eine Weile über Gott und die Welt gequatscht, um sich von dem anstrengenden Tag zu erholen. Ohne Probleme.

»Unsere Freundschaft? Die WG?«, fragte sie.

»Ja. Vielleicht will sich jemand rächen, der ... zurückgewiesen worden ist. Denk doch mal nach, Merle. Gibt es in deinem Leben ...«

»... jemanden, der noch eine Rechnung mit mir offen hat? Willst du mich auf den Arm nehmen, Jette? Da kann ich dir Dutzende nennen.«

»Na bitte.«

»Erstens wird man nicht so schnell zum Mörder. Zweitens gibt es einfachere Methoden, einen Mord zu begehen, als einen Unfall zu fingieren. Und drittens: Wo kommt da Mike ins Spiel?«

»Eine nicht erwiderte Liebe zum Beispiel?«

»Dann wär doch wohl eher Ilka als Rivalin gefährdet«, widersprach Mike.

»Sieh es doch ein.« Merle griff über den Tisch nach Jettes Hand. »Du verrennst dich da in was.«

»Und das Tor?«, fragte Jette, die offenbar absolut nicht überzeugt war. »Willst du das wirklich ignorieren?«

»Herr Kleine hat es schon wieder hingekriegt.«

»Nein! Er hat es schon repariert?«

»Es funktioniert wieder einwandfrei. Hör doch endlich auf, Jette.«

»Woran hat es gelegen? Warum ist es runtergekracht und hätte dich beinah erschlagen?«

»Irgend so ein Sicherungsdings war ausgeleiert oder so. Er hat es ausgetauscht.«

»Ein Sicherungsdings. Ausgeleiert. Oder so. Dann wissen wir ja jetzt genau Bescheid.«

»Es ist doch nichts passiert. Mike und ich leben noch.«

Jette zog kopfschüttelnd die Hand weg.

»Ihr hättet zum Arzt gehen müssen. Wenigstens du, Mike. Ich hab das mal gegoogelt. So ein Stromschlag kann deinen Herzschlag verändern und schlimme Nachwirkungen haben.«

»Wenn du wüsstest, wie oft ich mir schon einen gefangen habe.« Mike grinste sie stolz an, als wäre das eine Auszeichnung. »Du fühlst dich eine halbe Stunde lang ein bisschen lädiert und dann geht's dir wieder prächtig. Nicht der Rede wert.«

»Okay. Eure Sache.« Jette lehnte sich auf ihrem Stuhl zurück und beschäftigte sich mit ihrem Smartphone. »Aber sagt hinterher nicht, ich hätte euch nicht gewarnt.«

Auch wenn ihre demonstrative Schweigsamkeit der reine Vorwurf war, empfand Merle Erleichterung. Sie hatte den Kopf voll genug. Auf weitere Probleme konnte sie gut verzichten.

Es hatte in der Vergangenheit etliche Angriffe auf die Tierschützer und speziell die Mitarbeiter des Tierheims gegeben. Sie selbst war vor einem guten Jahr einem Tierquäler, der sie töten wollte, nur knapp entkommen. Da geriet man nicht mehr beim kleinsten Vorfall in Panik.

Eine Verbindung zu Mike war unwahrscheinlich. Außerdem zeigte ihr das Leben Tag für Tag, dass die unglaublichsten Zufälle möglich waren.

Warum sollten sie nicht beide am selben Tag einen Unfall haben?

Sie holte eine Flasche Wein aus dem Keller und stellte drei Gläser auf den Tisch.

»Hey, Leute«, sagte sie, als sie den Korken aus dem Flaschenhals zog. »Lasst uns anstoßen. Immerhin sind Mike und ich ab heute Überlebende. Das kann nicht jeder von sich behaupten.«

Kein guter Scherz, dachte sie und hätte sich die Zunge abbeißen mögen, als Jette aufstand und wortlos die Küche verließ.

»Mann«, murmelte Mike. »War das jetzt nötig?«

Seine Stimme klang müde.

Sie hatten sich beide ein bisschen Ruhe verdient.

# 4

Zwei Tage später war mein mulmiges Gefühl noch immer nicht ganz verschwunden. Ich hatte das Thema nicht mehr angeschnitten und auch nicht nachgefragt, aus welchem Grund Merle plötzlich Wolfram Kleine vertraute, einem Mann, der offenkundig ein Alkoholproblem hatte und mit dem Leben nicht zurechtkam.

Er hauste in der kleinen Zweizimmerwohnung im Dachgeschoss des Tierheims und war für ein bescheidenes Gehalt gleichzeitig Hausmeister, Techniker, Gärtner und Mädchen für alles.

Seine Wohnung war verwahrlost, ein offenes Geheimnis. Er legte keinen Wert auf seine Kleidung und vergaß oft tagelang zu essen. Dann trank er nur und magerte in kürzester Zeit ab, bis wieder eine bessere Phase anbrach und er sich in ebenso kurzer Zeit erholte.

Merle beklagte sich oft über seine Unzuverlässigkeit. Sie kündigten ihm nur deshalb nicht, weil er ein ungemein liebenswerter Mensch war, obwohl das Leben ihm übel mitgespielt hatte. Und weil er außerdem schon so lange für das Tierheim arbeitete, dass er bereits irgendwie zum Inventar gehörte.

Die Qualität seiner Arbeit hing vom Grad seiner Nüchternheit ab. Wenn also Spuren einer Manipulation am Tor zu sehen gewesen waren, hatte er sie durch die voreilige Reparatur garantiert beseitigt – ohne sich wahrscheinlich noch daran erinnern zu können.

Isa war am Montag nicht im Büro gewesen, weil sie an einer Tagung teilgenommen hatte. Es wäre jedoch ohnehin sinnlos gewesen, ihr von meinem Verdacht zu erzählen, weil sie keine Ermittlerin war. Sie hätte mich lediglich an einen Kollegen verwiesen, doch ohne Merles und Mikes Zustimmung durfte ich auf keinen Fall die Polizei in die Sache reinziehen. Sie hätten mir das sehr übel genommen.

Mittlerweile war es sowieso egal.

Keiner redete mehr von den Unfällen und ich büffelte für die Klausuren.

Insgeheim fragte ich mich allmählich, ob ich vielleicht wirklich überempfindlich reagiert hatte. Ob ich, wie Merle mir häufig vorwarf, tatsächlich die Neigung hatte zu übertreiben.

Ich beschloss, die Geschichte ein für alle Mal abzuhaken. Morgen wollte Luke aus Bayern zurückkommen. Bis dahin hatte ich noch viel zu tun, damit ich guten Gewissens ein bisschen Zeit mit ihm verbringen konnte.

*

An diesem Vormittag war er für die Arbeit im Kräutergarten eingeteilt. Er mochte den Duft von Lavendel, Basilikum und Thymian, aber viel lieber wäre er jetzt auf den Erdbeerfeldern, wo Freiheit war und Weite.

Sein Blick glitt über die hohe, mit dickem Stacheldraht bewehrte Mauer, hinter der ein Schwarm Vögel pfeilschnell in das tiefe Blau des Himmels stieß. Rasch wandte er sich wieder ab.

Wie er die Vögel beneidete!

Er litt unter Klaustrophobie und jeder einzelne Tag in Haft war ein ständiges Ankämpfen gegen Panik und Schweißausbrüche.

Noch hatten die Mithäftlinge nicht bemerkt, was mit ihm los war. Seine eiserne Disziplin rettete ihn. Nicht auszudenken, welchen Platz er in der Hackordnung einnehmen würde, sollten sie hinter seine Schwäche kommen.

Er begrenzte die stark wuchernde Zitronenmelisse und die ausufernde Pfefferminze und sammelte die geschnittenen und ausgerupften Zweige in getrennten Körben, damit ihr Aroma sich nicht mischte. Die Kräuter, frisch oder getrocknet, gingen an die Restaurants und Delikatessenläden der Umgebung.

Vermutlich war es in dieser verrückten Gesellschaft ein Hype, genüsslich zu verspeisen, was verurteilte Mörder, Vergewaltiger und Kinderschänder produziert und geerntet hatten. Es würde ihn nicht wundern.

Ihn wunderte gar nichts mehr.

Während seine Hände geübt ihre Arbeit taten, schmiedete sein Kopf Zukunftspläne. Zahlreiche vielversprechende Möglichkeiten hatten in seinen Gedanken schon Gestalt angenommen und sich letztendlich doch als nicht realisierbar erwiesen.

Anfangs hatte ihn das in zusätzliche Verzweiflung gestürzt, aber man lernte schnell im Knast. Das erste Gebot hieß: *Never give up*. Das zweite lautete: *Wenn du hinfällst, steh wieder auf.* Das dritte war nicht weniger wichtig, vielleicht sogar das wichtigste überhaupt: *Vertraue niemandem blind.*

Er hielt sich daran.

Ächzend erhob er sich aus der hockenden Stellung, nahm die beiden vollen Körbe auf und trug sie in die Gärtnerei, wo zwei weitere Häftlinge mit Pflegearbeiten beschäftigt waren.

Ezra und Wolle.

Ezra war wegen Doppelmordes verurteilt, Wolle wegen Vergewaltigung mit Todesfolge.

Georg interessierte sich nicht für die Hintergründe. Ihn interessierten ja nicht mal die Männer selbst. Erst recht würde er niemals über seine eigenen Taten reden. Niemand konnte in seinen Kopf blicken und so sollte das auch bleiben.

Wolle nahm ihm die Körbe ab, um die Kräuter zu waschen, zu trocknen und später zu handlichen Bündeln zu verarbeiten. Man konnte seinen trägen Bewegungen ansehen, wie sehr die Arbeit ihn anödete.

Er hatte schon die unterschiedlichsten Tätigkeiten ausprobiert und schien sich mit keiner arrangieren zu können. Wolle war Dauergast in der Krankenabteilung. Mal tat ihm der Rücken weh, mal der Kopf, mal machten ihm Zahnschmerzen zu schaffen.

Georg fragte sich, ob der Arzt ihn durchschaute und wusste, dass er sich bloß drückte. Er zog ihn jedes Mal für zwei, drei Tage aus dem Verkehr und dann ging das Spiel von Neuem los.

Im Kräutergarten summte und wimmelte es von Bienen, Hummeln und Schmetterlingen. In diesem Sommer hatten auch die Ameisen Hochkonjunktur. Georg kannte ihre Nester und ließ sie in Frieden.

Anders als Ezra, der jede Ameise, die ihm vor die Füße lief, lustvoll zerquetschte.

Georg hatte ihn auch schon dabei beobachtet, wie er einer Fliege die Beine ausriss. Ezra war ein alt gewordenes, grausames Kind. Er kannte nur pure Emotion. Denken war nicht seine Stärke und Argumente ersetzte er durch seine Fäuste.

Vor Georg hatte er widerwillig Respekt. Vielleicht war es auch Angst. In seinen Augen flackerte Unsicherheit, wenn Georg ihn auch nur eine Sekunde zu lange ansah. Doch dazu kam es selten, denn Georg versuchte, jede Konfrontation zu vermeiden.

Er durfte sich nichts zuschulden kommen lassen, um sein Vorhaben nicht zu gefährden. Sonst würde er sein Leben innerhalb dieser Mauern verbringen und das hatte er nicht vor.

Ein Lächeln umspielte seine Lippen.

Er rieb sich übers Gesicht, um es wegzuwischen. Auch seine Gefühle konnten ihn verraten. Und dann war er tot.

Als er die nächsten Körbe ablieferte, nahm Ezra sie an.

»Janus will dich sprechen«, raunte er ihm zu und kam ihm dabei so nah, dass Georg seinen sauren Atem roch.

Janus?

Georgs Herz zog sich zusammen. Vielleicht hatte Janus Nachrichten. Vielleicht gab es endlich Licht am Ende des Tunnels. Er wandte sich ab, damit Ezra ihm die Hoffnung nicht vom Gesicht ablesen konnte.

*

Ein Anruf hätte es auch getan, doch Merle wollte ungestört mit Wolfram Kleine sprechen. Deshalb war sie die Treppe zu seiner Wohnung hochgestiegen und klopfte an die Tür, weil die Klingel nicht funktionierte.

Er öffnete in einem verschossenen grünen Frotteebademantel, unter dem er eine zerknautschte Schlafanzughose trug. Sein dünnes schwarzes Haar war fettig. Er hielt eine Schere in der Hand und auf seiner rechten Schulter kringelte sich eine abgeschnittene Strähne.

Es war kurz nach neun und er hätte längst bei der Arbeit sein müssen. Verlegen wich er Merles Blick aus und wies mit der Schere ins Innere der Wohnung.

»Willst du reinkommen?«

Merle folgte ihm in die Küche, vorbei an Stapeln gebündelter Zeitungen, die sich in dem dunklen Flur bis fast an die Decke türmten.

»Bin dabei, sie zu sichten«, entschuldigte er sich. »Irgendwo muss ich sie ja so lange aufbewahren.«

Das Angebot, etwas zu trinken, lehnte Merle ab. Zwischen weiteren Zeitungsstapeln auf Tisch und Arbeitsplatte vergammelten unappetitliche Reste eines Frühstücks. Der schöne Morgen hatte Schwierigkeiten, Licht durch die blinden Fensterscheiben dringen zu lassen.

Es roch nach Keller und Zigarettenrauch. Merle atmete so flach wie möglich und bedauerte es, hereingekommen zu sein. Aber sie durfte nicht den Stab über einen Messie wie Wolfram brechen. Das Tierheimbüro war auch nur selten vorzeigbar. Sie kamen in der täglichen Hektik einfach nicht zum Aufräumen.

Und Wolfram? Stand einer, dem sein Leben aus den Fingern glitt, nicht ebenfalls unter erheblichem Druck?

Jetzt erst schien er sich der Schere in seiner Hand bewusst zu werden. Er legte sie zwischen Tellern, Schinkenresten, Brotrinden, einer halbleeren Teetasse, in der eine durchweichte Zigarettenkippe schwamm, einer ausgelöffelten Eierschale und einem offenen Marmeladenglas ab, womit er eine Wolke winziger Fruchtfliegen aufscheuchte.

»Ich war gerade … wollte gerade … du weißt schon.« Er hob die Tasse auf, besah sich den Inhalt und stellte sie wieder auf den Tisch. »Ich hab verschlafen. Schlechte Träume mal wieder. Am Morgen fühl ich mich dann immer wie zerschlagen.«

»Es geht auch nur um eine kurze Frage, Wolfram.« Merle setzte sich auf das freie Eckchen der blauen Küchenbank, damit die Situation sich entspannte. »Ist dir an dem Scheunentor vorgestern irgendwas Besonderes aufgefallen?«

»Was Besonderes?«

In der bangen Erwartung, etwas Unangenehmes zu hören zu bekommen, kratzte er sich den Kopf.

»Könnte es sein, dass der Unfall … nicht zufällig passiert ist?«

»Nicht zufällig?« Verständnislos starrte er sie an. Dann dämmerte es ihm, und er sank auf einen Stuhl, nachdem er den Wäschehaufen, der dort gelegen hatte, mit dem Arm zu Boden gewischt hatte. »Aber wer sollte denn … warum? Denkst du, jemand will dem Tierheim schaden?«

Merle hob die Schultern.

»Oder einem Mitarbeiter?«

»Ich weiß es nicht.«

»Aber es hätte ja jeden von uns treffen können.«

»Du hast recht.« Nachdenklich stand Merle auf. »Wir alle betreten die Scheune. Es *kann* nur ein Zufall gewesen sein, dass es ausgerechnet mich getroffen hat.«

»Wie bist du denn überhaupt auf den Gedanken gekommen, dass mit dem Unfall irgendwas nicht stimmen könnte?«

An der Küchentür blieb Merle stehen.

»Bin ich gar nicht. Jette hat mich darauf gebracht, weil Mike vorgestern ebenfalls einen Unfall hatte. Irgendwie schon ein merkwürdiges Zusammentreffen.«

»Mike?« Wolfram mochte Mike, der ihm schon mehrmals bei schwierigeren Arbeiten geholfen hatte. »Ist er verletzt?«

»Nur ein Stromschlag. Mike passieren doch dauernd Missgeschicke.«

Stimmte das?

Sie beantwortete die Frage sofort mit einem Nein. Mike war alles andere als ungeschickt. Wenn er sich bei einer Arbeit verletzte, hatte das meistens irgendeine technische Ursache. Wie jetzt auch. Für einen Stromschlag konnte er nichts – außer, dass er sich immerzu diese alten Elektrogeräte anschaffte.

»Mit Stromschlägen ist nicht zu spaßen«, sagte Wolfram. »Und du glaubst, dass auch Mikes Unfall ...«

»Jette glaubt das.« Kurz hatte Merle das Gefühl, ihre Freundin mit dieser Erklärung zu verraten, doch es war die Wahrheit. Einzig und allein Jette zweifelte die Unfälle an. »Trotzdem noch mal die Frage: Ist dir an dem Tor irgendetwas aufgefallen, das nicht so war, wie es sein sollte?«

»Nein.«

Nachdenklich schüttelte er den Kopf. Sein Blick ging zum Fenster, aber Merle sah, dass er nach innen gerichtet war. Wolfram zermarterte sich das Hirn.

*Doch er erinnerte sich nicht.*

Verschlafen. Schlechte Träume. Von wegen. Er hatte sich bestimmt wieder zugedröhnt.

*Und jetzt einen kompletten Filmriss.*

Wie viele Trinker vertrug er Unmengen von Alkohol, ohne dass man ihm auch nur anmerkte, dass er überhaupt getrunken hatte. Im Laufe seines vierzigjährigen Lebens hatte er sich zu einem Schwindler entwickelt, dem es gelang, jeden hinters Licht zu führen, wenn er nur wollte.

Er warf ihr einen reumütigen Blick zu.

»Schon gut.« Merle lächelte. »Es hätte uns sowieso nicht weitergebracht, denn wir haben ja gerade eben ausgeschlossen, dass ein Anschlag – wenn es denn überhaupt einer gewesen sein sollte – einem Einzelnen gegolten haben könnte. Also: Entwarnung.«

Er brachte sie zur Tür. Alles an ihm strahlte Erleichterung aus.

»Ich bin gleich unten«, versprach er.

Als sie die Treppe hinunterging, fühlte Merle sich von Stufe zu Stufe besser. An Jettes Ahnung war nichts dran. Endlich konnte sie die Sache abhaken und wieder an die Arbeit gehen. Sie hatte wirklich keine Zeit für Hirngespinste, selbst wenn sie von der besten aller Freundinnen kamen.

# 5

Speisesäle hatte er schon immer gehasst. Bei dem der JVA war es nicht anders. Oft war die angespannte Atmosphäre während der Mahlzeiten mit Händen zu greifen und hin und wieder entlud sie sich in ungezügelter Gewalt.

Lieber nahm Georg das Essen mit in seine Zelle oder aß in der Stationsküche, die von den Inhaftierten genutzt werden durfte. Er hatte im Speisesaal Schlägereien mit angesehen, die für mehrere der Beteiligten auf der Krankenstation geendet hatten. Und einmal hatte er beobachtet, wie in einem solchen Streit ein schmächtiger Zwanzigjähriger getötet wurde.

Es war nicht so, dass er Angst davor hatte, in eine Auseinandersetzung verwickelt zu werden – er fürchtete sich nur davor, die Kontrolle zu verlieren.

Er wusste, was passierte, wenn die Wut in ihm hochkochte.

Hatte sich oft genug selbst beim Ausrasten zugesehen.

Als er heute sein Essen an der Ausgabetheke entgegengenommen hatte, ließ er den Blick langsam durch den Raum wandern.

Janus gab mit keiner Miene zu erkennen, dass er ihn entdeckt hatte. Er saß allein an einem Sechsertisch, was nicht ungewöhnlich war, weil die andern ihn schnitten, sofern sie nicht gerade seine Hilfe benötigten.

Langsam ging Georg auf den Tisch zu, stellte sein Tablett ab und rückte sich einen Stuhl zurecht. Eine Weile sprach keiner von ihnen. Sie wurden beobachtet und mussten vorsichtig sein.

»Du wolltest mich sprechen«, murmelte Georg schließlich, lässig über seinen Teller gebeugt und fast ohne die Lippen zu bewegen.

Es gab Königsberger Klopse, nicht gerade sein Leibgericht, aber er hatte sich angewöhnt, alles zu essen, um während der Haftzeit nicht abzubauen. Die Alternative wären Matjesheringe oder das vegetarische Gericht gewesen, worauf er heute absolut keinen Appetit hatte.

Er achtete nicht nur darauf, vernünftig zu essen, er nutzte auch täglich den Fitnessraum, denn die unentwegte Bewegung, die er als Saisonarbeiter gehabt hatte, fehlte ihm hier.

»Yep.«

Janus hob kurz den Blick und aß langsam weiter. Sein Gesicht trug Spuren einer schlecht verheilten Akne. Die eisblauen Augen, die an die eines Huskys erinnerten, ließen erkennen, dass in ihm viel mehr Kraft steckte, als seine Gegner vermuteten.

»Mein Preis steigt«, erklärte er.

Überrascht ließ Georg die Gabel sinken. Ihm war klar, dass Janus ein Arschloch war, aber dass er sich mit ihm anlegen würde, hätte er nicht gedacht. Rasch ließ er sich seine Optionen durch den Kopf gehen, um festzustellen, dass es keine gab.

Er war auf diesen Typen angewiesen.

Erbost zerquetschte er mit der Gabel ein paar Kapern in der weißen Soße.

»Wieso?«

»Ich trage ein hohes Risiko.«

»Und wirst dafür gut bezahlt. Wir hatten einen Deal, Janus.«

»Jetzt haben wir einen neuen.«

»Wie viel?«

»Du packst dreißig Prozent drauf und alles ist paletti.«

Nichts ist paletti, du Drecksack, dachte Georg. Er zwang sich weiterzuessen, damit er Janus nicht an die Gurgel ging.

Später, nahm er sich vor. Später würde er mit ihm abrechnen. Er würde ihn fertigmachen. Ihm zeigen, was es hieß, sein Wort zu brechen.

»Okay.«

Mit keiner Miene ließ Georg sich anmerken, welcher Sturm in ihm tobte. Er brachte das Mittagessen ohne ein weiteres Wort zu Ende, stand auf und trug das Tablett zur Geschirrrückgabe.

Noch eine halbe Stunde, dann hatte er einen Termin bei der Psychotherapeutin. Eine halbe Stunde, um sich zu beruhigen, damit er nicht im falschen Moment die Nerven verlor.

Es war wichtig, einen positiven Eindruck zu vermitteln, den Wärtern nicht unangenehm aufzufallen und erst recht nicht der Therapeutin. Wenn er jetzt durch ihr Raster fiel, konnte er seinen Plan vergessen.

Eine halbe Stunde. Das war so gut wie nichts. Dreißig jämmerliche Minuten reichten lediglich für ein paar Übungen aus.

Er hatte in der Haft mit Yoga angefangen und festgestellt, dass es ihm lag. Mit den Übungen trainierte er nicht nur den Körper, sondern auch den Geist. Vor allem schenkte Yoga ihm Ruhe, wenn alles in ihm in Aufruhr war.

Georg zog sich in seine Zelle zurück, deren Wände in einem zarten Grünton gestrichen waren, wie die der übrigen Zellen auch. Wahrscheinlich streng nach den Regeln der Farbpsychologie, denn in diesem Gefängnis schien nichts ohne Grund gemacht.

Es war eine moderne Haftanstalt mit fortschrittlichem Anspruch. Doch Mauern blieben Mauern, und die Gitter vor den Fenstern blieben Gitter, gleichgültig, wie perfekt eine humane Vision vom Strafvollzug und ihre Umsetzung auch sein mochten.

Es gelang Georg mittlerweile recht schnell, in einen meditativen Zustand zu gleiten. Das war sein Rettungsanker in den Momenten, in denen ihm die Wände auf den Leib rückten und er die von den Gittern zerschnittene Aussicht keine Sekunde länger auszuhalten glaubte.

Doch heute stand ihm seine Wut im Weg und nach der halben Stunde machte er sich schlecht gelaunt auf den Weg zu seiner Einzeltherapie.

Der Raum, in dem die Therapeutin ihn erwartete, war Kulisse täglicher Dramen. Helle Möbelstücke. Ein honigfarbener Kunststoffboden. Großformatige Landschaftsfotografien an den auch hier zartgrün gestrichenen Wänden.

Das Fenster wurde von weißen Lamellen verdeckt, die das Tageslicht einließen, jedoch den Blick auf die Gitterstäbe und das Draußen verwehrten. Manchmal waren diese Lamellen leicht schräg gestellt, doch niemals so weit, dass die Metallstäbe sichtbar geworden wären.

Rechts neben dem Fenster wuchs eine Kletterpflanze mit kleinen roten Blüten in die Höhe, links stand eine große Pflanze mit ledrigen Blättern, auf denen sich Staub abgelagert hatte. Er löste in Georg jedes Mal den Impuls aus, ein Taschentuch zu nehmen, um ihn abzuwischen.

An der einen Wand ein Regal mit bunten Ordnern. An der gegenüber – wirklich und wahrhaftig – eine freudianische Couch. Obwohl Georg sich nicht vorstellen konnte, dass sie zur Therapie genutzt wurde. Er jedenfalls hatte noch nie darauf gelegen. Vielleicht sollte sie nur den Eindruck von Behaglichkeit vermitteln und von dem Grund ablenken, der die Inhaftierten hierherführte.

Sie war purpurrot. Am Kopfende lag ein ockerfarbenes Kissen, am Fußende eine zusammengefaltete flauschiggelbe Decke. Mehr als einmal hatte Georg sich insgeheim gewünscht, sich auf der Couch auszustrecken, die Augen zu schließen und in Freiheit wieder aufzuwachen.

»Herr Taban.« Die Therapeutin schenkte ihm ein freundliches, wenn auch distanziertes Lächeln. »Setzen Sie sich doch bitte.«

Sie bevorzugte Kleidung in gedeckten Farben und schien Schwarz zu lieben, was ihr ausgezeichnet stand und die makellose Haut ihres Gesichts wie Porzellan schimmern ließ. Obwohl sie das lange blonde Haar streng im Nacken gebunden trug, sah man, wie schön es war. Man bekam unweigerlich Lust, es zu lösen und durch die Finger gleiten zu lassen.

Keine gute Idee, denn im Vorraum, direkt neben der Tür, saß ein Vollzugsbeamter, bereit, der Therapeutin beim geringsten Anzeichen von Gefahr zu Hilfe zu eilen. Unter ihrem Schreibtisch befand sich zudem ein Alarmknopf, den sie unauffällig drücken konnte.

Niemand hatte ihn jemals gesehen, aber jeder wusste davon.

*Malika.*

Auch ihr Vorname weckte Sehnsüchte.

Vielleicht trug sie aus diesem Grund das Haar nicht offen und hatte sich für eine dieser scheußlichen Brillen mit großen eckigen Gläsern und einem kompakten dunklen Gestell entschieden. Die Brille lenkte die Aufmerksamkeit auf ihre Funktion, was einer kalten Dusche gleichkam.

Denn die Einschätzung dieser Frau hatte Gewicht.

Es war reiner Irrsinn, es sich mit ihr zu verderben.

Für Georg gestalteten sich die Sitzungen mit Malika Reich als wahrer Drahtseilakt. Er musste den Eindruck erwecken, sich zu öffnen, ohne auch nur einen einzigen Blick in sein Inneres zuzulassen.

Bereits bei den unerträglichen Gruppensitzungen war das eine Herausforderung. Doch hier, allein mit ihr, war es noch schwieriger.

Was für eine Ironie, dass eine junge, schöne Frau hinter diesem Schreibtisch saß. Du lieber Gott. Was dachten sich die Leute nur, die so etwas planten? Nannten sie das etwa Konfrontationstherapie?

Ihr Körper regte die Fantasie der Männer an. Auch Georg konnte sich nicht dagegen wehren, ihre braun gebrannten, wohlgeformten Arme zu betrachten und sich vorzustellen, von ihren gepflegten, schlanken Fingern gestreichelt zu werden.

Er hustete, um sich wieder in den Griff zu kriegen.

»Erkältet?«, erkundigte sie sich.

Erkältet …

Er hustete noch einmal. Sie hatte ja keine Ahnung.

*

Ich hatte den ganzen Vormittag gearbeitet und beschloss, noch eine Runde zu joggen, bevor ich zur Uni fuhr. Die letzten Vorlesungen im Semester wurden kaum noch besucht, und auch ich hatte eigentlich keine Lust dazu, aber wenn ich so lange einsam am Schreibtisch saß, tat es mir gut, ab und zu ein paar Leute um mich zu haben.

Mike war überraschend nach Düsseldorf aufgebrochen, Luke würde erst morgen Abend wieder da sein. Ich war allein zu Hause.

Früher war das so gut wie nie vorgekommen.

Mittlerweile jedoch schienen wir an dem Punkt angelangt zu sein, wo wir aufpassen mussten, einander nicht zu verlieren. Es würde noch problematischer werden, wenn wir erst alle einen Beruf hätten. Und wie sollte eine WG mit Job, Partnern und Kindern funktionieren?

»Dann bauen wir uns ein großes Haus«, hatte Merle neulich gesagt. »Eins, in dem Platz für uns alle ist und von dem aus wir alle es gleich weit zu unseren Arbeitsplätzen haben. Oder wir vergrößern unsere WG und gründen ein Dorf.«

Sie nahm solche Befürchtungen nicht ernst. Sie alle nahmen sie nicht ernst.

»Dafür gibt es sogar einen Begriff«, hatte Mike eingeworfen. »*German angst*. Wir sind auf der ganzen Welt bekannt als reiches Volk mit absolut paradoxen Zukunftsängsten.«

»So ganz von der Hand zu weisen sind Jettes Überlegungen nicht«, hatte sich nun auch Luke eingemischt. »Wir alle werden uns Arbeit suchen ...«

»... und haben das unverschämte Glück, genau hier zu leben«, unterbrach Mike ihn. »In der Nähe von Städten wie Köln, Düsseldorf, Aachen oder Bonn. Da wird sich doch wohl für jeden von uns was finden lassen, ohne dass wir die WG aufgeben müssen.«

Damit war das Thema vom Tisch gewesen, wie jedes Mal, wenn ich damit anfing. Vielleicht war das ja auch richtig so. Vielleicht sollte ich aufhören, alles planen zu wollen, und stattdessen jeden einzelnen Tag genießen.

Während ich über die Felder lief, rückten sich die Dinge wie immer zurecht, und als ich nach einer Stunde zurückkam, hatten die Glückshormone ihre Arbeit getan und mich das Thema Zukunft vergessen lassen.

Ich bog um unsere Scheune und zog meinen Schlüsselbund aus der Gürteltasche, als ich bemerkte, dass das Tor zum Innenhof offen stand. Es war ein Holztor mit simplem Schloss, kinderleicht zu knacken. Trotzdem schlossen wir immer ab, bevor wir das Haus verließen.

Während der letzten halben Stunde war Wind aufgekommen, der jetzt mit dem Tor spielte, es einen Spalt breit öffnete und wieder zuschlug.

Es klang wie die Mischung aus dem Knarren eines Bootsanlegestegs und dem Zuschlagen eines Fensterladens und erinnerte mich an einen unheimlichen Film, den ich einmal mit Merle zusammen gesehen hatte. Da fand der Showdown in einem alten Bootshaus statt, und am Ende waren alle tot, nur die Heldin nicht, die aber ihr Leben lang im Rollstuhl sitzen würde.

Vielleicht hatte ich doch nicht abgeschlossen. Mir ging in letzter Zeit so viel im Kopf herum. Ich hatte keine

Ahnung, wie ich den ganzen Prüfungsstoff bewältigen sollte. Da konnte so was schon mal passieren.

Ich schob das Tor auf und betrat vorsichtig den Hof, der mich mit seinem stillen grünen Schatten umfing. Es war nichts Ungewöhnliches zu entdecken. Trotzdem blieb ich stehen, wo ich war, bereit, mich jederzeit in Sicherheit zu bringen.

Die Fenster und die Tür zur Küche waren geschlossen, die Glasscheiben unversehrt. Das sah nicht nach einem Einbruch aus.

Es wunderte mich, dass sich keine der Katzen blicken ließ. Wir hatten ihnen mit Türklappen die Möglichkeit gegeben, selbst zu entscheiden, ob sie im Haus oder draußen sein wollten. Der Innenhof war zu ihrem bevorzugten Aufenthaltsort geworden, doch vielleicht machte auch ihnen die Hitze allmählich zu schaffen.

Ich tat einen weiteren Schritt und blieb wieder stehen.

Der Efeu an der Bruchsteinmauer war grau vom Staub der Felder. Die Traktoren wirbelten ihn auf, dichte gelbe Wolken, die bei Windstille nur ganz allmählich zerwehten und sich dabei manchmal im Fell unserer Katzen festsetzten, die sich dann abends ewig putzten.

Endlich hatte ich das Gefühl, dass alles in Ordnung war. Ich verließ den Innenhof, schloss das Tor gewissenhaft hinter mir ab und wandte mich zur Haustür.

Bauer Sümmer ratterte auf dem Traktor vorbei. Er tippte grüßend an seine Kappe. Die Nachbarn hatten sich an uns gewöhnt. Auch sie waren Teil unseres Lebens hier, anders als in der Stadt, wo man sich in ein und demselben Haus oft tagelang nicht begegnete.

In der Küche trank ich ein Glas Wasser, ohne dass auch nur eine der Katzen kam, um sich Futter zu erbetteln.

Seltsam.

Rasch machte ich einen Rundgang durch sämtliche Zimmer und kehrte in die Küche zurück, um mir ein zweites Glas Wasser einzugießen, mit dem ich mich ans Fenster stellte.

Still und friedlich lag der Innenhof da, geschmückt von Heidekraut und breiten Mooskissen, den farbenfrohen Kerzen der Lupinen und den blauvioletten Blüten des Hortensienstrauchs.

Für Garten- und Hofgestaltung war hauptsächlich Merle zuständig, der meine Großmutter einen grünen Daumen bescheinigte. Ständig werkelte sie draußen herum – ihre Methode, den Kopf freizukriegen.

Alles schien in bester Ordnung zu sein. Doch etwas störte mich an der Ruhe.

Als wäre wirklich jemand hier gewesen, hätte den Hof betreten und sich umgesehen. Und wäre still und leise wieder verschwunden.

Ich beschloss, meine Vermutung zunächst einmal für mich zu behalten. Doch ich würde wachsam sein.

*

Malika Reich hatte sich in ihrem Schreibtischsessel zurückgelehnt. Ihre entspannte Körperhaltung und der aufmerksame Blick, mit dem sie ihn ansah, zeigten Georg, dass sie wartete.

Worauf? War er wieder weggedriftet?

Es passierte ihm manchmal, dass er sich in ihrem Gesicht verlor, das viel über sie erzählte. Und schön war, ohne im klassischen Sinn schön zu sein. Er bildete sich ein, ihr Leben darauf ablesen zu können.

*Sie zu erkennen.*

Er fragte sich, wie man es zulassen konnte, dass sie sich mit Vergewaltigern, Totschlägern und Mördern allein in einem Raum befand. Was würde ihr der Notfallknopf nützen, wenn einer der Häftlinge die Nerven verlor und sich unversehens auf sie stürzte? Oder der Beamte draußen neben der Tür. Wie sollte er ihr helfen können?

Solche Fälle hatte es doch schon gegeben.

Nicht alle Inhaftierten waren intelligent genug, um zu erkennen, dass sie sich damit in eine ausweglose Situation manövrieren würden. Manchen traute Georg durchaus zu, ihre Frustration und ihre Wut irgendwann nicht mehr beherrschen zu können. Und wenn der Damm einmal brach …

»Können Sie mir das nicht sagen«, fragte Malika, »oder wollen Sie nicht?«

Er liebte es, sie in Gedanken beim Vornamen zu nennen. Das stellte sie beide auf dieselbe Stufe. Dass er überhaupt bereit war, sich eine Stufe mit ihr zu teilen, lag an ihrer Position. Eigentlich hing er dem alten Ideal nach: Eine Frau sollte Erfüllung in der Liebe zu ihrem Mann finden. Zu ihm aufschauen. Ihm ergeben sein.

Sein Leben lang suchte er schon nach dieser Frau. Doch jedes Mal, wenn er geglaubt hatte, sie gefunden zu haben, war er enttäuscht worden.

»Entschuldigung«, sagte er. »Ich war mit meinen Gedanken woanders.«

»Verraten Sie mir, wo?«

Er schwieg.

Sie wartete.

Wahrscheinlich verbrachte sie ihr halbes Berufsleben damit, auf Äußerungen zu warten, die möglicherweise nie kamen.

»Darüber möchte ich nicht reden.«

»Gut.«

Ihm war klar, dass sie jedes seiner Worte bewertete und einordnete. Dass er mit jeder seiner Reaktionen etwas über sich preisgab, selbst, oder gerade dann, wenn er ihren Fragen auswich.

Sie erhielt ihre Antworten, auch ohne dass man sie ihr gab.

Es kam vor, dass er das vergaß. Dann hatte er fast das Gefühl, ein wirkliches Gespräch mit ihr zu führen.

»Wie war Ihr Vormittag?«, fragte sie.

»Wie immer«, log er.

Sie konnte doch unmöglich etwas von seiner Wut auf Janus mitgekriegt haben, die er zwar noch empfand, jedoch gründlich in sich verschlossen hatte. Er war geübt im Verbergen seiner Empfindungen. Das war er immer schon gewesen, doch in den Jahren hinter diesen Mauern hatte er viel dazugelernt.

»Womit haben Sie sich beschäftigt?«

»Ich hab im Kräutergarten gearbeitet.«

»Sie lieben es, im Garten zu arbeiten«, stellte sie fest. »Ihr Gesicht sieht immer entspannt aus, wenn Sie davon sprechen.«

Hatte er sich also doch nicht so unter Kontrolle, wie er glaubte. In diesem Moment hätte er ihr gern eine verpasst, um ihr Lächeln auszuwischen, das freundlich und verständnisvoll wirkte und gleichzeitig kühl und voller Selbstbewusstsein war.

Stattdessen erwiderte er es und nickte. Obwohl er hätte kotzen können.

Sie hatte ihn in der Hand.

Ihr Urteil entschied über seine Zukunft.

»Draußen fühle ich mich … beinah … frei«, sagte er und setzte das Zögern mit Bedacht. Es ließ ihn feinfühlig und verletzlich wirken. Er wandte den Blick ab, als müsse er sich erst wieder fangen.

Seine Taktik hatte Erfolg.

»Das verstehe ich«, sagte Malika. »Das verstehe ich gut.«

Georg warf ihr einen raschen Blick zu und ertappte sie dabei, wie sie nachdenklich auf ihren Notizblock starrte.

Er hatte sie!

Egal, wie schnell sie sich wieder die Therapeutin überstülpte – für den Bruchteil einer Sekunde hatte sie ein Gefühl gezeigt.

Du bist mir nicht überlegen, dachte er. Dein ganzes Psychogehabe verdeckt nur, dass du hauptsächlich eines bist: eine Frau.

Sofort ging es ihm besser.

Sie forschte in seinem Gesicht, und er hatte nicht das Bedürfnis, sie daran zu hindern. Er hatte sich wieder im Griff. Es würde ihr heute nicht mehr gelingen, ihn aus der Fassung zu bringen.

»Die Arbeit draußen regt die Gedanken an«, sagte er. »Man kann gar nicht anders. Man denkt über das nach, was man getan hat … versucht, es zu begreifen …«

Er meinte kein einziges Wort davon. Aber für sie ging die Sonne auf. Es war dieses Leuchten in ihren Augen, das sie verriet.

Er warf ihr immer nur Häppchen hin, achtete sorgsam darauf, nicht zu übertreiben. Solange er vorsichtig war und das Heft in der Hand behielt, war alles gut.

# 6

Merle seufzte erleichtert auf, als sie am Ende des Arbeitstags den PC runterfuhr. Mittwochs war das Tierheim geschlossen, und sie konnten sich um Arbeiten kümmern, zu denen sie keine Zeit fanden, wenn ihnen ständig Besucher vor die Füße liefen. Heute hatte sie sich leidigen Papierkram vorgenommen, der sie jedes Mal fertigmachte.

Sie konnte nicht verstehen, dass es Leute gab, die sich freiwillig für einen Schreibtischjob entschieden, wo es ihr selbst bereits Schwierigkeiten bereitete, Formulare auszufüllen. Ihr fehlte die Geduld, sich mit bloßen Worten oder Zahlen auseinanderzusetzen. Formulare und Vertragstexte langweilten sie zu Tode.

Ihre Stärke waren der Umgang mit den Tieren, die Verhandlungen mit den Sponsoren, was einen beträchtlichen Teil der Arbeit ausmachte, und ihr Talent für Planung und Organisation.

Vieles, was sie als militante Tierschützerin gelernt hatte, konnte sie bei ihrer Arbeit anwenden. Und umgekehrt: Ihre Erfahrungen aus der Arbeit für das Tierheim kamen ihr beim Engagement für die Tierschutzgruppe zugute.

Gerade als sie sich auf ihr Fahrrad schwingen wollte, um nach Hause zu fahren, rief Claudio an und bat sie verzweifelt, ausnahmsweise ein, zwei Stunden in der Küche auszuhelfen. Francesca war es gelungen, sich im heißesten Monat des Jahres Erkältungsviren einzufangen. Sie lag mit hohem Fieber im Bett.

Merle konnte wieder einmal nicht Nein sagen und betrat bald darauf das für Claudio übliche genialische Chaos.

Die Studenten, die stundenweise bei ihm jobbten, waren damit beschäftigt, Bestellungen auszuliefern. Angelo wirbelte in der Küche herum, während Claudio sich um die Bestellungen kümmerte und zusätzlich an den Tischen bediente, an denen ausgerechnet heute kein Platz frei geblieben war.

Wenig später band sie sich eine Schürze um, unterstützte Angelo beim Kochen und Claudio bei den Bestellungen, was ihm Zeit verschaffte, sich intensiver um die Gäste zu bemühen.

Er tat das mit großartigen Gesten und reichlich hingestreuten italienischen Wendungen, sehr zur Freude der Leute, die sein theatralisches Talent ebenso schätzten wie seine Speisen.

»Du siehst müde aus«, sagte Angelo und musterte Merle besorgt.

Er war schon lange in sie verliebt und glaubte, sie würde es nicht bemerken.

Es entging jedoch niemandem.

Niemandem außer Claudio. Der sich in seiner Eitelkeit nicht einmal ansatzweise vorstellen konnte, Merle könne sich irgendwann einem anderen Mann zuwenden.

Merle und Angelo waren in der Küche ein eingespieltes

Team. Vielleicht wären sie auch im Leben ein gutes Gespann gewesen.

Wenn Merle von Claudio losgekommen wäre.

Aber sie hing an diesem Macho, der sie schlecht behandelte und schamlos ausnutzte. Der sie sogar lange Zeit mit seiner angeblichen sizilianischen Verlobten auf Abstand gehalten hatte.

Und dann wieder so unverschämt wunderbar sein konnte. Aufregend, zärtlich, geheimnisvoll.

Gegen neun hatte Angelo Merle versichert, nun allein klarzukommen, und sie hatte die Schürze abgestreift und in die Wäsche gegeben – und war wieder einmal in einen Streit mit Claudio geraten, der unbedingt wollte, dass sie über Nacht blieb.

Als sie nun ihr Fahrrad in der Scheune abstellte, hatte sie nur noch das Bedürfnis, einen Kakao zu trinken, die Füße hochzulegen und ein bisschen mit Jette rumzuhängen.

Doch das Licht war überall gelöscht, Jette wahrscheinlich schon im Bett. Bestimmt hatte sie den ganzen Tag gelernt. Der Prüfungsstress hatte voll zugeschlagen.

Merle gab den Katzen, die sie in trauter Eintracht um Fressen anbettelten, eine Handvoll Trockenfutter, machte sich ihren Kakao, klatschte reichlich Sahne darauf und wollte die Tasse mit in ihr Zimmer nehmen, als sie unter Jettes Tür Licht bemerkte.

Sie klopfte an und schob die Tür auf.

Jette drehte sich überrascht nach ihr um.

»Ich hab dich gar nicht gehört«, sagte sie, beide Hände in einer Schublade ihrer Wäschekommode, die Wangen erhitzt. »Du kommst spät.«

»Claudio«, antwortete Merle nur. »Was, zum Geier, machst du da?«

»Ich suche mein Tablet.«

»Unter deiner Wäsche?«

»Sonst hab ich schon überall nachgeguckt.« Jette knallte die Schublade zu. »Das Ding kann sich doch nicht in Luft aufgelöst haben.«

»Am besten, du denkst in Ruhe darüber nach, wo du es zuletzt benutzt hast«, schlug Merle vor, die es auch immer so handhabte. »Und bis es dir wieder einfällt, könnten wir uns gemütlich in die Küche setzen.«

Jette folgte ihr bereitwillig. Sie machte keine spöttische Bemerkung über den Sahneberg, der aus Merles Tasse ragte.

Das war ungewöhnlich.

Erst jetzt sah Merle die Freundin genauer an.

»Ist was?«

»Ich bin genervt.«

Jette sank erschöpft auf einen der Stühle.

»Wozu brauchst du das Tablet denn?«, erkundigte Merle sich.

»Ich brauche es gar nicht. Ich vermisse es nur.«

»Das Haus verliert nichts«, behauptete Merle.

»Hammerspruch.« Jette ließ den Blick durch die Küche wandern. »Hilft mir nur nicht weiter.«

»Du suchst es ziemlich oft und immer taucht es wieder auf.«

»Stimmt.« Jette wandte sich ihr zu und lächelte endlich. »Kriege ich auch einen Kakao? Mit noch mehr Sahne?«

»*Das* ist meine Freundin.«

Merle grinste und kochte Milch auf, in die sie Kakaopulver rührte. Sie gab ein bisschen Honig und Zimt dazu und verzierte das Ganze mit einem gefühlten Kilo Sahne.

Dann saßen sie in der Küche, tranken ihren Kakao und schwiegen miteinander, wie es nur Freundinnen können.

Merle gab sich ihrer Müdigkeit hin und der schönen Vertrautheit zwischen ihnen und war für den Moment wunschlos glücklich.

*

Es war Merle gelungen, mich auf andere Gedanken zu bringen. Wir hatten bis Mitternacht gequatscht, geschwiegen und Musik gehört und es war gewesen wie in alten Zeiten. Dann waren uns die Augen schwer geworden, und wir hatten beschlossen, schlafen zu gehen.

»Weißt du eigentlich, was für ein Geschenk du bist?«, hatte sie mich auf einmal gefragt und mich in die Arme genommen. »Hast du auch nur die leiseste Ahnung?«

Sie wischte sich mit dem Handrücken die Augen und zog die Nase hoch.

»Du bist auch ein Geschenk.« Ich nahm ihr Gesicht in beide Hände. »Ein unbeschreiblich wunderbares. Und jetzt schlafen wir, okay?«

Sie schwankte ein wenig, als sie die Küche verließ. Dabei hatte sie keinen Tropfen angerührt. Sie war eindeutig überarbeitet. Das Tierheim, die Tierschutzgruppe und der ewig fordernde Claudio, das alles zusammen wurde ihr manchmal zu viel.

Ich nahm mir vor, nach den Klausuren etwas Schönes mit ihr zu unternehmen. Kino, Museum, mal wieder shoppen oder einfach rausfahren und den Tag an einem See verbringen. Das hatten wir schon ewig nicht mehr gemacht.

Bevor ich ins Bett ging, wollte ich noch einmal nach meinem Tablet suchen. Ich fing wieder von vorn an, durchwühlte meine Prüfungsunterlagen, zog sämtliche Schubladen auf, kramte in meinem Schrank, guckte in jeder Tasche nach.

Nichts. Das Tablet war wie vom Erdboden verschluckt.

Sicherheitshalber nahm ich mir noch einmal die Küche vor, wo ich es auch häufig benutzte. Und liegen ließ. Ich sah sogar unterm Sofa nach.

Als ich das nächste Mal auf die Uhr blickte, war es kurz nach eins, und ich hatte sämtliche Räume auf den Kopf gestellt, sogar einen Blick in den Hof geworfen und in die Zimmer der andern. Bis auf das von Merle. Aber wenn sie über mein Tablet gestolpert wäre, hätte sie es mir sicherlich gebracht.

Ich dachte an das geöffnete Hoftor.

*War doch jemand im Haus gewesen?*

Wie sollte er hereingekommen sein? Ich hatte keine Einbruchspuren entdeckt.

In fiebriger Hast ließ ich den Tag Revue passieren. Ich hatte das Haus zweimal verlassen, einmal, um zu joggen, und einmal, um zur Uni zu fahren. Bei beiden Gelegenheiten war ich nicht in Eile gewesen und hatte ordentlich abgeschlossen.

Oder nicht?

Ich steckte im Prüfungsstress. Vielleicht war ich in Gedanken gewesen, wie so oft in letzter Zeit. Vielleicht hatte ich es tatsächlich vergessen. Dann hätte ein Einbrecher die Haustür mit einer Scheckkarte knacken können, ohne auch nur einen Kratzer zu hinterlassen.

Meine Mutter predigte uns das, seit wir hier wohnten. Nur hörte ihr keiner mehr zu, wenn sie die Liste der Dinge runterrasselte, die wir unbedingt noch erledigen sollten.

Aufmerksam ging ich ein weiteres Mal durch sämtliche Räume.

Mit einem anderen Blick.

Nichts schien verändert, nichts zu fehlen.

Fing ich allmählich an zu spinnen? Wer außer mir sollte sich für mein nicht mehr neues Tablet interessieren? Wieso sollte jemand bei uns einbrechen und dann keines der wirklich wertvollen Geräte mitnehmen? Lukes Fotoausrüstung zum Beispiel?

Um zwei Uhr war ich todmüde und gleichzeitig hellwach. Ich beschloss, ins Bett zu gehen, obwohl ich wusste, dass ich nicht einschlafen würde. Ich hatte zu lange gelernt, zu viel Kaffee getrunken, mich zu sehr aufgeregt – eine denkbar schlechte Mischung. Ich schaltete meine Leselampe an und klappte den Krimi auf, den ich gerade las.

*Tod auf dem Nil* von Agatha Christie.

Ich besaß die meisten ihrer Bücher, zwei komplette Regalreihen voll. Da es schon eine Weile her war, dass ich sie verschlungen hatte, wollte ich noch einmal von vorn anfangen und sie diesmal langsam, Wort für Wort genießen. Ich mochte das Altertümelnde dieser Krimis, liebte Miss Marple und Hercule Poirot und war jetzt schon traurig darüber, dass ich sie bald alle wieder gelesen haben würde.

Dass mir die Augen zufielen, merkte ich nicht.

Irgendwann in der Nacht wachte ich auf, schob das Buch von meinem Bauch, knipste das Licht aus, drehte mich auf die Seite und schlief sofort wieder ein.

Am nächsten Morgen wurde ich von Merle geweckt.

»Lust auf ein Frühstück?«

Ich warf einen schlaftrunkenen Blick auf meinen Wecker.

»Es ist noch nicht mal sieben.«

»Weiß ich.«

»Ich bin noch müde.«

»Macht nichts.«

Gähnend schälte ich mich aus der Bettdecke.

»Ich hab auch was Schönes für dich.«

Merle verschwand in der Küche. Ich hörte sie singen und zwischendurch mit den Katzen sprechen, die sie wohl gerade fütterte.

Als ich an den Tisch kam, dampfte vor meinem Teller ein Cappuccino. Merle hatte sich ihr Müsli zubereitet und für mich mein heiß geliebtes finnisches Knäckebrot und Käse hingestellt. Was das Frühstück anging, waren wir wie alte Damen, wichen keinen Zentimeter von unseren Gewohnheiten ab.

Ich hatte gerade einen Schluck von dem Cappuccino genommen, als Merle mir mit einer bühnenreifen Verbeugung mein Tablet hinhielt.

»Traraaa!«

Gott sei Dank. Es war wieder da.

»Wo hast du es gefunden?«, fragte ich.

»Draußen auf der Fußmatte natürlich.«

»Ist gut, Merle. Veralbern kann ich mich alleine.«

»Veralbern?« Merle grinste mich triumphierend an, als hätte sie mich eben überführt. Sie zeigte mit dem Finger auf mich. »Wer veralbert hier wen?«

Sie hatte mich aus dem tiefsten Schlaf gerissen. Ich war auf solche Spielchen am frühen Morgen nicht vorbereitet und hatte auch nicht die geringste Lust dazu. Ich nahm ihr das Tablet aus der Hand und legte es neben meinen Teller.

»Wirklich, Merle, manchmal hast du einen echt grenzwertigen Humor. Lässt mich das ganze Haus absuchen und präsentierst mir mein Tablet am nächsten Morgen als Überraschungsgeschenk.«

Ihr Gesicht veränderte sich schlagartig.

»Du hast es nicht auf die Fußmatte …?«

Das war kein Spiel mehr. War von Anfang an keins gewesen. Merle hatte mein Tablet offenbar tatsächlich erst heute Morgen gefunden.

*Vor der Haustür.*

»Wirklich nicht?«, hakte sie noch einmal nach. »Ohne Scheiß?«

Wir versanken in Schweigen. Diesmal war es kein gutes Schweigen. Man konnte beinah hören, wie es in unseren Köpfen ratterte.

»Dafür muss es doch eine Erklärung geben«, sagte Merle schließlich.

Und die gab es ja auch.

*Jemand ging in unserm Haus ein und aus …*

# 7

Die Morgenstunden waren ihm die liebsten. Die Luft war klar und roch nach Freiheit und ließ ihn einen Herzschlag lang daran glauben, dass er es wirklich schaffen konnte.

*Nicht hier zu verrotten.*

Ihm graute vor den Wintermonaten, in denen es draußen nichts zu tun gab. Deshalb wollte er versuchen, dann neben der Beschäftigung im Gewächshaus auch in der Bücherei eingesetzt zu werden. Er musste nur unter Beweis stellen, dass er für den Job geeignet war.

Im Augenblick wurde die Bücherei von Jeff Hegen betreut, der in seinem früheren Leben Busfahrer gewesen war, bevor er einen Kollegen aus Eifersucht erschlagen hatte. Mittlerweile hatte er seine Strafe abgesessen und würde bald entlassen werden und das Feld räumen.

Mit ihm verlor die JVA einen ihrer Vorzeige-Häftlinge, denn Jeff galt als Paradebeispiel erfolgreicher Resozialisation. Vor zwei Jahren war sogar ein Team eines Fernsehsenders hier gewesen, um Material für eine Reportage über ihn zu sammeln.

Die Arbeit in der Bücherei hatte enorme Vorteile. Man arbeitete mehr oder weniger allein, entschied selbst, was gerade zu tun war, und geriet nur selten in Auseinandersetzungen, denn die aggressiven Typen ließen sich dort so gut wie gar nicht blicken.

Georg wässerte den Kräutergarten. Er hatte die Schuhe ausgezogen und genoss es, die einfachen, rauen Steinfliesen unter den Fußsohlen zu fühlen, obwohl die Sonne sie an einigen Stellen so aufgeheizt hatte, dass er sie nur tänzelnd betreten konnte. Er richtete den kalten Wasserstrahl darauf und sah zu, wie das Wasser verdampfte.

Seine nackten Füße ließen ihn das Leben spüren. So war es immer schon gewesen. So lange er denken konnte.

Die Sonne brannte schon jetzt um halb acht gnadenlos von einem weiten türkisfarbenen Himmel.

Alles wiederholte sich.

Vor drei Jahren hatte eine ebensolche Hitzewelle das Blut der Menschen zum Kochen gebracht. Sie hatte das Unterste in ihnen zuoberst gekehrt, das Beste und das Schlechteste durcheinandergewirbelt und sie hilflos ihrem Schweiß und ihrer Schwäche überlassen.

Es waren die Sinneseindrücke, die einen mit dem alten Leben verbanden. Das, was man sah, hörte, schmeckte, roch, fühlte.

Hitze. Kälte. Wind. Farben. Das Knarren einer Tür. Ein Duft. Das Aroma einer Speise. Regentropfen auf dem Gesicht.

Seit Georg hier war, kehrten die Empfindungen von früher in ungeahnter Stärke zurück und erschütterten ihn.

Doch dies war nicht der Ort, an dem man ungestraft Emotionen zeigen durfte. Weder Wut noch Angst, Trauer oder Schmerz. Deshalb gab es Bereiche, zu denen Georg sich selbst den Zugang verboten hatte. Die er niemals betrat.

Außer im Traum.

Er konnte sich noch so sehr zusammenreißen – im Schlaf verlor er Nacht für Nacht die Kontrolle.

Da begegnete er ihr wieder, der Liebe.

Und fuhr keuchend hoch.

Wie oft hatte die Liebe sich als Illusion entpuppt.

Bis er *ihr* begegnet war.

Dem einen Mädchen, das er nicht aus seinem Gedächtnis löschen konnte. Das sich dem Vergessen hartnäckig widersetzte. Ihn selbst heute, selbst hier, an diesem Ort noch quälte.

Er weigerte sich, ihren Namen auszusprechen, *dachte* ihn nicht mal, selbst wenn er allein in seiner Zelle war.

Wirklich besessen hatte er sie nie, sonst hätte sie ihn nicht verraten können. Dann wären sie eins gewesen, für immer und ewig.

Er hatte ihr Herz nicht erreicht.

Ihm brach der Schweiß aus, wenn diese Gedanken sich ungebeten in seinen Kopf drängten. Sein Herzschlag raste, und ihm wurde schwindlig von den Gefühlen, die auf ihn einstürmten.

Er drehte den Wasserstrahl kräftiger und traf ungewollt einen großen schwarzen Käfer, der von der Einfassung des Beets fiel, auf dem Rücken landete und panisch mit den Beinen ruderte.

Georg sah ihm eine Weile zu, verfolgte fasziniert die vergeblichen Versuche des Tiers, sich wieder aufzurichten. So wollte er niemals sein, so hilflos und angreifbar. So war er nie gewesen. In jeder noch so aussichtslosen Lage hatte er sich schließlich am eigenen Schopf aus dem Sumpf gezogen.

Und so würde er es auch diesmal machen.

Er würde hier rauskommen.

Dafür würde er Hilfe annehmen müssen und es war ihm egal. Er würde dafür bezahlen, nichts schuldig bleiben. Am Ende kam es nur darauf an, sein Leben zurückzugewinnen. Dafür war ihm jedes Mittel recht.

Er beugte sich zu dem Käfer hinunter und hielt ihm den Zeigefinger hin. Ohne zu zögern, krabbelte das Tier auf die rettende Hand.

Das Glücksgefühl, das Georg erfasste, war so stark, dass er taumelte. Er setzte den Käfer behutsam auf die Erde und beobachtete, wie er eilig davonkrabbelte.

Ja, dachte Georg. So würde es sein. Nur dass er erhobenen Hauptes gehen würde. Voller Stolz.

Ungebrochen.

*

Das Haus war an diesem Morgen sehr groß und sehr still. Das einzige Geräusch war das der Futterkugel, die Smoky in der Küche gemächlich hin und her rollte, um an die Leckerchen zu gelangen, mit denen ich sie gefüllt hatte.

Die Plastikkugel war Merles Idee gewesen. Sie hatte die Größe einer kleinen Apfelsine und war durchsichtig, um den Katzen einen Anreiz zu geben, sich ihr Futter zu erarbeiten. Hin und wieder fiel ein Stück Trockenfutter aus dem eingelassenen Loch, dessen Größe man variieren konnte.

Während Smoky sich gern und hingebungsvoll mit der Kugel beschäftigte, straften Donna und Julchen sie mit Verachtung. Was sie jedoch nicht davon abhielt, dem gutmütigen Smoky das eine oder andere herausgefallene Stückchen vor der Nase wegzuschnappen.

Ich saß an meinem Schreibtisch und zerbrach mir den

Kopf, um zu einer Entscheidung zu gelangen. Sollte ich mit Isa über die seltsamen Vorfälle der vergangenen Tage sprechen? Oder mich direkt an den Kommissar wenden?

Nach einer guten Stunde, Smoky hatte sich an dem, was die Kugel zu bieten hatte, längst satt gefressen, schlug ich die Bücher zu, ohne mir auch nur eine einzige Zeile eingeprägt zu haben. Ich schnappte mir meine Tasche und verließ das Haus. Zuvor hatte ich jedes einzelne Fenster kontrolliert und bei jeder Tür überprüft, ob sie abgeschlossen war.

Ich holte mein Auto aus der Scheune und fuhr los.

Die Bauernhöfe lagen wie schlafend da. Niemand war zu sehen. Nicht einmal eine Katze ließ sich blicken. Die Kühe auf den Weiden hatten sich in den Schatten der knorrigen Bäume zurückgezogen, die Schafe standen unbeweglich im trockenen Gras. Als hätte jemand sie dort abgestellt und dann vergessen. Lediglich ein paar Hühner staksten um einen einsamen Misthaufen herum.

Ich fuhr langsam. Viel zu oft hatte ich keinen Blick für die Umgebung, obwohl ich es liebte, hier zu leben. Heute war ich nicht in Eile. Wahrscheinlich kam das daher, dass ich immer noch nicht sicher war, ob Isa, zu der ich unterwegs war, für unser Problem die richtige Ansprechpartnerin war.

Nicht, weil ich ihr nicht zutraute, die Situation einzuschätzen. Aber wäre auch der Kollege dazu fähig, an den sie mich weiterreichen würde? Ich kannte mittlerweile die meisten von ihnen, hatte jedoch bisher lediglich das eine oder andere unverbindliche Wort mit ihnen gewechselt.

Ich wünschte mir, Bert Melzig würde noch hier arbeiten. Seit es ihn ins Kölner Polizeipräsidium verschlagen hatte, war er für unseren Bereich nicht mehr zuständig.

»Ja und? Der Kommissar ist nun wirklich keiner, der sich sklavisch an die Vorschriften hält«, hatte Merle mich heute Morgen erinnert. »Vielleicht kann er trotzdem was für uns tun. Zu ihm haben wir wenigstens Vertrauen.«

*Merle, Polizei und Vertrauen?*

Der Kommissar hatte ein echtes Wunder an ihr vollbracht.

Die Fensterläden der Bauernhäuser waren zugeklappt, die Rollos heruntergelassen. Die unbewegte Luft schien sich verdichtet zu haben. Ein unsichtbarer Schleier lag über der Landschaft. Vierunddreißig Grad, wenn ich der Außentemperaturanzeige glauben durfte. Dabei war noch nicht mal Mittag.

Ich hatte das Verdeck geöffnet, doch auch der Fahrtwind verschaffte mir keine Erleichterung. Der Schweiß rann mir an den Schläfen hinunter, mein T-Shirt klebte an mir wie eine zweite Haut, selbst in den Kniekehlen hatte sich Schweiß gesammelt.

Dummerweise hatte ich eine Abkürzung gewählt, die mich über unbefestigte Wege führte. Die Reifen meines Wagens wirbelten Staub auf, der durch sämtliche Ritzen drang. Fast meinte ich, ihn zwischen den Zähnen zu spüren. Ich schloss das Verdeck und öffnete nur das Fenster einen Spalt.

Dann hatte ich endlich wieder festen Boden unter mir. Der Asphalt war so heiß, dass ich ihn riechen konnte. Ich machte das Radio an, hörte jemanden behaupten, solche Phasen extremer Hitze habe es immer schon gegeben. Das sei definitiv kein Anzeichen eines Klimawandels.

Entnervt drehte ich dem Schwätzer den Ton ab.

Viele Bäume wirkten bereits schütter. Ihre Blätter waren dünn und trocken und würden lange vor der Zeit abfallen. Der eine oder andere Strauch hatte sich schon verfärbt. Auf den Obstwiesen und am Straßenrand sammelte sich leuchtend buntes Laub.

Und die Sonne knallte ohne Unterlass vom Himmel.

Kein Tropfen Regen, seit Wochen schon. Der Rhein führte so wenig Wasser, dass die Schifffahrt massiv eingeschränkt werden musste.

Die ersten Herbststürme des Jahres würden tonnenweise Regen auf die ausgetrocknete Erde schütten, bis die Städte entlang des Rheins im Hochwasser ertranken und die Feuerwehr tagelang damit beschäftigt war, die Keller leer zu pumpen.

Kein Anzeichen eines Klimawandels. Lächerlich.

Als ich meinen Wagen abgestellt hatte, pfiffen mir Arbeiter von einer benachbarten Baustelle aus zu. Ich erinnerte mich daran, was meine Freundin Merle in solchen Fällen tat, und streckte beide Mittelfinger in die Luft.

Danach ging es mir seltsamerweise besser und ich trat entspannt in den angenehm kühlen Eingangsbereich des Polizeigebäudes.

Ich grüßte den Beamten an der Pforte und überquerte den pechschwarzen Fliesenboden, in dessen Glanz ich mich spiegelte. Statt des Aufzugs nahm ich die Treppe und kam schnaufend ganz oben im sechsten Stock an. Dass auch Isa meistens die Treppe wählte, hatte sie mir noch sympathischer gemacht, als sie mir schon gewesen war, bevor sie mir die Hilfskraftstelle angeboten hatte.

Als ich an ihre Tür klopfte, kam keine Antwort. Ich schob sie auf und steckte den Kopf ins Büro.

Der Schreibtisch war aufgeräumt. Es sah nicht so aus, als hätte Isa eben noch hier gesessen und gearbeitet. Ich blickte zu den Garderobenhaken, an denen nichts hing, nicht mal ein Tuch oder ein Schirm.

Na toll.

Ich holte nach, was ich hätte tun müssen, bevor ich überhaupt losgefahren war: Ich nahm mein Smartphone und gab ihre Privatnummer ein.

An ihrer matten Stimme hörte ich gleich, dass sie krank war.

»Magen-Darm«, erklärte sie. »Das wünscht man seinem ärgsten Feind nicht.«

Damit hatte sich die Frage, ob sie heute noch einmal ins Büro kommen würde, erledigt.

»Kann ich irgendwas für Sie tun?«, erkundigte sie sich.

»Nein. Das hat keine Eile«, antwortete ich. »Werden Sie erst mal gesund.«

Sie fragte nicht nach, war vermutlich heilfroh, sich wieder unter die Bettdecke verkriechen zu können. Mit der Magen-Darm-Infektion, die gerade grassierte, war nicht zu spaßen. Die Arztpraxen waren überfüllt. Sogar die Zeitungen berichteten schon darüber.

Ich verließ das Polizeigebäude und fuhr nach Birkenweiler zurück.

Die Entscheidung war gefallen. Ich würde den Kommissar anrufen.

*

Kriminalhauptkommissar Bert Melzig schloss die Tür zu seiner Wohnung auf und beeilte sich, in die Küche zu kommen. Die Brötchen dufteten dermaßen köstlich, dass er schon unterwegs voller Heißhunger eines angebissen hatte. Doch dann hatte er sich beherrscht und es wieder in die Tüte gesteckt.

Er hatte Zeit, um in aller Ruhe zu frühstücken. Und das zu zelebrieren.

*Zeit.*

Das Zauberwort.

Zeit war ein Luxus, den er schon lange nicht mehr hatte genießen können. Menschen wurden nicht im Achtstundenfenster eines Kriminalbeamten ermordet.

Wie oft hatte ihn ein Anruf aus dem Schlaf gerissen und er war mechanisch in seine Kleidung geschlüpft und mit einem schnellen Kaffee zu irgendeinem Tatort gefahren.

Wie oft hatte er in den gläsernen Stunden der Nacht vor Leichen gestanden und sich woandershin gewünscht. Er hatte in gebrochene Augen geblickt und auf zerschmetterte Glieder, ohne jemals zu begreifen, wie derartige Gräueltaten möglich waren.

Nie hatte er sich an das Frösteln in solchen Augenblicken gewöhnt.

Er sah sie noch vor sich, die übernächtigten Gesichter der Kollegen und Kolleginnen. Hörte noch das Rascheln der Schutzkleidung, die sie überstreiften, um die Tatorte nicht zu verunreinigen. Nahm noch die absolute Lautlosigkeit des Todes wahr, die jedes Mal zu spüren war, selbst mitten in der Stadt, mitten am Tag und im dichtesten Straßenverkehr.

In den meisten seiner Erinnerungen war es Nacht, wenn er zu einem Tatort eilte. In der Nacht erreichte die Verletzlichkeit der Menschen ihren Höhepunkt. Da war die Konfrontation mit einem gewaltsam getöteten Menschen am schwersten zu ertragen.

Nachts konnten einem die gewohnten Abläufe der Polizeiarbeit, die einem in Fleisch und Blut übergegangen waren, plötzlich unter die Haut gehen.

So tief, dass man noch Jahre später ihren Stachel spürte.

Nach der Begutachtung von Leiche und Tat- oder Fundort folgte der absolute Horror: Sie mussten die Familienangehörigen vom Tod des Lebenspartners, des Vaters, der Mutter oder, was am schrecklichsten war, des Kindes unterrichten.

Bert hatte niemals eine routinierte Haltung zu diesen Dingen entwickeln können. Er hatte es auch gar nicht gewollt. Ihm war wichtig gewesen, den Toten einen Namen und eine Identität zu geben. Sie nicht als Körper zu sehen und nicht als Fall.

Er hatte immer darauf bestanden, sich an einem Tatort mit Anstand zu bewegen und die Würde des toten Menschen zu wahren. Kollegen, die das nicht taten, hatten seinen Zorn zu spüren bekommen.

Vorbei.

Irgendwann war seine Kraft verbraucht gewesen, sein Elan erschöpft. Irgendwann war er beim nächtlichen Klingeln des Telefons zusammengezuckt. Hatte er immer länger gebraucht, um seine Erschütterung zu verarbeiten.

Die Fälle waren ihm bis nach Hause gefolgt. Sie hatten sich nicht mehr abschütteln lassen, hatten mit ihm am Tisch gesessen und sich neben ihn ins Bett gelegt, um ihn Nacht für Nacht zu quälen.

Er war müde geworden, und etwas in ihm hatte sich auf eine Weise gegen die Arbeit gewehrt, dass er die Veränderung schließlich nicht mehr ignorieren konnte.

Am Ende fiel ihm die Entscheidung gar nicht schwer.

Ein Jahr Auszeit.

Um zu dem Menschen zurückzufinden, der er einmal gewesen war. Wieder der zu werden, der einen Sachverhalt mit dem nötigen Abstand betrachten und einen Fall lösen konnte, ohne dabei Federn zu lassen.

Falls das überhaupt möglich war.

Diese Skepsis war es unter anderem gewesen, die ihn dazu veranlasst hatte, gegen alle Widerstände seinen Schreibtisch zu räumen und sich in ein Jahr voller Unwägbarkeiten zu verabschieden.

Rick Holterbach, der nicht nur ein großartiger Kollege gewesen, sondern auch ein Freund geworden war, hatte bis zum letzten Moment alles versucht, um ihn zu halten. Doch dann hatte er ihn ziehen lassen, fest davon überzeugt, dass Bert nach dem vereinbarten Jahr zurückkehren werde.

Bert schaltete die Kaffeemaschine ein und setzte Wasser auf, um sich ein Ei zu kochen.

Zehn Uhr.

Und er hatte nicht mal ein schlechtes Gewissen. Er würde die kommenden Wochen und Monate nutzen. Um sich zu erholen. Die Wohnung, in der er sich nie wohlgefühlt hatte, die immer nur eine Übergangslösung gewesen war, in einen behaglichen Ort zu verwandeln. Endlich einmal wieder etwas mit den Kindern zu unternehmen, die immer noch unter seiner Trennung von Margot litten.

Vielleicht würde er wieder anfangen, regelmäßig zu joggen, was seinen Freund, Arzt und Tennispartner Nathan begeistern würde, denn seit er mit dem Rauchen aufgehört hatte, musste er auf sein Gewicht achten.

Zeit.

Ein ganzes langes Jahr.

Und wer wusste denn, was nach den ersten Aufräumarbeiten in seinem Alltag noch alles auf ihn zukommen würde?

Vielleicht konnte er seine alte Neugier auf das Leben, die so lange verschüttet gewesen war, wieder ausbuddeln. Die Wunder neu entdecken, an die er irgendwann nicht mehr hatte glauben können. Mit allen Sinnen leben.

Er setzte sich an den Küchentisch, schenkte sich Kaffee ein, schnitt ein Brötchen auf und belegte es mit Käse. Dann zog er sich die Zeitung heran.

Ein weiterer Luxus – Zeitung lesen.

Die wichtigsten politischen Ereignisse hatte er längst aus den Nachrichten erfahren, doch dafür hatte er die Tageszeitung auch nicht abonniert. Ihn interessierten hauptsächlich die Meldungen auf den Lokalseiten.

Auch die hätte er online erfahren können, aber er liebte es, die Zeitung auseinanderzufalten, das Papier zwischen den Fingern zu fühlen, es zu riechen, das Rascheln zu hören.

Noch nie hatte er die Zeitung so ausführlich studiert. Er hatte immer nur einen kurzen Blick hineingeworfen, meist erst am Abend, nachdem er von der Arbeit gekommen war.

Ihm fiel auf, dass in dem Wort *Zeitung* der Begriff *Zeit* enthalten war. Er lächelte, denn er erlebte das oft: Sobald er sich mit etwas beschäftigte, wurde er ständig und überall mit der Nase darauf gestoßen.

Er hatte sich gerade in einen Artikel über die Chancen einer multikulturellen Gesellschaft vertieft, als er sein Handy hörte. Widerstrebend stand er auf und folgte dem Klingelton zur Garderobe, wo er es in der Tasche seines Sakkos fand.

Auch das war eine neue Erfahrung. Normalerweise lag sein Handy griffbereit.

Er lernte offenbar schnell.

»Melzig.«

»Jette Weingärtner. Guten Morgen, Herr Kommissar.«

»Jette! Das ist ja eine Überraschung.«

Wenn die junge Frau sich meldete, gab es einen triftigen Grund dafür. Augenblicklich war er auf der Hut.

Ohne Umschweife kam sie zur Sache.

»Sie haben uns Ihre Karte gegeben und gesagt, wir dürfen uns melden, wenn wir ein Problem haben.«

»Richtig. *Haben* Sie ein Problem?«

»Ich weiß es nicht.«

»Sie wissen es nicht?«

»Ich müsste da ein bisschen ausholen.«

»In Ordnung.« Bert seufzte im Stillen. »Schießen Sie los.«

Er war an den Esstisch zurückgekehrt, um wenigstens den Kaffee zu trinken, bevor er kalt wurde. Sehnsüchtig betrachtete er die Brötchen, den Käse, die Marmelade und das wunderschöne Ei, das nur darauf wartete, geköpft zu werden.

»Ich habe das Gefühl, dass jemand uns bedroht.«

»Wie meinen Sie das?«

»Am Sonntag hat Mike einen heftigen Stromschlag abbekommen, als er eine Lampe reparieren wollte. Einen Tag darauf wäre Merle fast von einem Rolltor im Tierheim erschlagen worden.«

»Das tut mir sehr leid, aber Unfälle passieren hin und wieder und manchmal häufen sie sich auch. Was bringt Sie zu der Annahme, dass daran etwas merkwürdig war?«

»Das, was ich gestern erlebt habe.«

Bert merkte, wie sich sein Magen zusammenzog. Nicht schon wieder, dachte er. Jette hatte sich schon ein paarmal in Gefahr gebracht und ihm das Leben durch die Einmischung in seine Ermittlungsarbeit schwer gemacht.

Doch sie war eine ernsthafte Person, die nicht zu Übertreibungen neigte.

»Nämlich?«

»Jemand war in unserm Haus.«

»Ein Einbruch?«

»Nein. Das ist ja das Unheimliche. Er hat keinerlei Spuren hinterlassen. Es ist kein Fenster kaputt und keine Tür. Ich begreife nicht, wie er überhaupt reingekommen ist.«

»Und woher wissen Sie, dass jemand im Haus war? Wurde etwas entwendet?«

»Nein. Bis auf mein Tablet.«

»Ihr Tablet ist der einzige Gegenstand, der gestohlen worden ist?«

»Ja … und nein. Es ist wieder da.«

»Es war also nur verlegt?«

»Nein. Merle hat es draußen auf der Fußmatte gefunden.«

»Hört sich nach einem dummen Streich an.«

»Wer sollte mir so einen Streich spielen? Es hätte dabei ja verloren gehen können. Außerdem sind im Augenblick alle ausgeflogen. Mike und Ilka sind in Düsseldorf, Mina lebt noch in ihrer Wohngruppe, und Luke ist auch unterwegs. Er kommt erst heute Abend zurück. Wer also sollte mir …«

»Bleibt noch Merle.«

»Die würde mir so was nie antun. Sie weiß, dass ich mir wegen der Unfälle schon genug Sorgen mache.«

»Gibt es bei den Unfällen Anzeichen für Fremdeinwirkung?«

»Das weiß ich nicht.«

»Sie haben das nicht untersuchen lassen?«

»Die andern haben meine Befürchtungen nicht ernst genommen.«

»Ich würde Ihnen zu einer Untersuchung raten.«

»Dafür ist es zu spät.«

»Wieso?«

»Mike schafft sich meistens gebrauchte Geräte für seine Werkstatt an. Die Bohrmaschine hatte ihre besten Jahre auch längst hinter sich. Und die Tierheimgebäude sind so alt, dass sie gut und gerne unter Denkmalschutz stehen könnten.«

»Das heißt?«

»Mike hat nichts Alarmierendes an der Bohrmaschine entdeckt und sie zusammen mit anderem Schrott aus seiner Werkstatt entsorgt. Das Rolltor ist von Herrn Kleine, dem Hausmeister des Tierheims, repariert worden, der offenbar ebenfalls nichts Auffälliges bemerkt hat.«

»Was genau hat er repariert?«

»Er hat irgendein ausgeleiertes Sicherungsteil getauscht.«

»Hat er das alte aufbewahrt?«

»Herr Kleine guckt häufig ein bisschen zu tief ins Glas. Sollte es etwas Belastendes gegeben haben, hat er es vermutlich weggeworfen, ohne sich noch daran erinnern zu können.«

Ideale Voraussetzungen, um der Sache auf den Grund zu gehen, dachte Bert. Sein Magen knurrte vorwurfsvoll.

»Dann kann man nichts mehr machen«, sagte er. »Haben Sie schon mit Isa Kornblum darüber gesprochen?«

»Nein. Sie ist für Ermittlungen ja nicht zuständig.«

»Sie würde Sie an einen Kollegen weiterreichen, der zuständig ist.«

»Ja ...«

Bert hätte sich vielleicht geschmeichelt fühlen sollen, weil Jette so großes Vertrauen zu ihm hatte, aber seine Befürchtungen, wieder in etwas hineingezogen zu werden, überwogen.

»Ich kann Ihnen da nicht helfen«, erklärte er und fragte sich, warum, um alles in der Welt, sich das falsch anfühlte und ihm fast ein schlechtes Gewissen bereitete. »Ich habe gerade meinen Schreibtisch im Präsidium für eine längere Auszeit geräumt.«

»Oh. Das habe ich nicht gewusst.«

»Außerdem wäre ich für Birkenweiler sowieso nicht zuständig gewesen.«

»Natürlich. Ich hatte nur gedacht, Sie hätten vielleicht trotzdem ... ich meine ...«

Da hatte er sich einen schönen Ruf erworben.

Ein Hauptkommissar, der es mit den Vorschriften nicht so genau nahm? Der eine Weisung auch gern einmal auf seine eigene Art interpretierte? Dem es in manchen Fällen unmöglich war, Distanz zu wahren?

Wie zum Beispiel bei Jette.

*Und ihrer Mutter, der Schriftstellerin Imke Thalheim.*

Sein Herz schlug schneller, als er an ihr letztes, kurzes Telefongespräch dachte. Da war er im Präsidium gerade damit beschäftigt gewesen, seine Sachen zusammenzupacken.

Imkes Stimme hatte ihn tief getroffen.

Und ihm Hoffnungen gemacht, denen er nicht trauen durfte.

Ihre Geschichte würde aufhören, noch bevor sie richtig

angefangen hatte. Vielleicht wollte sie mit ihm sprechen, um ihm genau das mitzuteilen. Sicherlich würde sein kurzer Höhenflug mit einer schmerzhaften Bruchlandung enden.

Es war eine schwache Stunde gewesen, als er während der Ermittlungen in seinem letzten Fall bei ihr angerufen und beim Klang ihrer Stimme auf der Mailbox wieder aufgelegt hatte, ohne eine Nachricht zu hinterlassen.

Dass sie ihn zurückgerufen hatte, war womöglich nur eine Frage der Höflichkeit gewesen.

»Herr Kommissar? Sind Sie noch dran?«

»Ja.« Bert räusperte sich. »Wie gesagt, ich kann da leider gar nichts für Sie tun. Sprechen Sie mit Isa. Allerdings fürchte ich, dass die Sachlage zu dürftig ist, um in irgendeiner Weise tätig zu werden.«

»Okay.« Jette klang niedergeschmettert. Doch sie fing sich schnell wieder. »Vielen Dank, dass Sie mir zugehört haben, Herr Kommissar. Ich überleg mir das.« Sie zögerte. »Darf ich fragen, was Sie in Ihrer Auszeit vorhaben? Werden Sie reisen?«

*Wenn es sein muss, bis ans Ende der Welt. Ich will alles, wirklich alles tun, um wieder ich selbst zu werden.*

So etwas konnte er schlecht sagen. Er hatte es nur seinem Freund Rick gegenüber angedeutet.

Vor allem sein Berufsbild wollte er überdenken. Herausfinden, ob er überhaupt noch dafür geeignet war, Polizeiarbeit zu verrichten. Er hatte zu viele Kollegen erlebt, die im Laufe der Jahre verroht waren. Die morgens ihre Empathie und ihr Gewissen an der Garderobe abgaben und dann ihren Job machten.

So hatte er nie werden wollen.

Die Fälle zu nah an sich heranzulassen, war aber auch kein Ausweg.

»Darüber habe ich mir noch keine Gedanken gemacht«, wich er aus. »Ich lasse das auf mich zukommen. Vor allem brauche ich mal ein bisschen Ruhe.«

»Ich wünsche Ihnen alles Gute und ... entschuldigen Sie bitte die Störung.«

»Sie haben nicht gestört. Sie wissen, dass ich Ihnen gern helfe – wenn ich kann.«

Nachdem das Gespräch zu Ende war, fühlte er sich sonderbar leer. Er machte sich frischen Kaffee und lauschte dem Gefühl nach.

Zwei Unfälle. Ein Einbruch.

Das Bild des Tablets auf der Fußmatte ließ ihn nicht los. Sah das nicht nach einer Botschaft aus? Was hatte derjenige, der es entwendet hatte, damit gewollt?

Hatte er die Daten ausspioniert?

Eine Nachricht darin versteckt?

Bert frühstückte zu Ende. Er beschäftigte sich mit der Zeitung, doch es machte ihm keinen Spaß mehr. Nachdenklich faltete er sie zusammen und legte sie beiseite. Dann nahm er sein Handy und rief Jette zurück.

»Ja?«

Ihre Stimme klang atemlos. Als wäre sie gerannt.

»Haben Sie in Ihrem Tablet nachgeschaut, ob irgendwelche Daten gelöscht oder verändert worden sind? Haben Sie eine Nachricht gefunden?«

»Anscheinend ist nichts manipuliert worden.« Bert hörte den erwachenden Argwohn in ihrer Stimme. »Glauben Sie auch, dass ...«

»Nein«, schnitt er ihre Überlegungen ab. »Vielleicht haben Sie das Tablet draußen liegen lassen und jemand, ein Nachbar vielleicht, hat es gefunden und vor Ihrer Haustür deponiert. Stehen Sie zurzeit unter Stress?«

»Ich stecke in Prüfungsvorbereitungen, aber ich glaube nicht …«

»Das wäre doch eine Erklärung«, fiel er ihr ins Wort. »In so belastenden Situationen kann es passieren, dass man seine Schuhe aus Versehen in den Kühlschrank stellt und sie später vergeblich sucht.«

Als er ihr Lächeln spürte, entspannte er sich. Zeiten, in denen man sich auf Prüfungen vorbereitete, waren tatsächlich Ausnahmesituationen. Da verloren Menschen gern mal ihre Zurechnungsfähigkeit.

»Aber wenn Sie sich immer noch Sorgen machen, sprechen Sie mit Isa«, riet er Jette noch einmal und verabschiedete sich dann endgültig.

Er hatte vor, heute zu *Möbel Braucker* zu fahren, um sich nach ein paar Sachen für die Wohnung umzusehen. Wenig später brauste er über die A555 Richtung Bonn, am helllichten Tag und ohne jeglichen ermittlungstechnischen Grund.

Ein ungewohntes Gefühl. Ein bisschen wie Urlaub und ein bisschen wie Schuleschwänzen.

Er machte das Radio an.

*Highway to hell.*

Er hätte gern Gas gegeben, um das Gefühl zu haben, tatsächlich über einen Highway zu brettern, doch kaum eine Autobahn hatte weniger Ähnlichkeit mit einem Highway als die A555. Deshalb begnügte Bert sich damit, laut mitzuschmettern.

Das tat er auch bei den folgenden Songs. Bis er sein Ziel erreicht und die Enttäuschung in Jettes Stimme vergessen hatte.

# 8

»Wieso sagt der nie was? Hängt bloß auf seinem Stuhl und hört zu, wie wir uns die Seele aus dem Leib würgen.«

Marek Koschka hatte Georg bereits eine geraume Weile angestarrt, die Augen zu Schlitzen verengt, die kräftigen Hände auf seinen Oberschenkeln unentwegt in Bewegung. Wie immer, wenn er auf Angriffskurs war.

Alle wandten sich Georg zu.

»Das stinkt mir gewaltig! Angeblich soll das hier eine Gruppensitzung sein. Warum darf der sich dann ausschließen? Ist der was Besseres? Sind wir ihm zu blöd oder was?«

Malika griff nicht ein. Das tat sie nur selten.

Georg erkannte das Konzept dahinter und es widerte ihn an. Er hatte keine Lust, wie eine Ratte im Versuchslabor beobachtet und bewertet zu werden, um schließlich als beliebige Zahl in einer Statistik zu enden.

Die Gruppe reagierte erwartungsgemäß.

Ezra Calvao grinste in freudiger Erwartung einer handfesten Auseinandersetzung. Es fehlte nicht viel und der Speichel wär ihm aus den Mundwinkeln getropft.

Fred Bosse presste die Knie zusammen und knibbelte

an seinem Daumennagel. Er war extrem schlank, ein nervöser, scheuer Typ, der rasch und häufig Aggressionen auf sich zog, vor denen er sich nicht schützen konnte.

Ilja Finck, mit Anfang zwanzig einer der jüngsten Häftlinge, war ein Draufgänger, der in brenzligen Situationen seine Körperkraft einsetzte. Um die zu erhalten, trainierte er in jeder freien Minute im Fitnessraum. Er ballte die Fäuste.

Ulf Dörfler hatte wieder einmal nicht folgen können. Sein Gehirn arbeitete sehr langsam, und auch diesmal steckte er gedanklich noch in dem Thema fest, das sie vor Mareks Angriff behandelt hatten.

Jeff Hegen versuchte sofort zu beschwichtigen. Auseinandersetzungen waren ihm ein Gräuel. Vielleicht, weil die Jahre der Haft ihn verändert hatten. Oder aber, weil er gelernt hatte, sich zu kontrollieren, um seine vorzeitige Entlassung nicht zu gefährden.

»Bitte, Leute ...«

»Bitte Leute!«, äffte Marek ihn nach. »Guckt ihn euch doch an, den überheblichen Arsch. Hat der schon ein einziges Mal hier was eingebracht? Was echt Wichtiges, mein ich, nicht irgend so ’nen unwesentlichen Scheiß.«

»Nie«, bestätigte Ilja, der keiner Herausforderung aus dem Weg ging. Ein finsterer Zug lag um seinen Mund. Wie meistens.

Malika Reich sah von ihrem Notizblock auf, den Georg sich gern einmal näher angeschaut hätte. Ab und zu kritzelte sie etwas hinein. Er war jedoch davon überzeugt, dass das nur Show war. Gab es überhaupt noch Vorgestrige, die mit Block und Kugelschreiber arbeiteten?

Ihr Blick traf Georgs, und obwohl er sich ertappt fühlte, wich er ihm nicht aus.

»Sag endlich was!«, herrschte Marek ihn an.

Dieser grobschlächtige Kerl ging Georg allmählich schwer auf die Nerven. Wenn er so weitermachte mit seinen ständigen Provokationen, würde er reagieren müssen. Er durfte keine Schwäche zeigen, denn dann wäre er geliefert.

War Malika angespannt? Wirkten ihre Gesichtszüge nicht auf einmal starr? War sie kurz davor, dem Vollzugsbeamten, der draußen vor der Tür Wache hielt, ein Zeichen zu geben?

Die Gruppensitzungen, davon war Georg überzeugt, waren in Wirklichkeit nur halb so locker, wie es den Anschein hatte. In dieser Vorzeige-JVA herrschte ein relativ unaufgeregter Ton, der jedoch nicht zuletzt durch eine doppelte und dreifache Absicherung der Anlage und ihrer Abläufe ermöglicht wurde.

»Das bringt doch nichts«, mischte sich Ulf ein, der endlich mitbekommen hatte, dass sich hier etwas zusammenbraute. »Du kannst keinen zum Reden zwingen. Der eine braucht eben länger als der andere.«

Sein Blick huschte zu Georg und dann zu der Therapeutin. Er sammelte Pluspunkte, wo er konnte. Obwohl auch dieses Verhalten interessante Aufschlüsse über seinen Charakter lieferte.

*Jedes Wort war verräterisch.*

Sie waren zu siebt. Eine heilige Zahl, fiel Georg paradoxerweise ein, denn *heilig* war nun wirklich der letzte Begriff, der an diesen Ort passte.

Marek hatte sich halb von seinem Stuhl erhoben, setzte sich jedoch wieder, als Malika warnend die Hand hob.

»Wenn ich was zu sagen habe, werd ich das tun«, sagte Georg in die entstandene Stille hinein.

Er hörte, wie sicher seine Worte klangen. Wie sie Raum forderten und nachhallten. Befriedigt beobachtete er, wie die Luft aus der aufgeheizten Situation entwich und die Teilnehmer der Gruppensitzung irgendwie erschlafft zurückließ.

Ich werde nicht über die Stöckchen springen, die ihr mir hinhaltet, dachte Georg. Ihr macht mir meine Pläne nicht kaputt. Ich werde nicht zulassen, dass irgendjemand das Einzige gefährdet, das mich am Leben erhält.

Er lächelte Malika zu und die Therapeutin wandte den Blick ab.

Schach, dachte er.

Er liebte es, ernst zu nehmende Gegner zu haben.

*

Es war mir gelungen, ein paar Stunden in Ruhe zu arbeiten, indem ich jeden Gedanken an das Gespräch mit dem Kommissar unterdrückte. Die Nachricht von seiner Auszeit hatte mich kalt erwischt. Mit ihm verloren wir unseren Anker, der uns schon einige Male das Leben gerettet hatte.

Er war immer unser letzter Halt gewesen, an den wir uns gewandt hatten, wenn wir keinen Ausweg mehr wussten. Und auch wenn er uns mehrfach zusammengestaucht hatte, weil wir ihm, wie er sagte, das Leben schwer machten – er hatte uns nie im Stich gelassen.

Als ich am Nachmittag meine Arbeit unterbrach, um eine Pause einzulegen, stürmten die Gedanken wieder auf mich ein. Ich konnte es kaum erwarten, dass Luke nach Hause kam. Er hatte gesagt, es könnte spät werden, aber das kümmerte mich nicht.

Hauptsache, er war wieder bei mir.

Es würde ihm im Handumdrehen gelingen, meine Befürchtungen zu zerstreuen.

Luke hatte diese Wirkung auf mich. Sobald er mich in die Arme nahm, schrumpften die Welt und das, was mich quälte, auf ein normales Maß zusammen. Mit ihm fühlte ich mich stark und unbesiegbar.

Genau das brauchte ich. Irgendwie verlor ich allmählich das Vertrauen in mich selbst.

Als der Kommissar angedeutet hatte, ich hätte mein Tablet möglicherweise draußen vergessen, weil die Prüfungsvorbereitungen mich unter Druck setzten, war ich sofort unsicher geworden. Hatte er recht? Gab es den Zusammenhang zwischen den Unfällen und der Sache mit dem Tablet nur in meinem Kopf?

Man sagte nicht ganz zu Unrecht, Psychologie solle man nur dann studieren, wenn man psychisch stabil sei. Sonst neige man dazu, jede psychische Störung bei sich selbst zu diagnostizieren.

Hatte meine psychische Stabilität gelitten?

Wieder attackierten mich meine Gedanken wie ein Schwarm aggressiver Vögel. Sie kreisten mich ein und ließen nicht ab von mir.

Konnte wirklich einer der Nachbarn das Tablet aus dem Innenhof geholt und draußen vor der Haustür abgelegt haben?

Ergab das irgendeinen Sinn?

Der einzige Nachbar, der mir dazu einfiel, war der demenzkranke Vater von Frau Sümmer, der ständig durch fremde Gärten schlich, dabei die Finger seltsam verdrehte und mit sich selber sprach.

Er nahm jedoch so wenig Notiz von seiner Umwelt, dass ich ihn direkt wieder ausschloss.

Ich ging in die Küche, holte mir ein Glas Wasser und trat in den Innenhof. Die Hitze war selbst hier so kompakt, dass ich meinte, sie berühren zu können, wenn ich nur die Hand ausstreckte. Ich setzte mich in den Schatten und beobachtete, wie eine fette Taube über einen Sonnenflecken watschelte und plötzlich ohne ersichtlichen Grund davonflog. Ihre lauten Flügelschläge durchbrachen die Stille, die rasch wieder niedersank.

Die Pflanzen begannen unter der wüstenhaften Trockenheit zu leiden, obwohl wir ihnen regelmäßig Wasser gaben. Das hier war unsere Oase, die wir alle liebten. Jeder kümmerte sich darum, dass es ihr gut ging.

Von den Feldern drangen jetzt ferne Traktorengeräusche herüber. Das strahlende Weiß der Klematis leuchtete neben dem Efeu an der Bruchsteinmauer. Die Kletterrose, die Merle im letzten Jahr bei der Tür zur Küche gepflanzt hatte, eine alte schottische Sorte, zeigte zarte porzellanene Blüten.

Im Gegensatz dazu trug der Klatschmohn so schwer an seinen riesigen Blütenköpfen, dass einige auf den Boden gesunken waren, wo sie lagen wie glimmendes Fallobst. Dutzende von Schmetterlingen umschwirrten den duftenden Sommerflieder.

Nicht weit davon entfernt, hatte sich Smoky ins Heidekraut gekauert und beobachtete das Schauspiel höchst konzentriert. Hin und wieder gelang es ihm nämlich, einen der Schmetterlinge zu erjagen und ihn stolz ins Haus zu tragen.

Normalerweise fing die Stimmung mich sofort ein. Heute jedoch war es anders. Irgend jemand war in diese Idylle eingedrungen. Er hatte vielleicht gesessen, wo ich gerade saß, hatte gesehen, was ich gerade sah.

*Und war in unserm Haus gewesen.*

Vielleicht. Vielleicht. Vielleicht.

Seit wann konnte ich meinen Eindrücken nicht mehr trauen?

Wie oft ich es auch versuchte – es gelang mir nicht, mich zu erinnern. Hatte ich das Tablet tatsächlich draußen liegen lassen? Obwohl ich so achtsam mit meinen Sachen umging? War mir das jemals vorher passiert?

Einmal, ein einziges Mal, hatte ich mein Smartphone in einem Eiscafé in Bröhl auf dem Tisch vergessen. Als ich es auf dem Heimweg bemerkt hatte, war ich panisch zurückgerannt und hatte schon bei meinem Eintritt in das Café erleichtert bemerkt, wie die Kellnerin mir fröhlich damit zuwinkte.

Seitdem achtete ich darauf wie auf meinen Augapfel.

Und jetzt sollte ich mein Tablet im Hof gelassen haben?

Noch einmal versuchte ich, mich daran zu erinnern, wann ich es zuletzt in der Hand gehabt hatte. Und wo das gewesen war.

Es fiel mir nicht ein.

Hatte ich mein Tablet jedoch *nicht* draußen vergessen, dann musste jemand im Haus gewesen sein. Ohne Spuren zu hinterlassen. Das bedeutete, er musste einen Schlüssel haben.

War das möglich?

Hatte dieser Jemand sich einen Schlüssel zu unserem Haus nachmachen lassen?

Ich dachte an Merle, die ihre Tasche im Büro immer einfach irgendwo abstellte, ohne sich darum zu scheren, dass jeder Besucher des Tierheims, jeder Handwerker, der dort arbeitete, jeder Tierfutterlieferant sich jederzeit daran vergreifen konnte.

Auch ihren Schlüsselbund ließ sie ständig irgendwo liegen. Sie fand es unbequem, ihn immer und überall mit sich zu tragen, und um ihn am Gürtel ihrer Jeans zu befestigen, war er bei den vielen Schlüsseln einfach zu schwer.

Mike war ebenfalls nicht der Typ, der seine Schlüssel hütete. Er ließ die Tür zum Stall, in der seine Werkstatt untergebracht war, oft unverschlossen, und seine Schlüssel suchte er so oft wie andere ihr Handy.

Dann war da noch Mina, deren Schlüssel wer weiß wo herumfliegen konnten. Was wussten wir schon von den Mitbewohnern in ihrer therapeutischen Wohngruppe?

Die Einzigen, von denen ich annahm, dass sie sehr genau auf ihre Schlüssel achteten, waren Ilka und Luke.

Und ich?

Konnte ich mir noch trauen, nachdem ich mein Smartphone in einem Café vergessen hatte, auch wenn es nur ein einziges Mal geschehen war?

Das Grübeln führte zu nichts.

Egal wie – jemand war in unser Haus eingedrungen. Oder doch zumindest in unseren Innenhof. Und er hatte uns damit etwas mitgeteilt. Denn das Tablet auf der Fußmatte bedeutete: *Ich war hier. Ihr seid nicht sicher.*

Ich sprang auf und lief ins Haus. Prüfte wieder, ob alle Fenster und Türen verschlossen waren. Suchte meine Sachen zusammen und hastete durch den Stall zur angrenzenden Scheune. In der Uni würde ich mich wohler fühlen als allein zu Hause.

Schon als ich die Tür zur Scheune öffnete, bemerkte ich den Zettel an der Windschutzscheibe meines Wagens.

Mein Magen krampfte sich zusammen.

*Als ich das Auto heute Morgen hier abgestellt hatte, war er noch nicht da gewesen.*

Abrupt blieb ich stehen.

Durch einen schmalen Spalt ließ das Scheunentor einen Streifen Sonnenlicht herein, in dem Staubpartikelchen tanzten.

*Wieso stand es offen?*

Bis auf die fernen Traktorengeräusche war es ganz still. Ich blieb in dieser Stille stehen und lauschte. Meine Augen gewöhnten sich an das Dämmerlicht. Aufmerksam ließ ich meinen Blick schweifen.

Ich hörte meine Angst in den Ohren rauschen.

Auf schwachen Beinen stakste ich vorwärts. Es kostete mich alle Kraft, die Hand nach dem neongrünen Papier auszustrecken und es unter dem Scheibenwischer hervorzuziehen.

Die Nachricht bestand aus vier schiefen Großbuchstaben, die jemand aus einer Illustrierten ausgeschnitten hatte.

B A L D.

*

Dr. Malika Reich hatte Kopfschmerzen und spürte schon seit dem Aufwachen ein Frösteln, das sie immer wieder erschauern ließ. Im Laufe des Vormittags war auch noch ein Kratzen im Hals hinzugekommen und ihre Augen tränten.

Erkältung im Hochsommer, das klang wie ein Widerspruch, doch es passierte öfter, als man dachte. Erst im vergangenen Jahr hatte sie sich eine Sommergrippe eingefangen, die sie fast drei Wochen ans Bett gefesselt hatte.

So etwas wollte sie nicht gern noch einmal durchstehen. Deshalb hatte sie sich vorgenommen, heute ein wenig früher Schluss zu machen, zu Hause ein ausgedehntes

Vollbad zu nehmen, ein bisschen zu lesen, Musik zu hören und nach einem frühen Abendessen zeitig zu Bett zu gehen.

Glücklicherweise musste sie keinen Termin verschieben, denn für den restlichen Nachmittag stand lediglich der wöchentliche Jour fixe auf dem Programm. Die Gutachten, die sie eigentlich danach hatte schreiben wollen, drängten nicht. Mit denen konnte sie sich ebenso gut später beschäftigen.

Das Meeting abzusagen, hatte sie keine Sekunde lang erwogen. Diese Treffen boten Gelegenheit, sich ausführlich mit Birger Harig auszutauschen, der für den allgemeinmedizinischen Bereich zuständig war. Bei Bedarf wurde auch die Zahnmedizinerin Jolante Kaiser hinzugebeten, die einmal in der Woche hier ihre Sprechstunde abhielt.

In dieser besonderen, fortschrittlichen JVA ihren Beruf ausüben zu dürfen, empfanden Malika Reich und Birger Harig als absoluten Glücksfall. Die medizinische Abteilung war großzügig angelegt und ausgestattet. Sie wurden gut bezahlt, mussten keinen Notdienst machen und auch an den Wochenenden nicht arbeiten.

Alle vierzehn Tage, oder auch häufiger, wenn es notwendig war, nahm die Leiterin der JVA, Yvonne Kamphuusen, an den Sitzungen teil. Dann ging das Gespräch häufig über die medizinische Beurteilung der Patienten hinaus, und es konnte passieren, dass die ärztliche Schweigepflicht mit dem Sicherheitsauftrag der Gefängnisverwaltung kollidierte.

Es gab keine Lösung für diesen Zwiespalt. Man konnte nur so verantwortungsbewusst wie möglich damit umgehen. Am deutlichsten wurde der Konflikt bei den medizinischen Fachkräften, von denen es sich bei den meisten gleichzeitig um Justizvollzugsbedienstete handelte. Sie mussten den täglichen Spagat leisten, ihren Patienten und gleichzeitig ihrem Arbeitgeber gerecht zu werden.

Malika Reich arbeitete vertrauensvoll mit Birger Harig zusammen. Die Behandlung der Häftlinge fand oft fachübergreifend statt, weil das eine gesundheitliche Problem häufig das andere bedingte.

Nicht selten waren beispielsweise Kopfschmerzen Vorbote von Depressionen oder Ausdruck von Überforderung, und in solchen Fällen war es hilfreich, wenn auch die Psychotherapeutin sich das einmal genauer anschaute.

»Du siehst gar nicht gut aus«, stellte Birger Harig fest, als er Malika begrüßte.

»Besten Dank auch«, frotzelte sie.

Mit schweren Gliedern ließ sie sich auf einen der Stühle fallen, die um den ovalen Tisch des Besprechungsraums standen. Sie schätzte und mochte ihren Kollegen. Umgekehrt war es genauso. Der Umgangston zwischen ihnen war angenehm locker.

Bis auf die Gitter vor den Fenstern deutete nichts darauf hin, dass man sich in einer Haftanstalt befand. Abgesehen von der verschlossenen Tür.

»Fühlen Sie sich denn fit genug?«, fragte Yvonne Kamphuusen, die kurzfristig entschieden hatte, heute dabei zu sein.

»Geht schon.«

Malika wollte das Treffen zügig hinter sich bringen, um so rasch wie möglich nach Hause zu kommen.

»Gut.«

Yvonne Kamphuusen nahm bei derartigen Gelegenheiten gern das Heft in die Hand, doch weder Malika noch Birger stießen sich daran. Die Leiterin der JVA war direkt und präzise und sie übte ihre Funktion mit Leidenschaft aus. Ihre Sachlichkeit und Kompetenz wurden allgemein geschätzt.

Nachdem sie die Anfangsjahre ohne größere Katastrophen überstanden hatte, war es kaum noch Thema, dass sie als Frau einen Männerknast leitete.

»Ich möchte mit Ihnen über Jeff Hegen sprechen«, begann sie und öffnete die gelbe Mappe, die vor ihr auf dem Tisch lag. »Wie läuft es mit den Vorbereitungen für seine Entlassung? Irgendetwas, das ich wissen muss?«

Malika und ihr Kollege wechselten einen Blick, bevor beide den Kopf schüttelten.

»Seit ich Herrn Hegen betreue, beobachte ich kontinuierliche Fortschritte«, berichtete Malika. »Das gilt auch für die Gruppentherapie. Da ist er zu einem Fels in der Brandung geworden und rettet häufig kipplige Situationen, ohne dass ich eingreifen muss. Er ist nicht eben beliebt, aber doch akzeptiert. Ich weiß von keinem Fall, in dem er von irgendwem ernsthaft angegriffen worden wäre.«

Birger Harig stimmte mit einem Nicken zu.

»Ich habe auch den Eindruck eines gefestigten Mannes gewonnen. Seine Entlassung kommt zum richtigen Zeitpunkt.«

»Gesundheitliche Probleme?«, erkundigte sich Yvonne Kamphuusen.

»Er leidet an einer chronischen Gastritis, die immer dann akut wird, wenn er Nachricht von seiner Familie erhält. Abgesehen davon ist sein Allgemeinzustand zufriedenstellend.«

»Seine Frau hat sich vor einigen Jahren von ihm getrennt«, sagte Yvonne Kamphuusen nach einem Blick in ihre Unterlagen.

»Ja«, bestätigte Malika. »Und sie hetzt die mittlerweile fast erwachsenen Kinder gegen den Vater auf. Er leidet sehr darunter, dass sie ihn nicht mehr besuchen. Überhaupt sind die meisten Verbindungen zu seinem früheren Leben abgebrochen.«

Yvonne Kamphuusen blätterte nachdenklich in ihrer Mappe, die schon etliche Gebrauchsspuren zeigte.

»Und trotzdem denken Sie, dass er dem Leben in Freiheit gewachsen ist?«

»Unbedingt. Er setzt sich intensiv damit auseinander. Die alten Kontakte zu kappen, war für ihn eine Überlebensstrategie, wie er das nennt. Sie hätten ihn seiner Ansicht nach bloß wieder runtergezogen. Dass er in der Haft ein Fernstudium absolviert hat, zeigt ja, dass er sich andere, neue Ziele für das Leben draußen sucht.«

»Kunstgeschichte …« Yvonne Kamphuusen blickte auf. »Hat er eine Vorstellung, was er damit machen will?«, wandte sie sich an Malika.

»Ich habe mich vor Kurzem mit der Besitzerin eines Antiquariats unterhalten, die ich gut kenne. Sie wäre bereit, ihn auf Probe einzustellen, und würde ihm, falls er sich bewährt, nach zwei Monaten einen festen Vertrag anbieten.«

»Super«, murmelte Birger Harig anerkennend. »Das freut mich.«

»In den Therapiegesprächen hat Herr Hegen mehrfach geäußert, es wäre sein Traum, in einer Bibliothek oder einer Buchhandlung zu arbeiten.«

»Weiß er von deinen Bemühungen?«, erkundigte sich Birger Harig.

»Nein. Ich wollte ihm keine Hoffnung machen, ohne sicher zu sein, dass der Plan sich nicht doch noch zerschlägt.«

Yvonne Kamphuusen blätterte ein paar Seiten in ihrer Mappe um und tippte mit dem Zeigefinger auf eine Reihe von Zahlen, ohne etwas dazu zu bemerken.

Ihre schwarz lackierten Fingernägel waren mit kunstvollen farbigen Mustern verziert und so lang, dass Malika sich oft fragte, wie es möglich war, sie heil auch nur über einen einzigen Tag zu bringen. Mit ihnen zu kochen. Zu tippen. Im Garten zu arbeiten. Oder auch bloß jemanden zu streicheln, ohne ihm das Gesicht zu zerkratzen.

»Gut«, murmelte Yvonne Kamphuusen. »Dann läuft ja alles bestens.«

Energisch klappte sie die Mappe zu, in Gedanken bereits beim nächsten Termin.

»Da wär noch was, Frau Kamphuusen«, hielt Malika sie auf.

»Worum geht es?«

»Es ist noch nicht über die Zukunft der Bücherei entschieden worden.«

»Das ist richtig.« Yvonne Kamphuusen runzelte die Stirn. »Ich habe das schon seit Langem im Hinterkopf, allerdings hatte ich noch keinen Geistesblitz.«

»Ich möchte Georg Taban als Nachfolger von Jeff Hegen vorschlagen«, sagte Malika.

»Georg Taban?« Überrascht zog Yvonne Kamphuusen die Augenbrauen hoch. »Hat er Sie darauf angesprochen?«

»Nein. Aber er ist sehr belesen, verbringt viel Zeit in der Bücherei und hat hier und da auch schon ausgeholfen, was ihm anscheinend gefallen hat. Offenbar versteht er etwas von Literatur.«

»Kann ich mir gut vorstellen«, stimmte Birger Harig zu. »Georg Taban ist ein ruhiger, disziplinierter Häftling, der meines Wissens noch nicht negativ in Erscheinung getreten ist.«

Yvonne Kamphuusens Gesicht drückte Zweifel aus.

»Weil er sich perfekt anpasst und niemals die Kontrolle verliert. Haben Sie ihn je verzweifelt erlebt?«, erkundigte sie sich bei Malika. »Oder aggressiv?«

Ihr Einwand war absolut berechtigt, wie Malika sich eingestehen musste.

»Kein Häftling ist wie der andere«, antwortete sie dennoch. »Vielleicht gehört er zu denen, deren Entwicklung still verläuft.«

Auch in der Haft hatten die Extrovertierten es leichter. Sie fanden Worte für die Qualen, unter denen sie litten. Ließen nicht zu, unbemerkt von ihnen aufgefressen zu werden.

»Sie hätten keine Bedenken?«

»Bedenken?«, warf Birger Harig ein. »Es geht hier doch lediglich um seine Eignung für diese Aufgabe, nicht um seine charakterliche Beschaffenheit.«

»Georg Taban arbeitet gewissenhaft und zuverlässig«, fügte Malika hinzu. »Warum sollten wir ihm die Bücherei nicht anvertrauen? Falls er das überhaupt möchte.«

Die unerschütterliche Zurückhaltung und Gelassenheit Georg Tabans erschienen ihr selbst manches Mal befremdlich. Die Ruhe des Chamäleons, dachte sie und fühlte dieses merkwürdige Unbehagen, das sie jedes Mal beschlich, wenn sie ihm in die Augen schaute.

Georg Taban gab tatsächlich wenig oder nichts über sich preis. Immer wieder entzog er sich Fragen, indem er ins Ungefähre auswich oder Gegenfragen stellte. Seine hohe Intelligenz und die ausgeprägte Fähigkeit, andere zu manipulieren, waren typisch für einen Psychopathen. Vor jeder Sitzung mit ihm musste sie sich dagegen wappnen.

»Ich glaube, die Arbeit in der Bücherei wäre heilsam für ihn«, sagte sie. »Er hätte mehr mit den anderen Häftlingen zu tun, ohne ihnen zu nahe kommen zu müssen. Vielleicht würde ihm dieser Job helfen, sich zu öffnen.«

»Was er noch nicht tut?«, fragte Yvonne Kamphuusen.

»Nein, da hat er noch einen langen Weg vor sich.«

»Gut, sprechen wir ihn an«, entschied Yvonne Kamphuusen in ihrer gewohnt zupackenden Art. »Dann sehen wir, wie er reagiert. Einen Versuch ist es sicherlich wert.«

Zufrieden lehnte Malika sich auf ihrem Stuhl zurück.

Die Arbeit in der Bücherei war nicht so anstrengend wie die in der Gärtnerei oder einer der Werkstätten. Im Stillen hegte sie jedoch vor allem die Hoffnung, dass Georg Taban, der sein bisheriges Leben als Einzelgänger verbracht hatte, in der Bibliothek lernen würde, andere an sich heranzulassen.

In den Gruppensitzungen bemerkte sie, wie sehr ihn die Gesprächssituation unter Strom setzte. Er war kein Mann der Worte.

*Eher ein Mann der Tat*, flüsterte es in ihr.

Georg Taban hatte mindestens vier junge Frauen getötet.

Aus einer tiefen Enttäuschung heraus, das hatte sie mittlerweile begriffen. Er hatte sehr klare Vorstellungen von der Liebe. Sobald er feststellte, dass er sich ein falsches Bild von der Frau gemacht hatte, die er zu lieben glaubte, fühlte er sich hintergangen.

Und dafür bestrafte er sie.

Das hatte nicht Georg Taban ihr anvertraut. Sie hatte die Prozessunterlagen gelesen.

Bei den Einzelheiten war es ihr kalt über den Rücken gelaufen. Er hatte seinen Opfern die Haare abgeschnitten. Nur seinem letzten Opfer nicht, das bereits kurzes Haar gehabt hatte.

Sie alle hatten eine Halskette getragen, die er ihnen abgenommen hatte. Fetische, an denen er sich, wann immer er wollte, berauschen konnte.

Neben den vier Opfern, von denen man wusste, gab es womöglich weitere, die man noch nicht gefunden hatte. Georg Taban hatte sich nur zu den Fällen geäußert, die ihm nachgewiesen werden konnten.

Seinem letzten Opfer war die Flucht gelungen. Das hatte ihn hierhergebracht.

Malika wusste, dass die Fakten ihre Gefühle nicht beeinflussen durften. Natürlich war es notwendig, sich die Taten der Häftlinge immer wieder ins Gedächtnis zu rufen, denn die Vergangenheit dieser Männer war Grund für die Therapie.

Sollte sie jedoch den Eindruck gewinnen, eines der Schicksale setze ihr zu, würde sie alles tun, um die Distanz zurückzugewinnen. Sich notfalls sogar von dem Patienten zurückziehen.

Noch war ihr so etwas nicht passiert und sie hoffte, das würde so bleiben.

Als Birger Harig sie fragend ansah, wurde ihr bewusst, dass sie nicht zugehört hatte.

»Tut mir leid«, entschuldigte sie sich. »Ich war mit den Gedanken woanders.«

Er grinste sie freundschaftlich an und wiederholte, was er gesagt hatte. Es ging um einen Häftling, der fast an einem epileptischen Anfall gestorben wäre, weil Ole Pirol ihn für einen Simulanten gehalten und erst Hilfe herbeigerufen hatte, als dem Häftling bereits Schaum vorm Mund gestanden hatte.

Malikas Gefühl, einen Sieg errungen und etwas für einen ihrer Patienten getan zu haben, verflüchtigte sich prompt. Das hier war kein Ort, an dem man sich auf Erfolgen ausruhte.

Jeder Tag war ein neuer Berg, den man zu besteigen hatte.

Sie konzentrierte sich und hörte Birger Harig zu.

# 9

Im nächsten Moment hatte ich die Wagentür aufgerissen, mich auf den Sitz geworfen und die Zentralverriegelung aktiviert. Schwer atmend blieb ich sitzen, nicht in der Lage, den Schlüssel ins Schloss zu stecken, geschweige denn den Motor zu starten.

B A L D.

Unwillkürlich hatte ich den Zettel zusammengeknüllt. Doch die Nachricht war längst in meinem Kopf.

B A L D.

Es gab so schrecklich viele dunkle Flecken in der Scheune. Durch die blinde, von einem üppigen Holunderstrauch beinah zugewachsene Glasscheibe des kleinen Fensters drang kaum Helligkeit. Überall in diesem stickigen Dämmerlicht konnte sich jemand versteckt halten.

Noch immer wagte ich nicht, mich zu bewegen. Ich traute mich kaum, den Kopf zu drehen, nutzte Rück- und Seitenspiegel, um den Bereich hinter mir zu kontrollieren.

Ein Knarren ließ mich zusammenzucken.

*Das Tor.*

Erst jetzt wurde mir bewusst, dass ich es nicht aufgeschoben hatte.

Es war unmöglich, die Scheune zu verlassen, ohne die beiden Flügeltüren zuvor aufzuklappen. Es sei denn, ich bretterte einfach drauflos, wobei ich nicht wusste, ob mein Wagen das überleben würde. Die Flügeltüren waren aus schwerem, solidem Holz gemacht.

Merle!

Ein Anruf und sie würde mir sofort mit Robbie zu Hilfe kommen.

Ich hatte mein Smartphone schon in der Hand, als ich es mir anders überlegte. Es würde zu lange dauern, bis sie hier waren. Zeit genug für diesen Irren, die Windschutzscheibe meines Autos zu zertrümmern. Es hing reichlich schweres Gartengerät hier an den Wänden.

Polizei?

Und wenn der Eindringling mich angriff, sobald er sah, dass ich telefonierte?

Ich überlegte hin und her, mittlerweile so voller Zweifel, dass ich keine Entscheidung treffen konnte.

Eine Ewigkeit verging und nichts geschah.

Bedeutete das, der Typ war gar nicht mehr hier? Hatte er sang- und klanglos seine Nachricht hinterlassen und sich wieder in Luft aufgelöst? Oder spielte er mit mir wie die Katze mit der Maus?

Ich stellte mein Smartphone auf lautlos. Wenn der Eindringling sich noch hier aufhielt, durfte er nicht durch ein Klingeln provoziert werden.

Meine Augen hatten sich inzwischen an das Zwielicht gewöhnt und ich hatte jeden Zentimeter der Scheune abgesucht. Bis auf die Stellen, in deren Dunkelheit nicht mal der Hauch eines Lichtscheins drang.

Meine Gedanken kreisten fieberhaft um einen Weg, hier rauszukommen.

Man konnte die Scheune von den beiden ehemaligen Ställen und vom Innenhof aus betreten. Die Tür zu dem Stall, in dem Luke sein Zimmer hatte, lag am nächsten. Doch wenn ich dorthin floh, wäre ich immer noch nicht in Sicherheit, denn wie sich gezeigt hatte, war es für den Einbrecher ja kein Problem, auch ins Haus zu gelangen.

War es da nicht besser, doch Gas zu geben und durch das Tor zu brechen? Was war schon ein Auto? Ein Kasten aus Blech mit vier Rädern. Der Typ war garantiert nicht darauf vorbereitet und hätte keine Zeit, um zu reagieren.

Ich glättete das zerknitterte Blatt Papier und warf noch einmal einen Blick darauf.

B A L D.

Bald?

Das Wort betraf einen Zeitpunkt in der Zukunft!

Keinen in der Gegenwart!

Es machte doch überhaupt keinen Sinn, mir diese Nachricht unter den Scheibenwischer zu klemmen, wenn er vorhatte, mich im nächsten Moment anzugreifen.

Dieser Gedanke war von einer zwingenden Logik und beruhigte mich augenblicklich. Noch einmal sah ich mich aufmerksam um, angespannt bis in die Fingerspitzen. Dann löste ich die Zentralverriegelung.

Nichts passierte.

Vorsichtig öffnete ich die Tür, setzte den linken Fuß auf den Boden.

Niemand schoss aus der Dunkelheit auf mich zu.

Als ich mich in Zeitlupe aus dem Auto schälte, hielt ich den Atem an. Auf Zehenspitzen wagte ich mich bis zum Tor.

Ein Geräusch durchbrach die Stille und ließ mich auf

der Stelle zu Eis gefrieren. Gleichzeitig spürte ich einen Luftzug, der mir die Haare zu Berge stehen ließ.

»Jette …«

Ich war so erleichtert, dass ich in Lachen ausbrach, obwohl ich lieber geheult hätte. Einen Wimpernschlag später hatte Luke mich von hinten umfasst und küsste meinen Nacken.

Ich drehte mich zu ihm um und er musterte mich erschrocken.

»Was ist passiert?«

Ich wusste nicht, wo ich anfangen sollte, und schüttelte den Kopf.

»Mein Gott.« Er küsste mich so sanft, so schmetterlingsleicht. »Du hast keine Ahnung, wie sehr du mir gefehlt hast.«

Und du mir erst, dachte ich, und schmiegte mich an ihn. Du mir erst …

*

Die Fassade von *Möbel Braucker* war eine imposante, glitzernde Glasfront, die sich eindrucksvoll von den übrigen Gebäuden abhob, die in den vergangenen Jahren in diesem neu erschlossenen Industriegebiet am äußersten südlichen Rand Kölns entstanden waren. Auf vier Etagen bot das Haus alles, was man sich nur wünschen konnte, um eine Wohnung einzurichten.

Und noch viel mehr.

Das breit gefächerte Angebot brachte Bert bald in Bedrängnis, denn seine Aufmerksamkeit wurde von einer Sensation nach der andern gefangen, sodass er sich schließlich einfach willenlos treiben ließ.

Als er endlich beschloss, in der Cafeteria im Obergeschoss eine Pause einzulegen, war er erledigt, und seine Füße qualmten.

Der hier zur Schau gestellte Überfluss hatte ihn nachdenklich gemacht, und als er seinen Kaffee trank und ein Stück Käsekuchen dazu aß, hatte er das unangenehme Gefühl, nicht nur den Überblick komplett verloren zu haben, sondern auch jeglichen Antrieb, den er für solche Unternehmungen brauchte.

Margot hatte sich vor jedem Einkauf eine Liste geschrieben, worüber er sich immer mokiert hatte. So allmählich begriff er, dass reiner Selbsterhaltungstrieb der Grund dafür gewesen war. In Möbelhäusern wie diesem konnte man in einen Kaufrausch geraten und ein Vermögen ausgeben.

Die kleine Verschnaufpause hatte ihn erfrischt und so hatte er sich noch einmal auf die Suche gemacht. Konzentrierter diesmal, als trüge er unsichtbare Scheuklappen.

Als er endlich an einer der drei Kassen in der Warteschlange stand, in seinem Einkaufswagen einen Stapel Handtücher, eine Schreibtischlampe, ein paar große Tassen für Milchkaffee, einen knallroten Tritthocker für seine Bibliothek und einiges an Kochutensilien, meldete sich sein Handy.

Es war Jette Weingärtner, und er trat ein Stück beiseite, um in Ruhe telefonieren zu können. Was sie zu berichten hatte, ließ eine Alarmglocke bei ihm läuten.

»Das sollten sich jetzt vielleicht doch die Kollegen mal ansehen«, sagte er.

Sie antwortete nicht.

»Frau Weingärtner?«

Ihr »Ja« ließ eine ganze Weile auf sich warten und fiel ziemlich dünn aus.

»Einige der Kollegen haben Sie doch schon kennengelernt. Ich bin davon überzeugt, dass Sie bei jedem von ihnen gut aufgehoben sind.«

»Sie haben ja recht.« Er hörte förmlich, wie schwer es ihr fiel, seine Distanz zu akzeptieren. »Ich hätte gar nicht ... entschuldigen Sie die Störung.«

Nach dem Gespräch musste Bert sich wieder am Ende der Schlange anstellen. Er fluchte im Stillen vor sich hin. Dabei war es egal. Es gab keinen Termin, der ihn drängte, keinen Fall, den er aufklären musste.

Er war frei.

Allmählich sollte er anfangen, das zu genießen.

*

Luke war froh, dass er schon am Nachmittag nach Hause gekommen war. Jette hatte ihm am Telefon nichts von alldem erzählt, was passiert war.

Um ihn nicht zu belasten, hatte sie gesagt.

»Du darfst mich jederzeit belasten«, hatte er ihr widersprochen. »Wozu bin ich denn sonst da?«

»Damit ich dich lieben kann«, hatte sie geantwortet, ganz ernsthaft und als sei sie selbst erstaunt über ihre Erkenntnis.

Keine Sekunde lang hatte er ihr Gefühl von Bedrohung in Zweifel gezogen. Jette war nicht der Typ, der übertrieb. Sie neigte eher dazu, die Dinge herunterzuspielen. Allerdings besaß sie ein untrügliches Gespür für Gefahr.

Nachdem sie, mit Spaten und Harke bewaffnet, jeden Winkel der Scheune durchkämmt hatten, danach den Innenhof und den Garten, hatten sie sich die Ställe und das Haus vorgenommen. Raum für Raum.

Ohne etwas Verdächtiges zu finden.

Sie hatten sich in den Hof gesetzt, obwohl auch sein wohltuender Schatten die enorme Hitze kaum noch fernhalten konnte, und Jette hatte den Kommissar angerufen.

Während sie mit ihm telefonierte, war Luke in die Küche gegangen, um etwas zu trinken zu holen. Als er zurückkam, legte Jette ihr Smartphone gerade auf den Tisch zurück.

»Was hat er gesagt?«

»Ich soll mich an seine Kollegen wenden. Wahrscheinlich sind ihm wirklich die Hände gebunden. Aber bevor ich das mache, muss ich erst mit Merle und Mike reden.«

»Wieso? Die Nachricht ist ziemlich sicher an dich gerichtet, sonst hätte sie nicht unter deinem Scheibenwischer gesteckt.«

»Aber die Anschläge wurden auf Merle und Mike verübt.« Sie schwieg einen Moment, bevor sie leise weitersprach. »Vielleicht unterläuft ihm beim nächsten Mal kein Fehler.«

Luke durfte gar nicht darüber nachdenken.

»Und wenn das Ganze mit meiner Vergangenheit zu tun hat?«, fragte er.

Nachdem die *Organisation* zerschlagen worden war, bestand keine unmittelbare Gefahr mehr für ihn, der im Prozess als Kronzeuge aussagen würde. Keiner, der eine Rolle in den kriminellen Machenschaften der Vereinigung gespielt hatte, befand sich noch auf freiem Fuß.

Nur er selbst.

Es sprach für ihn, dass seine Informationen maßgeblich zur Zerschlagung der *Organisation* geführt hatten. Vor allem jedoch die Tatsache, dass er in keinen der zahllosen Mordfälle verwickelt gewesen war.

Der Prozess wurde immer wieder verschoben. Die

Anwälte boten sich einen zeitraubenden Schaukampf, der mittlerweile kaum noch jemanden interessierte. Die Zeitungen berichteten nicht mehr darüber. Der Fall war Schnee von gestern.

»Dann hätten sie doch dich angegriffen«, widersprach Jette. »Nicht Merle und Mike.«

Seit einem wunderbaren Jahr lebte Luke das Leben, nach dem er sich immer gesehnt hatte. Er durfte ein ganz normaler Mensch sein, seine Zeit mit Jette verbringen, Freundschaften schließen und studieren, ohne Angst vor den Bullen haben zu müssen oder vor seinen eigenen Leuten.

Jetzt war er sich nicht mehr so sicher, dass die Sache ausgestanden war.

Er hatte sich einlullen lassen von seiner Liebe zu Jette und dem Zusammenleben in der WG, die für ihn das Zuhause geworden war, das er nach dem Unfalltod seiner Eltern schmerzlich vermisst hatte.

»Würden sie sich wirklich Zeit für Psychospielchen nehmen?«, überlegte Jette weiter. »Würden sie ihre Rache geheimnisvoll und über Umwege ankündigen, statt dich direkt auszuschalten?«

Ihre Überlegungen hatten Sinn und Verstand. Es ging der *Organisation* längst nicht mehr darum, ihn in Angst zu versetzen oder ihn zu vernichten, indem sie ihm Jette nahmen. Es ging ihr darum, ihn zu beseitigen, weil er zu viel wusste.

Er kannte die Strippenzieher, allen voran Kristof, der ein halbes Leben lang wie ein Bruder für ihn gewesen war. Sie saßen sämtlich in Untersuchungshaft und warteten auf ihren Prozess. Von der *Organisation* übrig geblieben waren höchstens ein paar Helfershelfer, die für wenig mehr Grips hatten als für die einfachsten Handlangerarbeiten.

Die Bullen hatten gründlich aufgeräumt.

»Ich hätte nie geglaubt, dass ich das einmal sagen würde, aber der Kommissar hat mich damals gerettet.« Luke beugte sich zu Jette vor und sah ihr in die Augen, die er hinter den dunklen Gläsern ihrer Sonnenbrille nur erahnen konnte. Stattdessen sah er sich selbst, winzig wie ein Modellbahnfigürchen. »Obwohl ich null Vertrauen zu ihm hatte.«

»Stimmt.« Jette lächelte. »Weniger als null.«

»Und du hast mich damals vor vollendete Tatsachen gestellt, weil ich freiwillig niemals einen Bullen um Hilfe gebeten hätte.«

»Ja.«

»Und jetzt bitte *ich* dich: Warte nicht bis morgen. Ruf meinetwegen Mike und Merle an, aber wende dich noch heute an die Polizei. Bitte, Jette!«

Sie widersprach ihm nicht, nahm ihr Smartphone und fing an zu telefonieren.

*

Kaum war ihm das Klingeln in seinem linken Ohr bewusst geworden, hörte es auch schon wieder auf.

»Wenn es in deinem linken Ohr klingelt, dann denkt jemand an dich«, hatte seine Großmutter ihm früher erklärt. »Bei einem Klingeln im rechten redet einer schlecht über dich.«

Als Kind hatte Georg daran geglaubt.

Unwillkürlich fragte er sich jetzt wieder, wer wohl in diesem Augenblick an ihn dachte.

Du, wünschte er sich. Du …

Ob sie sich nach ihm sehnte, wie er sich nach ihr?

*Hat sie dir jemals geschrieben in dieser langen Zeit? Oder dich nur ein einziges Mal besucht?*

Er hielt sich die Ohren zu, wollte das Klingeln nicht mehr hören und nicht mehr das, was da in seinem Kopf sprach.

*Sie muss doch wissen, wie sehr sie dir fehlt. Trotzdem kommt sie nicht. Sie hat sich von dir abgewendet.*

»Nein!«

Es musste eine andere Erklärung für ihr Schweigen geben. Vielleicht erlaubte man ihr nicht, Kontakt zu ihm aufzunehmen. Vielleicht hatte sie Probleme. Vielleicht …

*Willst du ernsthaft behaupten, du kannst dich nicht erinnern? Nicht zu wissen, AUS WELCHEM GRUND sie aus deinem Leben verschwunden ist?*

Georg wollte die Lügen in seinem Kopf nicht hören, aber er konnte nicht aussperren, was aus seinem Innern kam.

Höchstens mit dem Kopf gegen die Wand schlagen. Das hatten schon zwei andere vor ihm getan. Blutüberströmt waren sie abtransportiert worden und hatten sich in der geschlossenen Abteilung einer Klinik wiedergefunden.

Wenn er erst einmal in die Mühlen der Psychiatrie geriet, war er verloren. War sein Plan gestorben und er würde sie nie wiederfinden.

»Was ist los?«

Er hatte Ezra nicht kommen hören. Der Mithäftling stand direkt über ihm und verdeckte die Sonne, eine riesig wirkende schwarze Gestalt.

Georg rappelte sich aus der Hocke auf.

»Was soll los sein?«

Ezras Aggressionen konnte man am besten mit betonter Gleichgültigkeit parieren.

»Redest lieber mit dir selber, als in der Gruppe das Maul aufzumachen, was?«

Georg zuckte zusammen.

Er hatte *Selbstgespräche* geführt?

»Hast du mir was zu sagen, Ezra?«

Mit gespielter Gelassenheit schob er die Hände in die tiefen Taschen seiner Arbeitshose und registrierte befriedigt, wie Ezra seinem Blick auswich.

»Nein? Dann steh mir nicht in der Sonne.«

Ezra hielt ihm einen erdverkrusteten Zeigefinger vor die Nase und starrte ihn hasserfüllt an.

»Irgendwann«, stieß er hervor, und winzige Speicheltröpfchen sprühten aus seinem Mund. »Irgendwann.«

Damit drehte er sich um und stampfte wütend davon.

Georg sah ihm nicht nach. Er bückte sich, um damit fortzufahren, die Tomaten auszugeizen. Behutsam knipste er die überschüssigen Seitentriebe mit den Fingern ab, die schon ganz grün geworden waren und nach Tomaten dufteten.

Den Schlag, der ihn zwischen den Schulterblättern traf, sah er nicht kommen. Er stürzte kopfüber zwischen die Tomatenstöcke und hörte noch, wie sein Angreifer davonlief, bevor ihm die Luft wegblieb.

# 10

»Das heißt, sämtliche möglichen Spuren, die belegen könnten, dass die Unfälle Ihrer Freunde keine tatsächlichen Unfälle waren, sind mittlerweile vernichtet worden?«

Ich nickte und ärgerte mich wieder darüber, dass ich mich nach den Vorfällen mit der Bohrmaschine und dem Rolltor von Merle und Mike hatte beschwichtigen lassen, anstatt schnurstracks zur Polizei zu gehen.

Wir standen am Scheunentor und Kriminalkommissar Magnus Scheuermann untersuchte das Schloss. Er trug ein leichtes helles Leinensakko und eine Brille mit blau verspiegeltem Sonnenclip. Ich kannte das von meiner Großmutter, die ihre Brille so mit einem einzigen Handgriff in eine Sonnenbrille verwandeln konnte und umgekehrt.

Er war zwischen zwei Terminen vorbeigekommen, vielleicht weil ich für Isa arbeitete, vielleicht weil sein ehemaliger Kollege Bert Melzig ihn darum gebeten hatte. Er verriet es mir nicht. Es war mir auch egal. Hauptsache, er war da.

»Das springt schon auf, wenn man es nur mal streng anguckt«, bemerkte er. »Aber das wissen Sie ja selber.«

An meinem ersten Tag bei der Polizei hatte ich ihm

kurz die Hand geschüttelt und war ihm später ein paarmal auf einem der Flure über den Weg gelaufen.

Ich wusste nichts über ihn.

»Die Nachricht steckte unter dem Scheibenwischer Ihres Wagens?«

»Ja.«

Wir betraten die Scheune und er wandte sich meinem Auto zu.

»Es ist Ihr Fahrzeug?«

»Ja.«

»Wer fährt außer Ihnen damit?«

»Im Prinzip darf es jeder von uns. Aber das kommt selten vor. Mike besitzt ein eigenes Auto, das auch seine Freundin Ilka an den Wochenenden benutzt, an denen sie hier ist. Luke hat ebenfalls einen eigenen Wagen und Merle kann jederzeit auf die Fahrzeuge des Tierheims zugreifen. Mina, die im Moment nur selten hier ist, hat sich mein Auto noch nie ausgeliehen.«

Er fand unsere Wohnverhältnisse ziemlich undurchschaubar. Das hatte sich schon angedeutet, als ich ihm die Mitglieder unserer WG aufgezählt hatte.

»Ihre Freundin Merle und dieser …«

»Mike«, half ich aus.

»… und dieser Mike sehen, wenn ich Sie recht verstanden habe, keinen Grund, hinter ihren Unfällen mehr zu vermuten?«

»Anfangs nicht. Aber jetzt stellt sich die Sache ja etwas anders dar.«

»Wann sind sie zu Hause?«

»Merle wird gleich hier sein. Mike kommt wahrscheinlich erst am Sonntag oder Montagfrüh aus Düsseldorf zurück, aber auch früher, wenn es nötig sein sollte.«

Ich führte ihn durch den Innenhof in die Küche, wo ich ihm Luke vorstellte. Donna kam anstolziert und strich unserem Besucher elegant um die Beine, was sie bei Fremden normalerweise nicht machte.

Er blieb stocksteif stehen, als wäre sie nicht eine harmlose Katzendame, sondern ein Raubtier auf dem Sprung. Luke lenkte Donna mit einer Portion Trockenfutter ab, und wir setzten uns an den Tisch, auf dem ich das neongrüne Papier mit der Nachricht bereitgelegt hatte.

Magnus Scheuermann nahm den Sonnenclip ab, schob ihn in die Brusttasche seines Sakkos und streifte sich Einweghandschuhe über, bevor er den Zettel in die Hand nahm. Das machte mir Hoffnung. Er schien die Sache ernst zu nehmen.

Doch dann verstaute er ihn nicht behutsam in einer Klarsichthülle, wie es in Krimis Standard ist, sondern legte ihn auf den Tisch zurück, als hätte er genug gesehen.

»Wo befindet sich die defekte Lampe, die Ihr Mitbewohner reparieren wollte?«

Wir traten wieder in den Hof hinaus und ich zeigte sie ihm. Obwohl es ja die Bohrmaschine gewesen war, die Mike den Stromschlag versetzt hatte. Die Lampe hing intakt und unschuldig an der Wand, die die Gluthitze des Nachmittags abstrahlte.

Magnus Scheuermann durchquerte den Innenhof mit aufmerksamen Blicken nach rechts und links, scannte jede Einzelheit. Wir verließen den Hof und gingen an der Mauer entlang zur Scheune.

»Das Tor ist immer abgeschlossen?«

Ich nickte.

Er rüttelte an der Klinke.

»Das ist kein Schloss«, sagte er wenig feinfühlig. »Das ist ein Witz. Ein Tritt und das Ding ist offen.«

In seinem dunklen Haar zeigten sich erste silbrige Fäden, die in der Sonne glänzten. Auf seiner hohen Stirn hatte sich Schweiß gebildet. Kein Wunder. Wer trug bei dieser sengenden Hitze denn ein Sakko?

Wir kehrten in die Küche zurück, und er betrachtete nachdenklich das schreckliche Wort auf dem schrecklichen Grün, während er sich setzte und mit einem flappenden Geräusch die Handschuhe von den Fingern zog und in die Tasche seines Sakkos stopfte.

»Wäre die Nachricht eine eindeutige Drohung, würde ich den Brief auf Fingerabdrücke untersuchen lassen. Aber das ist sie nicht. Und was die Unfälle angeht, so sind mögliche Beweise nicht mehr vorhanden. Ich fürchte, wir können da nichts machen.«

Nicht eindeutig? Ging es denn noch eindeutiger?

Magnus Scheuermann nahm seine Brille ab und putzte sie mit einem Mikrofasertuch, das er offenbar immer bei sich trug. Danach kam der Sonnenclip an die Reihe.

Lukes Blick sprach Bände.

Auch in mir welkte das kleine Pflänzchen Zuversicht, das kaum Zeit gehabt hatte, sich zu entfalten. Was würde erst Merle zu diesem Prinzipienreiter sagen?

Wie aufs Stichwort kam sie herein.

Ihre Wangen glühten von der Fahrradfahrt durch die Hitze. Sie hatte früher Schluss gemacht und sich beeilt, um bei diesem Gespräch dabei zu sein.

Ihr ganzer Körper signalisierte Misstrauen, als sie Magnus Scheuermann widerwillig die Hand reichte. Wir alle hätten nur zu gern Bert Melzig an diesem Tisch gesehen.

»Setzen Sie sich doch«, forderte Magnus Scheuermann

sie auf, als wäre er hier der Hausherr. Aber vielleicht war er einfach nur zerstreut.

Merle zog sich einen Stuhl heran. Immerhin war sie mittlerweile in der Lage, sich mit einem Polizisten zu unterhalten, ohne ihm die Augen auszukratzen.

Bei der Tierheimarbeit kam sie gar nicht darum herum. Es waren Polizeibeamte, die sie begleiteten, wenn sie verwahrloste Tiere aus heruntergekommenen Wohnungen befreien mussten. Selbst Merle hatte inzwischen erkannt, dass es für ihre Sache hilfreich war, bis zu einem gewissen Punkt mit den Hütern des Gesetzes zu kooperieren.

Sie beugte sich zu dem grünen Zettel vor.

»Scheiße«, sagte sie.

»Schildern Sie doch bitte kurz, wie es zu dem Unfall im Tierheim gekommen ist«, forderte Magnus Scheuermann sie auf und lehnte sich abwartend auf seinem Stuhl zurück.

»Ich kann gar nicht viel dazu sagen. Ein Rolltor ist plötzlich runtergekracht. Es ist ein altes Tor und irgendein Sicherungsteil war ausgeleiert oder verschlissen. Unser Tierheim ist fast schon ein historisches Schmuckstück. Da ist andauernd was kaputt. Das kennen wir schon.«

»Sie glauben also nicht, dass jemand das Tor manipuliert hat?«

»Nein. Es hätte ja jeden treffen können. Wir sind zurzeit drei Festangestellte. Hinzu kommen Hilfskräfte, die auf Stundenbasis arbeiten, und etliche ehrenamtliche Mitarbeiter. Meistens gibt es auch noch den einen oder andern Schüler oder Studenten, der ein Praktikum bei uns absolviert. Wenn jemand vorgehabt hätte, mich zu töten, dann hätte er doch ein Mordwerkzeug ausgesucht, mit dem er mich auch wirklich erwischt hätte.«

Nun zog Magnus Scheuermann doch sein Sakko aus und hängte es über die Stuhllehne. Unter seinen Achseln zeichneten sich Schweißflecke ab.

»Ich habe auch an eine Aktion von Tierschutzgegnern gedacht«, fuhr Merle fort. »Aber die arbeiten anders. Die würden keinen Anschlag verüben, den sie als Unfall tarnen. Die wollen ja im Gegenteil Aufmerksamkeit.«

Magnus Scheuermann zog sein vibrierendes Handy aus der Hosentasche.

»Verzeihung.«

Er trat auf die Terrasse hinaus und telefonierte leise.

Wir warteten.

»Der Hausmeister ...«, begann er, als er wieder am Tisch saß.

»Herr Kleine.«

»Er hat das defekte Teil also ausgewechselt und entsorgt?«

»Vermutlich. Ich hab ihn noch mal darauf angesprochen, aber sein Gedächtnis ist leider nicht das beste.«

Ich sah, worauf das Gespräch hinauslief, und ich behielt recht. Magnus Scheuermann machte sich ein paar Notizen und spielte dann nachdenklich mit seinem Kugelschreiber, indem er ihn blitzschnell zwischen den Fingern drehte.

»Und die defekte Bohrmaschine Ihres Mitbewohners ist ebenfalls entsorgt worden«, rekapitulierte er. »Auch sie war alt und damit anfällig für Fehlfunktionen.« Er wandte sich an mich. »Tut mir leid. Sieht so aus, als könnten wir in dieser Sache nicht aktiv werden.«

»Und die Nachricht?«

»Ist wie gesagt keine eindeutige Drohung«, antwortete Magnus Scheuermann. »Rein theoretisch könnte sie sogar die Mitteilung eines Verehrers sein.«

»Eines kranken Verehrers«, warf Luke ein.

»Ja, aber solange er keine Straftat begeht …«

»Der Typ ist in unsere Scheune eingedrungen«, ereiferte sich Merle.

»Deren Tor über kein zuverlässiges Schloss verfügt.«

»Er hat unberechtigterweise unser Grundstück betreten«, beharrte Merle. »Und er muss in unserm Haus gewesen sein.«

»Hat er etwas entwendet?«

»Mein Tablet«, antwortete ich. »Das habe ich Ihnen ja schon am Telefon erklärt. Er hat es dann auf der Fußmatte vor der Haustür abgelegt.«

»Was im Grunde auch so etwas wie eine Nachricht ist«, sagte Merle. »Er hat uns damit gezeigt, dass er in der Lage ist, in unserm Haus ein und aus zugehen, wie es ihm gefällt.«

»Sind Sie sicher«, wandte Magnus Scheuermann sich an mich, »dass Sie das Tablet nicht draußen vergessen haben?«

Ich war mir absolut nicht mehr sicher. In meinem Kopf drehte sich alles. Ich hob die Schultern.

»Auf der Fußmatte?«, fragte Merle, und ihre Stimme triefte vor Ironie.

»Das Tor zum Innenhof ist kinderleicht zu überwinden. Jeder halbwegs sportliche Mensch könnte das Tablet von außen gesehen, aufgenommen und vor der Haustür abgelegt haben.« Er ließ Merles Hohn locker von sich abtropfen. »Wenn ich Ihnen einen Rat geben darf: Lassen Sie die Schlösser austauschen. Es wäre auch vernünftig, sich die alten Türen und Fenster einmal vorzunehmen. Wenden Sie sich an eine Firma, die Sicherheitstechnik anbietet. Absolute Sicherheit gibt es zwar nicht, aber man kann es den Einbrechern so schwer wie möglich machen.«

Wenige Minuten später hatte Magnus Scheuermann uns wieder verlassen. Ratlos und frustriert blieben wir zurück.

»Und wenn doch meine Vergangenheit der Grund für den ganzen Spuk ist?«, fragte Luke bedrückt. »Würden sie die Geschichte dann ernster nehmen?«

»Du bist nicht der Grund«, sagte ich überzeugt. »Diese Nachricht gilt mir, und egal, was dieser Scheuermann meint – sie ist so eindeutig wie nur was.«

Merle kam zu mir und umarmte mich.

Es gab nichts mehr zu sagen.

*

Mühsam rappelte Georg sich auf und rang nach Atem. Wie Feuer loderte der Schmerz in seinem Rücken.

Nach einer Zeit, die ihm wie eine Ewigkeit erschien, gelang es ihm mit einer enormen Kraftanstrengung, auf die Füße zu kommen. Stöhnend wankte er die drei, vier Schritte zum Gewächshaus und sank auf die blaue Bank, die dort für Arbeitspausen stand.

Zwei Meisen segelten vorbei, kehrten um und landeten zwei Schritte von ihm entfernt auf dem Boden. Sie hüpften zu einem der Beete, wobei sie immer wieder den Kopf nach ihm drehten, pickten eifrig im Erdreich und verschwanden schließlich über die Mauer.

Die JVA war am Rand der Stadt errichtet worden, nicht zu weit von den letzten Häusern entfernt, aber weit genug, um den rechtschaffenen Bürgern den ständigen Anblick von Mauern und Stacheldraht zu ersparen.

Man hörte die Vögel singen und die Hähne krähen und wurde nachts von den Schreien kämpfender Katzen wach gehalten. Der süßlich-scharfe Gestank einer nahe gelegenen Schweinefarm drang bis hierher und wurde an heißen Sommertagen schier unerträglich. Doch manchmal duftete es auch nach Heu.

Georg waren die Geräusche und Gerüche vertraut.

Er gehörte zu den Menschen, die in den Häuserschluchten großer Städte verloren gingen.

Das Einzige, was er an Städten schätzte, war ihre Anonymität. Jeder konnte für sich bleiben, falls er das wollte. Niemand schaute so genau hin, wenn man gegen die Regeln verstieß. Dennoch.

Nichts für ihn.

Er brauchte die Stille und die Weitläufigkeit, die er nur am Meer fand – oder auf dem Land, zwischen Feldern und Wiesen.

Die Meisen kamen ein zweites Mal über die Mauer gesegelt, landeten zu seinen Füßen und flatterten erschrocken wieder auf. Georg beobachtete sie, wie sie hin und her flogen, einander abwechselnd zu jagen schienen, wie in einem Spiel.

Sein Atem hatte sich normalisiert, doch der Schmerz in Rücken und Brustkorb war geblieben. Georg atmete noch ein paarmal so tief wie möglich ein und aus und sah sich nach Ezra um, bevor er sich vorsichtig erhob.

Jeder der wenigen Schritte bis zu dem Tomatenbeet, an dem lediglich der umgekippte Eimer an den Überfall erinnerte, war eine Herausforderung. Er ließ sich auf die Knie nieder und machte mit der Arbeit weiter.

Sie gab seinen Gedanken Raum.

Viel Raum.

Der vollständig von Ezra erfüllt war. Denn dass er es gewesen war, der ihn niedergeschlagen hatte, stand für Georg außer Zweifel.

Er würde ihm einen Denkzettel verpassen.

Er wusste bloß noch nicht, wie.

*

Mike rief an, um sich zu erkundigen, was der Besuch von Magnus Scheuermann ergeben hatte. Er bot an, sofort nach Hause zu kommen. Auch Ilka war bereit, alles stehen und liegen zu lassen, falls wir sie brauchten.

Das würden wir jedoch auf gar keinen Fall annehmen, denn nach den ersten beiden Semestern des Grundstudiums bereitete Ilka ihre künstlerische Präsentation vor, die über die Zulassung zum Hauptstudium an der Kunstakademie entschied, die eigentliche Zulassung zum Studium der Freien Kunst.

Wir alle waren sicher, dass die Präsentation für sie lediglich eine Formsache war, doch sie war sehr aufgeregt und hatte alle Hände voll zu tun. Deshalb hatte Mike beschlossen, ein paar Tage länger in Düsseldorf zu bleiben, um sie zu unterstützen.

Merle klappte ihren Laptop auf dem Küchentisch auf. Luke und ich saßen zu beiden Seiten neben ihr und sahen ihren Fingern zu, wie sie *Sicherheitstechnik* eingaben.

Die Suchmaschine spuckte über vierzehn Millionen Treffer aus.

Nach wenigen Minuten hatte Merle drei Firmen ausgemacht, die im Bröhler Raum angesiedelt waren.

»Welche zuerst?«, fragte sie, doch noch während Luke und ich einander unschlüssig ansahen, hatte sie die erste Nummer gewählt und dem Mann am Telefon wenig später die Zusage abgerungen, bereits am nächsten Morgen vorbeizukommen.

»So.« Sie lehnte sich zufrieden zurück. »Das läuft. Und jetzt sollten wir uns mal darüber unterhalten, wer da hinter dir her ist, Jette.«

»Ich habe absolut keine Ahnung.«

»Vielleicht jemand von der Uni?«, überlegte Luke.

Ich schüttelte den Kopf.

»Denk nach.«

Merle klopfte ungeduldig mit ihrem Kugelschreiber auf den Tisch. Würde sie als Nächstes einen Zettel hervorzaubern, um die Namen der infrage kommenden Kandidaten aufzulisten?

»Ich komme mit den meisten gut aus«, sagte ich und hatte fast das Gefühl, mich dafür rechtfertigen zu müssen.

»Mit den meisten?«, hakte Merle nach.

»Manche sind mir einfach gleichgültig. Andere kenne ich kaum. Du weißt doch, wie das ist. Du liebst auch nicht jeden aus deiner Tierschutzgruppe und trotzdem arbeitest du gut mit ihnen zusammen.«

»Und wenn Scheuermann recht hat?«, fragte Luke. »Wenn dieser Typ Jette gar nichts antun will? Wenn er sich im Gegenteil in sie verliebt hat?«

»Wer sollte sich denn in mich verlieben?«

»Stimmt.« Luke verdrehte die Augen. »Eine total verrückte Idee.«

»Finde ich auch.« Merle warf ihm einen Blick zu, in dem sich Ironie und Zuneigung mischten. Von ihrer anfänglichen Skepsis ihm gegenüber war nichts mehr zu spüren. »Aber mal ernsthaft: Du hast recht. Wir sollten auf jeden Fall in beide Richtungen denken.«

»Mir fällt in beiden Richtungen keiner ein«, sagte ich. »Ich merke doch, wenn einer in mich verknallt ist. Oder mich nicht ausstehen kann.«

»Dich hasst«, verbesserte Merle mich.

»*Hass* ist ein großes Wort. Muss man jemanden nicht sehr gut kennen, um ihn zu hassen?«

Sie ließen sich das durch den Kopf gehen, und ich sah ihnen dabei zu und wusste, wie glücklich ich mich schätzen durfte, sie in meinem Leben zu haben.

»Da ist was dran«, sagte Luke schließlich. »Allerdings muss man jemanden nicht besonders gut kennen, um sich in ihn zu verlieben. Da reicht ein einziger Blick.«

»Was bedeutet, dass jeder infrage kommen kann«, schloss Merle. »Es könnte sogar jemand aus Birkenweiler sein, der Jette heimlich anschmachtet.«

Es war auf einmal furchtbar still.

»Und jetzt?«, fragte ich, als ich das Schweigen nicht länger aushielt.

Keiner von uns wusste eine Antwort.

# 11

Es war mitten in der Nacht, als Luke aus dem Schlaf hochfuhr und sich vergewisserte, dass Jette unversehrt neben ihm schlief. Er atmete in kurzen, heftigen Stößen, noch halb in dem Albtraum gefangen, der ihn aufgeweckt hatte, an dessen Einzelheiten er sich jedoch kaum noch erinnern konnte.

Nur ein Bild war ihm schmerzhaft deutlich im Gedächtnis geblieben: Jette lag reglos auf dem zurückgeklappten Fahrersitz ihres Autos. Blut sickerte aus ihrem Ohr und zog eine feine Spur über ihren Hals, bis zu dem weißen T-Shirt, wo es sich in einem Fleck sammelte, der sich zusehends vergrößerte.

Luke rieb sich übers Gesicht, um die letzten Reste des Traums zu vertreiben. Alles in Ordnung. Jette war nichts zugestoßen.

Sie schlief so fest, dass sie nicht merkte, wie er leise aufstand, in seine Sneaker schlüpfte und ihr Zimmer verließ. Er ging in die Küche, um ein Glas Wasser zu trinken. Seine Kehle lechzte nach etwas Kaltem.

Die Hitzewelle näherte sich ihrem Höhepunkt. Bald würde es auch nachts kaum noch abkühlen. Sie konnten von Glück sagen, dass sie in einem alten Bauernhof lebten, dessen dicke Mauern das Haus noch einigermaßen abschirmten.

Luke machte die Küchentür weit auf und nahm das Glas mit nach draußen. Die Stille umfing ihn wie ein dunkler Schleier. Er blickte hinauf in den schwarzen Himmel, der mit Sternen übersät war.

Gut, dass Jette schlief. Das schützte sie vor ihren Gedanken, die nur noch um die Nachricht dieses kranken Typen kreisten.

Luke wünschte, der Irre würde ihm vor die Füße laufen.

*Er würde ihn fertigmachen.*

Ein Hauch von Kühle strich über sein Gesicht. Luke bewegte sich nicht, streifte die Aufregung des Tages ab und genoss die lautlose Dunkelheit, bis ihm die Augen schwer wurden.

Er trug das leere Glas in die Küche zurück und wollte die Terrassentür gerade schließen, als er es sich anders überlegte, eine Taschenlampe aus der Kramschublade nahm und zur Scheune hinüberging.

Nur ein kurzer Blick, sagte er sich.

Es gab keinen Grund dafür. Außer diesem unbehaglichen Gefühl, das unmerklich zurückgekehrt war und in seinem Magen rumorte.

Langsam drückte er die Klinke herunter.

Sein Herzschlag pochte ihm in den Ohren. Sein Körper war wie in Glut getaucht. Er hielt die Luft an und schob die Tür einen Spaltbreit auf.

Das Knarren fuhr ihm durch Mark und Bein.

Er blieb stehen wie angewurzelt, die Nackenhaare gesträubt, horchte.

Da war kein Geräusch. Keine Bewegung. Kein fremder Geruch.

Aber etwas anderes, das nicht hierhergehörte.

Luke knipste die Taschenlampe an. In ihrem konzentrierten Strahl blitzte auf der Windschutzscheibe von Jettes Peugeot etwas golden auf.

Alle Vorsicht vergessend, betrat Luke die Scheune.

Was unter dem Scheibenwischer steckte, war ein Kunstdruck. Die Reproduktion des bekanntesten Gemäldes von Gustav Klimt.

*Der Kuss.*

*

Heiner Rummenohl war ein Mann Mitte fünfzig, dessen auffallendste Merkmale neben seiner beträchtlichen Leibesfülle die kleinen weichen Hände und die überraschend angenehme, beruhigende Stimme waren.

Seine Firma für Sicherheitstechnik bestand aus ihm selbst, einem Mitarbeiter, der nur hin und wieder einsprang, und einer Sekretärin, die halbtags die Termine verwaltete. Vor zwei Jahren hatte er mit seiner Frau das Prinzenpaar beim Karneval gestellt. Davon zehrten sie noch heute.

Das alles erfuhren wir gleich bei der Begrüßung, denn Herr Rummenohl war eine rheinische Frohnatur, die gar nicht anders konnte, als in einem kurzen Abriss sofort seine halbe Lebensgeschichte vor uns auszubreiten.

Punkt acht war er mit seinem Lieferwagen vorgefahren, umständlich ausgestiegen und hatte sich einmal um sich selbst gedreht, um sich zu orientieren. Ich hatte gerade die Haustür geöffnet und den alten Smoky rausgelassen, der sich aus irgendeinem Grund in den

Kopf gesetzt hatte, heute die Katzenklappe nicht zu benutzen.

»Auf die Sekunde pünktlich«, rief Herr Rummenohl mir entgegen und strahlte mich an, als wäre ihm eben die Landung auf einem fremden Planeten gelungen.

Er war mir nicht sympathisch. Sein schlaffer Händedruck erzeugte bei mir einen unwillkürlichen Widerwillen. Außerdem zog er mich mit seinen Blicken aus, ohne das im Geringsten zu verbergen.

Automatisch wölbte ich den Rücken und verschränkte die Arme vor der Brust. Wäre der Austausch unserer Schlösser nicht so dringend gewesen, hätte ich den Kerl gar nicht erst ins Haus gelassen. Ich war froh, als Luke dazukam.

Herr Rummenohl besah sich die Fenster und Türen und jedes einzelne Schloss. Er erzählte uns Schauergeschichten von Einbrüchen und löste in mir das Bedürfnis aus, unser Haus augenblicklich in eine uneinnehmbare Festung zu verwandeln.

Luke bremste meinen Eifer, und doch hatten wir uns am Ende auf Sicherheitsschlösser an sämtlichen Türen und Fenstern verständigt. Die Außentüren würden wir später durch neue, einbruchsichere Türen ersetzen lassen. Dazu sollten wir uns an eine Firma wenden, die dafür zuständig war.

Wir würden dadurch nicht in finanzielle Schwierigkeiten geraten, denn sowohl Ilka als auch Luke hatten ein kleines Vermögen geerbt, das sie jedoch nur noch zu einem geringen Teil besaßen. Ilka hatte ihres in eine Künstlerstiftung gesteckt, Luke seines in unterschiedliche soziale Projekte, sozusagen als Wiedergutmachung dafür, dass er in seiner Vergangenheit Teil der *Organisation* gewesen war.

Auch ich zog keine Vorteile aus der Tatsache, dass meine Mutter eine wohlhabende Frau war. Im Gegenteil. Den letzten Riesenstreit hatten wir gehabt, nachdem sie unseren Bauernhof gekauft hatte, ohne mir etwas davon zu sagen. Er war der Höhepunkt unserer Probleme gewesen und hatte dazu geführt, dass sie sich endlich aus meinem Leben raushielt.

Ich hoffte inbrünstig, dass es dabei blieb.

Merle hatte eine ganz andere Einstellung zu meiner Mutter, die ihrem Wunschbild einer coolen Mutter offenbar ziemlich nahekam. Umgekehrt liebte meine Mutter Merle heiß und innig, vermutlich weil sie eine Tochter wie sie bevorzugt hätte.

Ich war ihr zu still, zu verhalten, zu nüchtern (ihre Worte). Merle dagegen war spontan, lebhaft und kreativ (ihre Worte) und engagierte sich für den radikalen Tierschutz, was mutig und selbstlos war und meiner Mutter Hochachtung abverlangte.

Dass ich lange im St. Marien, einem Heim für Demenzkranke, gearbeitet hatte, fand meine Mutter eher enttäuschend. Sie hätte sich bestimmt etwas Spektakuläreres gewünscht. Das hätte sie jedoch niemals eingesehen.

Vielleicht gab sie aus diesem Grund ständig die Übermutter. Dabei hätte mir eine normale Mutter, die in meiner Kindheit häufiger anwesend gewesen wäre, statt alle paar Wochen auf Lesereisen zu verschwinden, in all ihrer Unvollkommenheit durchaus gereicht.

Erst als Tilo in ihr Leben trat, lockerten sich allmählich die Zügel, mit denen sie mich halten und lenken wollte. Als Psychotherapeut verstand er viel von der menschlichen Psyche und schaffte es, unauffällig ausgleichend zu wirken und niemals zwischen die Fronten zu geraten. Ich mochte ihn, und vielleicht hatte Tilo sogar ein bisschen damit zu tun, dass ich mich für das Studium der Psychologie entschieden hatte.

Als unsere Vermieterin, die sie nun mal war, würde ich meine Mutter anrufen müssen, um sie über unsere Absichten zu informieren. Sie würde keine Einwände erheben, denn sie war ohnehin der Meinung, wir gingen viel zu sorglos mit den Dingen des Lebens um.

Vermutlich würde sie sogar anbieten, die Kosten zu übernehmen, doch das wollte ich auf keinen Fall. Schlimm genug, dass sie mich finanziell noch unterstützen musste, bis ich mein Studium abgeschlossen hatte.

Wenn wir alle zusammenlegten, würden wir das auch allein hinkriegen.

Als Herr Rummenohl sich verabschiedet hatte, atmete ich erleichtert auf. Schon morgen würde er die Sicherheitsschlösser anbringen, obwohl Samstag war. Angesichts dieses nicht selbstverständlichen Entgegenkommens schämte ich mich, weil ich ihn dennoch nicht sympathisch finden konnte.

Meine Mutter befand sich gerade wieder mal auf einer Lesereise, was günstig war, denn so hatten wir sie nicht in unsere Überlegungen einbeziehen müssen. Bestimmt hätte sie wieder einen Handwerker ihres Vertrauens ins Spiel gebracht und überhaupt sämtliche Hebel in Bewegung gesetzt, um unser Problem zu lösen.

Ich beschloss, das Gespräch mit ihr schnell hinter mich zu bringen.

»Jette! Schön, dass du anrufst. Stehe gerade in der Lobby meines Hotels, um auszuchecken. Heute Mittag bin ich mit einer Kollegin verabredet, die mich schon tausend Mal zu sich nach Hause eingeladen hat. Danach geht es sofort weiter zur nächsten Lesung. Jeden Tag wache ich in einer anderen Stadt auf. Daran gewöhne ich mich nie. Ein scheußlicher Stress. Ich frage mich, warum ich mir das immer wieder antue.«

Sie war jedes Mal genervt. Schwor sich jedes Mal, sich nur noch dem Schreiben zu widmen und nicht so viel Zeit auf Nebenschauplätzen zu vergeuden. Brauchte jedes Mal Tage, um sich von den Strapazen zu erholen.

Und wurde jedes Mal rückfällig.

Weil sie nach dem Rummel um ihre Person süchtig war. Es ging ihr längst nicht mehr um Literatur. Sie wollte angebetet werden.

Luke fand, dass ich zu hart urteilte. *Sei froh, dass du noch eine Mutter hast, die sich Sorgen um dich macht.* Er berührte dieses Thema nur selten. Die Erinnerung an den frühen Tod seiner Eltern schmerzte ihn noch immer. *Sei ehrlich – es wär dir sogar ganz lieb, wenn deine Mutter mich nicht ausstehen könnte. Dann hättest du einen Grund mehr, dich über sie zu ärgern.*

Ich gab es nicht gern zu, aber es machte mich tatsächlich misstrauisch, dass meine Mutter nichts, aber auch gar nichts an meiner Wahl auszusetzen hatte.

Als hätte ich eine Wahl gehabt.

Luke war in mein Leben gewirbelt wie ein Orkan.

»Entschuldige«, unterbrach meine Mutter meine Gedanken. »Ich rede wie ein Wasserfall, dabei gibt es doch bestimmt einen Grund für deinen Anruf.«

Leise regte sich das schlechte Gewissen in mir. Rief ich sie wirklich nur an, wenn es einen Anlass dafür gab? Ja, bestätigte ich mir selbst und fragte mich, wann ich das letzte Mal ihre Nummer gewählt hatte, um einfach ein bisschen mit ihr zu plaudern.

Lange her. Viel zu lange.

Ich berichtete ihr von dem Besuch des Sicherheitstechnikers.

»Gut«, sagte sie befriedigt, als hätte sie schon lange auf diese Nachricht gewartet. »Ihr seid vernünftig geworden.«

Ihre letzte Bemerkung gab mir die Antwort auf die Frage, warum ich mich neuerdings nur bei ihr meldete, wenn es einen Grund dafür gab.

»Wieso denn auf einmal?« Sie besaß einen scharfen Verstand und witterte Unheil auf mehrere Kilometer Entfernung. »Was ist passiert?«

»Muss denn immer etwas passiert sein?«, fragte ich zurück. »Traust du uns nicht zu ...«

»Jette. Bitte.«

Ohne dass ich es wollte, verwandelte ich mich wieder in ein Kind, das den Trost seiner Mutter brauchte. Ich sehnte mich danach, die drei magischen Worte aus ihrem Mund zu hören: *Alles ist gut.*

Doch die hatte ich nie gehört. Ich hatte mich immer nur mit ihren eigenen Ängsten auseinandersetzen müssen. Angst um mich. Um meinen Vater. Ihre Ehe. Die Welt.

»Was ist passiert, Jette?«

Meine Gedanken drehten sich im Kreis. Fast konnte ich ihnen dabei zusehen.

»Nichts ist passiert«, antwortete ich. »Es war längst überfällig, uns mal um ein bisschen Sicherheit zu kümmern.«

»Dann haben meine Gardinenpredigten ja doch etwas bewirkt.« Die Stimme meiner Mutter klang sehr zufrieden. Wäre sie eine Katze gewesen, hätte sie jetzt behaglich geschnurrt. »Die Rechnung übernehme ich natürlich.«

Ich ging nicht darauf ein, wünschte ihr noch eine gute Zeit auf ihrer Lesereise, beendete das Gespräch und suchte Luke. Er stand draußen und besah sich die Lampe, die absolut unschuldig wirkte.

»Tut Abnabelung immer so weh?«, fragte ich und schmiegte mich an ihn.

»Das darfst du mich nicht fragen«, antwortete er leise. »Meine Mutter und ich hatten nicht das Glück, jemals so weit zu kommen.«

Er drehte sich zu mir um und ich küsste ihn und hielt ihn fest und wollte ihn nie wieder loslassen.

*

Georg war nicht in die Krankenabteilung gegangen, um sich untersuchen und behandeln zu lassen, obwohl sein ganzer Körper schmerzte. Er hatte Ezras Angriff auch nicht gemeldet.

So lief das hier nicht.

Er hatte viele gesehen, die sich damit selbst zum Opfer gemacht hatten.

Einen anderen Häftling zu verpfeifen, stand ganz oben auf der roten Liste. Gleich danach kam, dass man sich niemals verwundbar zeigte, gleichgültig, wie verletzlich man tatsächlich war.

Man bot den andern die Stirn – oder hatte verloren.

Niemand sah den enormen Bluterguss, der sich auf Georgs Rücken gebildet hatte. Die meisten Gefangenen wussten, wie man zuschlug, ohne sichtbare Spuren zu hinterlassen. Sie vermieden es, Körperteile zu treffen, die nicht von der Kleidung bedeckt waren. Passierte es dennoch einmal, dass ein Wärter etwas bemerkte, war man eben gestürzt oder gegen eine Tür gerannt.

Ezra war Georg heute Morgen schon ein paarmal über den Weg gelaufen, hatte aber jeglichen Blickkontakt vermieden. Georg hatte sich noch nicht entschieden, wie er auf den Angriff reagieren sollte. In seinem Kopf liefen Bilder ab, eins nach dem andern. Alles in ihm war in Aufruhr.

Niemand erhob die Hand gegen ihn.

Niemand.

Nie wieder würde er sich schlagen lassen. Das hatte er sich schon als Kind geschworen. Seine Wut von damals war nicht kleiner geworden. Er hielt sie unter Kontrolle, wusste aber, dass sie sich über kurz oder lang ein Ventil suchen würde.

*Stille.*

*Gelassenheit.*

*Wärme.*

Wenn die Anspannung zu groß wurde, setzte Georg ihr Wörter entgegen, die ihm Erleichterung verschafften. Er schrieb sie nie auf, führte auch kein Tagebuch, obwohl es ihn in den Fingern juckte. Er dachte sie nur.

*Freiheit.*

*Liebe.*

Obwohl er *Liebe* nicht denken durfte. Das Wort war gefährlich. Und trügerisch. Es hatte ihn an diesen Ort gebracht.

*Liebe*, dachte er.

*Verrat.*

Er grub die Fingernägel in seine Handballen, so fest er konnte. Erst als seine Hände anfingen zu zittern, hörte er damit auf, sich selbst zu malträtieren.

Doch da hatte er es schon gedacht. Das schlimmste Wort von allen. Und konnte es nicht mehr zurücknehmen.

*Tod.*

*

Luke hatte den Klimt in eine seiner Schreibtischschubladen geschoben. Er war sich nicht sicher gewesen, ob er ihn Jette zeigen sollte.

Offenbar hatte die Aussicht auf die Sicherheitsschlösser sie aber schon beruhigt. Seit dem Besuch von Heiner Rummenohl hatte sie kein weiteres Wort über die Vorfälle der vergangenen Tage verloren.

Als sie jetzt zu Mittag ein zweites Frühstück zu sich nahmen, fragte er sich, ob er das Recht hatte, ihr die neue Nachricht länger zu verschweigen.

»Was ist los?«, unterbrach sie seine Gedanken.

»Bitte?«

»Komm, Luke. Du hast doch was auf dem Herzen.«

Röntgenaugen hatte sie also auch noch. Ihm war äußerst unbehaglich zumute. Auf einmal erschien es ihm anmaßend zu entscheiden, ob er Jette Informationen vorenthalten sollte oder nicht.

Er holte den Klimt aus seinem Zimmer und legte ihn wortlos auf den Tisch.

»Ich werd verrückt!« Jette sprang auf und fiel ihm um den Hals. »Woher weißt du das?« Sie ließ ihn wieder los und beugte sich über das Bild. »Ich kann mich gar nicht daran erinnern, dir davon erzählt zu haben!«

Verständnislos starrte Luke sie an.

»Ich liebe dieses Gemälde! Weißt du, wie oft ich mir überlegt habe, mir einen Druck zu kaufen und in mein Zimmer zu hängen? Tausend Mal. Mindestens.«

Ihre Begeisterung lähmte ihn.

Jette bedeckte sein Gesicht mit Küssen.

»Danke, Luke. Du ahnst nicht, was mir das bedeutet.« Wieder beugte sie sich über das Bild. »Diese ineinander verschlungenen Körper. Diese Zärtlichkeit. Du kannst sie förmlich spüren.«

»Jette ...«

Hätte er gewusst, dass ihr dieses Gemälde so viel bedeutete, hätte er ihr längst einen Druck geschenkt und eigenhändig den Nagel dafür in die Wand geschlagen. Stattdessen würden seine Worte gleich den Zauber dieses Bildes zerstören.

Er fasste Jette an den Schultern und drehte sie zu sich herum. Behutsam drückte er sie auf ihren Stuhl und nahm wieder auf seinem Platz.

»Ich muss dir was sagen.«

»Bin ganz Ohr.«

Jette hatte sich vom Anblick des Gemäldes losgerissen, die Ellbogen auf den Tisch gestützt und das Kinn auf die Hände gelegt. Spitzbübisch schaute sie ihn an.

»Das Bild ...«, begann Luke.

»... gebe ich nie wieder her, das sag ich dir gleich. Nie, nie wieder.«

»Es ist kein Geschenk, Jette.«

»Jaaa.« Sie grinste. »Klaaar ...«

Gott. Warum machte sie es ihm so schwer?

»Wirklich, Jette. Es ist kein Geschenk.«

Sie runzelte die Stirn.

»Nicht?«

»Nein.« Er räusperte sich. »Ich habe nicht ... es ist nicht ...«

Sie begriff, bevor er es ausgesprochen hatte.

»Es ist von ... *ihm*?«

Sie sprach die Worte mit einer vollkommen tonlosen Stimme aus.

Luke nickte.

»Es tut mir so leid«, flüsterte er.

»Wann?«

»Heute Nacht. Ich hab es gegen drei entdeckt.«

Selbst in ihren Lippen schien kein Tropfen Blut mehr zu sein. Sie waren grau und verschmolzen fast mit ihrem fahlen Gesicht. Luke wollte ihre Hand berühren, die reglos auf dem Tisch lag, doch sie zog sie weg, als hätte sie Angst, sich zu verbrennen.

»Jette ...«

»Wo?«

»An deiner Windschutzscheibe.«

»Was machst du mitten in der Nacht in der Scheune?«

»Ich konnte nicht schlafen und hatte so ein komisches Gefühl.«

Er beobachtete sie aus den Augenwinkeln. Ihr Gesicht nahm allmählich wieder Farbe an, wenigstens das.

»Du ...« Jetzt räusperte sie sich, und als sie weitersprach, klang ihre Stimme rau. »Du weißt seit Stunden, dass dieses ... dieses *Ding* existiert, und verschweigst mir das?«

Aus dem Gemälde, das sie so liebte, war das *Ding* geworden. Es tat Luke in der Seele weh.

»Ich habe es dir doch gerade gesagt.«

»Das hättest du früher tun müssen.«

»Ich wollte dir nicht noch mehr Angst einjagen.«

»Nicht du bist es, der mir Angst macht. Es ist der durchgeknallte Irre, der da draußen rumläuft und mich belauert.«

»Ich weiß …«

»Du hast mich wie ein Kind behandelt, Luke.«

Sie war im Recht. Er suchte nach Worten, aber es waren keine da. Keine jedenfalls, die darüber hinwegtäuschen konnten, dass er einen Fehler gemacht hatte. Da half es ihm auch nicht, dass er den Fehler in guter Absicht begangen hatte.

»Ich wollte dich schützen.«

»Indem du mir wichtige Sachen verschweigst?«

»Ich wollte vermeiden, dass du dich wieder so aufregst.«

»Spitzenidee.«

Er sehnte sich danach, ihre Hand zu nehmen, aber sie hatte die Arme vor der Brust verschränkt und ließ ihn nicht an sich heran.

»Du kannst nicht rund um die Uhr auf mich aufpassen, Luke.«

Sie sah angestrengt aus dem Fenster. Draußen nahmen drei Vögel ein Bad im Brunnen. Sie wirkten so fröhlich und unbeschwert, dass Luke sie beneidete.

»Ich habe eine Mutter, die mich am liebsten unter eine Glasglocke stecken würde. Da brauche ich nicht noch einen Freund, der die Entscheidungen für mich trifft.«

Ihr Tonfall hatte sich verändert. Aus ihren Augen sprachen Ärger und Enttäuschung. Ihre Lippen hatten sich in schmale Striche verwandelt.

Was hatte er da losgetreten.

Im nächsten Moment stand sie auf und räumte ihren Teller und ihre Tasse in die Spülmaschine. Alles Übrige ließ sie auf dem Tisch stehen. Sie verließ die Küche und kam kurz darauf mit ihrer Tasche zurück. Mit finsterem Gesicht rollte sie das Bild zusammen und stopfte es achtlos in die Tasche. Es ragte oben heraus wie eine Rolle Geschenkpapier.

Merkwürdigerweise ärgerte sich Luke darüber, dass sie so lieblos mit dem Bild umging. Als hätte er es ihr tatsächlich geschenkt.

»Wollen wir nicht darüber reden?«, fragte er.

»Auf einmal ist dir nach Reden zumute?«

Sie drehte sich auf dem Absatz um und ging. Wenig später hörte er den Motor ihres Autos aufheulen. Dann war Stille.

# 12

Die Telefongespräche mit Jette hatten Bert nicht losgelassen. Immer wieder waren sie am Rand seines Bewusstseins aufgetaucht, bis er sie nicht länger ignorieren konnte.

Natürlich hätte er die alten Kollegen darauf ansprechen können, und hätte es sich bei ihnen um Rick gehandelt, hätte er das auch getan, ohne mit der Wimper zu zucken. Doch die vergangenen Monate in seiner neuen Dienststelle in Köln fühlten sich mittlerweile an wie Jahre und hatten eine deutliche Distanz zu der Zeit damals geschaffen.

Vielleicht lag es an der lebendigen, bunten, verrückten Stadt, die ihn immer mehr gefangen nahm. Vielleicht an der Intensität der Fälle, die er hier bereits bearbeitet hatte. Oder an dem neuen Alltag, der noch ungewohnt und unstrukturiert war.

Jedenfalls entschloss er sich, den direkten Weg zu nehmen.

Er erwischte Jette im Auto. Das war an den Hintergrundgeräuschen deutlich zu erkennen.

»Wie geht es Ihnen?«, fragte er.

Sie antwortete mit einer Gegenfrage: »Kennen Sie den *Kuss* von Gustav Klimt, Herr Kommissar?«

Wer nicht? Es war eines der bekanntesten Jugendstilgemälde der Welt, ein Traum in Gold, der insbesondere Frauen anzusprechen schien.

Mittlerweile war dieses Kunstwerk so gnadenlos vermarktet worden, dass man ihm auf Schritt und Tritt begegnete. Es verzierte Schirme, Taschen, Kleiderstoffe und Geschirr und war so allgegenwärtig, dass Bert sich innerlich mehr und mehr davon entfernt hatte.

»Ja«, beantwortete er Jettes Frage abwartend.

»Er hat mir einen Druck davon unter den Scheibenwischer geklemmt.«

Bert wusste natürlich, wen sie meinte. Er fragte sich, ob ihre Stimme jemals so hart geklungen hatte, so endgültig erwachsen geworden.

»Wann?«

»Heute Nacht.«

»Haben Sie etwas beobachtet?«

»Nein. Luke hat es zufällig gefunden.«

»Haben Sie sich an die Polizei gewandt?«

»Ja. Ein Kommissar Scheuermann war bei uns und hat sich umgesehen.«

Der Name sagte Bert nichts. Alles verändert sich, dachte er. Kaum hast du irgendwo eine Spur hinterlassen, wird sie von der eines andern wieder zugedeckt.

»Gut.«

»Er hat uns aber lediglich den Rat gegeben, die Schlösser auszutauschen. Das mit dem *Kuss* weiß er noch gar nicht. Die erste Nachricht ist in seinen Augen keine eindeutige Drohung. Er meint, sie könnte ebenso gut von einem Verehrer stammen.«

An der Überlegung des Kollegen war etwas dran. Jeder Polizist hätte so reagiert. Auch Bert hatte nur dieses mulmige Gefühl, das ihn nachdenklich machte. Und an einen Stalker denken ließ.

Der *Kuss* von Klimt.

Das sah tatsächlich nach dem Geschenk eines heimlich Verliebten aus. Nach Schüchternheit und versteckten Empfindungen. Allerdings nicht gerade die eleganteste Art, seinen Gefühlen Ausdruck zu verleihen, erst recht nicht, wenn man dazu ein fremdes Grundstück betreten und in die Scheune der Angebeteten eindringen musste.

Und wie passte die Geschichte mit dem verschwundenen und auf so merkwürdige Art und Weise wieder aufgetauchten Tablet dazu?

»Wer macht so was?«, schimpfte Jette. »Wer schneidet eine Liebesbotschaft aus einer Zeitschrift aus? BALD. Was soll das heißen, BALD? Das kann doch nur eine Drohung sein. Und der *Kuss*? Da tobt sich ein Wahnsinniger aus. Das tut doch keiner aus Liebe.«

Ein Psychopath durchaus, dachte Bert.

Die Fahrgeräusche waren verstummt. Jettes Stimme klang jetzt viel deutlicher.

»Sie sollten sich wirklich überlegen, die Schlösser auszutauschen«, sagte Bert.

»Haben wir schon in die Wege geleitet. Heute war ein Sicherheitstechniker bei uns. Er will das morgen erledigen.«

An einem Samstag.

Anscheinend hatte Jette sein Herz erweicht. Bert schmunzelte. Er konnte ein Lied davon singen.

»Wir werden auch neue Außentüren bekommen. Der Mann hat uns eine Firma empfohlen. Es wird allerdings eine Weile dauern.«

»Das war die richtige Entscheidung«, sagte Bert. »Sie werden sehen, jetzt haben Sie Ruhe.«

Erleichtert schob er nach dem Gespräch eine Tiefkühlpizza in den Backofen und schnitt ein paar Tomaten auf. Er hatte sich vorgenommen, endlich die Bücherkisten auszupacken, die sich im Keller noch bis zur Decke stapelten.

Er war voller Energie. Und er hatte Zeit.

Bereits als das erste Regalbrett mit Büchern gefüllt war, fühlte er sich gleich ein bisschen mehr zu Hause. Aber er bekam den Kopf nicht frei, solange er nicht die Fragen beantworten konnte, die ihn beschäftigten:

*Wieso war das Tablet verschwunden?*

*Warum war es wieder aufgetaucht?*

*Hatte jemand es manipuliert?*

*Daten ausspioniert?*

*Was bedeutete* BALD*?*

*Hing Klimts Bild mit dem* BALD *zusammen?*

*Aus welchem Grund hatte der Mann keine Einbruchspuren hinterlassen?*

*Falls er überhaupt im Haus gewesen war.*

*Besaß er einen Schlüssel? Oder waren die Mitglieder der WG nachlässig gewesen?*

*Wer war er?*

*Handelte es sich überhaupt um einen Mann?*

Bei der letzten Frage war Bert sich sicher. Hier ging es um einen Mann. Es war auch klar, dass er sich in Jettes Umgebung und ihrem Alltag auskannte. Er wusste beispielsweise, welches Fahrzeug sie fuhr und dass sie es in der Scheune parkte.

Daraus ergaben sich weitere Fragen:

*War es jemand aus Jettes Freundes- oder Bekanntenkreis?*

*Oder aus dem Freundes- oder Bekanntenkreis eines ihrer Freunde?*

*Hing er mit Jettes Familie oder der eines ihrer Freunde zusammen?*

*Kam er aus dem früheren Umfeld Lukas Tadikkens?*

*Oder aus dem Umfeld eines der anderen WG-Mitglieder?*

*Hatte jemand Jettes Freund in seinem neuen Leben aufgespürt?*

Bert fluchte vor sich hin, als er daran dachte, dass Luke darauf verzichtet hatte, ins Zeugenschutzprogramm aufgenommen zu werden.

*Wenn ja, wieso galten die Botschaften dann Jette?*

*Wollte man damit im Grunde Luke treffen, weil er die* Organisation *verraten hatte?*

Die letzte Frage verneinte Bert nach längerem Nachdenken. Die *Organisation* war zerschlagen. Sollte es dennoch einen Racheakt geben, wäre der mit Sicherheit brutal und direkt. Man würde Luke nicht quälen wollen, sondern schlicht und einfach ausschalten, damit er nicht vor Gericht aussagen konnte.

Nein. Hier ging es um Jette, und während sich Regalbrett um Regalbrett mit den wunderbaren Büchern füllte, die er schon schmerzlich vermisst hatte, keimte in Bert ein Verdacht.

*

Ich blieb noch eine Weile im Auto sitzen und ließ das Gespräch mit dem Kommissar nachklingen. Allein seine Stimme zu hören, hatte mich wieder aufgebaut. Trotzdem kehrte ich nicht um, startete den Motor und fuhr weiter.

Zu einem der wenigen Menschen, denen ich hundertprozentig vertraute. Tilo, dem Lebensgefährten meiner Mutter.

Er teilte eine wesentliche Fähigkeit mit dem Kommissar.

Vielleicht waren es ihre Berufe, die ihnen diese Fähigkeit vermittelt hatten, oder sie hatten ihre Berufe aufgrund dieser Fähigkeit gewählt, der eine Kripobeamter, der andere Psychotherapeut: Beide waren daran gewöhnt zuzuhören.

Tilo unangemeldet zu überfallen, war nicht meine Art. Er hatte mir aber versichert, seine Tür stehe jederzeit für mich offen, und Tilo war nicht der Mensch, der leere Versprechungen machte.

Ich hatte schon seit einigen Tagen Fachbücher im Kofferraum liegen, die er mir ausgeliehen hatte und die ich ihm längst hätte zurückgeben müssen.

Heute war die Gelegenheit dazu.

Seine Praxis befand sich im schäbigsten Viertel der Stadt, in dem die Häuser gezeichnet waren von der Armut ihrer Bewohner und den Abgasen der zahllosen Fahrzeuge, die sich im Stop-and-go über die lange Hauptstraße quälten.

Alles wirkte heruntergekommen, die Änderungsschneiderei, der Elektroladen, die Reinigung, der Kiosk.

Sogar die Menschen.

Zwischen vollgestopften, zum Teil aufgerissenen gelben Abfallsäcken, die auf den Bürgersteigen auf die Müllabfuhr warteten, spielten unbeaufsichtigt kleine Kinder. Sie tobten mit einem bellenden Hund herum und bewegten sich gefährlich nah am Straßenrand.

Ich drosselte das Tempo und ließ mich auch vom verärgerten Hupen des Sportwagenfahrers hinter mir nicht hetzen.

Die Fensterscheiben waren stumpf von Staub und Schmutz. Die wenigen Bäume und Sträucher, die bisher überlebt hatten, sahen aus wie ausgemergelte Gespenster. Vor dem kleinen Eiscafé, das sich irgendwann hierher verirrt hatte, stand eine gelangweilte magere Kellnerin in Jeans und langer Schürze und rauchte.

Tilos Räume waren in dieser Umgebung wie eine andere Welt. Und genau das sollten sie wohl auch sein – eine Zuflucht für die Menschen, denen der Alltag Stück für Stück Würde und Lebensfreude genommen hatte.

Meine Mutter hätte es gern gesehen, wenn Tilo mit seiner Praxis umgezogen wäre. Sie fürchtete diese Gegend, die als kriminell und gefährlich gebrandmarkt war und in der Tilo Menschen behandelte, denen sie nicht über den Weg traute.

Doch das war einer der wenigen Wünsche, die er ihr nicht erfüllte.

»Ich gehöre hierher«, antwortete er achselzuckend, wenn man ihn fragte, warum er sich ausgerechnet in einem sozialen Brennpunkt niedergelassen hatte. »Ich bin nicht Psychiater geworden, um die Problemchen gelangweilter Wohlstandsbürger zu therapieren.«

Einer der Gründe dafür, dass ich ihn liebte.

Der Vorgarten des Hauses, in dem er seine Praxis eingerichtet hatte, lag im Schatten eines Ahorns. Sanfte Mooskissen zwischen bildschönen Findlingen und kräftigen Stauden vermittelten den Eindruck von Ruhe und angenehmer Kühle.

Automatisch atmete ich tiefer.

Tilo selbst öffnete mir.

»Jette! So eine Überraschung!« Voller Freude schloss er mich in die Arme. »Du kommst gerade richtig. Mein letzter Patient für heute ist vor fünf Minuten gegangen. Ruth hat sich auch schon ins Wochenende verabschiedet.«

»Ich wollte dir die Bücher zurückbringen«, sagte ich und hielt ihm den vollgepackten Leinenbeutel hin.

»Haben sie dir weitergeholfen?«

Wir gingen in das Behandlungszimmer, vorbei an Ruths Schreibtisch mit dem großen, fröhlichen Wiesenstrauß und dem roten Stein, der als Briefbeschwerer diente.

»Ja. Besonders deine Artikel über die Arbeit mit Mina. Geht es ihr gut?«

»Sie macht große Fortschritte und die Beziehung zwischen ihr und Raoul ist etwas ganz Besonderes. Mehr darf ich dir ...«

»Schweigepflicht, ich weiß.«

»Was möchtest du trinken?«, fragte Tilo. »Wasser, Kaffee, Tee?«

»Wasser«, bat ich und merkte auf einmal, wie durstig ich war.

Tilo ging zu der kleinen Küchenzeile im Vorzimmer, brachte eine Flasche Mineralwasser und zwei Gläser mit und schenkte uns ein. Ich nahm einen Schluck und entspannte mich.

Ich war schon lange nicht mehr hier gewesen, spürte aber sofort wieder, wie beruhigend die Klarheit der Einrichtung mit ihren harmonischen Linien auf mich wirkte. In jedem Detail war Tilo spürbar.

Er hatte mich zu dem Sofa geführt und für sich selbst seinen Schreibtischsessel herangezogen, sodass wir dasaßen wie Therapeut und Patientin. Dabei wäre er der Letzte, der mich therapieren könnte. Dazu kannte er mich viel zu gut.

»Okay«, sagte er.

Das hieß so viel wie: Da wären wir. Worum geht es?

Tilo hätte sich jedoch lieber die Zunge abgebissen, als mich so direkt zu fragen. Es war klar, dass ich ihm nicht nur Bücher zurückbringen wollte. Dazu hätte ich ihn nicht in der Praxis aufsuchen müssen.

Ich fing bei den Unfällen an und erzählte ihm alles.

Tilo hörte zu, ohne mich zu unterbrechen.

Als ich fertig war, zog ich den Klimt aus meiner Tasche.

Tilo betrachtete ihn, beugte sich zu seinem Schreibtisch hinüber und legte ihn dort ab. Das Papier rollte sich wieder zusammen. Wie ein Igel, der Gefahr wittert. Abwartend sah Tilo mich an.

»Eigentlich wollte ich das alles nur mal loswerden«, sagte ich. »Aber jetzt wüsste ich doch gerne, was du davon hältst.«

»Wie geht es dir?«, fragte Tilo sanft.

»Luke und ich haben Streit. Er hat mir den Klimt gerade erst gegeben, obwohl er ihn schon in der Nacht gefunden hat.«

»Hat er dir erklärt, warum?«

»Er sagt, er wollte mich nicht noch mehr beunruhigen.«

»Aber du nimmst ihm übel, dass er dir das Bild zu spät gegeben hat.«

Ein einziger Satz und mir war alles klar. Luke hatte mir den Klimt ja gegeben. Nur eben nicht direkt, nachdem er ihn gefunden hatte. Statt mir jedoch seine Gründe durch den Kopf gehen zu lassen, war ich verärgert abgerauscht und nahm übel.

Tolles Verhalten.

Tilo hatte mich mein Problem von ganz allein erkennen lassen. Ich fragte mich, ob ich in meinem Beruf jemals auch nur halb so gut werden würde, wie er es in seinem war.

»Hast du eine Ahnung, wer hinter diesen seltsamen Dingen stecken könnte?«, fragte er.

»Nicht die leiseste. Ich kenne niemanden, dem ich zutrauen würde, mich so in Angst und Schrecken zu versetzen.«

»Möglicherweise ist ihm überhaupt nicht bewusst, dass er dir Angst einjagt«, sagte Tilo. »Vielleicht ist das Bild wirklich die Liebeserklärung eines gestörten Verehrers und das BALD so etwas wie ein Versprechen. Gibt es jemanden, der heimlich in dich verliebt sein könnte?«

Ich hob die Schultern.

»Nicht, dass ich wüsste.«

»Hast du irgendwann einmal jemanden abgewiesen, der mehr als Freundschaft von dir wollte? In der Schule oder an der Uni?«

»Darüber zerbreche ich mir ständig den Kopf. Wenn, dann nicht bewusst.«

»Was ist mit den Beziehungen, die du beendet hast?«

Mein Blick wanderte in den kleinen Garten hinaus, in dem ein Brunnen plätscherte und mir das Paradies vorgaukelte. Der Schmerz hatte mich ohne Vorwarnung gepackt. Meine dummen Hände fingen an zu zittern.

»Entschuldige, Jette. Das war gedankenlos.«

Tilo beugte sich zu mir vor und berührte sacht meine Hand.

Ich bemerkte es kaum. Dieser Schmerz. Ich hatte ihn schon lange nicht mehr gespürt. Langsam löste ich meinen Blick von dem Garten.

»Das kann nicht sein«, sagte ich leise. »Er sitzt im Gefängnis und kommt wahrscheinlich nie wieder raus.«

*Besondere Schwere der Schuld,* hatte die Richterin damals befunden und *Lebenslänglich mit anschließender Sicherungsverwahrung* angeordnet.

Ich war bei der Urteilsverkündung nicht im Gerichtssaal gewesen. Und vorher, als ich aussagen musste, hatte ich ihn nicht ein einziges Mal angeschaut.

Den Mann, der sich Gorg genannt hatte, nur für mich.

Der für jeden anders geheißen hatte.

Meine große Liebe.

Draußen verausgabten sich die Vögel mit ihrem Sommergesang. Ein leichter Wind war aufgekommen und strich zart durch das sattgrüne Blattwerk der Bäume und Sträucher.

»Und wenn die Botschaften gar nicht dir gelten?«, fragte Tilo nach einer Weile. »Sie können doch jeden von euch meinen.«

»Es war mein Tablet, das verschwunden ist. Die Botschaften klemmten unter meinem Scheibenwischer. Und die Unfälle haben, glaub ich, auch irgendwie mit mir zu tun. Vielleicht will er mich isolieren und mir Schmerzen zufügen, indem er mir meine Freunde nimmt. Egal ob aus Liebe oder aus Hass.«

Konnte es wirklich so sein?

»Du als Psychotherapeut«, sagte ich, und Tilo schmunzelte, als wäre das der komischste Satzanfang, den er sich vorstellen konnte, »denkst du, die Botschaften sind Drohungen oder Liebesversprechen?«

Liebesversprechen. Was für ein verrückter Begriff. Was für eine verrückte Situation, in der ich da steckte.

»Sie können das eine wie das andere sein.« Tilo schenkte mir Wasser nach. Ich hatte gar nicht gemerkt, dass ich mein Glas leer getrunken hatte. »Aber mir scheint beides zusammenzugehören. Menschen, die so etwas tun, sind oftmals zerrissen. Kann sein, dass dieser Mann dich gleichzeitig hasst und liebt.«

»Hältst du ihn für einen Psychopathen?«

»Sein Verhalten ist auf jeden Fall nicht gesund.«

Es tat mir so gut, dass er nicht einmal den Versuch machte, mir meine Angst auszureden.

»Hast du mit Isa darüber gesprochen?«, fragte er.

Isa und Tilo kannten und schätzten einander.

»Sie ist krank. Ich wollte sie nicht mit meinen Problemen behelligen.«

Tilo sah mich nachdenklich an.

»Wenn du der Einschätzung der Polizei nicht vertraust und dich in einer anderen Umgebung sicherer fühlen würdest – ich überlasse dir jederzeit meine Wohnung.«

Tilo lebte mit meiner Mutter in ihrer alten Mühle. In seine eigene Wohnung ging er nur noch, um dann und wann nach dem Rechten zu sehen. Trotzdem fand ich sein Angebot sehr großzügig.

»Gerne auch mit Luke«, fügte er augenzwinkernd hinzu, »dem du hoffentlich nicht länger böse bist.«

Ich stand auf und umarmte ihn.

»Danke, Tilo. Aber noch hat der Typ mich nicht kleingekriegt.«

Erst als wir an der Tür standen, stellte er mir die unvermeidliche Frage.

»Weiß deine Mutter davon?«

»Nein. Aber du darfst es ihr ruhig erzählen. Spiel die Sache nur bitte ein bisschen runter.«

Er streckte den Daumen in die Luft und lächelte sein jungenhaftes Lächeln. Mir fiel auf, dass er ein paar graue Haare mehr bekommen hatte. Sie standen ihm gut. Meine

Mutter hatte großes Glück gehabt, diesem Mann zu begegnen.

Ich entdeckte es schon von Weitem.

Das zusammengefaltete Blatt Papier an meiner Windschutzscheibe.

Neongrün.

Rasch blickte ich mich um, konnte jedoch niemanden entdecken, der verdächtig wirkte. Ich überwand meinen Widerwillen und meine Beklommenheit, zog den Zettel unter dem Scheibenwischer hervor und faltete ihn auseinander.

Ein überdimensionales Auge starrte mich an.

Blau. Kühl. Mit einem Stich ins Violette.

Sauber aus einer Illustrierten ausgeschnitten.

Ich konnte den Blick nicht davon abwenden, wurde hineingesogen in dieses kalte Blau, das wie ein See war, in dem ich ertrinken würde.

Und das Auge sah direkt in mich hinein.

# 13

»Gut«, sagte Malika Reich. »Das wär's dann für heute.«

Ihre Stimme klang so erkältet, wie sie sich fühlte. Am liebsten wäre sie am Morgen im Bett geblieben, aber Pflichterfüllung hatte in ihrer Erziehung eine so große Rolle gespielt, dass sie sich zur Arbeit schleppte, solange der Kopf noch fest auf ihren Schultern saß.

In ihrer Hausapotheke gab es genügend Hilfsmittel, die sie über die Tage brachten. Am Wochenende würde sie ausreichend Zeit haben, um sich zu erholen.

Sie legte den Kugelschreiber beiseite, den sie während der Sitzungen meistens in der Hand hielt, selbst wenn sie nicht vorhatte, etwas niederzuschreiben. Er half ihr bei der Konzentration, erdete sie auf geheimnisvolle Weise und gab ihr das Gefühl von Kontinuität.

In einer schwachen Stunde hatte sie ihn sich geleistet, ein sündhaft teures Stück, das sie seitdem begleitete, für das sie sogar umkehrte, wenn sie es, was äußerst selten vorkam, zu Hause oder in ihrer Praxis vergessen hatte.

Georg Taban hatte sich schon halb von seinem Sessel erhoben und setzte sich wieder, als sie die Hand hob.

»Eine Sache noch.«

Wirkte er alarmiert? Sie konnte es nicht mit Sicherheit ausmachen. Es war schwer, in seinem Gesicht zu lesen, was ihr bei anderen Patienten mit Leichtigkeit gelang. Vielleicht hatte sich seine Körperhaltung unmerklich angespannt. Und hatten sich seine Augen nicht eine Spur verengt?

»Keine Angst. Nichts Dramatisches.«

Ein abfälliges Lächeln huschte über seine Züge. Als wollte er ihr signalisieren, dass sie eine Menge tun konnte, nichts davon jedoch auch nur annähernd eine Reaktion wie Angst in ihm hervorrufen würde.

»Sie haben doch schon einige Male in der Bücherei ausgeholfen.«

Georg Taban nickte. Abwartend und ohne eine Regung zu zeigen.

»Die Arbeit dort hat Ihnen, wenn ich mich recht erinnere, gut gefallen?«

»Ja.«

Manchmal war ihr danach, den Kerl an den Schultern zu packen und ihn zu schütteln, um *irgendein* Gefühl hervorzurufen, und sei es Wut. Obwohl sie sich nicht vorstellen mochte, wie es aussah, wenn dieser Mann wirklich wütend wurde. Und man selbst der Grund dafür war.

»Sie wissen ja, dass Herr Hegen bald entlassen wird.«

Diesmal reagierte er. Seine Schultern strafften sich. Doch sobald er es merkte, ließ er sie wieder sinken.

»Hätten Sie Interesse daran, die Bücherei dann zu übernehmen?«

Er antwortete nicht sofort, sah sie weiter unverwandt an. Wieder fiel ihr auf, wie selten er blinzelte, wenn er das tat.

»Das würde ich gerne machen.«

Ein ganzer Satz. Und endlich nahm er den Blick von ihr.

»Wir haben uns überlegt, dass Sie sich schon allmählich einarbeiten. Stundenweise. Sie würden also eine Weile zweigleisig arbeiten, in der Gärtnerei und in der Bibliothek.«

Er nickte, stand auf und ging zur Tür.

»Danke, dass Sie an mich gedacht haben«, sagte er, bevor er den Raum verließ, vor dem der Vollzugsbeamte ihn in Empfang nahm.

Alles richtig gemacht, dachte Malika. Aber aus irgendeinem Grund kam keine Freude bei ihr auf.

Sie griff nach einem Taschentuch und schnäuzte sich gründlich. Als könnte sie sich so von der Aura dieses Mannes befreien, die sie noch immer spürte.

Er konnte auf eine Weise lächeln, dass ihr kalt wurde. Und wenn sie als seine Therapeutin auch begreifen wollte, was ihn antrieb, fürchtete sie sich davor, den Grund für dieses Lächeln zu erfahren.

*

Manchmal, dachte Georg, als er zu seiner Arbeit zurückging, manchmal fallen einem die Dinge wirklich in den Schoß. Er hatte keinen Finger rühren müssen, um den Job zu kriegen, der ihn gemütlich über die Wintermonate bringen würde.

In ihrem wohlverschlossenen Innern war eben auch eine Frau Dr. Reich nur eine Frau und mit Frauen hatte er immer schon leichtes Spiel gehabt.

Er spürte, dass dieser Sieg ihm Lust bereitete, und kostete die Erregung aus. Bis ihm beim Gewächshaus

Ezra über den Weg lief, zwei leere Eimer an den Händen. Genau im toten Winkel der Überwachungskameras.

»Warte mal«, sagte Georg.

Ezra blieb stehen und sah ihn misstrauisch an.

»Was willst du?«

»Nichts. Im Gegenteil. Ich schulde dir noch was.«

Er zielte auf Ezras Nase.

Ezra ließ die Eimer fallen, die scheppernd auf dem Boden landeten. Er stürzte, heulte auf und bedeckte die Nase mit der Hand. Blut sickerte ihm durch die Finger.

»Du Schwein!« Schwer atmend rappelte er sich auf. Tränen liefen ihm aus den Augen. »Du gottverdammtes, mieses Schwein!« Wimmernd betrachtete er seine blutige Hand und hielt sie gleich wieder schützend an die Nase.

»Fass. Mich. Nie. Wieder. An.« Georg fühlte nichts. Nicht einmal Befriedigung. »Kapiert? NIE WIEDER.«

Aus den Augenwinkeln sah er, dass Ole Pirol sich eilig näherte. Er hob die beiden Eimer auf und stellte sie Ezra vor die Füße.

»Was ist hier los?«

»Nichts«, nuschelte Ezra hinter seiner schmutz- und blutverschmierten Hand, die jedem Horrorfilm Ehre gemacht hätte.

Pirol sah aus, als würde er am liebsten noch einmal draufhauen. Er riss Ezra die Hand weg.

»Schöne Scheiße! Was ist passiert?«

Ezra wich seinem Blick aus. Auch Georg schwieg beharrlich.

»Ich frage nicht noch mal.«

»Bin gestolpert«, brummte Ezra.

»Klar.« Pirols Blick schoss zu Georg. »Bisschen nachgeholfen, Kollege?«

»Ich hab nichts damit zu tun.« Georg zuckte mit den Schultern. »Als ich dazugekommen bin, lag er schon da.«

»Stimmt das?«

Ezra nickte. Er unterdrückte ein Stöhnen.

»Sollte sich das nicht so schnell wie möglich ein Arzt angucken?«, fragte Georg.

Pirol wusste, dass er verloren hatte. Dass er nie erfahren würde, was sich hier abgespielt hatte, und wenn er hundert Mal nachbohrte. Man konnte es in seinen Augen lesen.

»Weitermachen«, blaffte er Georg an, fasste Ezra mürrisch am Arm und dirigierte ihn in Richtung Krankenstation.

Georg trug die Eimer ins Gewächshaus und ging wieder an die Arbeit. Die Sache war erledigt. Ezra würde nicht wagen, ihn zu verpfeifen. Vielleicht hatte er jetzt Ruhe vor diesem kleinen Pisser.

*

»Das ist Stalking«, sagte Merle. »Wie damals bei deiner Mutter. Weißt du noch?«

Daran brauchte sie mich nicht zu erinnern. Es war ein besonders schwerer Fall gewesen, in dem der Stalker am Ende auch mich bedroht hatte.

Nachdem ich einige Besorgungen erledigt hatte, war ich beim Tierheim vorbeigefahren, weil ich mich noch immer nicht abgeregt hatte und hoffte, Merle würde mir dabei helfen.

Schon immer hatten wir uns alles anvertraut.

»Der Typ ist komplett durchgeknallt.« Merle kriegte sich gar nicht mehr ein. »Der gehört in die Psychiatrie.«

»Ich wollte Kommissar Scheuermann davon erzählen. Der Anruf wurde aber zu einem Kollegen weitergeleitet.«

»Und?«

»Bei dem meldete sich der Anrufbeantworter. Da hab ich wieder aufgelegt.«

»Du hast keine Nachricht hinterlassen?«

»Daran hab ich überhaupt nicht gedacht. Ich stand völlig neben mir.«

Nachdem der Schock abgeklungen war, fühlte ich hauptsächlich Wut. Was ging in diesem Verrückten vor?

Merle beugte sich wieder über das schreckliche Auge.

»Der hat sie nicht alle. Schmeiß das in den Müll, wo es hingehört.«

»Auf keinen Fall.« Ich nahm es ihr aus der Hand, bevor sie es zerknüllen konnte. »Das ist Beweismaterial.«

Mein Smartphone klingelte. Ein Blick auf das Display zeigte mir, dass Tilo bereits mit meiner Mutter gesprochen haben musste. Er hatte keine Zeit verloren.

»Hallo, Mama.«

»Tilo hat mir erzählt, dass ihr Probleme habt.«

»Stimmt.«

»Ich will mich nicht einmischen, Jette, aber du musst verstehen …«

»Mach dir keine Sorgen, Mama«, lenkte ich ab. »Ich sitze gerade mit Merle zusammen.«

»Hallo, Frau Thalheim«, zwitscherte Merle dazwischen.

»Liebe Grüße«, kam es zurück.

»Liebe Grüße«, richtete ich Merle aus.

»Danke! Ihnen auch!«, rief Merle so laut, dass meine Mutter es in ihrer Mühle auch ohne Telefon verstanden hätte.

»Jetzt muss die Polizei eingreifen«, sagte meine Mutter. »Stalking ist ein Straftatbestand.«

»Kommt darauf an, ob drei Nachrichten schon als Stalking angesehen werden können«, erwiderte ich.

»Bei mir damals …«

»Bitte, Mama. Das kann man doch nicht vergleichen.«

Sie antwortete nicht.

Meine Mutter beherrscht die Kunst, selbst ihr Schweigen vorwurfsvoll klingen zu lassen. Diesmal würde ich ihr Spiel nicht mitspielen.

Ich schwieg ebenfalls.

Es erinnerte mich an den Wer-zuerst-blinzelt-hat-verloren-Wettkampf meiner Kindheit. Meistens war ich die Verliererin gewesen.

Merle hob fragend die Hände. Ich schüttelte den Kopf.

»Gut«, sagte meine Mutter schließlich gedehnt. »Es ist dein Leben. Ich werde mich in dieser Sache nicht mehr einmischen, es sei denn, du bittest mich darum.«

Ein waghalsiges Versprechen. Das sie nicht einhalten würde.

»Und sonst?«, fragte ich. »Geht es dir gut?«

»Danke.«

»Und Oma?«

»Ist auf einer Rheinfahrt. Eine Woche lang. Mit einer Freundin. Sie hat sich nur kurz gemeldet, nachdem das Schiff abgelegt hatte. Danach habe ich nichts mehr von ihr gehört.«

»Übersetzt heißt das ja, dass es ihr gut geht. Das ist doch prima.«

Meine Großmutter ist da wie ich. Sie liebt ihre Unabhängigkeit und tut alles, um sie zu verteidigen. Hauptsächlich gegen meine Mutter, die es schlecht erträgt, wenn etwas ihrer Kontrolle entgleitet.

»Du, ich muss wieder an die Arbeit«, sagte meine

Mutter ziemlich abrupt. »Gib Merle einen Kuss von mir.«

Nachdem ich das Klicken gehört hatte, behielt ich das Smartphone noch eine Weile in der Hand.

»Ich soll dir einen Kuss geben«, murmelte ich.

Merle grinste und machte ein schmatzendes Geräusch.

»Sehr witzig.«

»Komm, Jette. Du nimmst dieses Mutter-Tochter-Ding viel zu ernst. Geh doch ein bisschen italienischer damit um.«

»Italienischer.«

»Guck dir Claudio an. Der sieht ein Problem erst, wenn es wie King Kong vor ihm steht. Und selbst dann versucht er noch, es mit seinem Charme zu überwältigen. Erst wenn ihm das nicht gelingt, setzt er sich wirklich damit auseinander.«

Diese Leichtigkeit hatte mir schon immer gefehlt. Nachdenklich stopfte ich das Smartphone in meine Tasche. Ich musste schleunigst nach Hause fahren und Luke in die Arme nehmen.

»Wir sehen uns heute Abend.«

Der Stuhl quietschte auf dem Boden, als ich ihn zurückschob, um aufzustehen.

»Du gehst schon wieder? Du bist doch eben erst gekommen.«

Ich gab Merle einen Kuss auf die Wange und lief zu meinem Auto. Als ich fünf Minuten später geblitzt wurde, gelang es mir, darüber zu lachen. Ich hatte es eilig, unseren Streit zu beenden. Das war mir die zehn, fünfzehn Euro wert.

Und dann irgendwann fiel er mir auf, der silberfarbene

Van, der in einigem Abstand hinter mir herfuhr. Ich nahm ihn beiläufig wahr, wie jeden anderen Verkehrsteilnehmer auch. Im Radio wurde Eric Claptons *Tears in Heaven* gespielt, ein Song, der mich jedes Mal aus der Fassung brachte.

Als ich mir die Tränen aus den Augen gewischt hatte, bemerkte ich, dass der Van mir immer noch folgte. In unverändertem Abstand.

War das Zufall?

Oder Absicht?

Ich bog in die nächstbeste Seitenstraße ein, um es herauszufinden.

Der Van fuhr weiter und ich atmete auf.

Vor einem unbebauten Grundstück wendete ich und kehrte auf die Hauptstraße zurück. Aufmerksam hielt ich Ausschau nach dem Van und stieß einen erleichterten Seufzer aus, als ich ihn nirgends entdeckte.

Im Radio brachten sie jetzt *Lemon Tree* von Fools Garden, und ich summte mit und hatte den Van beinahe vergessen, als er wieder hinter mir auftauchte.

Hatte er angehalten und gewartet, bis ich an ihm vorbeigefahren war?

Verfolgte er mich tatsächlich?

Oder hörte ich allmählich die Flöhe husten?

Mein Wendemanöver hatte nichts gebracht, also würde ich es nicht wiederholen. Stattdessen gab ich Gas.

Es herrschte nicht viel Verkehr, obwohl die Leute an den Freitagnachmittagen für gewöhnlich früh ins Wochenende starteten. Das war mein Glück.

Auf diesem Stück Landstraße war die Höchstgeschwindigkeit auf siebzig reduziert. Ich überholte die beiden Kleinwagen, die vor mir herzuckelten, und beschleunigte, dass der Motor meines Autos gequält aufjaulte.

Zu dem Blick in den Rückspiegel musste ich mich zwingen, weil ich ahnte, was er mir zeigen würde. Und wirklich: *Der Van hatte ebenfalls beschleunigt.*

Ich drückte das Gaspedal durch und sah die Landschaft aus den Augenwinkeln an mir vorbeifliegen. Die Fahrbahnen waren relativ schmal und die Geschwindigkeitsbegrenzung machte durchaus Sinn. Immer wieder verunglückten hier zwischen den Feldern Menschen, die ihre Fahrkünste überschätzten.

Mit zitternden Händen hielt ich das Lenkrad umklammert und versuchte, meine Panik zu unterdrücken.

Was sollte ich tun?

Die Entscheidung wurde mir abgenommen. Der Van holte auf und kam meiner Stoßstange so nah, dass mein Herz anfing zu flattern.

War der Kerl verrückt? Wollte er uns beide umbringen?

Plötzlich ließ er sich wieder ein paar Meter zurückfallen und blendete in einem wilden Stakkato auf und ab. Vorsichtig drosselte ich ebenfalls das halsbrecherische Tempo.

Ich konnte jetzt sehen, dass es nur einen Fahrer, keinen Beifahrer gab. Sein Gesicht war im Schatten der heruntergeklappten Sonnenblende nicht zu erkennen. Aber mir fiel auf, dass er groß, breit und massig war.

Ein Blick auf das Nummernschild unter dem Mercedesstern machte mir klar, dass er keine Spielchen spielte: Es war komplett geschwärzt. Ich würde Magnus Scheuermann kein Kennzeichen nennen können. Hatte wieder nichts in der Hand.

War er die ganze Zeit in meiner Nähe gewesen? Hatte

er mich von zu Hause wegfahren sehen, war mir zu Tilo gefolgt und dann zu Merle?

*Was wollte er von mir?*

Ich fragte mich, warum nie ein Polizeiwagen in der Nähe war, wenn man einen brauchte. Den Polizisten wären die schwarzen Nummernschilder aufgefallen. Sie hätten den Spieß umgedreht und aus dem Jäger wäre der Gejagte geworden.

Er holte wieder auf.

Ich beschleunigte.

Die wilden, raffinierten Verfolgungsjagden aus den Filmen hatten mit der Wirklichkeit rein gar nichts zu tun. Bei aller Panik behielten die Helden stets die Kontrolle und fanden immer einen Ausweg.

Meine Gedanken dagegen rasten im Kreis.

Es kostete mich meine ganze Aufmerksamkeit, den Wagen in der Spur zu halten. Selbst der Blick in den Rückspiegel war bei diesem Tempo selbstmörderisch.

Und was, wenn ein Traktor oder ein anderes langsames Fahrzeug auftauchte und mich ausbremste? Ich begriff, dass ich nichts vorausplanen, mich nicht absichern konnte. Es gab nur eine Möglichkeit: Ich musste mich auf meinen Instinkt verlassen.

Meine Chance kam einen Kilometer später. Ein hinter den Sträuchern versteckter, unauffälliger Weg, den ausschließlich landwirtschaftliche Fahrzeuge nutzen durften. Ich nahm den Fuß vom Gas und schoss schlitternd von der Straße, während mein überraschter Verfolger nicht reagieren konnte und weiterraste.

Dass ich mich in dieser Gegend auskannte, war mein Vorteil. Ich wusste nämlich nicht nur, dass es diesen Weg gab, sondern auch, dass er asphaltiert war, sonst hätte ich das Wagnis nicht eingehen können. Trotzdem war es fast ein Ding der Unmöglichkeit, mein Auto wieder unter Kontrolle zu bringen. Es schleuderte von rechts nach links und holperte über die hohen Grasnarben am Wegrand, bis es mir endlich wieder gehorchte.

Kein Van im Rückspiegel!

Dennoch preschte ich weiter den engen Weg entlang. Der Staub wölkte hinter mir auf und hüllte mich in seinen schützenden Mantel.

Erst im nächsten Ort wagte ich es, langsamer zu werden.

Vor einem Sportplatz glitzerten unzählige parkende Fahrzeuge in der Hitze. Sie schienen Teilnehmern und Besuchern eines Fußballspiels zu gehören. Rufe und das Schrillen einer Schiedsrichterpfeife drangen herüber.

Die perfekte Tarnung.

Ich schob mich mit meinem kleinen Peugeot zwischen zwei mächtige SUVs und machte den Motor aus. Dann stieg ich aus und mischte mich unter die Zuschauer.

Es waren nicht allzu viele, dennoch war ich in ihrer Mitte sicher. Der Typ in dem silbernen Van würde es nicht wagen, mich vor aller Augen anzugreifen.

*

Jette kam in sein Zimmer gestürmt und flog ihm an den Hals. Luke zog sie an sich und hielt sie eine Weile, bevor er ihr ins Gesicht sah. Sie war völlig aufgelöst.

»Was ist los?«

»Ein Van hat mich verfolgt.«

»Was?«

Entsetzt starrte Luke sie an.

»Aber ich hab ihn abgehängt.«

Allmählich kam sie wieder zu Atem. Sie setzten sich auf das Sofa, und Luke hörte zu, ohne sie zu unterbrechen. Es beeindruckte ihn, dass sie in einer derart schwierigen Situation die Nerven behalten hatte.

»Nur haben wir wieder nichts vorzuweisen«, schloss sie. »Kein Kennzeichen, nur die Automarke und die bringt die Polizei nicht weiter.«

Sie zog ein Blatt Papier aus der Tasche und faltete es auseinander.

Ein großes, kaltes Auge starrte Luke an.

»Wo hast du das her?«

»Ich war bei Tilo. Ich dachte, als Psychologe hätte er vielleicht eine Erklärung, irgendetwas, das uns weiterbringt. Als ich seine Praxis verlassen habe, steckte es unter meinem Scheibenwischer.«

Angewidert warf Luke das Blatt Papier auf den Tisch. Er wischte die Hände an seiner Jeans ab. Als könnte der kranke Geist dieses Stalkers ansteckend sein.

»Der Typ weiß, wo ich bin, Luke. Er scheint immer in meiner Nähe zu sein. Und denk an die angeblichen Unfälle von Merle und Mike. Er muss uns schon länger beobachten. Er weiß, dass Mike sich bei uns um die Reparaturen kümmert, weiß, dass Merle im Tierheim arbeitet, weiß, wem welches Auto gehört und dass wir unsere Scheune als Garage nutzen.«

Luke ballte die Fäuste. Er konnte es kaum ertragen, so hilflos zu sein.

»Ruf Scheuermann an.«

»Hab ich schon am Sportplatz versucht. Er ist nicht an seinem Schreibtisch. Die Anrufe werden auf den Apparat eines Kollegen umgeleitet und da meldet sich der AB.«

»Aber der Kollege hört die Anrufe sicher ab.«

Seufzend nahm Jette ihr Smartphone in die Hand.

»Jette Weingärtner, guten Tag. Ich bitte Kommissar Scheuermann dringend um Rückruf.«

Vorsichtshalber nannte sie noch ihre Nummer, obwohl der Polizeibeamte die auch auf seinem Display ablesen konnte. Dann gingen sie in die Küche und Luke holte frischen Eistee aus dem Kühlschrank.

Er war perfekt, so kalt, dass die Gläser beschlugen.

Sie setzten sich nach draußen.

»Die Sache mit dem Auge wird immer noch nicht ausreichen«, nahm Jette den Faden wieder auf. »Nicht mal wir selbst sind uns ja sicher, wem die Angriffe eigentlich gelten. Und ob es überhaupt Angriffe sind. Auch dass jemand in unser Haus eingedrungen ist, können wir nur vermuten.«

»Aber dass er in der Scheune war, steht fest«, wandte Luke ein. »Unglücklicherweise ist sie nicht eingezäunt, deshalb hat er, glaub ich, keinen Hausfriedensbruch begangen, was definitiv ein Straftatbestand wäre.« Er überlegte. »Was ist mit Bert Melzig?«

»Nein.« Jette schüttelte den Kopf. »Er muss sich raushalten. Erst recht jetzt, nachdem Magnus Scheuermann aktiv geworden ist.«

»Aktiv.« Luke ließ ein verächtliches Lachen hören. »Darunter hab ich mir immer was anderes vorgestellt.«

Nachdem sie ihren Tee getrunken hatten und sich ein wenig erfrischt fühlten, informierte Jette Merle und rief dann Mike an. Sie redete mit Engelszungen auf ihn ein, bis er versprach, die nächsten Tage bei Ilka in Düsseldorf zu bleiben.

Gut so. Sie mussten die Zielscheibe für den Verfolger so klein wie möglich machen.

Vielleicht hatte der Täter tatsächlich vor, sie alle aus dem Weg zu räumen, schön langsam und einen nach dem andern. Um es so richtig auszukosten.

Er war irrsinnig. Oder rachedurstig.

Oder beides.

# 14

Malika Reich hatte Wort gehalten. Schon am Montagvormittag war Georg für die Bücherei eingeteilt. Den Nachmittag würde er, wie gewohnt, in der Gärtnerei verbringen.

Nach einem fürchterlich langen Wochenende, an dem seine Stimmung wieder mal im Keller gewesen war, empfand er die Aussicht auf etwas Neues wie eine Befreiung.

Jeff Hegen begrüßte ihn mit der für ihn typischen gleichbleibenden Freundlichkeit, die er jedem entgegenbrachte. In seinem Innern blieb er reserviert, das verrieten seine Augen, die selbst beim Lächeln unbeteiligt wirkten.

Und wenn Jeffs wundersame Wandlung gar nicht echt war? Konnte es sein, dass er den so bilderbuchmäßig geläuterten Vorzeigehäftling bloß spielte? War es möglich, eine solche Rolle über Jahre hinweg durchzuhalten? Und das auf eine so überzeugende Weise?

Es ärgerte Georg, dass die besondere Situation im Knast ihn dazu brachte, sich mit Menschen zu beschäftigen, die ihn überhaupt nicht interessierten. Es gab keine Gelegenheit, ihnen auszuweichen, sich zurückzuziehen, unmöglich, in sich selbst zu bleiben.

Dabei war das für ihn lebenswichtig.

Er hielt die Welt nur aus, solange er sie sich vom Leib halten konnte.

»Du wirst also meine Arbeit fortführen«, sagte Jeff.

Große Worte, dachte Georg mit einem Blick auf die beeindruckenden, aber immer noch überschaubaren Bücherregale.

Er nickte.

»Guck dich in Ruhe um«, schlug Jeff vor, »und wenn du Fragen hast, melde dich.«

Während der Frühstückspause, die sie in dem kleinen Büro der Bücherei verbrachten, erzählte Jeff von seinem Job und den langen Jahren, die er ihn schon machte.

»Es war mein Leben«, sagte er mit einer Mischung aus Wehmut und Stolz und nahm einen großen Schluck Kaffee.

Seinen Händen sah man an, dass sie keine harte Arbeit kannten. Sie waren lang, feingliedrig und blass, die kurz geschnittenen Fingernägel sauber und gepflegt. Die Hände eines Stubenhockers.

Oder eines Knastbruders.

Auch Georgs Hände hatten sich in der Haft bereits verändert. Obwohl er täglich Gartenarbeit verrichtete, waren sie schmaler geworden. Wie sein gesamter Körper. Er hatte an Gewicht verloren, was ihm ausgezeichnet stand. Durch das regelmäßige Yoga war er fitter als je zuvor.

»Ohne Bücher könnte ich nicht mehr leben«, sagte Jeff und nickte nachdenklich. »Wie ist das bei dir?«

»Ohne Freiheit«, antwortete Georg und hätte die Worte am liebsten auf der Stelle zurückgenommen.

Jeff hatte etwas, das einen dazu brachte, keine Ausflüchte zu suchen. Man musste bei ihm höllisch aufpassen.

»So war es bei mir am Anfang auch.« Jeff lächelte und diesmal konnte Georg das Lächeln auch in seinen Augen erkennen. »Aber dann hab ich begriffen, dass es die Bücher sind, die wirklich Freiheit bedeuten.«

Georg wusste, was er meinte. Er teilte Jeffs Ansicht nicht.

»Bücher können Gefühle auslösen«, sagte er. »Dir eine Vorstellung von den Dingen geben. Aber sie können dir nicht die Dinge selbst verschaffen.«

Er wusste nicht mehr, wann er zuletzt so viel geredet hatte.

»Die Freiheit, den Knast zu verlassen.« Jeff nickte. »Oder Liebe. Da hast du sicherlich recht.«

Auf einmal verspürte Georg fast ein leises Bedauern darüber, dass Jeff den Knast bald verlassen würde. Die Notwendigkeit, Georg einzuarbeiten, hatte ihm die Zunge gelöst, und dass dieser stille Mann etwas zu sagen hatte, war überraschend.

»Ich bin ja noch ein paar Wochen hier«, sagte Jeff später, als der Wust an Informationen Georg zu überfordern begann. »Das wird schon. Ich hab das auch nicht an einem Tag gerafft.«

Georg ließ ihm den Anflug von Überheblichkeit durchgehen und schlenderte an den Regalen entlang.

Zwei große Räume für Gedanken. Zwischen Buchdeckeln verborgen, aber bereit, sich jederzeit mitzuteilen. Zwei Räume für Wörter, die in seinem Kopf bereits zu summen begannen wie in einem Bienenstock.

Er schlug Bücher auf und klappte sie wieder zu. Blieb an Sätzen hängen, über die er später nachdenken würde. Drehte sich ein paarmal langsam um sich selbst.

Das hier würde für ihn eine Erweiterung seiner Zelle sein. Ein Blick über die Mauern. Ein Zipfel der Freiheit, nach der er sich sehnte, dass es ihn fast zerriss.

Für eine Weile musste ihm das genügen.

Als er nach dem Mittagessen in die Gärtnerei kam, waren Ezra und Wolle schon da. Ezra, der von seiner letzten Begegnung mit Georg eine gebrochene Nase davongetragen hatte, erinnerte ihn mit seinem Verband an Cro.

Eigentlich war er, wie Georg gehört hatte, krankgeschrieben, doch er war einer dieser Menschen, die nicht mit sich allein sein konnten, und lungerte lieber hier herum, als in seiner Zelle zu sitzen.

Oder er hatte sich vorgenommen, Ärger zu machen.

Georg wollte an ihnen vorbeigehen, als Wolle ihn anrempelte.

»Pass doch auf, Arschloch!«

Ezra grunzte zustimmend.

Georg zögerte kurz und ging dann weiter. Wolles Provokation sollte ihn aus der Reserve locken. Vielleicht hatte Ezra ihn angespitzt, oder Wolle war einfach schlecht drauf, oder er wollte Georg in eine Schlägerei verwickeln, um das Büchereiprojekt zu Fall zu bringen.

Vielleicht hatte er auch was eingeworfen.

Schon vom Körperbau her hatte Wolle bei einer Prügelei schlechte Karten. Dünn und hochgeschossen wie ein zu schnell gewachsener Teenager, war er mit seinen etwa vierzig Jahren der typische Mitläufer, stand bei Auseinandersetzungen immer als Zuschauer am Rand, nie mittendrin.

Als Georg den Raum betrat, in dem die Gartengeräte aufbewahrt wurden, erschien Wolle jedoch plötzlich auf der Türschwelle. Sein Körper schluckte das gleißende Sommerlicht, das von draußen hereinfiel. Auf einmal schien es noch stickiger geworden zu sein.

»Ich rede mit dir, Wichser!«

Georg nahm die Harke, die er holen wollte, von der Wand und drehte sich lässig zu Wolle um.

»Ich aber nicht mit dir. Geh mir aus dem Weg.«

Er fragte sich, wo Ezra geblieben war. Stand wahrscheinlich feixend in der Nähe und ließ seinen Kumpel die Kohlen aus dem Feuer holen.

Wolle spuckte Georg vor die Füße und starrte ihn herausfordernd an. Im Gegenlicht wirkte er größer und kräftiger, als er in Wirklichkeit war. Unberechenbar.

Georg dachte an die Bücherei und die Vorteile, die sie für ihn hatte. Er würde das ganz sicher nicht dadurch gefährden, dass er der Wut in seinem Innern erlaubte, über die Ufer zu treten.

Er hob den Arm und schob Wolle beiseite.

Ezra stand tatsächlich draußen, nahe der Tür, scheinbar gelangweilt an die Wand gelehnt und Kaugummi kauend. Georg ahnte instinktiv, was er vorhatte. Als Ezra den Fuß ausstreckte, um ihn zum Straucheln zu bringen, bückte er sich blitzschnell, packte den Fuß und riss ihn hoch.

Ezra fiel und stieß einen Schmerzensschrei aus. Er krümmte sich auf dem Boden und hielt sich stöhnend die linke Schulter.

Georg schnellte herum und fasste die Harke fester, weil er mit Wolles Angriff rechnete.

Doch da war kein Wolle.

Der hatte es offenbar vorgezogen, klammheimlich durch die Hintertür zu verschwinden.

»Ich mach dich alle!«, heulte Ezra und rappelte sich auf. »Du bist so gut wie tot!«

Sein Nasenverband sog sich langsam mit Blut voll.

Diesmal kam kein Ole Pirol um die Ecke und Ezra und Wolle würden nicht reden und damit ihre Unterlegenheit eingestehen.

Aber Ezra würde reagieren.

Ab jetzt würde Georg auch hinten Augen haben müssen, um sicher zu sein, dass ihm niemand folgte.

*

Ich hatte beschlossen, die Geschehnisse der vergangenen Tage wegzuschieben und die Tür zu meinem Gedächtnis abzusperren. Ich musste arbeiten, sonst brauchte ich zu den Prüfungen gar nicht erst anzutreten.

Auch Luke hatte das Wochenende hauptsächlich an seinem Schreibtisch verbracht. Ab und zu hatten wir uns in der Küche getroffen, meistens am Kühlschrank, oder wir hatten unsere Bücher mit nach draußen genommen, wo wir jedoch rasch wieder vor der Hitze ins Haus geflüchtet waren.

Meine Mutter hatte auf einen Sprung vorbeigeschaut und uns zugeredet, noch einmal Bert Melzig anzusprechen. Dass der Kommissar sich eine längere Auszeit nahm, erwischte sie anscheinend kalt.

»Eine Auszeit?«, hatte sie entgeistert nachgefragt.

Und dann hatte sie alles wissen wollen. Wie lange die Auszeit dauern sollte. Ob er reisen würde. Ob er einen angeschlagenen Eindruck auf mich gemacht hätte. Ob er danach wieder bei der Kripo Köln arbeiten oder hierher zurückkommen würde. Ob er vielleicht ganz andere Pläne hätte. Ob die Auszeit möglicherweise nur die erste Stufe für einen endgültigen Ausstieg sei.

Weshalb interessierte sie das so sehr?

»Frag nicht mich«, hatte ich gesagt. »Frag ihn. Dann kannst du dir selbst einen Eindruck verschaffen.«

Sie hatte das Thema gewechselt und uns bald darauf wieder verlassen.

Mina hatte sich gemeldet und ich hatte ihr alles erzählt. Und dann auch ihr zugeredet, bloß nicht nach Hause zu kommen, bevor sich alles aufgeklärt hatte.

»Das wird nicht lange dauern«, hatte ich felsenfest behauptet, obwohl ich nicht daran glaubte.

Im Gegensatz zur Polizei legte der Stalker ein rasantes Tempo vor. Seine Angriffe hatten innerhalb von nur sechs Tagen stattgefunden.

Sobald er in meinem Kopf auftauchte, verscheuchte ich die Gedanken wieder. Ich würde mich nicht zum Spielball dieses Menschen machen lassen, der eindeutig krank war.

Dennoch ging ich hin und wieder die Liste der Studenten durch, denen ich täglich begegnete. War einer unter ihnen, der in mir etwas anderes sah als eine Kommilitonin? Der mich beobachtete? Sich besonders häufig in meiner Nähe aufhielt?

Keine Antworten.

Es machte mich verrückt.

Sobald ich anfing durchzudrehen, war ich froh, mich zu meinen Büchern flüchten zu können. Arbeit war das beste Mittel, um mich abzulenken.

Das Wochenende war schließlich ruhig vergangen. Zeit zum Luftholen und Auftanken. Ich war dankbar gewesen für jede einzelne Minute. Selbst für die Stunden, die Heiner Rummenohl am Samstag in unserm Haus verbracht hatte, um die Sicherheitsschlösser an Türen und Fenstern anzubringen.

Doch Wochenenden dauern nicht ewig.

Als Luke und ich am Montagmorgen beim Frühstück saßen, klingelte das Telefon. Es war Magnus Scheuermann.

»Sie haben um Rückruf gebeten?«

»Ja. Schon Freitag«, konnte ich mir nicht verkneifen.

»Da ist was schiefgelaufen«, erwiderte er knapp. »Worum geht es denn?«

Ich erzählte ihm von der Verfolgung durch den Van und von dem grässlichen Auge. Diesmal offenbar mit Erfolg. Eine halbe Stunde später kam er mit einem Kollegen vorbei, der an meinem Auto und am Scheunentor Fingerabdrücke sicherte.

Scheuermann tat das, womit ich eigentlich von Anfang an gerechnet hatte – er bat mich um die drei Botschaften und schob sie behutsam in Klarsichthüllen, die er in seinem Aktenkoffer verstaute.

Danach stopfte er die dünnen Handschuhe in die Tasche seines Sakkos, setzte sich mit mir an den Küchentisch und stellte mir Fragen zu der Verfolgung durch den Van.

Als ich sie beantwortet hatte und die Männer wieder gegangen waren, fühlte ich mich besser.

Etwas war in Bewegung geraten. Wir waren nicht mehr allein mit unserem Problem.

Es war ein gutes Gefühl, die Botschaften nicht mehr im Haus zu haben. Sie bei der Polizei zu wissen, die sie untersuchen würde.

Jeder macht Fehler, sagte ich mir. Warum nicht auch mein unbekannter Stalker.

Ein einziger Abdruck und sie würden ihn kriegen.

Falls er in der Datenbank der Polizei gespeichert war.

*

Als sich sein Handy meldete, war Bert Melzig gerade damit beschäftigt, die leeren Umzugskartons zusammenzufalten. Zerstreut blickte er sich um, horchte und ging dem Klingelton nach.

Er fand das Handy auf dem Wohnzimmertisch, inmitten eines Wirrwarrs von Büchern, Zeitungen, alten Fotoalben, Blumentöpfen, Dekokram und Resten eines schnellen Frühstücks.

Seine Hände waren staubig. Er hasste das Gefühl, das sie auslösten, wenn er damit etwas anfasste. Vorsichtig nahm er das Handy auf.

Er sah ihren Namen auf dem Display und sein Herz zog sich zusammen.

»Melzig.«

»Thalheim. Guten Morgen, Herr Melzig. Wir hatten vereinbart, uns mal zu einem Plausch zusammenzusetzen, erinnern Sie sich?«

Zu einem Plausch ...

Hatte sie wirklich keine Ahnung, was in ihm vorging? Hatte sie den Abend im Sauerland vergessen? Damals, während der Ermittlungen im Fall ihres eigenen Stalkers? Hatte sie verdrängt, wie nahe sie sich an jenem Abend gekommen waren? Und dass nur ein plötzlicher Anruf Tilo Baumgarts sie daran gehindert hatte, in ihrer Pension die Nacht miteinander zu verbringen?

Hatte nicht auch er selbst versucht, die Erinnerung daran auszulöschen?

Ohne Erfolg.

»Ich hätte mich längst melden müssen«, gab er zu.

Ihr kurzes Telefongespräch hatte im Mai stattgefunden.

»Ich mich auch, aber ich war auf Lesereise«, erklärte sie, ohne dass sie ihm irgendetwas hätte erklären müssen.

»Verstehe ...«

Er war daran gewöhnt, auch in schwierigsten Situationen die richtigen Worte finden zu müssen. Diese Frau jedoch ließ ihn verstummen. Sie setzte seine Gedanken in Brand. Stiftete ein heilloses Chaos in seinem Innern. Und er konnte nicht anders, als sie einfach wunderbar zu finden.

»Meine Tochter hat mir von Ihrer Auszeit erzählt.«

»Ja,« sagte er schwerfällig. »Ich muss mein Leben wieder ins Lot bringen.«

Er fragte sich, was sie von ihm wollte. Daran, dass sie sich bloß zu einem Austausch von Nettigkeiten mit ihm treffen wollte, glaubte er keine Sekunde.

Und wenn es wieder nur um ihre Tochter ging?

Sie las in seinen Gedanken.

»Ich rufe nicht wegen Jette an«, sagte sie. »Mit der Sache haben Sie ja ohnehin nichts zu tun.«

»Stimmt. Dafür sind die alten Kollegen zuständig. Wenn überhaupt«, fügte er hinzu. »Wir haben zu wenig in der Hand.«

Das *wir* hatte er aus reiner Gewohnheit benutzt. Polizeibeamte sahen sich als Teil eines Ganzen. So verhielten sie sich in der Regel auch. Da war kein Platz für Einzelkämpfer. Obwohl gerade er oft gegen dieses ungeschriebene Gesetz verstieß und es Vorgesetzten und Kollegen damit schwer machte.

Er konnte ihr Nicken spüren. Sie wusste, wie das lief, hatte es am eigenen Leib erfahren müssen, als ein fanatischer Bewunderer sie verfolgt hatte.

»Dürfte ich trotzdem einmal mit Ihnen darüber reden?«, fragte sie zögernd, als befürchtete sie, er würde sie grob abweisen.

Aber wie konnte er das?

»Nur um meine Gedanken zu ordnen«, erklärte sie. »Falls Sie Zeit haben.«

»Das ist das Schöne an meiner Situation«, erwiderte er schmunzelnd. »Ich habe Zeit in Hülle und Fülle.«

»Morgen?«, schlug sie vor. »Da bin ich sowieso in Köln.«

*Sowieso …*

Also würde sie nicht seinetwegen nach Köln kommen. Die Erwartungen, die Bert insgeheim gehegt hatte, schmolzen wie Schnee in der Sonne.

Sie verabredeten sich zu einem Frühstück im Café Reichard, und dann stand Bert noch eine Weile am Fenster, das Handy in der Hand.

Morgen …

Er riss sich zusammen und widmete sich wieder dem Zusammenfalten der Umzugskartons. Mechanische Tätigkeiten wie diese halfen ihm beim Nachdenken, und es gab da etwas, über das er unbedingt nachdenken musste.

Während des Wochenendes war der in ihm keimende Verdacht gereift: War es tatsächlich möglich, dass Georg Taban hinter allem steckte?

Er selbst hatte ihn ins Gefängnis gebracht. Er wusste, dass Jette vor diesem Mann sicher war. Galt das jedoch ebenso für Tabans Umkreis? Für die Verbindungen, die möglicherweise weiterhin nach draußen bestanden?

War Jette auch vor ihnen sicher?

Das Telefongespräch mit Imke hallte noch in ihm nach, als Bert seine Aufzeichnungen von damals hervorholte.

Handschriftliche Notizen, die er aufbewahrt hatte, wie er das nach jeder Ermittlung tat.

Schon bei den ersten Sätzen fühlte er sich in den Sommer vor drei Jahren zurückversetzt.

Caro.

Ihr Name war ihm noch immer vertraut. Er sah sie vor sich, wie sie in der Gerichtsmedizin gelegen hatte, ihr zarter Körper bleich wie Marmor, das kurze schwarze Haar eine grausame Erinnerung an ihre Lebendigkeit.

Bert war während der Ermittlungen in ihre geheimsten Geheimnisse eingedrungen, hatte ihr Zimmer auf den Kopf gestellt, ihr Tagebuch gelesen und die Gedichte, die sie geschrieben hatte.

Damals hatte er Jette und Merle kennengelernt, die losgezogen waren, um den Mörder ihrer Freundin selbst zu suchen.

Ein Albtraum.

Und er hatte sich in den folgenden Jahren wiederholt, dieser Albtraum. Andere Fälle. Andere Täter. Und die jungen Frauen immer mittendrin.

Es war, als zögen sie das Verbrechen an. Nicht, dass er an so etwas geglaubt hätte. Er hätte jedoch auch nicht darauf gewettet, dass es unmöglich war.

Bert legte das Notizbuch wieder beiseite. Zuerst musste er hier Ordnung schaffen, dann würde er sich mit dem Fall von damals beschäftigen.

Während er ein Teil nach dem andern an seinen Platz räumte, brachte ihm sein Gedächtnis mehr und mehr Erinnerungsschnipsel zurück.

Ein wunderschöner, schrecklicher Sommer.

Ein Sommer, an den er sich am liebsten nicht erinnert hätte.

# 15

Malika Reich spann ihre unsichtbaren Fäden, an denen sich das Gespräch der Therapiegruppe schleppend entlanghangelte. Heute hatte sie ihre liebe Not, die Männer aus der Reserve zu locken.

Georg bewunderte sie für die Fähigkeit, ihr theoretisches Wissen über die menschliche Psyche mit den kaputten Typen, die hier vor ihr saßen, zu verbinden.

Und niemals die Geduld zu verlieren.

Gleichzeitig lehnte alles in ihm diese Frau ab. Sie wollte aus ihm einen Klumpen Ton machen, den sie formen konnte, wie sie wollte. Denn längst war ihm klar, dass keine ihrer Fragen und Äußerungen so vordergründig war, wie es den Anschein hatte.

Oft kam es ihm vor, als säße er auf einer in absolute Dunkelheit getauchten Bühne und würde plötzlich vom Licht greller Scheinwerfer erfasst. Er erkannte erschrocken, dass er die ganze Zeit nur geglaubt hatte, allein im Raum zu sein. Dass in Wirklichkeit zahllose Augenpaare ihn beobachtet hatten.

Noch nicht Mittag, und die Hitze machte den meisten bereits zu schaffen.

Marek wischte sich immer wieder die Stirn. Ulf, schon im Normalzustand langsam und träge, hing erschöpft auf seinem Stuhl. Selbst Ilja, der an tägliche schweißtreibende Work-outs gewöhnt war, wirkte erschöpft.

Für Georg waren hohe Temperaturen nichts Besonderes. Als Saisonarbeiter war er bei jedem Wetter auf den Feldern gewesen. Was ihn jedoch fertigmachte, waren die Erinnerungen, die diese Hitze in ihm hochkochte.

Sie flüsterten einen Namen, den er nicht aussprechen, nicht einmal denken wollte, den er bislang vor allem während der Therapien nicht ein einziges Mal in den Mund genommen hatte. Wisperten von Liebe und Vertrauen. Von Glück.

*Und von Verrat.*

Sie hatte ihm alles genommen.

Sein Leben.

Seine Zukunft.

Hatte ihn hierhergebracht.

Unwillkürlich ballten sich seine Hände zu Fäusten, die er gleich wieder entspannte, denn Malika hatte Augen wie ein Adler. Nichts entging ihr und alles ordnete sie in ihre Schubladen ein.

Der Hass brach mit einer solchen Macht hervor, dass es Georg nur mit enormem Kraftaufwand gelang sitzen zu bleiben. Er hatte das Bedürfnis, seinen Stuhl an der Wand zu zertrümmern. Die Bücher aus dem Regal zu reißen. Malika ihren unvermeidlichen Stift aus der Hand zu schlagen und auf dem Boden zu zertreten.

So lange zu wüten, bis nur noch Leere in ihm wäre.

Er zwang sich, ruhig und tief zu atmen, obwohl alles in

ihm entfesselt war. Es half nichts auszurasten. Es würde alles nur noch schlimmer machen.

Niemand ahnte etwas von dem Tumult, der in ihm tobte. Er war geübt darin, sich hinter seinen Masken zu verbergen. Das Gespräch plätscherte weiter dahin, ohne dass er auch nur ein Wort mitbekommen hätte.

Als er aufblickte, bemerkte er, dass Ezra ihn anstarrte. Sah die Wut in seinen Augen. Der schmuddelige Nasenverband eine einzige Anklage. Doch anscheinend hatte er dichtgehalten, und niemand wusste, wer ihm die Nase gebrochen hatte.

Gelassen hob Georg den Kopf und starrte zurück, bis Ezra seinem Blick auswich.

Georg betrachtete die andern, die alle nur den Wunsch hatten, diesen Raum so schnell wie möglich wieder zu verlassen. Was ging in ihren Köpfen vor? Welche schmutzigen Geheimnisse behielten sie für sich, ängstlich darauf bedacht, dass die Therapeutin ihnen nicht auf die Schliche kam?

Träumten sie von Flucht? Von Rache?

Waren sie auch nur annähernd wie er?

Wussten sie, wie das war, gleichzeitig von Liebe und Hass verzehrt zu werden?

Als er Malikas Blick begegnete, hielt er ihm stand.

*Er würde das Mädchen zerstören, das ihn verraten hatte. Und ebenso alle, an denen ihr Herz hing – mehr, als es je an ihm gehangen hatte.*

Malika erriet seine Gedanken nicht. Und wenn *sie* ihn nicht durchschaute, würde es niemand können.

Georg fühlte sich stark. Stärker als je zuvor.

*

Es war früher Nachmittag geworden, als Bert durch die Wohnung schlenderte und erschöpft sein Werk betrachtete.

Endlich sahen die Zimmer bewohnt aus, sogar behaglich. Hauptsächlich waren die Bücher in den Regalen dafür verantwortlich, doch auch die Bilder an den Wänden, die bis jetzt sorgfältig verpackt im Keller ausgeharrt hatten, die bunte Bettwäsche im Schlafzimmer und die neuen Pflanzen auf den Fensterbänken.

Endlich hatten die Steine und die glänzenden Bernsteinklümpchen, die er mit den Kindern an der Ostsee gesammelt hatte, ihren Platz gefunden. Ebenso das Treibgut, kräftige Holzstücke, die das Meer zu Kunstwerken geformt und schließlich an den Strand gespült hatte.

Noch immer überwog der Eindruck von Leere, doch das gefiel Bert. Er hatte sich von fast allem getrennt, was er besessen hatte, nur behalten, was ihm wirklich wichtig war. Damit wollte er auskommen. Auf keinen Fall hatte er vor, gedankenlos neue Dinge anzuhäufen.

Er würde sich mit nichts Überflüssigem mehr belasten.

Nachdem er geduscht und sich umgezogen hatte, machte er sich einen Tee und setzte sich damit an den Esstisch. Er hatte die Rollos nur so weit heruntergelassen, dass noch ein bisschen Licht durch die Ritzen fiel. Es lag in matten Streifen auf dem Fußboden und den Wänden, und Bert beobachtete fasziniert, wie sehr sich die Atmosphäre dadurch veränderte, wie sie geheimnisvoll wurde und auf einmal voller Versprechungen war.

Er verzehrte ein Stück von dem aufgebackenen, noch warmen Rhabarberkuchen, der seinen Duft in der ganzen Wohnung verteilte, und nahm sich sein Notizbuch vor.

Nicht lange, und er hatte alles wieder vor Augen.

Die Erdbeerfelder. Das heiße Licht in den Straßen. Die Saisonarbeiter. Er erinnerte sich an den Erdbeerbauern. Die WG der Mädchen.

Und an eines von Caros Gedichten, das er sich damals notiert hatte.

*und manchmal*
*brauch ich*
*mehr*
*als das bisschen*
*leben*
*manchmal*
*brauch ich*
*das feuer*
*unter*
*der haut*
*um zu wissen*
*ich bin*
*noch*
*da*

*Das bisschen Leben*, hatte er darunter geschrieben. *Als hätte sie ihr Ende erahnt.*

Vielleicht hatte sie das.

Es sah ganz danach aus.

Ihn fröstelte, als sein Blick auf den kurzen Auszug aus ihrem Tagebuch fiel:

*7. Juli: Als spielten wir unsere Liebe bloß. Für ein unsichtbares Publikum. Als hätte irgendwer den Ablauf des Drehbuchs schon lange im Voraus festgelegt.*

Selbst diese wenigen Zeilen zogen Bert augenblicklich in ihren Bann. Er erinnerte sich daran, wie verzweifelt Caro versucht hatte zu verstehen, warum der Mann, den sie liebte, ihr verbot, über ihre Beziehung zu sprechen. Wieso er sich nicht von ihr berühren ließ. Aus welchem Grund er von einem Moment auf den andern zu einem Fremden werden konnte, der ihr Angst bereitete.

Georg Taban.

Auch am Ende hatte der Kerl keinen an sich herangelassen. Nicht bei den Verhören und nicht später vor Gericht. Niemanden hatte er in seinen Kopf blicken lassen. Selbst der psychologische Gutachter war fast an ihm gescheitert.

Georg Taban hatte ihm von seiner schwierigen Kindheit bei den Großeltern berichtet, von physischer und psychischer Misshandlung, jedoch zu allem Weiteren geschwiegen. Der Gutachter hatte aus dem, was er gehört und *nicht* gehört, jedoch beobachtet hatte, seine Schlüsse gezogen.

*Volle Schuldfähigkeit*, hatte seine Einschätzung gelautet, und das Gericht war ihr gefolgt.

Georg Taban.

War es denkbar, dass er aus der JVA heraus das Mädchen tyrannisierte, das er vergeblich zu töten versucht hatte? War er noch immer besessen von ihr?

Liebte er sie?

Oder hatte seine Liebe sich in Hass verwandelt?

Besaß er auch in der JVA noch Macht über irgendjemanden draußen, der als sein verlängerter Arm Rache nahm?

Nur einer konnte diese Fragen beantworten. Georg Taban selbst.

Doch dann tauchte das Gesicht eines Erntearbeiters in Berts Erinnerung auf, dessen Name ihm nicht einfallen wollte. Er blätterte in seinem Notizbuch, bis er ihn gefunden hatte.

Klestof. Malle Klestof.

*Diener seines Herrn*, hatte Bert notiert.

Hielt seine Ergebenheit Georg Taban gegenüber immer noch an?

Auch die Telefonnummer des Erdbeerbauern hatte Bert festgehalten. Er griff zum Telefon und wählte die Nummer von Arno Kalmer.

*

Etwas Unausgesprochenes hatte im Raum geschwebt. Etwas, das von Georg Taban ausgegangen war. Obwohl er geschwiegen hatte. Oder gerade deswegen.

Für einen Augenblick war er nicht mehr der Häftling gewesen, als der er sich in den vergangenen Jahren gezeigt hatte. Etwas anderes war zum Vorschein gekommen und hatte sich über ihn gelegt wie eine zweite Haut.

Aggressivität.

Er hatte diese zweite Haut sofort wieder abgestreift, aber für einen Moment hatte Malika sie wahrgenommen, und nun konnte sie sie nicht mehr ignorieren.

Sie hatte bereits den leisen Verdacht gehegt, dass es Georg Taban gewesen war, der Ezra Calvao die Nase gebrochen hatte. Jetzt war sie sich sicher.

Da die Häftlinge die Täter nicht nannten, konnte man derartige Übergriffe nicht ahnden. Alle schwiegen eisern. Nie gab es Zeugen. Nicht jeder Winkel wurde von den Überwachungskameras erfasst.

Malika hatte keine Ahnung, was sich zwischen Ezra

Calvao und Georg Taban abgespielt haben könnte. Sie arbeiteten beide in der Gärtnerei. Vielleicht hatte sich aus der Zusammenarbeit heraus ein Konflikt aufgebaut, der sich auf diese Weise entladen hatte.

So etwas kam immer häufiger vor. Die Gewaltbereitschaft der Häftlinge stieg zunehmend an. Manchmal reichte ein Wort, um die Situation eskalieren zu lassen.

Oder steckte in diesem Fall mehr dahinter?

Malika hatte Ezra Calvaos Unruhe bemerkt und beobachtet, dass er Georg Taban nicht aus den Augen ließ. Er war nicht der Hellste und konnte seine Empfindungen schlecht verbergen.

Sie räumte ihre Unterlagen zusammen. Es erwarteten sie heute Nachmittag noch Einzelsitzungen mit zwei besonders problematischen Häftlingen, auf die sie sich innerlich vorbereiten musste.

Die eigene Befindlichkeit durfte die Sitzungen auf gar keinen Fall beeinflussen. Erst wenn Malika alles abgelegt hatte, was sie beschäftigte, konnte sie sich ganz auf denjenigen einlassen, der da vor ihr saß.

Doch die Gedanken an die zweite Seite, die Georg Taban für einen winzigen Augenblick offenbart hatte, waren so elektrisierend, dass sie Mühe hatte, sie beiseitezuschieben.

Das war er, der erste kleine und doch so wichtige Schritt, um weiterzukommen mit diesem dunklen, schweigsamen Mann.

*

Ich stand vom Schreibtisch auf und rieb mir den Rücken. Nicht das Lernen machte mir Schwierigkeiten – es war das lange Sitzen. Luke hatte sich mit Kommilitonen in

Köln verabredet. Auch sie bereiteten sich auf ihre Prüfungen vor, ersparten sich jedoch viel Arbeit, indem sie im Team lernten.

Das konnte spät werden. Manchmal arbeiteten sie die halbe Nacht durch.

Wegen meines Jobs bei Isa hatte ich immer weniger Zeit für meine eigene Arbeitsgruppe gefunden. Deshalb war ich auf den letzten Metern der Prüfungsvorbereitungen in Klausur gegangen, im wahrsten Sinne des Wortes.

Doch jetzt brauchte ich Abstand zu den Büchern. Mein Gehirn war vollgestopft mit Informationen, die erst einmal sacken mussten. Ich füllte meine Sportflasche mit Wasser und zog die Laufschuhe an.

Eigentlich war es viel zu heiß zum Joggen, vor allem auf den Feldern, wo einem die Sonne ungefiltert auf den Kopf knallte. Trotzdem entschied ich mich gegen den Wald. Ich brauchte Weite, und das sofort.

Ich rieb mich mit Sonnenschutzcreme ein, schnallte mir die Lauftasche um, stopfte mein Smartphone und den Hausschlüssel hinein und suchte nach dem Pfefferspray, das Luke mir vor Kurzem aufgedrängt hatte. In einer schwachen Minute hatte ich ihm versprochen, es beim Joggen immer bei mir zu tragen, obwohl es mich nervös machte, die kleine schwarze Dose auch nur in die Hand zu nehmen.

Im Stillen rechnete ich bei jedem Schritt damit, dass das Ding explodieren und mich selbst außer Gefecht setzen könnte. Deshalb war ich froh darüber, dass ich es nicht fand. Ich zuckte mit den Schultern, setzte meine Kappe auf, schnappte mir die Wasserflasche, schloss die Haustür ab und lief los.

Die Hitze war unsäglich. Schon nach dem ersten Kilometer schien sie mir die Luft aus der Lunge zu saugen. Aber der Blick, der bis zum Horizont reichte, ließ mich die Anstrengung vergessen.

Nach dem zweiten Kilometer hatte ich meinen Rhythmus gefunden und merkte, wie mein Kopf den ganzen Müll auskippte, der ihn belastete.

Die Gedanken fingen an zu fließen.

Kein anderer Jogger war unterwegs, kein Fahrradfahrer und nicht ein einziger der sonst so rührigen Hundebesitzer. Ich war vollkommen allein mit der Hitze, der flirrenden Sonne und meinen Gedanken.

Ab und zu huschte eine Feldmaus vor mir über den Weg, und ich musste aufpassen, dass ich sie nicht zertrat. Es war das Jahr der Mäuse. Unsere Katzen schleppten täglich welche an, ob im lebendigen, halb toten oder toten Zustand. Erwischte ich eine von ihnen mit ihrer noch lebenden Beute im Maul, jagte ich sie ihr ab und setzte sie wieder aus, sobald die Katze sich protestierend verzogen hatte.

Ich lief an den langen Reihen der Erdbeerpflanzen entlang, die einen so verführerischen Duft verströmten, dass ich nicht widerstehen konnte und ein paar Früchte naschte. Mit klebrigen Fingern lief ich weiter bis zu den Folientunneln, von denen der Erdbeerbauer zwölf aufs Feld gestellt hatte.

Auch hier war niemand zu sehen.

Nicht mal ein ferner Traktor ratterte vorbei.

Die Hitze durchdrang mich bis in die letzte Zelle. Selbst meine Augen fühlten sich heiß und trocken an und begannen zu brennen. Ich trank einige Schlucke von dem mittlerweile lauwarmen Wasser und lief weiter.

Kurz vor dem Ende des Feldwegs, der zur Landstraße führte, bog ich links ab und lief eine Weile parallel zur Straße. Sie war auch sonst kaum befahren, doch heute ließ sich kein einziges Fahrzeug blicken.

Ich kam in das nächste Dorf, das in vollkommener Stille versunken war. Sämtliche Fensterläden waren geschlossen. In den Vorgärten ließ die Hitze die Blüten erschlaffen. Ein magerer gelber Hund stromerte über den kleinen Friedhof und verschwand im Schatten einer Gruppe hoher Zypressen.

Auch hier begegnete ich keiner Menschenseele und allmählich wunderte mich das. Wo waren die Leute geblieben? Wieso spielte keines der Kinder draußen? Selbst die Bauernhöfe lagen wie verlassen da.

Als wären alle in einen Dornröschenschlaf gefallen.

Ich bog in den Feldweg, der mich wieder Richtung Birkenweiler führte.

Zwischen den Feldern fühlte ich mich immer wohl, doch plötzlich verwandelte sich der unbegrenzte Blick bis zu den ersten Hügeln der Eifel, den ich so liebte, in etwas Beängstigendes. Zum ersten Mal wurde ich mir der Tatsache wirklich bewusst, dass man mich von allen Seiten aus sehen konnte.

Weithin.

Jeder.

Auch *er*.

Ich kam aus dem Tritt und wäre beinah gestolpert. Das Herz pochte mir gegen die Rippen. Mein Atem ging ungleichmäßig. Ich bekam viel zu wenig Luft. Obwohl ich nach Wasser lechzte, trank ich nicht, sondern lief weiter, bis ich mich wieder halbwegs im Griff hatte.

Es gab keinen Grund für eine Panikattacke.

Ich hatte mich spontan zum Joggen entschlossen. Woher sollte der Typ das wissen? Das war unmöglich. Mein Leben verlief nicht nach einem festen Stundenplan. Er *konnte* nicht wissen, dass ich genau jetzt, um diese Zeit, an genau dieser Stelle laufen würde.

Es sei denn ...

Was, wenn er mich nicht nur gestern beobachtet hatte, als ich zu Tilo gefahren war, meine Besorgungen gemacht und anschließend Merle besucht hatte? Was, wenn er mich tatsächlich *rund um die Uhr* beobachtete?

Wusste, wann ich allein zu Hause war.

Mir auf Schritt und Tritt folgte.

Meine Beine versagten mir den Dienst. Ich blieb stehen, stützte mich mit den Händen auf die Knie und versuchte, zu Atem zu kommen, bevor ich die Flasche hervorzog und an die Lippen setzte.

Es gelang mir, die Panik so weit zurückzudrängen, dass mein Gehirn wieder funktionierte.

Reg dich ab, befahl es mir. Du joggst fast täglich, und es hat dich nie gestört, dass man die gesamten Felder überblicken kann. Im Gegenteil. Du hast das immer geliebt. Und jetzt beruhige dich und lauf. Bald bis du zu Hause.

Meine Angst jedoch riet mir, zuallererst die Umgebung gründlich zu checken.

Ich folgte dem Rat meiner Angst.

*Und entdeckte ihn sofort.*

Den reglosen schwarzen Fleck jenseits des riesigen Feldes zu meiner Linken.

Ich kniff die Augen zusammen.

Es konnte ein Strauch sein oder eines dieser Schilder, die neuerdings hier und da aufgestellt wurden, um Jogger, Spaziergänger, Radfahrer und Bauern auf ihren Traktoren um ein freundliches, respektvolles Miteinander zu bitten. Oder war es ein neues Steinkreuz, das mir noch nicht aufgefallen war?

Das Steinkreuz hakte ich ab. Es gab genügend Kreuze und Marienaltäre hier überall. Auch ein Schild schien mir beim zweiten Hinsehen eher unwahrscheinlich zu sein. Sicherlich würde man es auf diese Entfernung gar nicht erkennen.

Ein Mensch also.

Aber wieso bewegte er sich nicht? Erdbeerpflücker waren immer in Bewegung und während der Saison ohnehin nie allein auf den Feldern. Sie arbeiteten in Gruppen. Erst später wurden sie weniger und lediglich Winter- und Frühjahrsarbeiten wurden von Einzelnen ausgeführt.

Im nächsten Moment wusste ich es.

Dennoch wollte ich mir das Gegenteil beweisen.

Ich steckte die Wasserflasche weg und lief ein Stück in gemäßigtem Tempo weiter.

Der Fleck bewegte sich in dieselbe Richtung und nun konnte ich auch die Beine erkennen.

Ich blieb stehen.

Er ebenfalls.

Ich nestelte das Smartphone aus der Lauftasche und wählte Lukes Nummer.

*Hier spricht Lukas Tadikken. Ich kann Ihren Anruf im Augenblick nicht entgegennehmen, werde aber zurückrufen, wenn …*

Jetzt erst fiel mir ein, dass er ja in Köln war und mir nicht zu Hilfe kommen konnte. Ich steckte das Smartphone wieder weg.

Keine Sekunde lang hatte ich den Typen aus den Augen gelassen.

Wie in Stein gehauen stand er am anderen Ende des Feldes, mir genau gegenüber.

Und wartete.

Es war wie beim Schach. Er zwang mich, den ersten Schritt zu tun.

Diesmal lief ich ein Stück zurück.

Er tat es mir nach.

»Was soll das?«

Es tat mir gut, meine Stimme zu hören, auch wenn es nur ein Flüstern war.

Fieberhaft überlegte ich.

Es gab eine einzige Stelle, an der ein holpriger, grasbewachsener Streifen die beiden asphaltierten Wege verband, auf denen wir uns bewegten.

Sie kam nach zwei Kilometern.

Bis dahin konnte mir nichts passieren, denn die Erde auf den Feldern war frisch gepflügt, vorbereitet für die neuen Erdbeerpflanzen. Sollte der Typ den Fehler begehen, über die lockere Erde abzukürzen, würde er bei jedem Schritt einsinken und viel zu lange brauchen, während ich auf meinem asphaltierten Weg schneller wäre.

Zwei Kilometer war ich demnach noch sicher.

Und dann?

Ich drehte mich um und sprintete los.

Während ich lief, hielt ich den Blick nach vorn gerichtet. Ich fand meinen Rhythmus so schnell, wie es mir sonst nie gelang, und auch mein Atem spielte mit. Ich flog nur so dahin, meine Füße berührten den Boden kaum.

Als ich einen vorsichtigen Blick riskierte, erschrak ich.

*Er war genauso schnell wie ich.*

Noch einen knappen Kilometer.

Es gab nur eine Hoffnung. Nämlich die, dass der Verfolger nicht so trainiert war wie ich. An der Verbindungsstelle der beiden asphaltierten Strecken war er gezwungen, den grasbewachsenen Weg zu nehmen, während ich weiter geradeaus laufen konnte.

Das war meine Chance und ich musste sie nutzen.

# 16

»Malle Klestof? Ja, der arbeitet diesen Sommer wieder bei uns. Wieso? Ist er in irgendwas verwickelt?«

»Ich möchte mich einfach mit ihm unterhalten.«

»Wegen der alten Sache?«

Bauer Kalmer bohrte hartnäckig nach. Bert erinnerte sich gut an seine dominante, schroffe Art. Er war ein Mann, der sich nicht gern die Zügel aus der Hand nehmen ließ. Schon während der Ermittlungen vor drei Jahren war er Bert unsympathisch gewesen.

»In gewisser Weise ja.«

»Wird die ganze Geschichte etwa wieder aufgerollt? Das ist doch Schnee von gestern.«

»Es handelt sich um einen aktuellen Fall, der möglicherweise Berührungspunkte mit dem alten haben könnte.«

»Aber Sie beabsichtigen nicht, mir alles wieder durcheinanderzubringen? Keine Verhöre, bloß ein Gespräch mit Klestof?«

Allmählich ging der Typ Bert mächtig auf den Wecker. Trotzdem bemühte er sich um einen gleichbleibend freundlichen Tonfall.

»Richtig.«

»Na gut. Wenn's unbedingt sein muss. So gegen vier. Da fahren die wieder aufs Feld und packen vorher hier ihr Zeug zusammen. Bei dieser Hitze müssen wir Pausen einlegen, damit die uns nicht reihenweise zusammenklappen. Kann sein, dass Klestof bis dahin irgendwo rumschwirrt. Der hat an der Sache noch ziemlich zu knapsen. Still rumsitzen ist echt nicht mehr sein Ding.«

Bert warf einen Blick auf seine Uhr. Wenn er die Autobahn nahm, konnte er es schaffen. Montags war zwar immer viel Verkehr, aber er würde Malle Klestof notfalls auch auf dem Feld aufsuchen.

»Sind noch andere Saisonarbeiter von damals wieder bei Ihnen?«, erkundigte er sich.

»Es gibt welche, die regelmäßig wiederkommen«, antwortete Kalmer. »Auch in diesem Jahr. Sagen Sie aber jetzt nicht, Sie brauchen sämtliche Namen.«

»Das wäre sehr hilfreich.«

»Super. Ich hab ja auch nichts Besseres zu tun.«

Kalmer verabschiedete sich nicht, sondern legte einfach auf. Er war offenbar stinksauer. Wie sauer wäre er erst, wenn er von der Auszeit wüsste, fragte sich Bert. Und dass ich, selbst wenn es etwas zu ermitteln gäbe, gar nicht ermitteln dürfte?

Er schnappte sich Brieftasche, Notizbuch und Schlüsselbund und verließ die Wohnung. Es war wie in alten Zeiten, nur dass er nicht unter Druck stand. Und als er in seinem Wagen saß und den Zündschlüssel drehte, fing er doch tatsächlich an, eine Melodie zu summen, die ihm gerade in den Kopf gekommen war.

Das Navi brauchte er nicht. Er kannte den Weg.

*

Wir kamen beide gleichzeitig an dem Grasweg an, er am einen, ich am andern Ende. Ich beschleunigte das Tempo und rannte, wie ich noch nie gerannt war.

Ein Blick über die Schulter zeigte mir, dass er auf den Weg eingebogen war. Das verschaffte mir einen kleinen Vorsprung. Ebenso die Panik, die mich schwerelos zu machen schien und immer schneller vorantrieb.

Ich schaute mich nicht mehr um, damit die Panik nicht umkippte und das absolute Gegenteil auslöste – meinen Körper lähmte und erstarren ließ.

Jeden Moment rechnete ich damit, seine Schritte hinter mir auf dem Asphalt zu hören.

Seine Hand auf meiner Schulter zu spüren.

Den harten Griff, mit dem er mich zu Boden warf.

In meinem Kopf war kein Raum mehr für Gedanken. Es gab nur noch meinen Körper, der die Höchstleistung seines Lebens vollbrachte. Selbst die Schmerzen in den Beinen und das Stechen in der Lunge spürte ich nicht mehr.

Die ersten Dächer von Birkenweiler waren bereits in der Ferne zu erkennen, als mir eine große Maus vor die Füße lief. Ich stolperte und geriet kurz aus dem Takt, fing mich jedoch rasch wieder.

Jetzt hörte ich seine Schritte.

Meine Gedanken setzten wieder ein. Mein rechter Fuß schmerzte. Wahrscheinlich war ich nicht nur gestolpert, sondern umgeknickt.

Ich gönnte dem Knöchel keine Entlastung. Er musste durchhalten. Es war nicht mehr weit. Sobald ich in Hörweite der Häuser war, konnte ich um Hilfe rufen. Dann würden alle Rollos wie auf Kommando hochfahren.

Hoffte ich.

Ich betete, dass Frau Sümmer wie immer in ihrem Vorgarten werkelte, die Fenster putzte oder mit sonst einer Arbeit draußen beschäftigt war.

Diese Vorstellung gab mir wieder Auftrieb.

Ja. Ich würde so laut schreien, wie ich nur konnte.

Falls ich noch eine Stimme hatte.

Die Schritte hinter mir kamen näher. Sie klangen fest und entschlossen. Und kein bisschen müde.

Ich versuchte, das Tempo noch einmal zu steigern, aber es gelang mir nicht. Mein Körper war ausgepowert. Er gab nicht mehr her.

Dennoch lief ich weiter. Freiwillig würde ich nicht aufgeben.

Mein Keuchen erinnerte mich an das Schnaufen einer Lokomotive. Mein Mund war ausgetrocknet. In meinem Kopf hatte sich ein Schmerz festgesetzt, der mir Übelkeit verursachte.

Vielleicht war es aber einfach nur die Angst.

Ich versprach mir selbst, mich nicht widerstandslos zu ergeben. Ich würde kämpfen wie eine Katze. Vielleicht sollte ich mich einfach umdrehen und ihn erwarten. Ein letztes bisschen Kraft sparen, das ich gegen ihn verwenden konnte.

Luke hatte mir ein paar Griffe zur Selbstverteidigung gezeigt. Vielleicht konnte ich einen oder zwei davon anwenden.

Beinahe hatte ich mich schon entschlossen, mich dem Typen zu stellen, als ich es hörte: die typischen, herrlichen, unvergleichlichen Geräusche eines Traktors.

Und dann konnte ich ihn sehen.

Ich riss die Arme hoch und winkte, um den Fahrer auf mich aufmerksam zu machen. Kam ein weiteres Mal kurz aus dem Tritt, schaffte es jedoch, meinen Rhythmus wieder zu finden.

Lief, lief und lief.

Erst als der Traktor mich schon fast erreicht hatte, wagte ich es, mich umzusehen.

Mein Verfolger war über den Grasweg geflüchtet. Eine schwarze Gestalt, schon so weit entfernt, dass man sie nicht mehr scharf erkennen konnte.

Der Erdbeerpflücker hielt den Traktor auf meiner Höhe an und beugte sich zu mir heraus. Er war nicht älter als ich.

»Brauchst du Hilfe?«

»Jetzt nicht mehr«, keuchte ich. »Der Typ da hinten …«

Ich wies über meine Schulter.

»Wo?«

Angestrengt starrte er in die Richtung, in die ich zeigte. Die schwarze Gestalt war kaum noch zu sehen.

»Hat sich erledigt.« Meine Stimme hörte sich dünn und flattrig an. »Aber vielen Dank, dass du angehalten hast.«

Er nickte mir zu und fuhr weiter, während ich die Zähne zusammenbiss und in einen leichten Trab verfiel. Auf die Proteste meines Knöchels achtete ich nicht. Er war mittlerweile angeschwollen und fühlte sich heiß an.

Wir brauchten beide Ruhe.

Ich konnte mich nicht erinnern, mich jemals so über den Anblick unseres Dorfs gefreut zu haben. Endlich wagte ich es stehen zu bleiben, um zu verschnaufen und zu trinken. Selten hatte lauwarmes Wasser so köstlich geschmeckt.

Frau Sümmer war damit beschäftigt, ihre Hortensien

zu gießen, deren Blüten sich zusammengezogen hatten wie verletzte Spinnen. Sie winkte mir freundlich zu, und ich musste mich zusammenreißen, um ihr nicht um den Hals zu fallen.

Wahrscheinlich hätte ich sie damit komplett aus der Fassung gebracht. Man war freundlich und hilfsbereit, aber man wahrte höflichen Abstand.

»Schönen Tag noch!«, rief sie mir zu.

»Ihnen auch!«, rief ich zurück.

Für einen Moment fühlte ich mich wieder vollkommen sicher.

*

Als Bert sich Arno Kalmers Hof näherte, kamen ihm bereits die ersten Erdbeerpflücker und Erdbeerpflückerinnen auf ihren Rädern entgegen. Sie schwärmten grundsätzlich in Gruppen aus. Man konnte sie weithin rufen hören.

Die meisten Frauen schützten die Haare mit einem Tuch vor der Sonne. Auch viele der braungebrannten Männer trugen schwarze oder bunte Tücher und ähnelten Statisten in einem Piratenfilm.

Bert stellte seinen Wagen ab und stieg aus. Augenblicklich hüllte die Hitze ihn in ihre erstickenden Tücher. Er wischte sich die Stirn und sehnte sich nach seiner Klimaanlage.

Arno Kalmer erwartete ihn in seinem abgetakelten Büro, das nach einer Grundüberholung förmlich schrie. Er besaß jedoch den Ruf, an seinem Geld zu kleben und es nicht für unnötige Dinge aus dem Fenster zu werfen. Das kurzärmlige Hemd spannte über seinem Bauch und ließ die kräftigen, stark behaarten Arme sehen.

Bert hatte nichts vergessen, nicht die schäbigen Möbel,

den Geruch nach altem Staub, den fiebrigen, rastlosen Glanz in den dunklen Augen des Bauern. Und er erinnerte sich daran, wie rasch die zur Schau getragene Gelassenheit des Mannes ins Wanken geriet.

»Ihr Besuch ist schlecht fürs Geschäft«, begrüßte er Bert und reichte ihm die Hand, die erstaunlich trocken und kühl war. Er wies auf den freien Stuhl vor seinem Schreibtisch. »Wasser?«

»Gern.«

Bert sah ihm dabei zu, wie er dem mit bunten Stickern vollgepappten Kühlschrank zwei kleine Wasserflaschen entnahm.

»Brauchen Sie ein Glas?«

Bert verneinte.

Ächzend ließ Arno Kalmer sich auf den Stuhl hinter seinem Schreibtisch fallen.

»Schlecht fürs Geschäft?«, sagte Bert. »Sie übertreiben. Es wird sich kaum einer Ihrer Leute an mich erinnern.«

Der Bauer ließ ein dröhnendes Lachen hören.

»Selbst wenn nicht. Einen Bullen erkennen die auf den ersten Blick. Genau wie ich.«

»Tatsächlich.«

»Können Sie mir glauben. Ich wette, heute Abend hat sich Ihr Besuch herumgesprochen und einige packen in Windeseile ihre Siebensachen und verschwinden.«

»Das täte mir leid.«

Gereizt lehnte Kalmer sich zurück.

»Davon kann ich mir nichts kaufen. Bin gespannt, um was es diesmal geht.«

Bert nahm einen Schluck von dem köstlich kalten Wasser und fühlte sich gleich erfrischt.

»Nur um einige Informationen.«

»Geht es darum nicht immer?« Kalmer sah auf seine Uhr. »Ich muss übrigens gleich los.«

»Kein Problem. Von Ihnen brauche ich nur die Liste der Arbeiter, die vor drei Jahren hier beschäftigt waren. Ich sagte ja schon, dass ich mich mit Herrn Klestof unterhalten möchte.«

»Der müsste gleich hier sein.«

Kalmer wirkte doch tatsächlich eingeschnappt. Mit ruppigen Bewegungen schob er ein paar Unterlagen zusammen und stopfte sie in die Schublade seines Schreibtischs. Er schloss sie ab und steckte den Schlüssel in seine Hosentasche.

»Der Mann war nicht begeistert, wie Sie sich vorstellen können. Eine solche Geschichte will man kein zweites Mal erleben. Man will sie einfach vergessen.«

Er trank seine Flasche aus, unterdrückte ein Rülpsen und stand auf.

»Wenn Sie fertig sind, ziehen Sie die Tür hinter sich zu. Sie schließt von allein.«

»Vielen Dank«, sagte Bert.

»Solange Sie Ihre Besuche nicht zur Gewohnheit werden lassen …«

Damit verschwand Arno Kalmer, ohne sich zu verabschieden.

Er hatte das Büro kaum verlassen, als Malle Klestof eintrat und einen dumpfen Geruch nach Mottenkugeln, Kernseife und einem süßlichen Aftershave verbreitete.

»Herr Klestof.«

Bert stand auf und begrüßte ihn. Er erinnerte sich gut an diesen Mann. Sein unangenehmes Auftreten. Seinen kraftlosen, weichen Händedruck.

Da nur der Stuhl des Chefs frei war, nahm Malle

Klestof darauf Platz. Er wirkte gleichzeitig verdrossen und eine Spur unterwürfig.

*Klatschmaul*, hatte Bert in seinem Notizbuch festgehalten. *Der ewige Jasager. Lechzt nach Anerkennung. Unterdrückte Gewaltbereitschaft.*

Malle Klestof trug eine einstmals dunkelblaue, von der Feldarbeit verschossene Baseballkappe, die er nun abnahm und in seinen großen Händen zerknautschte.

Bert fragte sich, warum er so nervös schien. War das übliche Misstrauen der Polizei gegenüber der Grund dafür? Hatte er Dreck am Stecken?

»Ich werd nach Leistung bezahlt«, beschwerte sich Malle Klestof. »Hab nicht viel Zeit.«

Da war er wieder, dieser sonderbare Widerspruch, der Bert schon bei den Ermittlungen vor drei Jahren aufgefallen war. Der Mann konnte einen fast schüchternen Eindruck machen und im nächsten Augenblick einen Angriff starten.

»Ich habe nur ein paar Fragen, Herr Klestof.«

»Wegen damals?«

Bert antwortete nicht. Er zog es vor, direkt zur Sache zu kommen. Auch ihm lag daran, dieses Gespräch rasch hinter sich zu bringen.

»Pflegen Sie noch Kontakt zu Georg Taban?«

Malle Klestof zuckte nicht zusammen, aber seine Hände fassten die Baseballkappe fester. Und entspannten sich, als er es selbst bemerkte. Er schüttelte den Kopf.

»Nein?«

»Sag ich doch.«

»Sie haben ihn nie im Gefängnis besucht?«

Kopfschütteln.

»Ihm nie geschrieben?«

Kopfschütteln.

»Nie mit ihm telefoniert?«

»Nein! Und wenn Sie hundert Mal fragen. Aus den Augen, aus dem Sinn.«

»So einfach? Sie waren doch miteinander befreundet.«

»Ja und?«

Er rückte sich unbehaglich auf dem Stuhl zurecht und richtete sich dann kerzengerade auf. Seine gesamte Körpersprache bestand aus Widersprüchen.

»Nun, wenn man befreundet ist …«

»Muss das nicht ewig halten.« Malle Klestof wedelte mit seiner Kappe in der Luft herum. »Wir waren schließlich nicht verlobt.«

Er grinste über seinen lauen Witz und wurde sofort wieder ernst, als er sah, dass Bert nicht mitgrinste.

»Sie haben ihn aus Ihrem Leben gestrichen?«

»Nö. Hat sich so ergeben. Er im Knast, ich draußen, das passt nicht.«

»Oder wollten Sie nicht länger mit einem Mann befreundet sein, der …«

»Gorge ist unschuldig.«

Georg Taban hatte jedem der Menschen in seinem Leben einen anderen Namen genannt. Für Malle Klestof, seinen Kumpel und Handlanger, hatte er Gorge geheißen.

»Sie halten ihn für *unschuldig*?«, fragte Bert entgeistert. »Obwohl ihm seine Schuld eindeutig nachgewiesen werden konnte?«

»Ich will nicht drüber reden.«

Malle Klestof verschränkte störrisch die Arme vor der Brust. Er trug ein schwarzes T-Shirt mit der knallroten Aufschrift *Forever*. Was immer das bedeuten mochte.

»Und trotzdem haben Sie sich von ihm zurückgezogen?«

»Das ist einfach passiert.«

Bert hatte im Laufe der Jahre ein sicheres Gespür dafür entwickelt, wann es sinnvoll war, das Thema zu wechseln oder doch wenigstens zu variieren.

»Wenn Herr Taban ein Problem hätte, wen würde er draußen um Hilfe bitten?«

»Woher soll ich das wissen?«

»Würde er sich an Sie wenden, seinen alten Kumpel aus besseren Zeiten?«

Geschmeichelt klopfte Malle Klestof den Staub von der Kappe. Doch als er den Kopf hob, hatte er wieder sein Pokerface aufgesetzt.

»Wie sollte ich ihm wohl helfen können. Sein Problem ist der Knast und das muss er im Knast lösen.« Angriffslustig sah er Bert in die Augen. »Wenn das dann alles wär, würd ich mich jetzt gern verabschieden.«

Er setzte die Kappe auf und schob sie zurecht. Stand auf und wischte sich unschlüssig mit dem Handrücken die Nase.

»Gut.« Bert erhob sich ebenfalls. »Vielen Dank vorerst.«

»Vorerst?«

»Möglicherweise taucht noch die eine oder andere Frage auf. Ach, Herr Klestof, wollen Sie denn gar nicht wissen, warum ich Ihnen diese Fragen stelle?«

»Interessiert mich nicht. Ich hab mit Gorge nichts mehr zu schaffen und will einfach meine Ruhe haben.«

Als der Mann das Büro verließ, sah Bert, dass er ein Bein nachzog.

Wie damals.

Der Bauer hatte erklärt, es sei bei einem Unfall zerschmettert worden.

Bert hatte das Gefühl, ein Déjà-vu nach dem andern zu erleben.

Einen Zeitsprung.

Es gefiel ihm ganz und gar nicht.

*

Mein Fußgelenk war so stark angeschwollen, dass man den Knöchel nicht mehr erkennen konnte. Ich hatte eine Schmerztablette genommen, saß in unserer Oase und umwickelte mein Fußgelenk mit einem Kühlverband. Luke, der häufig Prellungen und Verstauchungen beim Jiu-Jitsu-Training davontrug, schwor darauf.

Kommissar Scheuermann hatte ich nicht erreichen können, seinem Kollegen, auf dessen Apparat das Gespräch wieder umgeleitet worden war, jedoch von der Verfolgung berichtet. Er hatte nicht sonderlich interessiert gewirkt, doch das hatte ich auch nicht erwartet.

Jemand hatte mir Botschaften zukommen lassen, mir jedoch nicht direkt gedroht. Ich war zwei Mal verfolgt worden, doch niemand konnte das bestätigen. Nicht einmal der Erntearbeiter auf dem Traktor hatte etwas anderes gesehen als eine laufende Gestalt, die ebenso gut ein Jogger hätte sein können.

Es war wie verhext.

Ich hatte den Verband gerade angelegt, als mein Smartphone klingelte. Auf dem Display erschien Isas Name.

»Ich wollte mich von meinem Krankenlager zurückmelden«, sagte sie fröhlich.

Es war schön, ihre optimistische Stimme zu hören.

»Geht es Ihnen wieder gut?«, fragte ich.

»Ja. Dem Himmel sei Dank. Es hatte mich ganz schön erwischt. Aber so langsam pendelt sich alles wieder ein. Und wie geht es Ihnen? Ich habe gehört, Sie vermuten, von einem Stalker bedroht zu werden?«

Vermuten.

Da war es, das harmlose, unscheinbare Wort, das mich zu jemandem machte, der die Dinge vielleicht ein bisschen übertrieb.

»Man weiß es schließlich immer erst dann genau, wenn einem etwas zugestoßen ist«, sagte ich.

»Ich ziehe Ihre Wahrnehmungen nicht in Zweifel, Jette. So war das nicht gemeint.«

»Schon gut. Kommissar Scheuermann hat heute Morgen Fingerabdrücke nehmen lassen und auch die Nachrichten zur Untersuchung mitgenommen, die der Typ mir unter den Scheibenwischer meines Autos geklemmt hat.«

»Magnus Scheuermann ist ein besonnener Kollege. Sie sind bei ihm gut aufgehoben. Das wollte ich Ihnen nur eben sagen. Und Sie bitten, auf jeden Fall erst nach Ihren Prüfungen wieder zur Arbeit zu kommen. Sie dürfen sich jetzt nicht übernehmen.«

Ich liebte meinen Job und konnte mich bei der Arbeit für Isa wunderbar ablenken. Aber sie meinte es nur gut.

Mein »Okay« klang ein bisschen lahm. Vielleicht wünschte Isa mir deshalb Kraft für die Prüfungsvorbereitungen.

»Und wenn Sie reden möchten – ich bin jederzeit für Sie da.«

»Vielen Dank, Isa.«

Nach dem Gespräch fragte ich mich, ob ich ihr von der Verfolgung auf dem Feld hätte erzählen sollen, doch mir war nicht danach gewesen.

Mir war überhaupt nicht nach Reden.

Mein Körper war noch voller Adrenalin. Ich war gerade erst dabei, wieder runterzukommen.

Vorsichtig stand ich auf und humpelte ins Haus, um meine Bücher zu holen. Hier draußen fühlte ich mich am sichersten. Ein Hilferuf und die Nachbarn würden angelaufen kommen.

Die Katzen hatten sich, jede an einer anderen Stelle, in meiner Nähe niedergelassen. Obwohl sie mir im Ernstfall nicht würden helfen können, hatte ich doch das Gefühl, beschützt zu sein, und war nach kurzer Zeit in meine Klausurthemen eingetaucht.

Das beste Mittel gegen Angst war immer noch Ablenkung.

# 17

Auf dem Rückweg fuhr Bert über Bröhl. Er hatte mit Isa telefoniert und sich mit ihr zu einer Tasse Kaffee verabredet. Sie hatten sich eine Weile nicht mehr gesehen, und Bert wich feige der Frage aus, die er sich im Stillen stellen musste: Wieso hatte er sich ausgerechnet heute bei ihr gemeldet?

Waren es nostalgische Gründe?

Oder wollte er ihr Informationen entlocken?

Bei den ehemaligen Kollegen gab es ein großes Hallo, doch erwartungsgemäß waren einige nicht in ihrem Büro, sodass er nicht alle begrüßen konnte.

Er war neugierig auf den neuen Kollegen, Magnus Scheuermann, über den keiner der Anwesenden ein böses Wort verlor. Doch ausgerechnet er gehörte zu denen, die unterwegs waren.

Bert und Isa nahmen den Kaffee in Isas Büro, wo sie schon so oft gesessen und geredet, sich gestritten und versöhnt, sich ausgetauscht und miteinander geschwiegen hatten. Bert fühlte sich, als wäre er gar nicht weg gewesen.

Aber die knapp zwei Jahre in Köln hatten ihn verändert. Er fühlte es, ohne es benennen zu können.

Und die Nähe zu Isa? War sie noch wie zuvor?

Er spürte die Melancholie, die auf der Lauer lag, um ihn mit ihren dunklen Tentakeln an sich zu ziehen. Wollte keine Antwort auf seine Fragen. Er wollte sich einbilden, alles sei geblieben, wie es gewesen war.

Doch das war nicht so. Sie redeten miteinander, als wäre er nach Jahren heimgekehrt, wohl wissend, dass er niemals wieder seine alte Stelle annehmen würde. Sie erzählten einander von Fällen, die sie mit anderen bearbeitet hatten. Und versuchten, die unerwartete Fremdheit zwischen ihnen tapfer wegzulachen.

Isa ließ sich von seiner Auszeit berichten und nickte zu den Gedanken, die er sich darüber gemacht hatte, als seien sie ihr vollkommen vertraut. Vermutlich waren sie das auch. Wie ein eingespieltes altes Ehepaar dachten sie oft gleichzeitig dasselbe.

»Ich habe gehört, du hast Pläne?«, fragte Bert.

»Diese Buschtrommeln«, murmelte sie und grinste ihn verschmitzt an.

»Und?«

»Ich habe ein Angebot bekommen, an der Uni zu unterrichten.«

»Köln?«

»Hamburg.«

Bert hoffte, dass sie sich dagegen entscheiden würde. Er hatte die Menschen, die in seinem Leben eine Rolle spielten oder gespielt hatten, gern in seiner Nähe.

Offenbar sah sie ihm seine Gedanken schon wieder an.

»Ich habe mich noch nicht entschieden, Bert.«

Er betrachtete ihr kastanienbraunes Haar, das kürzer geschnitten war als früher. Es reichte ihr nur noch bis zum Kinn und stand ihr ausgezeichnet. Wie früher hatte sie die Angewohnheit, sich beim Denken mit Daumen und Zeigefinger den Nasenrücken zu massieren.

Fasziniert bewunderte er ihre eigenwillige Schönheit, derer sie sich überhaupt nicht bewusst zu sein schien. Selten war er einem so uneitlen Menschen begegnet.

Wieder einmal fragte er sich, warum er sich nicht in sie verlieben konnte, statt einem Traum nachzulaufen, der sich niemals erfüllen würde.

Nachdem sie die wichtigsten Neuigkeiten ausgetauscht hatten, erkundigte er sich nach Jette, und Isa brachte ihn auf den neuesten Stand. Er erfuhr, dass Scheuermann die Angelegenheit mit Zurückhaltung anging.

»Verständlich.« Er nickte. »Aber hast du ihm gesagt, dass Jette nicht zu Übertreibungen neigt?«

»Natürlich. Es ändert nur nichts an der Tatsache, dass er zu wenig in der Hand hat. Der Abgleich der Fingerabdrücke war negativ. Die Nachrichten, die Scheune, Jettes Auto, alles sauber. Ich wollte, es wäre anders und Scheuermann könnte aktiv werden.«

»Ich bin schon mit deutlich weniger aktiv geworden.«

»Und hast deswegen regelmäßig Ärger gekriegt.«

Sie bedachte ihn mit einem liebevollen Lächeln.

»Ich weiß, dass Jette sich nicht wegen einer Bagatelle an die Polizei wenden würde, Isa. Die ganze WG hat es nicht mit uns Bullen. Das ist doch einer der Gründe dafür, dass sie uns lieber umgehen und sich prompt in irgendeinem Schlamassel wiederfinden.«

»Aus dem du sie oft genug gerettet hast.«

»Deshalb weiß ich ja, dass man die Alarmsignale ernst nehmen muss. Und dass Jette das Gefühl von Bedrohung hat, *ist* ein Alarmsignal.«

»Das war es, was dich hergeführt hat«, stellte Isa ohne Bitterkeit fest.

»Nicht nur …«

»Du wolltest mit Magnus sprechen.«

Dass sie den Kollegen, den er nicht einmal kannte, beim Vornamen nannte, störte Bert gewaltig, obwohl es unter Kollegen normal war.

Was war los mit ihm?

Es war üblich, sich im Kollegenkreis zu duzen. Das erleichterte die Arbeit und schaffte ein Gefühl von Zusammengehörigkeit. Außerdem konnte Isa verdammt noch mal duzen, wen sie wollte.

»Stimmt's? Und ihm bei der Gelegenheit Jette ans Herz legen.«

»Ich wollte herausfinden, ob ich ihm trauen kann.«

Ihre Augen wurden schmal.

»Gehst du da jetzt nicht ein bisschen zu persönlich ran, Bert?«

»Und du?« Er musterte sie aufmerksam. »Wieso hast du ihr einen Job gegeben?«

»Weil sie intelligent und einfühlsam ist und Interesse an der Polizeiarbeit hat, weil sie Psychologie studiert und einmal das werden will, was ich bin und … Darüber haben wir uns damals schon unterhalten, als sie unbedingt einen Job wollte.«

»Ich hatte dir abgeraten.«

»Richtig. Weil ihre Mutter es so wollte. Das konnte für mich kein Grund sein, das Mädchen abzulehnen.«

»Warum, Isa?«

»Okay – vielleicht fand ich es auch vernünftig, ihre Neugier sozusagen kontrolliert zu befriedigen. Ich habe zwei Fliegen mit einer Klappe geschlagen: Jette macht ihre Arbeit wirklich gut und lernt ganz nebenbei, dass für manche Dinge die Polizei da ist und Privatleute sich nicht einzumischen haben.«

»Und das ist kein persönliches Herangehen an die Sache?«

Isas leises Lachen zeigte, dass sie sich geschlagen gab.

»Was hast du jetzt vor, Bert?«

»Ich?« Er schenkte ihr seinen unschuldigsten Blick. »Ich werde meine Auszeit genießen. Lesen. Reisen. Dies und das.«

»Dies und das«, wiederholte sie schmunzelnd. »Soso ...«

Sie waren wie zwei Seiten einer Münze. Bert würde sich in jeder Situation auf Isas Loyalität verlassen können und sie sich auf seine.

Wieder musterte er sie.

Isa nickte.

*In jeder Situation*, hieß das.

Sie berichtete von dem Van.

»Und du bist immer noch der Meinung, dass man nicht hellhörig werden muss?« Bert stand auf und gab ihr einen Kuss auf die Wange. »Bis bald, Isa.«

Mit einem Seufzen erhob sie sich und nahm ihn in die Arme.

»Pass auf dich auf, Bert.«

*Und du nimm bitte die Stelle in Hamburg nicht an.*

Er dachte es nur, denn er hatte nicht das Recht, es auszusprechen.

*

Es war der Hass, der Georg aufrecht hielt. Eigentlich war das schon immer so gewesen. Hass konnte ungeahnte Kräfte in einem Menschen freisetzen.

Nur der Hass hatte ihm geholfen, damit fertigzuwerden, dass seine Mutter ihn am Tag nach seiner Geburt verlassen hatte. Nur ihm verdankte er es, dass er eine Kindheit voller Brutalität und Entbehrung bei den Großeltern überlebt hatte.

Nach dem Tod des gewalttätigen Großvaters war seine Mutter ins Dorf zurückgekehrt, verheiratet mit einem Trinker, und sie hatten Georg zu sich in eine armselige Wohnung geholt, in der Georg sich Tag für Tag weiter von ihnen entfernte.

Hätte er seinen Hass nicht gehabt, wäre er zugrunde gegangen.

Noch bevor man ihn gefasst hatte, war seine Großmutter gestorben und hatte ihm das Haus vermacht, in dem er aufgewachsen war. Ihre Tochter hatte sie in ihrem Testament nicht erwähnt. Sie hatte ihr nie verziehen, ein Kind der Sünde geboren zu haben.

Das Haus war nicht allzu viel wert gewesen, doch das Land hatte Georg ein Vermögen eingebracht. Er hatte das Geld so angelegt, dass man es nicht zurückverfolgen konnte. Eine kluge Investition.

Es war weit mehr als Geld – es war seine Freiheit.

*Die Gewissheit, dass er nicht im Knast verrotten würde.*

Seine Mutter, die plötzlich ihre Liebe zu ihm entdeckt haben wollte, hatte ihn ein einziges Mal hier besucht und sich als erbärmliche Schauspielerin entpuppt. Nach wenigen Minuten bereits hatte sie ihn auf das Geld angesprochen. Er war aufgestanden und hatte den Besuchsraum verlassen. Ihr Keifen war ihm bis ans Ende des langen Flurs gefolgt.

Auch dieses Kapitel seines Lebens hatte sich erledigt.

Georg hatte gelernt, die Gespenster der Vergangenheit in seinem Innern zu verschließen und ihnen nicht das Feld zu überlassen, wenn sie doch einmal hervorbrachen. Er durfte seine Pläne nicht gefährden. Nicht jetzt, wo der Erfolg schon greifbar war.

Eine neue Lieferung von Büchern war eingetroffen. Keine Spenden ausrangierter, zerlesener Exemplare irgendwelcher Bibliotheken diesmal, sondern Restauflagen, die ein großes Buchoutlet der JVA überlassen hatte. Sie mussten durchgesehen, katalogisiert, laminiert und in den Bestand eingeordnet werden.

Eine Menge Arbeit, die Jeff überfordert hätte. Deshalb war Georg völlig überraschend für die nächste Zeit zur Arbeit in der Bücherei abgestellt worden.

Worüber er nicht traurig war.

Ezra umschlich ihn wie eine Hyäne. Lauerte bloß darauf, dass er sich eine Blöße gab. Doch Georg dachte gar nicht daran. Das würde er erst tun, wenn es in seinen Plan passte. Alles hing davon ab, wie gut die Vorbereitungen liefen.

Bevor er sich bei Jeff meldete, ging er kurz bei Janus vorbei, der wegen diffuser Kopfschmerzen von der Arbeit befreit war und schlecht gelaunt in seiner Zelle hockte.

»Läuft«, sagte er nur auf Georgs fragende Miene hin.

»Hast du's nicht ein bisschen ausführlicher?«

»Ich tu, was ich kann.«

Wahrscheinlich stimmte das sogar. Was er von Janus verlangte, war nicht gerade wenig.

»Ich bau auf dich.«

»Oookaaay.« Janus machte eine genervte Handbewegung in Richtung Zellentür. »Und jetzt zisch ab, Mann. Ich brauch Ruhe.«

Er sah tatsächlich elend aus.

Das war der einzige Grund, warum Georg sich zurückzog, ohne Druck zu machen. Janus musste schnell wieder zu Kräften kommen. Die Geschichte war zu weit gediehen, um sie nun schleifen zu lassen.

Jeff hatte bereits damit angefangen, die Bücher durchzusehen und auf Beschädigungen hin zu untersuchen. Im Büro war es, als hätte eine Bombe eingeschlagen. Überall Bücher, Kisten, Papier. Und mittendrin Jeff und Georg, Überlebende in einem Büchermeer.

»Überlebende im Büchermeer.« Jeff kicherte. »Der ist gut.«

Er war entspannter, als Georg ihn je zuvor erlebt hatte. Kein Wunder. Er sah seiner regulären Entlassung entgegen, durfte sich bald frei draußen bewegen und würde keine größeren Probleme haben, sich wieder in die Gesellschaft einzugliedern.

Nicht Jeff. Vorzeigehäftling. Liebling der Psychotherapeutin. Leuchtendes Vorbild für alle. Ungehindert würde er ein neues Leben beginnen können.

Anders als Georg.

Sobald er wieder draußen wäre, würde er untertauchen und eine neue Identität annehmen müssen, denn man würde ihn suchen. Das Leben, das er beginnen würde, wäre das Leben eines andern.

Ein zweites Leben.

Er würde es nutzen.

*

Ich war tief in meiner Arbeit versunken, als ich plötzlich eine vertraute Stimme hörte.

»Da habe ich ja Glück gehabt, Sie anzutreffen.«

Der Kommissar.

Er stand am Tor, und ich sprang so schnell auf, um ihm zu öffnen, dass ich mein lädiertes Fußgelenk vergaß. Der Schmerz trieb mir die Tränen in die Augen. Ich klammerte mich am Tischrand fest und wartete darauf, dass er nachließ.

»Kann ich Ihnen helfen?«

»Geht schon. Ich hab mich beim Laufen verletzt.«

Das war die Beschönigung des Jahrhunderts. Langsam humpelte ich zum Tor und schloss auf.

Er reichte mir die Hand und sah mir in die Augen. Nur er hatte diesen Blick, dem nichts entging und dem man nichts vormachen konnte.

In meinem Kopf schwirrten die Gedanken umher. Warum war er gekommen? Bedeutete das, dass er sich um die Sache kümmern wollte? Wieso hatte er sich plötzlich dazu entschlossen? Und was war mit Scheuermann? Würde der sich die Einmischung gefallen lassen?

»Wollen wir uns nicht erst einmal setzen?«, sagte er, als hätte ich ihm all diese Fragen laut gestellt.

Klar. Und ich musste ihm etwas zu trinken anbieten. Schweiß glänzte auf seiner Stirn. Es war immer noch viel zu heiß.

Er folgte mir in die Küche, drückte mich auf einen Stuhl und nahm mir die Arbeit ab. Wenig später saßen wir wieder im lichtfunkelnden Schatten meiner geliebten Akazie, beide ein großes Glas Wasser in der Hand.

»Ich war gerade in der Gegend«, begann der Kommissar das Gespräch, und wie meistens bei dieser Einleitung war es vermutlich nicht die ganze Wahrheit. »Das heißt, um ehrlich zu sein … ich habe mehrere Dinge miteinander verbunden.«

Das Lächeln auf meinen Lippen tat mir gut.
Sein Besuch tat mir gut.
»Was ist das für eine Geschichte mit dem Van?«, fragte er.
Ich fing an zu erzählen.

*

Als Merle von der Arbeit nach Hause kam, hatte sich der Kommissar gerade verabschiedet. Sie war müde und hungrig und fragte mich, ob ich nicht Lust hätte, bei Claudio zu essen. Das hatten wir schon lange nicht mehr getan.

»Was ist mit deinem Fuß passiert?«, erkundigte sie sich mit einem Blick auf mein umwickeltes Fußgelenk.

»Bin umgeknickt.« Gerade waren die Schmerzen wieder heftiger geworden, und ich beschloss, noch eine Tablette zu schlucken. »Erzähl ich dir später.«

»Aber ich fahre«, bestimmte sie.

Ich protestierte nicht. Am liebsten wäre ich geblieben, wo ich war. Jede Bewegung war eine Herausforderung. Doch wir hatten einiges zu besprechen. Also rappelte ich mich auf und schleppte mich zum Auto.

Als wir kurz darauf am Ziel ankamen, hatten wir Mühe, einen Parkplatz zu finden, weil alles vollgestellt war. Claudio wurde allmählich Kult. Er konnte sich vor Gästen kaum noch retten.

Er hatte den Gastraum um einen Raum vergrößert, der bisher vom Vermieter nicht genutzt worden war. Auf dem nagelneuen Schild über dem Eingang stand nun stolz und selbstbewusst *Pizzeria Claudio*.

Er betrieb jedoch auch den Pizzaservice weiter, der wie geschmiert lief. Die Qualität seiner Küche hatte sich herumgesprochen.

Tatsächlich brummte der Laden, obwohl es erst achtzehn Uhr war. Francesca bediente die Gäste, und Angelo und eine Küchenhilfe rotierten schwitzend an Herd und Pizzaofen, während Claudio für die Getränke zuständig war und zum Vergnügen der Leute den sizilianischen Alleinunterhalter gab.

Er begrüßte uns überschwänglich und forderte Merle ausnahmsweise einmal nicht auf, sich bitte sofort eine Schürze umzubinden, um ihn vor dem drohenden Herzinfarkt zu bewahren. Er war sogar ausnehmend fürsorglich, küsste sie zärtlich und rückte ihr den Stuhl zurecht, *cara mia* hier, *amore mio* dort.

Lange hatte er Merle mit seiner angeblichen Verlobten in seinem sizilianischen Heimatdorf hingehalten, die die Wahrheit über seine Liebe zu einem deutschen Mädchen nicht verkraften würde. Doch dann hatte sich diese geheimnisumwitterte Verlobte als gewöhnliche Cousine entpuppt, die zudem nicht das geringste Interesse an ihm zeigte.

Und Merle hatte den Spieß umgedreht.

Sie war nicht mehr auf Knopfdruck verfügbar und nicht länger bereit, ihr Leben auf Claudio auszurichten. Zwar wurde sie ab und zu wieder schwach, aber sie ließ das nicht zur Gewohnheit werden.

Der geläuterte Claudio brachte mir sogar ein mit zerstoßenem Eis gefülltes Tuch, damit ich den Fuß hochlegen und kühlen konnte.

Wir bestellten vegetarische Pizza und Gemüselasagne, die Angelo in jeweils zwei Portionen aufteilen sollte, damit wir beide Gerichte genießen konnten. Allmählich schien er über seine unerfüllte Liebe zu Merle hinwegzukommen. Erst neulich hatte ich ihn Hand in Hand mit einer jungen Frau über den Bröhler Markt schlendern sehen. Ich wünschte ihm, dass daraus etwas wurde.

Der Kommissar hatte mir anvertraut, die Untersuchung der Fingerabdrücke habe nichts ergeben. Magnus Scheuermann werde mich deswegen noch anrufen. Da hatte ich meine Zweifel, denn wahrscheinlich nahm er die Sache jetzt noch weniger ernst.

»Das heißt, der Typ ist bei den Bullen nicht registriert«, schloss Merle. »Mist.«

Als ich ihr gestand, wobei ich mir den Fuß verknackst hatte, funkelte sie mich verärgert an.

»Und das erfahre ich so ganz nebenbei am späten Abend?«

»Es ist kurz nach sechs.«

»Du weißt, wie ich das meine. Ich hab mein Handy immer griffbereit, Jette.«

»Sorry. Ich musste erst wieder runterkommen.«

»Und das hättest du am Telefon nicht gekonnt?«

Ich hatte gar nicht daran gedacht, sie anzurufen. Normalerweise war das immer das Erste, was ich tat, wenn mich etwas sehr beschäftigte, positiv oder negativ.

»Mir war nicht nach Telefonieren. Ich wollte mich nur ablenken.«

Merle bedachte mich mit einem vernichtenden Blick.

»Was sagt der Kommissar?«

»Er nimmt das offenbar sehr ernst.«

»Na, hoffentlich.«

Francesca brachte das Essen und wünschte uns guten Appetit. Sie trug einen so unverschämt kurzen, so unglaublich engen Rock, dass sie sich nur eingeschränkt bewegen konnte, wenn sie keine ungewollten Einblicke gewähren wollte.

Obwohl Angelo sein Bestes gegeben hatte und schon der Duft der Speisen einem die Sinne vernebelte, musste ich mich zum Essen zwingen. Der Schock saß mir noch in den Gliedern.

»Was wird er jetzt machen?«, fragte Merle zwischen zwei Bissen.

»Machen? Wer?«

»Der Kommissar natürlich.«

»Er hat nicht mal gesagt, dass er überhaupt aktiv werden will.«

»Und du hast ihn nicht gefragt?«

»Er hat sich beurlauben lassen, Merle. Er darf gar nichts unternehmen.«

»Wird er aber, oder?«

»Ich denke, ja.«

Erst nachdem ich es ausgesprochen hatte, konnte ich wirklich daran glauben. Das bedeutete jedoch nicht, dass ich nicht auch auf eigene Faust versuchen würde herauszufinden, wer es auf mich abgesehen hatte. Ich taugte nicht zum Opferlamm und war nicht bereit, meine Bewegungsfreiheit von einem Wahnsinnigen einschränken zu lassen.

Opferlamm …

Die Gabel begann in meiner Hand zu zittern. Ich legte sie auf den Teller und trank einen Schluck Wasser, um mich zu sortieren.

War er hier?

In unserer Nähe?

Jetzt, in diesem Moment?

Verstohlen blickte ich mich um.

An jedem Tisch saßen mehrere Gäste. Aber wieso ging ich eigentlich davon aus, dass es sich bei dem Typen um einen Einzelgänger handelte? Vielleicht saß er hier mit Kollegen zusammen. Oder mit seiner Freundin. Vielleicht peppte er sich den Alltag bloß damit auf, dass er nebenbei ein wenig Chaos stiftete.

Man sah Psychopathen nicht an, dass sie Psychopathen waren.

»Nennt man das, was der Irre tut, eigentlich noch Stalking?«, holte mich Merles Stimme zurück. »Oder geht das schon darüber hinaus?«

Ich hob die Schultern.

Es war Terror, egal, wie man es betrachtete.

»Terror.« Merle nickte grimmig. »Allerdings.«

Hatte ich schon wieder laut gedacht? Wurde das jetzt etwa zur Gewohnheit? Ich schob meinen Teller weg.

»Keinen Hunger mehr?«

Ich schüttelte den Kopf.

»Darf ich das noch haben?«

»Klar.«

Merle zog meinen Teller zu sich heran und machte sich darüber her. Wahrscheinlich war sie wieder den ganzen Tag nicht zum Essen gekommen.

»Entschuldige mich mal kurz.«

Ich stand auf und hinkte in den Waschraum. Der Spiegel zeigte mir ein schmales, angestrengt wirkendes Gesicht mit Schatten unter den Augen.

»Du siehst ziemlich fertig aus«, sagte ich zu ihm und zuckte zusammen, als draußen im Vorraum Männerlachen ertönte.

Ich hielt den Atem an und lauschte.

Eine Tür klappte zu. Männerstimmen entfernten sich. Sie hatten nichts mit mir zu tun.

Ich ließ mir kaltes Wasser über die Handgelenke laufen

und fühlte mich gleich ein bisschen besser. Trotzdem beeilte ich mich, zurück an unseren Tisch zu kommen.

Selbstkritisch fragte ich mich, ob jemand, der so rasch an seine Grenzen geriet, für den Beruf einer Psychologin überhaupt geeignet war.

»Du darfst dir nicht vornehmen, die Welt zu retten«, hatte meine kluge Großmutter kürzlich gesagt. »Das ist unmöglich. Du kannst vielleicht den einen oder andern Menschen vor sich selbst retten, und wenn dir das gelingt, hast du sehr viel erreicht.«

Auf einmal vermisste ich sie und ihre warmherzige Art, das Leben zu betrachten.

»Hey«, riss Merles Stimme mich aus meinen Gedanken. »Ich rede mir hier den Mund fusselig und du bist ganz woanders.«

Es surrte in meiner Handtasche. Als ich das Smartphone herausziehen wollte, fiel mein Blick auf einen Zettel, den ich garantiert nicht eingepackt hatte.

Neongrün.

Ich zuckte zurück, als hätte ich eine Kobra in meiner Tasche entdeckt.

»Was ist los?«

Merle beugte sich vor und holte den Zettel mit spitzen Fingern heraus. Sie klappte ihn auf und las ihn. Dann legte sie ihn vor mich auf den Tisch.

»So ein mieses Schwein.«

GLÜCK GEHABT!

In der Küche schmetterte Claudio *Parla con me* von Eros Ramazotti. Besteck klapperte auf Porzellan. Menschen redeten und lachten. Alles wirkte so friedlich vertraut.

Dabei war *er* hier.

Musste hier sein.

Wann sonst hätte er mir die Botschaft zustecken können?

Meine Tasche hatte die ganze Zeit auf einem der Stühle gestanden, zusammen mit der von Merle. War jemand außer Claudio, Angelo und Francesca in der Nähe unseres Tisches gewesen?

Da kamen etliche infrage. Seit das Rauchen in den Restaurants verboten war, gingen die Raucher nach draußen, um ihre Zigarette zu genießen. Es war ein ständiges Hin und Her in der Enge zwischen den Tischen.

Und hatte mich nicht jemand gestreift und »Entschuldigung« gemurmelt?

Ein Mann.

Oder drehte ich jetzt völlig durch?

Merle erinnerte sich nicht daran.

»Ich hab nicht drauf geachtet, Jette. Tut mir leid. Hier haben sich andauernd Leute vorbeigeschlängelt.«

Jemand rempelte mich an. Ich zuckte zusammen.

»Ich möchte nach Hause, Merle.«

Ein Blick in mein Gesicht und sie schob ihren Stuhl zurück.

Wie auf sein Stichwort kam Claudio aus der Küche getänzelt.

»Ihr wollt schon gehen?«

Merle hielt den Zettel hoch.

»Il bastardo!«, schimpfte Claudio. »Ich werde ihn erschießen! Erstechen! Erwürgen! Mit meinen eigenen Händen!«

Sie hatte ihm alles erzählt.

Er nahm mich in die Arme und wollte mich gar nicht mehr loslassen. War besorgt um mich, wie neuerdings alle besorgt um mich waren. Sie hatten keine Ahnung, wie beklemmend Besorgnis wirken konnte.

Dann ließ er mich los und zog Merle an sich.

»Übernachtest du bei mir?«, fragte er leise, aber nicht leise genug. »Du weißt, ich bin verrückt nach dir, *tesoro mio.*«

Merle drückte ihm einen Kuss auf die Nase und entwand sich ihm.

»Luke ist in Köln. Ich kann Jette jetzt nicht allein lassen. Verstehst du das?«

»Certamente. Ich verstehe, dass dir alles wichtiger ist als ich.«

»Das ist Quatsch, Claudio, und du weißt das.«

Ich wäre gern großzügig gewesen und hätte auf Merles Begleitung verzichtet, aber ich war froh, dass sie bei mir war. Ich ging schon mal zur Tür, damit sie ungestört reden konnten.

Doch davon hatten sie offenbar genug. Claudio stieß Merle von sich und warf verärgert die Arme in die Luft. Dann stürmte er in die Küche.

»Er kann so ein Arschloch sein«, murmelte Merle und öffnete die Tür.

Der Abend war gelaufen.

# 18

»Lass uns wegfahren. Und erst wieder zurückkommen, wenn das Schwein hinter Schloss und Riegel sitzt.«

Luke liebte Jettes Morgengesicht. Ungeschminkt und weich. Selbst die Haare noch verschlafen. So verletzlich. Doch heute Morgen wurde ihm bewusst, wie schutzlos sie tatsächlich war. *Sie hätte tot sein können.*

»Unsere Prüfungen …«

»Scheiß drauf! Dafür findet sich eine Lösung.«

»Du bist ein unverbesserlicher Optimist.«

»Bin ich nicht.«

»Bist du wohl. Dafür lieb ich dich ja.«

Sie beugte sich zu ihm vor. Ihr Kuss schmeckte nach den Erdbeeren, die er schon ganz früh auf dem Feld gepflückt und zum Frühstück serviert hatte.

Er wurde häufig vor dem Wecker wach. Das hatte nichts mit dem Stalker zu tun, eher mit seiner eigenen Vergangenheit. Es hatte Zeiten gegeben, in denen er angezogen im Sessel geschlafen hatte, um beim kleinsten Geräusch auf den Füßen zu sein.

Heute Morgen wollte sein Gedankenkarussell nicht aufhören, sich zu drehen.

Er war froh, dass er nicht in Köln hängen geblieben, sondern schon vor Mitternacht nach Hause gekommen war. Obwohl er nichts von Jettes Erlebnis beim Joggen und von der neuen Botschaft gewusst hatte, denn sie hatte ihn nicht angerufen.

Um ihn nicht beim Arbeiten zu stören, hatte sie erklärt.

Manchmal verstand Luke nicht, was in ihrem Kopf vorging.

»Ans Meer«, versuchte er Jette nun zu überzeugen. »Ein kleines Haus in den Dünen und weit und breit kein Mensch.«

Jette fütterte ihn mit einer Erdbeere. Die Süße, in der die Sonne und die Hitze der vergangenen Wochen gespeichert waren, explodierte in seinem Mund. Er schloss die Augen.

»Komm mit mir ans Meer, Jette.«

»Er wird uns finden.«

»Wir werden vorsichtig sein.«

»Wir können Merle nicht alleinlassen. Nicht in dieser Situation.«

»Dann kommt sie eben mit.«

»Luke ...« Sie strich ihm übers Haar, als wär er ein Kind, dem man die Flausen ausreden müsse. »Merle kann nicht einfach wegfahren. Sie hat einen Job.«

»Sie könnte bei Claudio unterschlüpfen.«

»Der kann sie auch nicht beschützen. Niemand kann das.«

»Jette ...«

»Ich will nicht weglaufen, Luke, mich nicht verstecken. Ich habe ein Recht auf mein Leben und lasse mir das von niemandem nehmen. Verstehst du das?«

Er verstand es nur zu gut. Genau das war der Grund

dafür gewesen, dass er es abgelehnt hatte, ins Zeugenschutzprogramm der Polizei aufgenommen zu werden. Er selbst hatte sich viel zu lange versteckt. Und sie hatten ihn dennoch gefunden.

»Okay. Dann stehen wir das zusammen durch.«

»Aber jeder lebt seinen Alltag wie bisher.«

»Was, bitte, verstehst du nicht an dem Wort *zusammen*?«

»Zusammen bedeutet doch nicht, dass wir ängstlich aneinanderkleben, Luke. Das würden wir beide nicht aushalten.«

Genau das gefiel ihm an ihr. Ihre Unabhängigkeit und ihre Stärke. Und dass sie sich nicht verbog, für nichts und niemanden.

»Aber du bist vorsichtig.«

»Versprochen.«

»Und rufst Bert Melzig an.«

»Mach ich gleich … Luke?«

»Ja?«

»Du bist auch vorsichtig, ja?«

»Selbstredend.«

Es war so etwas wie ein Schwur. Er fragte sich, ob sie ihn würden einhalten können.

*

Im Café Reichard war es voll wie immer. Jeder Tourist, so schien es, kehrte nach der obligatorischen Besichtigung des Doms hier ein. Eine internationale Mischung von Satzfetzen streifte Berts Ohren.

Er hatte Köln lieben gelernt, diese widersprüchliche Stadt, die so hässlich war und so schön. Die ihm ans Herz ging, ohne dass er sich dagegen wehren konnte. Er liebte den Dom, die Museen, den Rhein und sogar den Bahnhof. War hier allmählich zu Hause, wie man es nur sein konnte.

Dass man den Dom nie ohne Baugerüst zu sehen bekam, dass der Platz über der Philharmonie bei Aufführungen und Orchesterproben gesperrt wurde, weil eine ordentliche Schallisolation zu teuer war, dass der Streit über Kunstwerke die Bevölkerung in zwei unversöhnliche Lager teilte, auch das gehörte auf eine verquaste, sympathische Art zu dieser Stadt.

Die aufgeheizte Luft stand in den Räumen und Bert ging schnurstracks auf die Terrasse hinaus. Er hatte Glück. Einer der Tische wurde gerade frei.

Der Blick auf den Dom war bombastisch. Bert war zu früh und konnte ihn eine Weile still genießen. Dann kehrte die Nervosität zurück. Er kam sich vor wie bei seinem ersten Date. Fragte sich, was er hier eigentlich machte. Diese Frau war für ihn tabu. Er sollte schleunigst verschwinden.

Solange er noch konnte.

Doch schon trat sie aus der Tür und sah sich suchend um. Sie trug eine weiße Leinenhose, eine lange schwarze Bluse, darunter ein cognacfarbenes Top. Eine große Sonnenbrille mit fast schwarzen Gläsern verdeckte ihr halbes Gesicht. Dennoch konnte man erkennen, wie schön sie war.

Die silbernen Fäden in ihrem kurz geschnittenen schwarzen Haar gaben ihr etwas Strahlendes. Ihre schwere Achatkette glänzte im Licht der Morgensonne in sämtlichen Farben. Über der Schulter trug sie eine Tasche, die denselben Farbton hatte wie ihre tiefroten Lippen.

Bert stand auf und winkte.

Lächelnd kam sie auf ihn zu. Sie wirkte ganz und gar nicht nervös. Selten war Bert einer so selbstbewussten Frau begegnet.

»Wie wunderbar, dass Sie Zeit für mich gefunden haben.« Sie nahm die Sonnenbrille ab und reichte ihm die Hand. Ihr glückliches Lächeln wurde von einem Kranz feiner Fältchen um ihre Augen begleitet.

»Bitte.«

Bert lud sie mit einer Handbewegung ein, Platz zu nehmen. Ihr Tisch lag im Schatten eines Sonnenschirms und ab und zu strich ein angenehmer Windhauch über die Terrasse.

Sie entschieden sich für das Frühstücksbuffet und liefen ein paarmal hin und her, bis sie alles beisammen hatten: Brötchen, Eier, Käse, Schinken und Obst. Dazu Kaffee und Orangensaft für Bert, Milchkaffee und Wasser für Imke und jede Menge Ausblick auf die unvergleichliche Kulisse des Doms.

»Ich hätte Sie ja zu mir eingeladen«, sagte sie. »Aber das wäre für Sie ein bisschen umständlich gewesen.«

Eher gefährlich, dachte Bert und widmete sich angelegentlich seinem Brötchen. Ihm war ganz lieb, dass sie nicht allein waren. Obwohl er die restaurierte Mühle gern wiedergesehen hätte und die märchenhafte Landschaft, die sie umgab. Wahr gewordene Träume, die ebenso gut aus seinem Kopf hätten stammen können.

»Wie geht es Ihnen?«, fragte Imke nach den ersten Bissen. »Tut Ihnen die Selbstbesinnung gut?«

»In den vergangenen Tagen habe ich mich hauptsächlich um meine Wohnung gekümmert«, gestand er. »Die war immer noch ein Provisorium. Nackte Wände und im

Keller Dutzende von nicht ausgepackten Kisten, die sich bis zur Decke stapelten.«

»Und jetzt haben Sie die Kisten ausgepackt, Pflanzen auf den Fensterbänken verteilt und möchten Ihre Wohnung am liebsten kaum noch verlassen?«

»Das nicht. Aber ich drücke mich nicht mehr davor, nach Hause zu kommen.«

»War es so schlimm?«

»Schlimmer. Und wie geht es Ihnen?«

»Ich bin auf der Suche nach einem neuen Stoff. Meistens habe ich fünf, sechs mögliche Buchprojekte im Kopf, diesmal aber nicht. Ich habe in letzter Zeit wie ein Uhrwerk geschrieben. Da blieb kein Raum für kreative Ausflüge in andere Richtungen.«

»Und das macht Sie nervös.«

»Allerdings. Ich müsste mal wieder lernen, Ruhe zu finden.«

»Machen Sie es wie ich.«

»Ich weiß nicht, ob ich das kann.«

»Menschen sind lernfähig.«

Sie lachte, und Bert hätte sich auf den Kopf gestellt und mit den Ohren gewackelt, nur um sie immer wieder zu diesem Lachen zu bringen. Es war so voller Freude und Zuversicht, so warm und so humorvoll, dass er es bereits vermisste, nachdem es aufgehört hatte.

»Man stellt die Uhr einfach auf null«, sagte er. »Und guckt, was passiert.«

»Was ist bei Ihnen passiert, Herr ... darf ich Bert sagen?«

Er stolperte schon lange über das distanzierte *Frau Thalheim* und nannte sie in Gedanken häufig beim Vornamen.

»Gern.«

Mit Orangensaft und Wasser stießen sie an und verharrten so, die Blicke ineinander verflochten, die Gläser in der Luft. Als sie dann tranken, verschluckte sich Imke und bekam einen solchen Hustenanfall, dass Bert ihr auf den Rücken klopfen musste.

»Also, was ist bei Ihnen passiert, nachdem Sie die Uhr auf null gestellt hatten?«, fragte sie, als sie wieder sprechen konnte.

»Noch nicht viel. Ich merke, dass ich entspannter werde und irgendwie … geduldiger.«

»Ein guter Anfang.«

»Ich habe einen Schubs gekriegt, Aufgaben anzugehen, die ich seit Jahren vor mir herschiebe.«

»Die Wohnung.«

»Zum Beispiel. Wohnungen sagen viel über ihre Bewohner aus. Bei Ermittlungen ist mir immer wichtig, mir die ganz private Umgebung der Menschen gründlich anzuschauen.«

»Stimmt. Den Charakter eines Menschen erkennt man am besten an seiner Küche.«

Bert sah sie fragend an.

»Eine sterile Küche«, erklärte sie, »ist genauso verräterisch wie eine vollgestopfte. Sie können alles daran ablesen. Ob ein Mensch das Leben liebt, ob er ausgeglichen ist, ob er einen Sinn für Schönheit besitzt.«

»Was ist mit Menschen, die großen Wert auf Ordnung legen?«, provozierte Bert sie. »Disqualifizieren die sich in Ihren Augen gleich als zwanghaft?«

»Absolut nicht.« Sie schenkte ihm ein unbekümmertes Lächeln, das ihn wieder aus der Spur zu bringen drohte. »Ordnung hat durchaus eine ästhetische Qualität. Kreative Menschen, deren Kopf voll ist mit Ideen, brauchen oft so etwas wie eine schöpferische Leere, damit sie nicht im Chaos ertrinken.«

»Oder das Gegenteil: Sie verschwenden ihre Energie einfach nicht auf so unwesentliche Dinge wie Ordnung – falls sie das Chaos beherrschen.«

»Das muss man sicherlich von Fall zu Fall beurteilen«, stimmte sie ihm zu.

»Willkommen in meiner Welt.« Bert hob seine Tasse. »Genau das muss ich in meinem Beruf tun, die Dinge von Fall zu Fall beurteilen.«

Auch Imke hob ihre Tasse.

»Unsere Welten sind einander ähnlich, finden Sie nicht? Auch ich muss den Figuren in meinen Büchern Gerechtigkeit widerfahren lassen und versuchen, den Täter ebenso zu verstehen wie das Opfer.«

Das Eis war gebrochen.

Sie aßen. Und tranken. Und plauderten. Und schwiegen. Und lachten. Und es kam Bert so vor, als befänden sie sich auf einer stillen Insel mitten im Getümmel dieses lebhaften, lauten Cafés und der zahllosen Touristen, die an den Fenstern vorbeiströmten, um dem mächtigen, unglaublich schönen Dom nah zu sein, den das alles überhaupt nicht interessierte.

*

Imke vertraute diesem Mann. Das war vom ersten Augenblick an so gewesen. Da war ein unsichtbares Band zwischen ihnen, ein blindes Verstehen, für das sie längst keine Erklärung mehr suchte.

Doch bei all der Vertrautheit und Nähe war da auch dieses Herzklopfen.

Und eine Sehnsucht, die sie beinah zerriss.

Sie hatte alles getan, um von diesen Gefühlen loszukommen, hatte sie sich ausgeredet, verboten, sich dafür verabscheut und gehasst.

Vergeblich.

Je verzweifelter sie Abstand zu ihm hielt, desto größer wurde der Sog, der sie zu ihm hinzog. Je mehr sie sich von ihm entfernte, desto näher kam sie ihm.

Bert.

Sie konnte Tilo kaum noch in die Augen sehen.

Das Leben mit ihm war voller Zärtlichkeit und Respekt. Tilo besaß ein ausgeprägtes Verständnis für die Psyche des Menschen, das weit über das berufliche Urteilsvermögen hinausging.

Er *verstand*.

Nie verlor er hinter einem Krankheitsbild den Patienten aus dem Blick. Er war kein Apostel korrekten Verhaltens, ließ jedem seinen eigenen Weg, ohne ihn zu beurteilen.

Ähnlich verhielt er sich auch im Zusammenleben mit Imke. Es war schwer, mit ihm in Streit zu geraten, aber wenn es doch einmal passierte, ließ er ihn zu. Über die reinigende Kraft des richtigen Streitens hatte er schon Vorträge gehalten.

Seine Besonnenheit konnte Imke allerdings manchmal auf die Palme bringen. Sie hätte sich gewünscht, dass er hin und wieder ausgerastet wäre, warf ihm vor, seine Therapeutenrolle selbst im Privatleben nicht abzulegen.

»Immer schön die Fäden in der Hand behalten«, hatte sie ihm kürzlich noch an den Kopf geworfen, im vollen Bewusstsein, wie sehr sie ihn damit verletzte. »Immer der

Gute sein, damit die andern unter ihren Selbstzweifeln zusammenbrechen.«

Aber Tilo war, wie er war. Und wollte sie ihn denn überhaupt anders haben?

Er war da, wenn sie ihn brauchte. Ließ ihr Raum, wenn sie sich eingeengt fühlte. War verlässlich und klug. Und ließ immer noch Schmetterlinge in ihrem Bauch tanzen.

Aus welchem Grund also saß sie jetzt hier mit dem Kommissar zusammen? Warum hatte sie das Gefühl, genau hierher zu gehören?

»Nun fragen Sie schon«, forderte er sie lächelnd auf.

Sie mochte seine Augen und wie sich das Licht in ihnen spiegelte. Sie mochte sein breites Kinn mit der verführerischen Kuhle in der Mitte. Und wie er seine Worte mit den Händen unterstrich.

Fragen? Sie schreckte auf. Was meinte er?

»Gut, dann antworte ich einfach.« Er nahm einen Schluck Kaffee, setzte die Tasse ab und lehnte sich auf seinem Stuhl zurück. »Meine Antwort ist: ja.«

Was für eine Antwort? Sie hatte nicht zugehört, war zu sehr damit beschäftigt gewesen, ihn anzuschauen.

»Aber ich werde Ihnen lediglich mitteilen, was ich für vertretbar halte. Das ist meine Bedingung«, fügte er hinzu.

Vertretbar? Bedingung?

Jette ...

Sie hatte ihre Tochter vergessen.

»Entschuldigen Sie. Mir ging da gerade etwas durch den Kopf.«

Sah er ihr an, wie verwirrt sie war? Wenn ja, dann zeigte er es nicht. Sein Blick richtete sich auf den Dom, vor dem Besuchergruppen gehorsam den bunten Fähnchen folgten, die ihre Reiseführer hochhielten, um niemanden zu verlieren.

Sie hatte mit ihm über Jette sprechen wollen. Herausfinden, ob die Polizei aktiv geworden war oder nicht. Ihn bitten, die Angelegenheit selbst in die Hand zu nehmen. Er hatte sich häufig über Regeln hinweggesetzt. Warum sollte er das nicht wieder tun?

»Was wissen Sie, Bert?«

Sein Blick kehrte zu ihr zurück, als habe er nur auf ihre Aufforderung gewartet.

»Ich war gestern Abend bei Ihrer Tochter, um mir einen Eindruck zu verschaffen.«

»Und?«

Imke beugte sich vor, um nur ja kein Wort zu verpassen.

»Sie lässt sich nicht unterkriegen«, sagte er und lächelte.

Aber das war kein Grund zum Lächeln. Sah er denn nicht, dass diese Charaktereigenschaft ihrer Tochter automatisch Gefahr nach sich zog?

»Wie schätzen Sie die ... Situation ein?«, fragte sie.

Das Lächeln verschwand von seinen Lippen.

»Sie wissen aus eigener Erfahrung, dass es Stalker und Stalker gibt.«

Und ob sie das wusste. Sie fröstelte.

»Ist er ... ist er ihr ... hat es weitere Nachrichten gegeben?« Ihr war bewusst, wie merkwürdig es klingen musste, wenn sie ihn um Informationen anbettelte, die ihre Tochter ihr hätte anvertrauen müssen. »Das Verhältnis zwischen Jette und mir ist im Augenblick ziemlich angespannt«, versuchte sie zu erklären.

»Sie bringen mich …«

»… in eine unmögliche Lage, ich weiß. Es tut mir wahnsinnig leid. Ich wollte Sie das alles eigentlich gar nicht fragen.«

»Es gibt diese Nachrichten, inzwischen vier an der Zahl, und Jette hatte zweimal den Eindruck, verfolgt zu werden.«

»Den Eindruck?«

»Sie *wurde* verfolgt. Ich nehme Jettes Instinkte sehr ernst.«

»Hat sie den Verfolger erkannt?«

»Nein.« Bert schüttelte bedauernd den Kopf. »Einmal ist ihr ein Van nachgefahren, als sie auf dem Heimweg war, ein anderes Mal hat ihr jemand beim Joggen nachgestellt.«

Imke presste unwillkürlich die Hand vor den Mund.

»Glücklicherweise ist ein Erntehelfer auf dem Traktor vorbeigekommen und der Verfolger hat sich aus dem Staub gemacht.«

»Gott sei Dank.«

Imke hatte ihrer Tochter immer wieder vor Augen geführt, wie gefährlich es war, allein zwischen den Feldern zu joggen. Keiner würde im Notfall ihre Hilferufe hören. Zum einen, weil die nächsten Dörfer kilometerweit entfernt waren, zum andern, weil der Wind da draußen einem die Worte von den Lippen riss, noch bevor man sie ausgesprochen hatte.

»Und trotzdem wird Jette wieder joggen, sobald sich der Schreck gelegt hat«, sagte sie. »Meine Tochter lässt sich nicht einschüchtern, von niemandem.«

»Ich weiß.«

»Gibt es schon eine Spur?«

»Noch reichen die Anhaltspunkte nicht aus, um Ermittlungen einzuleiten.«

»Aber Sie haben trotzdem …«

»Imke …«

Sie wechselten das Thema.

Die Zeit verging viel zu schnell. Sie redeten über alles und jedes, und Imke ließ sich von dieser sonderbaren Vertrautheit umfangen, die sie so selten in der Gegenwart anderer Menschen empfand.

Am Ende stritten sie eine Weile darum, wer für das Frühstück bezahlen durfte. Bert gewann den Schlagabtausch, und Imke versprach, sich zu revanchieren.

Morgen, dachte sie. Am allerliebsten morgen.

Dann war es Zeit aufzubrechen. Verlegen standen sie im Schatten des Doms, bis Imke Bert einen Kuss auf die Wange gab, sich umdrehte und in Richtung Parkhaus davoneilte.

Ihr Herz schlug Kapriolen und sie hatte eine unbändige Lust zu singen.

*

»Es ist so weit«, sagte Janus und tat so, als würde er in dem Buch lesen, das er aus dem Regal genommen hatte.

*Schuld und Sühne*. Klar.

Georg starrte ihn an. Jetzt schon? Davon hatte er gestern noch kein Wort gesagt.

»Wieso?«, fragte er leise. »Was ist passiert?«

»Manchmal fügt sich einfach alles in einem einzigen Geniestreich«, antwortete Janus stolz. »Superbuch übrigens.«

Er drehte es in seinen Händen, die zu allem gut sein mochten, aber sicherlich ganz selten in ihrem Leben ein Buch gehalten hatten, erst recht nicht eins wie dieses.

»Wie abgemacht?«, vergewisserte sich Georg.

Er konnte es kaum glauben. Nach der endlosen Warterei war jetzt alles vorbereitet?

»Genau so.«

»Zeitplan?«

»Gibt es nicht. Du kannst dein Ding durchziehen, wann du willst.«

Unfassbar. Georg steckte die Hände in die Hosentaschen, um seine Aufregung zu verbergen. Sie zitterten wie verrückt.

Hatte Janus doch Wort gehalten.

Es war ein hohes Risiko gewesen, ihm zu vertrauen, aber draußen gab es noch Malle, auf den Georg sich hundertprozentig verlassen konnte. Er war nicht der Hellste unter Gottes Sonne, aber er war ihm auf seine Weise treu ergeben.

Malle war mit im Spiel. Das machte es kalkulierbarer.

»Ach«, sagte Janus, »ich glaube, ich lasse das doch besser mit dem Buch. Vielleicht ein andermal.«

Und damit spazierte er hinaus.

»Den hab ich hier noch nie gesehn«, wunderte sich Jeff. »Seit wann interessiert der sich für Bücher? Und dann noch Dostojewski?«

Georg gab eine mechanische Antwort, während sein Gehirn auf Hochtouren lief. Er hatte sich lange mit den Fluchtmöglichkeiten beschäftigt und eine nach der andern verworfen. Bis er Janus ins Boot geholt hatte.

Janus war ein Kotzbrocken, aber er war geldgierig und wusste seine Kontakte zu nutzen. Für ihn selbst war Flucht keine Option. Er hatte sich draußen eine Menge Feinde gemacht und hoffte, dass einige ihn mit der Zeit vergessen würden. In seinen Kreisen war das so – die

Kumpel kamen und gingen, tauchten auf und wieder unter.

Unter Jeffs kritischen Blicken hatte Georg damit angefangen, die neuen Bücher zu katalogisieren. Bisher war er ganz gut damit vorangekommen, doch jetzt rotierten zu viele Gedanken in seinem Kopf.

»Was ist los mit dir?«, fragte Jeff ihn schließlich.

»Kopfschmerzen«, log Georg. »Ich kann mich schlecht konzentrieren.«

»Willst du dir 'ne Pille holen?«

Nein. Die Krankenstation hob er sich für später auf. Sie gehörte zu seinem Plan.

»Die gehn auch von allein wieder weg«, murmelte er abwesend.

Endlich.

Er hatte so lange auf diese Nachricht hingefiebert.

Die organisatorischen Dinge für sein Leben nach der Flucht waren geregelt. Das war das Wichtigste. Und was Janus bis jetzt nicht hingekriegt hatte, würde Georg nun selbst erledigen können:

*Rache nehmen.*

Sie hatte seine Liebe verraten.

Sie hatte es verdient, dafür zu sterben.

Doch nicht rasch und schmerzlos. Langsam und allmählich sollte sie in den Wahnsinn getrieben werden. Sie sollte ihre Freunde verlieren, ihr Zuhause und schließlich ihren Verstand.

Erst dann sollte sie Erlösung finden.

Es gelang Georg kaum still zu sitzen. Er musste denken, denken, denken. Bis sein Plan wasserdicht war. Und er musste sich immer wieder bewusst machen, dass er sich dafür Zeit nehmen konnte.

Ungeduld war sein ärgster Feind. Er hatte nun schon so viele Monate, Wochen und Tage hinter Gittern verbracht, dass es auf ein paar Tage oder Wochen nicht ankam.

Freiheit würde nicht länger ein Wort sein. Und nie, niemals wieder würde er sich einsperren lassen. Nie wieder.

# 19

Ich saß am Schreibtisch, als Magnus Scheuermann anrief, um mich auf den neuesten Stand zu bringen, der nach dem Besuch des Kommissars allerdings alles andere als neu für mich war.

Abgleich der Fingerabdrücke negativ.

Sackgasse.

Ich tat so, als wüsste ich es noch nicht.

Im Gegenzug berichtete ich ihm von der Botschaft, die mir gestern Abend zugesteckt worden war. Ich erwähnte auch, dass ich den Eindruck gehabt hatte, in der Pizzeria von einem Mann gestreift worden zu sein.

»*Glück gehabt …*«, murmelte Scheuermann, »*Glück gehabt …*«

Als wären es Worte aus einem Gedicht, die er sich einprägen wollte.

Und dann erzählte ich ihm von der Verfolgung beim Joggen. Wie erwartet war er skeptisch.

»Sie sind sicher, dass er Sie verfolgt hat?«

»Ja«, sagte ich kurz angebunden und kratzte all meine Geduld zusammen.

»Gibt es Zeugen?«

»Ja – und nein.« Ich konnte das Fragezeichen hinter Scheuermanns Stirn direkt hören. »Ein Erntehelfer kam auf seinem Traktor vorbei und fragte, ob ich Hilfe brauchte. Da war der Verfolger aber schon so weit weg, dass er nicht mehr zu erkennen war.«

»Warum hat der Erntehelfer Sie gefragt, ob Sie Hilfe brauchen, wenn er gar nichts mitgekriegt hat?«

»Ich bin ihm entgegengelaufen und habe ihn auf mich aufmerksam gemacht.«

»Also kein Zeuge.«

Es klang nicht enttäuscht. Es klang so, als hätte ich sein Vorurteil gerade bestätigt.

»Nein.«

Scheuermann verabschiedete sich mit einem halbherzigen *Tut mir leid* und das Gespräch war zu Ende.

Es war mir schnuppe. Ich hatte nichts anderes erwartet. Bert Melzig glaubte mir. Mehr wollte ich nicht. Wenn mir einer mein Leben zurückgeben konnte, war er es.

Mein Fußgelenk hatte sich erholt. Die Schwellung war zurückgegangen. Dafür hatte sich ein imposanter Bluterguss gebildet. Ich schluckte eine Schmerztablette, machte mir einen Tee und kehrte an den Schreibtisch zurück.

Luke war nach Köln gefahren, nachdem ich auf ihn eingeredet hatte wie auf einen lahmen Gaul, und das war gut so, denn ich brauchte Ruhe zum Nachdenken. Am liebsten hätte ich das beim Joggen getan, aber das konnte ich in den nächsten Tagen vergessen.

Ich hatte mir vorgenommen, noch einmal darüber nachzudenken, wem ich zutraute, mich auf diese Weise zu bedrohen.

Wer hasste mich?

Wer wollte sich an mir rächen?

Wen hatte ich verletzt?

Wen zurückgewiesen?

Wer empfand mich als Konkurrenz?

War jemand eifersüchtig auf mich?

Auf den Bildschirm meines Laptops starrend, saß ich da, las die Fragen immer wieder, trank meinen Tee und zerbrach mir den Kopf.

Kleine Eifersüchteleien hatte es während der Schulzeit sicherlich gegeben, doch sie konnten unmöglich der Grund für diesen Wahnsinn sein. Auch unter meinen Kommilitonen fiel mir niemand ein, der dramatische Probleme mit mir haben könnte.

Nirgendwo stand ich in einem direkten Konkurrenzverhältnis zu irgendwem. Anders als in der Schule, konnte man sich an der Uni kaum vergleichen. Man bekam in der Regel eher zufällig mit, wie andere bei Prüfungen, Seminararbeiten oder Referaten abschnitten.

Dass ich die Tochter einer bekannten Schriftstellerin war, ließ ich nicht raushängen. Ich trug den Familiennamen meines Vaters, während meine Mutter nach der Scheidung ihren Mädchennamen wieder angenommen hatte.

Denjenigen, die es wussten, war auch bekannt, dass ich mich vom Reichtum meiner Mutter nicht abhängig gemacht hatte. Im Gegenteil. Ich nahm nur die finanzielle Unterstützung von ihr an, die Studenten aus weniger betuchten Familien vom Staat erhielten.

Damit fiel auch der Gedanke an eine Entführung weg.

Die würden die Entführer sowieso penibel planen und ausführen. Sie würden sich nicht vorher mit ominösen Botschaften aus der Deckung wagen. Außerdem würden selbst die stümperhaftesten Entführer nicht beim Joggen hinter ihrem Opfer hersprinten.

Verletzt hatte ich bestimmt den einen oder andern Menschen und sei es ohne mein Wissen. Aber so sehr, dass einer von ihnen mich auf diese Art und Weise tyrannisierte?

Nachdem ich die Liste von Fragen ergänzt und alle beantwortet hatte, kam ich widerstrebend auf die einzige Lösung zurück, die Sinn ergab und die ich im Gespräch mit Tilo noch weit von mir gewiesen hatte.

Es kam nur ein Mensch infrage. Und der konnte nichts damit zu tun haben.

Weil er im Gefängnis saß.

Die Nackenhaare stellten sich mir auf, als ich den einzig möglichen Schluss daraus zog: *Ich musste mich vergewissern.*

Ich rief eine Suchmaschine auf und fing an zu recherchieren. Schnell war klar, dass es mit einem Besuch in einer JVA nicht so einfach war. Offenbar erhielt man nur dann eine Besuchserlaubnis, wenn der Inhaftierte damit einverstanden war.

Aber wie sollte ich Kontakt zu ihm aufnehmen? Und wollte ich das wirklich?

*Würde ich es aushalten, ihm gegenüberzusitzen?*

*Ihm in die Augen zu sehen?*

*Seine Stimme zu hören?*

Es hatte mich so viel Kraft gekostet, mich von den Erinnerungen an ihn zu befreien, dass ich mir nicht vorstellen konnte, mich ihnen – und ihm – wieder auszuliefern.

Ich schob mein Unbehagen beiseite und vertiefte mich wieder in meine Recherchen.

Anrufen durfte nur der Inhaftierte von einem Telefon der Anstalt aus. Von draußen konnte er nicht erreicht werden.

Blieb also der briefliche Kontakt.

Aber wie?

Sollte ich ihm schreiben und ihn bitten, ihn besuchen zu dürfen? Allein beim Gedanken daran drehte sich mir der Magen um.

Wie sollte ich ihn ansprechen? Mit seinem korrekten Vornamen? Oder mit dem, den er sich für mich ausgedacht hatte? Sollte ich einen Grund für meinen Besuch angeben? Oder darauf vertrauen, dass er mich in jedem Fall sehen wollte?

*Natürlich will er dich sehen*, sagte etwas in mir. *Er ist ein Psychopath und unsere Geschichte ist für ihn nicht abgeschlossen.*

Der Gedanke erschreckte mich. Was, wenn sein Hass in den vergangenen drei Jahren ins Uferlose gewachsen war? Würde er versuchen, mich anzugreifen?

Und wenn ich mich an die JVA wandte? Dann würde man ihm meine Bitte mitteilen und er konnte entscheiden.

Ich stellte fest, dass ich verzweifelt versuchte, einen Puffer zwischen ihn und mich zu stellen. Nur würde mir der nichts nützen. Wenn er einverstanden war, mich zu sehen, würde es so und so zu einer Begegnung kommen.

Auch wenn ich das Thema lange verdrängt hatte – ich wusste, wo er untergebracht war. In der JVA Bernsberg, einem modernen Gefängnis mit sozialtherapeutischem Konzept.

Ich war davon überzeugt, dass Gefängnisse nur dann einen Sinn haben konnten, wenn sie den Straftätern die Möglichkeit verschafften, ihre Taten zu begreifen und zu bereuen. Und ihnen halfen, den Weg in die Gesellschaft zurückzufinden.

Das galt auch für … ihn, dessen Name mir nicht über die Lippen wollte. Er hatte mich manipuliert und bedroht. Hatte Caro getötet. Und hätte auch mich umgebracht, wenn es mir nicht gelungen wäre, ihm im letzten Moment zu entkommen.

Tilo hatte mich davon zu überzeugen versucht, eine Therapie zu machen, um mich damit auseinanderzusetzen, doch ich hatte mich dagegen entschieden.

Wann immer ich das Bedürfnis hatte, darüber zu reden, durfte ich mich bei ihm melden. Irgendwie hatte sich das besser angefühlt als die Vorstellung von einer Therapie, in der mich jemand auseinandernahm und wieder zusammensetzte.

Natürlich war das Unsinn, das wusste ich, weil ich mittlerweile selbst Psychologie studierte. Dennoch bereute ich meine Entscheidung von damals nicht.

Noch einmal rief ich die Website der JVA Bernsberg auf. Betrachtete die Fotos. Ließ die hellen, freundlichen Farben auf mich wirken.

Ich beschloss, meinen Brief an ihn selbst zu richten.

*

Nach dem Frühstück mit Imke setzte sich Bert in seinen Wagen, verließ Köln und fuhr zu seiner alten Dienststelle. Auf dem Weg dahin versuchte er, Rick Holterbach zu erreichen. Er hatte ihn nicht im Präsidium aufgesucht, weil er wusste, dass sein Freund mit einem kniffligen Fall zu tun hatte, in dem er nicht weiterkam.

»Ich will dich nicht lange aufhalten, Rick, ich habe nur das Bedürfnis, kurz mit dir zu sprechen.«

»Das tun wir viel zu selten«, erwiderte Rick. »Wir hatten uns das eigentlich anders gedacht, erinnerst du dich?«

Es tat gut, seine Stimme zu hören. Die Zusammenarbeit mit dem Freund fehlte Bert. Sie war es gewesen, die ihn bei seinen Überlegungen zu einer längeren Auszeit immer wieder ins Wanken gebracht hatte.

»Ich gelobe Besserung«, sagte er. »Aber jetzt brauche ich deine Hilfe.«

»Worum geht es?«

So war er. Machte nicht viele Worte, sondern konzentrierte sich sofort auf das Wesentliche.

Bert setzte ihn kurz ins Bild, wobei Rick ihn nicht unterbrach.

»Und nun willst du dich da reinhängen«, vermutete er, nachdem Bert fertig war.

»Ich will nicht. Aber die Kollegen in der alten Dienststelle tun sich ein bisschen schwer, in die Gänge zu kommen.«

»Sie haben auch wenig in der Hand.«

»Hat uns das jemals davon abgehalten, uns eine Sache genauer anzugucken? Das Mädchen hat Angst.«

»Du befindest dich in einer Auszeit«, erinnerte Rick ihn.

»Ich will ja auch gar keine Nachforschungen anstellen. Ich will nur, dass der Kollege Scheuermann allmählich aktiv wird.«

»Er hat doch, wenn ich dich richtig verstanden habe, bereits Fingerabdrücke nehmen lassen.«

»Mehr ist aber offenbar nicht passiert.«

»Was du wie erfahren hast?«

»Von Isa.«

Rick kannte die meisten von Berts ehemaligen Kollegen

und Kolleginnen. Er wusste auch, wie tief die Freundschaft war, die Bert mit Isa verband.

»Versuch, diesen ... Scheuermann zu überzeugen.«

»Der Name sagt dir auch nichts?«, vergewisserte sich Bert.

»Nie gehört. Wo hat er vorher gearbeitet?«

»Irgendwo in Schleswig-Holstein. Für mich ist er ebenfalls ein unbeschriebenes Blatt.«

»Ruf ihn nicht an, Bert. Fahr hin und rede mit ihm.«

»Was glaubst du, wohin ich gerade unterwegs bin?« Bert grinste in sich hinein. »Vielen Dank, Rick. Genau das hoffte ich von dir zu hören.«

»Bist du mit ihm verabredet?«

»Nein. Ich will ihn überraschen.«

»Und wenn du ihn nicht antriffst?«

»Dann stecke ich mit dem nächsten Schritt bereits in den Ermittlungen.«

»Dir ist klar, was du damit riskierst?«

»Glasklar.«

»Und ich kann dich nicht aufhalten?«

»Im Leben nicht.«

»Das ist der Grund, warum ich will, dass du zurückkommst. Deine Sturheit fehlt mir.«

Bert lachte.

»Und wenn du Hilfe brauchst, melde dich. Ich habe lange keine Grenze mehr überschritten, alter Freund. Ich kann einen Adrenalinkick gut gebrauchen, vor allem nach einem langen Vormittag voller Schreibkram wie heute.«

Bert schmunzelte, nachdem sie das Gespräch beendet hatten. Er befand sich in einer sonderbaren Stimmung. Noch hallte die Begegnung mit Imke in ihm nach, eine Begegnung, von der er nicht wusste, wohin sie ihn führen würde. Das Gespräch mit Rick hatte ihn wieder auf den Boden der Tatsachen geholt.

Und nun würde er gleich die Grenze überschreiten, von der sein Freund gesprochen hatte Es sei denn, das Zusammentreffen mit dem Kollegen Scheuermann verlief zu seiner Zufriedenheit.

Er schaltete das Radio ein und verfolgte den Rest einer Reportage über die *Fridays for Future*-Bewegung, der auch seine Kinder angehörten. Finn mit seinen zehn Jahren hatte bereits an einigen Demonstrationen teilgenommen und auch die achtjährige Lara war mit ihrer Klasse schon dabei gewesen.

Es ärgerte Bert, wenn er beobachtete, wie manche Politiker mit der geballten Arroganz ihrer Position kübelweise Häme über die jungen Menschen ausschütteten. Wann genau, fragte er sich, verlernt man das Zuhören? In seinem Beruf wäre das fatal. Zuhören musste zu den Hauptkompetenzen eines Polizeibeamten gehören.

Und in der Politik?

Die Fahrt verging wie im Flug. Als er die Autobahn verließ und in das vertraute Viertel einbog, hatte er kurz das Gefühl, nach Hause gekommen zu sein. Er wischte es weg, indem er sich über das Gesicht rieb.

Das Leben hier war gut gewesen, aber er hatte es nicht ohne Grund gegen ein anderes eingetauscht.

Er stellte seinen Wagen ab und betrat keine vierundzwanzig Stunden nach seinem letzten Besuch das Gebäude, in dem er so viele Jahre gearbeitet hatte. Um Zeit zu sparen, nahm er den Aufzug und betrat zuerst Isas Büro.

Sie packte gerade ihre Tasche für einen Auswärtstermin, begleitete ihn jedoch kurz zu Magnus Scheuermann, um beide miteinander bekannt zu machen.

Scheuermann begrüßte Bert freundlich.

»Schon viel von dir gehört«, sagte er, sofort zum Du übergehend, was Bert dankbar registrierte.

»Kann ich mir denken.«

Immer mit dem Kopf durch die Wand. So hatten sie ihn vermutlich beschrieben. Und nun wollte er wieder mit dem Kopf durch die Wand. Er ertrug die fünf Minuten Small Talk und sprach dann zielgerichtet an, weswegen er hergekommen war.

Das Gespräch dauerte nicht lange. Scheuermann war nicht der Typ, der es erlaubte, in seinem Revier zu wildern. Er würde selbst einen Ratschlag als Kompetenzüberschreitung betrachten.

Aus diesem Grund hielt Bert sich zurück. Nach nicht einmal einer halben Stunde verabschiedete er sich. Er hatte Klarheit gewollt und sie bekommen. Scheuermann beabsichtigte nicht, in der Angelegenheit Jette Weingärtner aktiv zu werden.

*

Ich machte den Laptop aus, rieb mein Fußgelenk noch einmal mit der angenehm kühlenden Arnikasalbe ein, stopfte das Smartphone in meine Umhängetasche und verließ das Haus. Der Weg durch den Hof zu meinem Auto ließ meine Nerven vibrieren, dennoch behielt ich alles aufmerksam im Blick.

Nichts entging mir. Nicht Donna und Julchen, die aneinandergeschmiegt im Schatten des Kirschlorbeers dösten. Nicht die Elster, die bei meinem plötzlichen Auftauchen von der Mauer auf den Boden hüpfte und hinter dem Brunnen verschwand. Nicht einmal die Ameisen, die in einer langen Straße zwischen den bemoosten Fugen des Kopfsteinpflasters umherkrabbelten.

Leise öffnete ich das Tor zur Scheune, die ich mit ihrem gedämpften Licht immer als behaglich empfunden hatte. Doch jetzt war sie mir unheimlich. Ich war froh, dass mein Auto mit der Fernbedienung geöffnet werden, ich mich schnell auf den Fahrersitz werfen und die Türen mit einem Knopfdruck wieder verriegeln konnte.

Ich fuhr los und verzichtete darauf, noch einmal auszusteigen, um das Tor zu schließen.

Der Brief steckte in meiner Tasche, frankiert und mit Absender versehen. Ich musste ihn nur noch zukleben und dann zur Post bringen oder in einen Briefkasten werfen. Ich hatte ihn Wort für Wort im Kopf.

*Gorg,*
*ich bitte dich um dein Einverständnis für einen Besuch. Es gibt ein paar Fragen, die ich dir stellen möchte.*
*Jette*

Nach langem Nachdenken hatte ich entschieden, nur das Notwendigste zu schreiben. Kein *Hallo*. Kein Drumherum. Keine Erklärung für mein bisheriges Schweigen. Und keinen Gruß.

Bei meinen Recherchen im Netz hatte ich herausgefunden, dass es lange dauern konnte, bis man eine Besuchserlaubnis von der JVA erhielt. Ich hoffte, dass es bei mir zügig gehen würde.

Als ich im Tierheim ankam, fand ich Merle in der Scheune. Auf dem Dach wurde emsig gehämmert. Zwei

Männer arbeiteten da oben in schwindelerregender Höhe, während ein dritter irgendwelches Material aus einem weißen Lieferwagen auspackte.

*You were always on my mind*, schallte Elvis Presleys Stimme herunter, so laut, dass sie das freudige Begrüßungsbellen der Hunde beinah übertönte.

Leer wirkte die Scheune ganz fremd.

»Wir dürfen sie auf gar keinen Fall wieder als Abstellmöglichkeit nutzen«, sagte Merle. »Sie ist überwältigend, findest du nicht auch?«

Das war sie wirklich. Ein riesiger Raum, der ganz aus sich heraus schön war und voller Licht.

Ich zog den Brief aus der Tasche und reichte ihn Merle. Sie wischte sich die Hände an der Hose ab, bevor sie ihn nahm. Fragend sah sie mich an.

»Lies ihn«, bat ich sie.

Es war mir wichtig, dass sie einen Blick darauf warf. Wir hatten immer alles miteinander besprochen. Schon ewig. Das war auch so geblieben, nachdem Luke in meinem Leben aufgetaucht war. Bei jeder wichtigen Entscheidung brauchte ich Merles Okay.

Mit Luke war das anders.

Da gab es noch kein »ewig«.

Wir waren erst auf dem Weg dahin.

Merle las, hob den Kopf und starrte mich ungläubig an, las noch einmal und starrte mich wieder an.

»Das ist nicht dein Ernst.« Sie gab mir Brief und Umschlag zurück. »Sag mir, dass du den nicht wirklich abschicken willst.«

Wir gingen ein paar Schritte, weil Elvis uns nicht in Ruhe reden ließ.

»Doch«, sagte ich.

»Bist du wahnsinnig, Jette? Abgesehen davon, dass du damit den bösen Geist aus der Flasche lockst, verrätst du mit diesem Brief auch noch unsere Adresse!«

»Wenn meine Vermutung stimmt, kennt er die längst.«

»Du denkst wirklich, dass er dahintersteckt?«

Ich nickte. Davon war ich mehr denn je überzeugt. »Alles andere ergibt keinen Sinn.«

»Aber wieso der Anschlag auf Mike? Und auf mich?«

»Vielleicht will er alles zerstören, was mir wichtig ist.«

»Aus dem Knast heraus?«

»Wenn er Verbindungen hat.«

»Und du glaubst, er gibt das alles einfach so zu? Nur weil du ihn danach fragst?«

»Das muss er gar nicht. Ich werde es in seinen Augen sehen.«

»Du willst diesem Monster in die Augen gucken?«

»Merle, bitte. Genau das tut man normalerweise in einem Gespräch.«

»Normalerweise? Dieses Scheusal zu besuchen, ist nicht normal, Jette. Und ein Gespräch mit ihm kann ich mir nicht mal im Traum vorstellen.«

»Du könntest es wenigstens versuchen.«

»Warum sollte ich den Brief überhaupt lesen, wenn du meine Meinung dazu nicht hören willst?«

»Will ich ja.«

»Nur nicht meine ehrliche. Du willst, dass ich dir nach dem Mund rede.«

Geknickt bemerkte ich, dass es stimmte: Ich wollte nicht, dass sie mich aufhielt.

»Ich habe Angst, Merle.«

»Umso gefährlicher ist es, wenn du alles wieder aufwühlst. Falls er für diese ganze Scheiße verantwortlich ist, wird er doch nicht damit aufhören, nur weil du ihn darum bittest.«

»Ich werde ihn um gar nichts bitten.«

»Was, wenn …«

»Er kann mir nichts tun. Ich werde keine Sekunde lang mit ihm allein sein.«

»Solche Menschen verströmen Gift, Jette. Dagegen wirst du dich nicht wehren können.«

»Aber ich habe das Gegenmittel. Dich und Mike und Ilka und Mina. Und Luke.«

Ich konnte Merle ansehen, wie angestrengt sie nach Argumenten suchte, um mir mein Vorhaben auszureden. *Always look on the bright side of life*, schallte es jetzt unpassenderweise vom Dach.

»Okay.« Merle sah mich entschlossen an. »Aber du gehst nicht ohne mich dahin.«

»Das wird er nicht wollen.«

»Weißt du, wie egal mir das ist?«, fuhr Merle auf.

»Man bekommt nur eine Besuchserlaubnis, wenn der Inhaftierte einverstanden ist.«

»Dann bring ich dich hin und warte draußen auf dich«, beharrte Merle.

»Luke kann mich …«

»Luke hat nichts damit zu tun.«

Sie hatte recht. Das war eine Sache zwischen mir und … *ihm*. Und Merle.

Auch für sie war es eine Gelegenheit, das Unsägliche, das wir vor drei Jahren miteinander erlebt hatten, in gewisser Weise zum Abschluss zu bringen.

»Gut. Wir fahren zusammen hin.«

»Und ich warte im Auto auf dich.«

Das hatten wir geklärt.

»Und jetzt sag mir bitte, dass ich den Brief abschicken soll, Merle.«

»Ich soll ...«

»Sag's mir doch. Bitte!«

»Jette ...«

»Tu mir den Gefallen.«

»Herrgottnochmal.« Merle schüttelte den Kopf, während sie mir antwortete. »Dann schick ihn in drei Teufels Namen ab.«

»Ohne *drei Teufels Namen*, Merle.«

»Dann schick ihn ohne drei Teufels Namen ...«

»Merle ...«

»Oookaaay. Schick ihn ab.«

Ich fiel ihr um den Hals, spürte ihre vertraute Wärme. Und den Anflug eines schlechten Gewissens, weil ich sie so unter Druck gesetzt hatte. Aber ich brauchte ihre Absolution. Ich brauchte etwas, das mir Mut machte.

»Das werde ich bereuen«, jammerte Merle an meiner Schulter. »Das werde ich ganz sicher bereuen. Und dann ist es vielleicht zu spät.«

Als ich das Tierheimgelände verließ, verstummte plötzlich die Musik auf dem Dach, und für eine Weile hörte man nicht einmal das Hämmern der Handwerker.

Es kam mir vor wie ein Zeichen.

Ich wusste nur nicht, ob es ein gutes Zeichen war oder ein schlechtes.

# 20

Sie hatte ihm geschrieben!

Er konnte es nicht fassen.

Nach drei langen Jahren hielt er etwas in der Hand, das sie berührt hatte.

Wenn er den Brief entfaltete, bildete er sich ein, ihren Duft wahrnehmen zu können. Beim Lesen meinte er, ihre Stimme zu hören.

Wenige Worte, die ihm direkt ins Herz gefahren waren.

Über die kühle, unfreundliche Anrede sah er hinweg. Aber da war der Name, den er sich nur für sie ausgedacht hatte und *den sie noch immer benutzte*.

*Gorg*.

Niemand sonst hatte ihn je so genannt. All die Zärtlichkeit von damals steckte in diesem Namen, und er enthielt das Versprechen einer Liebe, wie es sie nie zuvor gegeben hatte.

Vielleicht war es ja doch noch nicht zu spät.

Sein Hass war augenblicklich in sich zusammengefallen und hatte ihn wehrlos zurückgelassen. Was machte dieses Mädchen mit ihm?

Er schloss die Augen, um sie vor sich zu sehen, und

bemerkte erschrocken, dass er die Einzelheiten ihres Gesichts allmählich vergaß. Der kleine Leberfleck an ihrer Schläfe, den er so geliebt hatte, befand er sich auf der rechten oder linken Seite?

Ihre spröde Schönheit hatte ihn betört. Sie hatte ihn eingelullt, ihn alle Vorsicht vergessen lassen. Er hatte ihr seine Träume verraten, ihr die Zukunft in den schönsten Farben ausgemalt.

Damals.

Und da war er, ihr seltener, schöner Name, kühl und verschlossen wie sie selbst.

*Jette.*

Zärtlich fuhr er mit der Kuppe seines Zeigefingers darüber.

Im nächsten Augenblick hatte er den Brief zerknüllt und an die Wand geschmettert.

Sie hatte alles kaputt gemacht! Ihm alles genommen, was seinem Leben einen Sinn gegeben hatte!

Tränen sammelten sich in seinen Augen. Er blinzelte und spürte, wie sie ihm über die Wangen liefen.

Jette …

Reumütig hob er den Brief auf, glättete ihn und schob ihn in den Umschlag zurück. Er kannte den Hass und die Schmerzen, die er auslöste. Besonders dann, wenn der Hass die Kehrseite der Liebe war.

Bald, dachte er. Bald würde er dem Mädchen gegenüberstehen, das ihm das Herz gebrochen hatte. Dann würde er wissen, ob der Hass oder die Liebe in ihm stärker waren.

Aber zuerst musste er Janus sehen. Er sollte seine Verbindungen spielen lassen, damit die Gefängnisverwaltung sich mit der Besuchserlaubnis beeilte.

Der Brief war auf den neunten Juli datiert. Das war vor zwei Tagen gewesen und die Mühlen hier mahlten langsam.

Er konnte aber unmöglich warten. Jetzt nicht mehr.

*

Als Bert bei Bauer Kalmer ankam, waren die Erdbeerpflücker auf den Feldern, und der große Hof mit den zahlreichen Nebengebäuden wirkte verwaist. Bevor er sich im Büro meldete, schlenderte er ein wenig umher und sah sich um.

Dieser Hof war ein Füllhorn, das immer neue Gebäude ausspuckte. Hatte man einen Teil kennengelernt, tat sich ein anderer vor einem auf. Dunkelroter, strenger Klinker, die Gebäude unterschiedlich hoch, auf den Dachziegeln Altersflecken von Flechten und Moos.

Bert trat in eine Durchfahrt, die sich wiederum auf einen weiteren Gebäudekomplex öffnete. Er schien neueren Datums zu sein und besaß umlaufende schmale Balkone. Über den Brüstungen und an kreuz und quer gespannten Leinen hing Wäsche zum Trocknen.

Hier war ein Teil der Erdbeerpflücker untergebracht.

Eine braun gebrannte Frau kam Bert mit einem Buggy entgegen, in dem ein schlafendes kleines Mädchen saß, den Kopf zur Seite geneigt, die Lippen leicht geöffnet. Bert grüßte freundlich und wurde mit einem vorsichtigen Nicken belohnt.

Er wusste, dass es unter Saisonarbeitern etliche gab, die sich illegal in Deutschland aufhielten. Arno Kalmer jedoch hatte ihm bei den Ermittlungen damals versichert, bei seinen Leuten sei dies nicht der Fall. Dennoch begegneten die Erntehelfer der Polizei mit Misstrauen, und

Bert war sich sicher, dass auch die Frau mit dem Kind auf Anhieb den Polizisten in ihm gewittert hatte.

Der Buggy war alt und klapprig. Quietschend holperten die Reifen über das grobe Kopfsteinpflaster. Mückenschwärme tanzten im klaren Sonnenlicht. Auf den in einem Unterstand abgestellten Arbeitsgeräten und Fahrzeugen hatte sich eine Schar von Krähen versammelt, die nervös mit den Flügeln schlugen.

Hinter dem Hof erstreckte sich Land, so weit der Blick reichte. Magere Wiesen, von schiefen Zäunen durchschnitten. Hühner, die gackernd umherliefen oder träge in gescharrten Kuhlen lagen. Pferde, die mit den Schwänzen nach lästigen Fliegen schlugen. Eine junge graue Katze, die geduckt durchs Gras schlich. Und weiter hinten eine Schar schneeweißer Gänse, die laut zu schnattern begannen, als Bert näher kam.

Der Lärm lockte Arno Kalmer aus seinem Büro.

»Gänse sind die beste Alarmanlage, die es gibt«, sagte er mit einem breiten Grinsen und reichte Bert die Hand. »Und eine der wenigen, die man essen kann.«

»Hab mich ein bisschen umgesehen«, entschuldigte sich Bert, der sich nicht vorstellen mochte, dass auch nur eines dieser unschuldigen Tiere in Kalmers Bauch verschwinden würde. »Ich wusste nicht, dass Ihr Hof so weitläufig ist.«

»Man tut, was man kann«, antwortete der Bauer mit gespielter Bescheidenheit und wandte sich wieder in Richtung Büro. Genug geschnüffelt, hieß das und war auch ohne Worte zu verstehen.

»Was ist mit der Namensliste der Erdbeerpflücker, die schon vor drei Jahren bei Ihnen gearbeitet haben?«, fragte Bert.

»Bin noch nicht dazu gekommen.«

»Ich warte gerne darauf«, erwiderte Bert.

»Wie – jetzt gleich?«

»Sonst vergehen wieder drei Tage, an denen Sie keine Zeit dafür finden.«

»Ist Ihnen eigentlich klar, wie viel Arbeit wir haben?« Verärgert stapfte Arno Kalmer neben Bert her und stürmte in sein Büro, ohne ihm die Tür aufzuhalten. »Und dann hat die Sommergrippe auch noch meine Frau und unsere Bürohilfe erwischt und ich steh allein mit dem ganzen Papierkram da.«

»Was halten Sie davon, wenn ich in ...«, Bert warf einen Blick auf seine Uhr, »... sagen wir einer Stunde wiederkomme? Bis dahin können Sie mir die Liste in aller Ruhe zusammenstellen.«

»In aller Ruhe«, murmelte Arno Kalmer ironisch. »Ruhe gibt's hier nicht mal im Winter und erst recht jetzt in der Hochsaison nicht.«

Er warf Bert einen erbosten Blick zu, doch der ließ sich nicht davon beeindrucken.

»In einer Stunde also.«

Kalmer ließ sich schwer auf den Schreibtischstuhl fallen. Bert war entlassen. Schmunzelnd trat er in die bereits jetzt drückende Hitze hinaus. Eine Stunde. Das reichte für ein kleines Frühstück im Nachbarort.

Das Café entpuppte sich als eine Bäckerei mit einem Nebenraum, den man durch eine Glastür betrat. An sechs unterschiedlich großen Tischen aus gebürstetem Holz standen schöne alte Stühle, von denen kaum einer zum andern passte.

Doch gerade das machte den Reiz aus.

An der einen Wand hing ein riesiger goldgerahmter

Spiegel, in dem der Raum sich wiederholte, an der andern präsentierten vier große Schwarz-Weiß-Fotos die Bäckerei im Wandel der Zeit.

Bert hatte schon in hässlicheren Dorfcafés gesessen und war überrascht, in diesem kleinen Ort ein solches Juwel zu finden. Er bestellte das Frühstück des Hauses, das prompt serviert wurde, und hörte den Gesprächen der übrigen Gäste zu.

Sie alle schienen von hier zu sein und einander zu kennen. Manchmal sprang die Unterhaltung von einem Tisch auf den nächsten über. Nur Bert saß an seinem wie auf einer einsamen Insel. Jeder hatte seine Anwesenheit registriert, doch niemand bezog ihn ein. Allenfalls streifte ihn hin und wieder ein flüchtiger Blick.

Und doch beschäftigte er die Leute.

Sie fragten sich, wer er wohl sein mochte, woher er kam und aus welchem Grund er hier war. Auf dem Land hatte man es gern verlässlich und ordnete die Dinge ein, so gut man konnte.

Vielleicht erinnerte sich der eine oder andere sogar noch an ihn. Doch darüber würden sie erst reden, nachdem Bert den Raum verlassen hatte.

Wie hatten sie verarbeitet, was vor drei Jahren geschehen war? Den Mord an einer achtzehnjährigen Schülerin aus Hohenkirchen, nur einen Katzensprung entfernt? Danach den an Caro, die damals noch mit Jette und Merle in einer WG in Bröhl gewohnt hatte, der kleinen Stadt, in die man am Wochenende zum Einkaufen fuhr?

Ein Serienmörder.

Mitten unter ihnen.

Ihren verschlossenen Gesichtern sah man nichts an.

Das war auch damals so gewesen. Es war nicht leicht, diese Menschen aus der Reserve zu locken.

Als Bert eine knappe Stunde später wieder bei Arno Kalmer vorfuhr, lag ein sauberer Computerausdruck auf dem Schreibtisch des Bauern, der gerade damit beschäftigt war, jemanden am Telefon zusammenzustauchen.

Bert lehnte sich in demonstrativ entspannter Haltung an den Türrahmen und überflog die Namen auf der Liste. Im ersten Moment sagten sie ihm nichts.

Ungehalten beendete Kalmer das einseitige Gespräch und pfefferte sein Handy auf den Tisch. Er war geladen.

»Was denn noch?«

Bert hatte ihn nicht freundlicher in Erinnerung, doch zumindest bis zu einem gewissen Maß kooperativ.

»Nur siebenundzwanzig Namen?«

»Ja.«

»Von wie vielen?«

»Etwa zweihundert.«

»Etwa?«

»Bei Saisonarbeitern gibt es eine enorme Fluktuation.«

»Wieso?«

»Aus den unterschiedlichsten Gründen.« Arno Kalmers Blick wurde stechend. »Sie binden sich immer nur für eine gewisse Zeit, und wenn ihnen etwas stinkt, brechen sie auch schon mal vorzeitig ab. Andere wiederum kommen sozusagen auf der Durchreise vorbei und fragen nach Arbeit.«

»Hatten Sie nicht einmal angedeutet, es gebe bei Ihnen so etwas wie einen festen Stamm an Mitarbeitern?«

»Richtig«, bestätigte der Bauer mit beißender Ironie. »Aber dann gab es Mordermittlungen, die manch einen dazu gebracht haben, sich woanders umzusehen. Vielleicht erinnern Sie sich.«

Bert ging nicht auf die Provokation ein.

»Wo finde ich die Leute?«

»Bei der Arbeit.«

Wäre Bert offiziell hier gewesen, hätte sich sein Tonfall spätestens jetzt verschärft. So aber wartete er geduldig ab.

Seufzend gab Arno Kalmer auf.

»Kommen Sie.«

Er trat mit Bert hinaus in den Hof und beschrieb ihm mit ausgestrecktem Zeigefinger den Weg zu dem Feld, auf dem gerade geerntet wurde.

Bert faltete den Ausdruck zusammen und stieg in seinen Wagen. Als er sich nach dem Bauern umdrehte, war der schon verschwunden.

*

Natürlich war Luke sauer wegen meiner Aktion. Aber nicht nur das. Er war auch gekränkt, weil ich sie nicht mit ihm besprochen hatte.

Betroffen hatte ich versucht, ihm zu erklären, dass es Dinge in meinem Leben gab, mit denen ich allein fertig werden musste.

»Für Merle gilt das offensichtlich nicht«, stellte er nun fest.

»Merle ist schon so lange meine Freundin und wir haben so vieles miteinander ausgestanden. Sie ist … ein Teil von mir.«

»Ach so …«

»Ach so. Was soll das heißen, ach so?«

»Dass ich etwas begriffen habe.«

»Nämlich?«

»Muss ich dir das wirklich erklären?«

Nein. Musste er nicht. Es gab Wahrheiten, die man nicht aussprechen konnte, ohne den andern zu verletzen. Daran hätte ich denken müssen.

»Du bist mir doch auch wichtig, Luke. Du bist auch ... ein Teil von mir.«

»Du scheinst aus ziemlich vielen Teilen zu bestehen.«

Ich ging auf seinen Sarkasmus nicht ein.

»Genau. Und alle zusammen machen mich zu einem Ganzen. Sobald eines der Teile fehlt, gerate ich aus dem Gleichgewicht.«

Ich konnte erkennen, wie der Ärger langsam aus seinem Gesicht verschwand. Und hoffte, er würde jetzt nicht fragen, ob alle Teile gleich groß seien.

»Manchmal«, sagte ich, »habe ich das Gefühl, mit dir zu verschmelzen. Das macht mich überglücklich, aber es macht mir auch Angst. Was bleibt dann von mir? Was bleibt von dir? Was passiert, wenn man sich selbst dabei verliert?«

»Über so was denkst du nach?«

»Du nicht?«

»Ich habe eine andere Vergangenheit als du. Nichts war sicher. Um alles musste ich kämpfen. Nur um dich nicht. Du bist so etwas wie ... mein Hafen.«

Im nächsten Augenblick lagen wir uns in den Armen.

»Und deshalb habe ich eine Scheißangst davor, dass dir etwas zustoßen könnte«, flüsterte er mir ins Ohr. »Und dieser Brief ...«

»Ist nur ein Brief.«

»Du wirst den Mann wiedersehen, der dich ermorden wollte.«

*Und den du geliebt hast*, flüsterte etwas in mir.

»Ich werde nicht allein mit ihm sein.«

»Solche Menschen können dich verletzen, ohne Hand an dich zu legen.«

»Ich wappne mich.«

»Womit?«

»Mit den Teilen, die mich ausmachen. Mit dir, mit Merle, mit Mike. Mit allen Menschen, die mir etwas bedeuten. Verstehst du, was ich meine?«

Er küsste mich.

Für einen Moment zogen sich alle Probleme zurück. Ich war einfach glücklich.

Und ganz.

*

Bert entdeckte sie schon von Weitem. Er fuhr bis zu dem Feld, auf dem sie arbeiteten, und parkte seinen Wagen hinter den zahlreichen achtlos abgelegten Fahrrädern und dem Dixi-Klo.

Er beobachtete, wie die Erdbeerpflücker die geernteten Früchte in Schalen füllten und diese in flache Kisten setzten, die sie zu einem Anhänger trugen, wo einer der Saisonarbeiter sie annahm und aufeinanderstapelte.

Heute lieferten sie ihre Ausbeute im Laufschritt ab. Das taten sie immer dann, wenn eine Sorte mit besonders großen Früchten geerntet wurde. Da sich der Lohn nach der Anzahl der gefüllten Schalen richtete, konnten sie damit ihren Verdienst deutlich erhöhen.

Kein geeigneter Zeitpunkt, um sie zu befragen. Vor allem in Berts spezieller Situation nicht. Er führte keine Ermittlung durch und hatte nicht das Recht, überhaupt irgendjemanden zu befragen. Besser, er wartete, bis sie eine Pause einlegten.

Er erkundigte sich bei dem Mann, der den Anhänger befüllte, wann das sein würde, und erfuhr, dass bei dieser Hitze eine großzügige Mittagspause eingelegt wurde. Tatsächlich verließen bereits die ersten Männer und Frauen das Feld und gingen zu den Fahrrädern.

Bert reichte dem Arbeiter auf dem Anhänger die Namensliste und bat ihn, den betreffenden Erdbeerpflückern Bescheid zu geben, dass er sie kurz sprechen wollte.

Sofort verhielt der Mann sich zugeknöpft. Er nickte nur und bat einen Kollegen, ihn kurz zu vertreten. Dann sprach er einige Männer und Frauen an, die sich zu Bert umdrehten und ihn misstrauisch beäugten, bevor sie sich wieder über die Pflanzen beugten und mit ihrer Arbeit fortfuhren.

Der Erste meldete sich etwa zehn Minuten später. Bert fragte ihn nach Georg Taban, doch der Mann schüttelte den Kopf. Er konnte offenbar mit dem Namen nichts anfangen und war sich auch bei dem Fotoausdruck, den Bert ihm zeigte, nicht sicher.

Bert hatte den Ausdruck in seinen Unterlagen gefunden. Er war von mangelhafter Qualität, jedoch deutlich genug, um Georg Taban zweifelsfrei darauf erkennen zu können.

»Erinnere nicht«, murmelte der Mann, nahm das Tuch ab, mit dem er seinen Kopf vor der Hitze geschützt hatte, hob sein Fahrrad auf und fuhr in Richtung Dorf.

Bert versah seinen Namen auf der Liste mit einem kurzen Kommentar und wandte sich der jungen Frau zu, die als Nächste zu ihm trat. Sie wirkte gleichzeitig eingeschüchtert und selbstbewusst. Eingeschüchtert durch das plötzliche Auftauchen eines Polizisten, selbstbewusst wegen ihrer Schönheit, in der die Hitze dieses Morgens glühte.

Auch sie wusste nichts mit dem Namen und dem Foto anzufangen, betrachtete das Bild dafür jedoch ein wenig zu lange, wie Bert fand.

»Er hat vor drei Jahren hier gearbeitet«, sagte er. »Genau wie Sie.«

Sie runzelte die Stirn, schüttelte dann den Kopf.

»Weiß nicht. Lange her.«

»Er hat zwei junge Frauen getötet.«

Sie zog die Schultern zusammen und verschränkte die schlanken Arme vor der Brust.

Bert hatte sich damals nicht mit allen Erdbeerpflückern und Erdbeerpflückerinnen unterhalten, sondern hauptsächlich mit denen, die bereits bei den Vorarbeiten im Frühjahr hier beschäftigt gewesen waren.

Wie Georg Taban.

In einer kleineren Gruppe kam man sich näher und erfuhr mehr vom andern.

Es war unmöglich, dass diese Frau und ihr Kollege sich nicht erinnerten. Die Morde waren Gesprächsstoff in der gesamten Bevölkerung gewesen und erst recht unter den Saisonarbeitern.

Der sogenannte *Halskettenmörder* war monatelang das Schreckgespenst der Gegend gewesen. Sämtliche Medien hatten sich auf den Fall gestürzt. Und das sollte man drei Jahre später vergessen haben?

Sie mauerten, und Bert hatte in seiner derzeitigen Situation keine Möglichkeit, sie unter Druck zu setzen. Er schluckte seinen Ärger hinunter, denn er konnte verstehen, dass sie keinerlei Interesse daran hatten, der Polizei bei ihren Ermittlungen zu helfen. Sie arbeiteten in einem Land, das ihnen einen Hungerlohn für ihre Schufterei zahlte. Wieso sollten sie sich diesem Land in irgendeiner Weise verpflichtet fühlen?

Der nächste Erdbeerpflücker behauptete, nie ein persönliches Wort mit Georg Taban gewechselt zu haben, ebenso wie zwei weitere, die Mühe hatten, sich überhaupt an ihn zu erinnern.

Die Sprache war schon damals eine Barriere gewesen, und diesmal war niemand in der Lage oder gewillt, aus dem Rumänischen oder Polnischen zu übersetzen. Was bei den früheren Ermittlungen zwar mit Händen und Füßen und ziemlich holprig vonstattengegangen war, aber im Großen und Ganzen doch recht gut funktioniert hatte.

Gleißend stand die Sonne am Himmel. Bert hatte sich in den Schatten des Anhängers zurückgezogen. In feinen Rinnsalen lief ihm der Schweiß den Rücken hinunter.

»Warum schweigen Sie?«, fragte er einen jungen Mann, der mit seinem tiefroten Tuch über den langen Haaren und den dunklen Schatten um die Augen aussah wie der Zwillingsbruder von Jack Sparrow. »Wovor haben Sie Angst?«

»Ich hab keine Angst.«

Der Mann war einer der wenigen deutschen Erdbeerpflücker. Er hatte einen alten Sonnenbrand auf der Nase, die sich schälte, und trug trotz der Hitze lange Hosen und ein langärmliges Hemd.

»An was erinnern Sie sich?«, hakte Bert noch einmal nach.

Die Antwort kam schleppend.

»An einen Einzelgänger, dem keiner gern zu nah kam.«

»Einen Einzelgänger«, wiederholte Bert und wandte den Blick nicht von den Augen des Mannes ab. »Und weiter?«

»Nichts weiter. Der hat nicht in den Unterkünften geschlafen wie wir andern. Der hat in einer Pension gewohnt.«

Damit erzählte er Bert nichts Neues, aber zumindest redete er.

»Bei der Arbeit haben sich alle von ihm ferngehalten. Der hatte eine Art, einen anzugucken, die lud nicht gerade dazu ein, ihn kennenlernen zu wollen.«

»Sie empfanden ihn als bedrohlich?«

»Das nicht gerade, aber man will hier nur eins: seine Ruhe haben und möglichst viel Knete machen. Keiner hat Interesse daran, in eine Schlägerei oder irgend so 'n Psychoding verwickelt zu werden.«

»Ein Psychoding?«

»Na ja. Dass der einen an der Klatsche hatte, war doch eindeutig.«

»Inwiefern?«

Der Mann nahm das Tuch ab und wischte sich damit die glänzende Stirn. Offen reichte ihm das schwarze Haar bis zu den Schultern.

»Sie haben ihn doch selbst damals in den Knast gebracht«, ereiferte er sich. »Sie wissen doch, was für ein perverses Schwein das war.«

»Das ist Ihnen damals aufgefallen?«

»Natürlich nicht so konkret. Aber man merkt doch, wenn sich einer komisch verhält.«

»Das hat er getan? Sich komisch verhalten?«

»Sämtliche Frauen waren hinter ihm her, aber er ist

auf keine angesprungen. Trotzdem haben sie nicht aufgegeben. Sie haben ihn angeschmachtet, haben versucht, seine Aufmerksamkeit zu erregen, hatten nur Augen für ihn. Und was macht der Typ? Bringt sie allein mit seinen Blicken dazu, sich zurückzuziehen. Als wären sie Raubkatzen und er der Dompteur.«

Ein eigenartiges Bild, dachte Bert.

»Ich hab zuerst gedacht, er wär irgendwie schwul oder so, aber zwischen ihm und den Frauen war immer irgendwas, das ... in der Schwebe blieb. Eine irgendwie aufgeheizte Stimmung.«

Ein bisschen viel *irgendwie* und *irgendwas*, dachte Bert, doch es war klar, was der Mann ausdrücken wollte. Georg Taban hatte über eine enorme Anziehungskraft verfügt, aber er hatte niemandem erlaubt, sich ihm zu nähern.

Es hatte Ausnahmen gegeben.

Malle Klestof.

Die grausam ermordeten jungen Frauen.

*Und Jette.*

Jede Frau, die von Georg Taban ausgewählt worden war, hatte dieses Privileg mit dem Leben bezahlt.

Bis auf Jette, der es im letzten Moment gelungen war zu entkommen.

Eine Katastrophe für Georg Taban. Wie kam er damit klar?

Alles in Bert sagte ihm, dass er auf dem richtigen Weg war. Er hatte bloß nicht die leiseste Ahnung, wie er weiter vorgehen sollte.

Er führte die Befragungen fort, ohne etwas in Erfahrung zu bringen.

Malle Klestof war nicht unter denen, die sich bei ihm

meldeten. Als er sich nach ihm erkundigte, sagte ihm der Mann, der die Arbeiten hier zu koordinieren schien, er sei früher in die Pause gegangen, weil ihm die Hitze zugesetzt habe.

Das war aussagekräftiger als jede Antwort, die er Bert hätte geben können.

# 21

Gleich als ich den Brief aus dem Kasten nahm, wusste ich, um was es sich handelte. Dünner Umschlag, graues Umweltschutzpapier und dann der Absender: *Justizvollzugsanstalt Bernsberg.*

Ich war so nervös, dass ich mich auf die Treppenstufen setzte und eine Weile so sitzen blieb, ohne den Mut zu finden, den Umschlag zu öffnen.

Luke war noch zu Hause. Wir hatten beide vor, heute in der Uni zu arbeiten.

»Hey«, sagte er und klimperte mit seinen Schlüsseln. »Bist du fertig?«

Sooft es möglich war, fuhren wir zusammen nach Köln. Diesmal sollte Lukes Auto das Taxi sein.

Er merkte mir sofort an, dass etwas nicht stimmte, und setzte sich zu mir.

»Schlechte Nachrichten?«

Es war Montag Morgen. Erst letzten Dienstag hatte ich meine Bitte um eine Besuchserlaubnis abgeschickt und mich auf eine Wartezeit von mindestens zwei Wochen eingestellt. In der Zwischenzeit war es ruhig gewesen. Keine Zwischenfälle, nichts.

Es fiel mir schwer, der Ruhe zu trauen.

Ich hielt den Brief hoch. Immer noch ungeöffnet.

Luke begriff.

»Soll ich ihn für dich aufmachen?«

Ich schüttelte den Kopf. Es ging nicht ums Öffnen. Es ging um das, was der Umschlag enthielt. Es war egal, ob ich es mit eigenen Augen sah oder ob Luke es mir vorlas.

Plötzlich merkte ich, dass ich jetzt gern allein gewesen wäre. Allein mit dem Brief und allein mit mir selbst. Ich wollte nicht beruhigt und nicht getröstet werden. Ich wollte meinen Gespenstern allein ins Gesicht blicken.

»Fahr ruhig«, sagte ich. »Ich arbeite heute doch lieber zu Hause.«

»Kommt nicht infrage. Ich werde dich doch in so einer Situation nicht …«

Glücklicherweise spürte Luke, dass er den Rückwärtsgang einlegen musste.

»Okay«, sagte er und stand auf. »Wenn du sicher bist, dass du meine Unterstützung nicht brauchst …«

Mit jedem Wort machte er mir mehr Druck. Ich fühlte mich schuldig, weil ich ihn wegschickte, schuldig, weil ich ihm damit wehtat, schuldig, weil ich mich nicht schuldig fühlen wollte. Aber ich konnte es ihm nicht erklären. Ich verstand es ja selbst nicht.

Nachdem er mit quietschenden Reifen davongerast war, gab ich mir einen Ruck und riss den Umschlag auf. Ich zerfetzte ihn förmlich und faltete das Schreiben hektisch auseinander.

Ich weiß nicht, was ich erwartet hatte. Vielleicht war ich darauf gefasst gewesen, von seiner Handschrift überwältigt zu werden. Doch da war nur die sachliche

Besuchserlaubnis, auf der neben meinem Namen Datum und Uhrzeit des Besuchstermins vermerkt waren.

*Schon übermorgen.*

Man bat mich, die Besuchserlaubnis und einen gültigen Personalausweis oder Reisepass mitzubringen.

Übermorgen …

Obwohl ich gehofft hatte, dass es schnell gehen würde, fühlte ich mich überrumpelt. Ich war nicht im Geringsten auf das vorbereitet, was ich da in Bewegung gesetzt hatte.

Besuch hörte sich so harmlos nach Kaffee und Kuchen und freundlichem Plaudern an. Nichts davon würde sich bewahrheiten. Es würde weder Kaffee noch Kuchen geben. Wir würden einander bloß gegenübersitzen …

Die Vorstellung war mir mit einem Mal unerträglich.

Wie konnte ich mit ihm an einem Tisch sitzen? Mich an seine Lügen erinnern. An die Liebe in seinen Augen. Den Hass. An seine unendliche Zärtlichkeit. Seine Brutalität. Daran, wie er eine kleine Ewigkeit lang alles für mich gewesen war.

*Er hatte Caro getötet.*

Damals hatte ich das nicht gewusst. Doch heute wusste ich es.

Wie sollte ich ihn ansehen, ohne die Sprache zu verlieren? Wie sollte ich Worte in mir zusammenkratzen?

Um ihn *was* zu fragen?

Ich zog meine Laufschuhe an und rannte auf die Felder. Zum ersten Mal wieder. Mein Fußgelenk hatte sich während der Woche erholt. Der Bluterguss verblasste.

Diesmal nahm ich das Pfefferspray mit. Und wählte eine andere Strecke. Vorsichtshalber.

Die Hitze raubte mir fast den Atem. Meine Beine fühlten sich schwer und träge an. Ich hatte das Gefühl, mich in klebrigem Sirup fortzubewegen.

Übermorgen. Und ich hatte keinen Plan, keine Vorstellung davon, was ich sagen oder fragen sollte.

Die Besuchszeit war auf eine Stunde angesetzt. Eine unvorstellbar lange Zeit für die Begegnung mit dem Mann, der sich von meiner großen Liebe in einen grausamen Mörder verwandelt hatte.

Würde ich es ertragen, seine Stimme zu hören? Was würde sie in mir auslösen?

Angst?

Grauen?

Ekel?

Oder würde sie mir wieder unter die Haut gehen, ohne dass ich mich dagegen wehren konnte? Besaß er noch Macht über mich? War das möglich? War ich deshalb zu keinem klaren Gedanken fähig?

Ich lief und lief.

Niemand begegnete mir.

Diese Felder waren offenbar am frühen Morgen abgeerntet worden. Es duftete nach Erdbeeren, und an der Stelle, an der der Anhänger gestanden haben musste, lagen zermatschte Früchte auf dem Asphalt verstreut.

Er war einer von ihnen gewesen.

Ein Erdbeerpflücker.

Nicht weit von hier hatte er Tag für Tag bei jedem Wetter geschuftet – und dennoch keine leichtere Arbeit gewollt. Weil sie ihm Freiheit gab.

Das war das Wichtigste für ihn gewesen. Freiheit.

Wie kam er im Gefängnis zurecht?

Eingeschlossen. Umgeben von Mauern und Stacheldraht. Bewacht wie ein gefährliches Tier. Was empfand er, wenn er in den Himmel schaute und das Blau sah oder das Weiß der Wolken? Was fühlte er, wenn er beim Hofgang den Wind auf dem Gesicht spürte, Sonne, Regen oder Schnee?

Er bezahlte für seine Schuld. Jeden Tag, jede Stunde, jede Minute und jede Sekunde. War es nicht an der Zeit, ihm zu verzeihen?

Mein Kopf wusste das. Aber ich bestand nicht nur aus meinem Kopf. Ich wollte mich nicht mit der Frage nach dem Verzeihen beschäftigen, ebenso wenig wie mit der nach Rache.

*Ich wollte nur vergessen.*

Mein eigensinniger Kopf erklärte mir wieder einmal, dass Vergessen keine Lösung war, dass ich mich im Gegenteil an das erinnern musste, was ich bereits so lange zu verdrängen versuchte.

War das, was ich vorhatte, der Weg, mich verstehen zu lassen, was damals geschehen war und warum es hatte geschehen können? Wollte ich es denn verstehen?

Wie sollte ich verzeihen, solange ich um meine tote Freundin trauerte? Aus welchem Grund sollte ich ihrem Mörder überhaupt verzeihen?

Ich brauchte nicht Tilo danach zu fragen. Ich studierte Psychologie. Ich wusste es selbst. Erst wenn ich fähig war, in dem Chaos meiner Gefühle aufzuräumen, konnte ich dem Menschen wieder ähnlich werden, der ich einmal gewesen war.

Und vielleicht verzeihen.

Im Grunde sehnte ich mich danach loszulassen. Nachts wieder entspannt und ohne Angst vor schlimmen Träumen zu schlafen. Ich wollte mich wieder öffnen können, ohne zu befürchten, dass jemand mir einen Dolchstoß verpasste.

Vertrauen.

Das wollte ich gern wieder lernen.

Aber wie, wenn ich plötzlich nicht mal mehr seinen Namen aussprechen konnte?

Ich legte einen Sprint ein, bis ich keine Luft mehr bekam. Sackte am Wegrand zusammen und heulte, bis keine Tränen mehr kamen.

*

Sie musste die Besuchserlaubnis mittlerweile erhalten haben. Georgs Gedanken und Gefühle drohten außer Kontrolle zu geraten. Ihm war heiß, als hätte er Fieber, dann wieder wurde ihm so kalt, dass er anfing zu zittern.

Er war froh darüber, dass die Arbeit in der Bücherei im Augenblick wenig anspruchsvoll war. Die neuen Bücher mussten mit Schutzfolie versehen werden. Eine rein mechanische Tätigkeit, die seinen Gedanken genügend Raum ließ.

Wie oft er sich schon gefragt hatte, warum Jette ihn besuchen wollte.

Er fand keine Antwort darauf.

Hatte sie ihn nicht vergessen können? Hatte sie begriffen, dass sie selbst es gewesen war, die ihre Liebe zerstört hatte?

Er sehnte sich nach seinem Hass zurück, denn der hatte ihm die Zeit hier erträglich gemacht. Es hatte ihn am Leben gehalten, seine Rache zu planen. Es hatte seine Fantasie beflügelt und seinen Verstand.

Einen großen Teil seines Geldes hatte er in dieses Projekt gesteckt und nun geriet das Gerüst seiner Planung ins Wanken.

Seine Gefühle für Jette flammten wieder auf.

Wie war das möglich? Was war das Besondere an diesem Mädchen? Was unterschied sie von andern?

Als wüsste er das nicht!

Es war ... alles. Wie sie ihn ansah. Ihm zuhörte. Die Anmut, mit der sie sich bewegte. Der Klang ihrer Stimme. Ihre Unbestechlichkeit. Die Unschuld ihrer Gedanken und Gefühle. Ihr bewundernswerter Mut. Der helle Glanz ihres Haars.

Er hätte ihre Vorzüge bis in alle Ewigkeit weiter aufzählen können, doch das Allerwichtigste war die Unbedingtheit ihrer Liebe zu ihm.

Sie hatte ihn gewollt, ohne Wenn und Aber. War bereit gewesen, ihr gewohntes Leben für ihn aufzugeben, um seinen Traum mit ihm zu leben.

*»Und wir hätten Kinder«*, hatte er einmal gesagt. Das war gegen Ende gewesen, kurz bevor sein Leben in Scherben gesprungen war. *»Zwei Jungen und zwei Mädchen.«*

*»Und die Jungen sähen aus wie du«*, hatte sie geantwortet, zärtlich und voller Freude. *»Sie hätten deine Nase und deine Augen.«*

*»Und die Mädchen hätten deine Lippen, dein Haar und dein Lachen.«*

*»Natürlich hätten wir auch einen Hund«*, hatte sie hinzugefügt. *»Einen lieben, kein bisschen gefährlichen Wuschelhund. Und Katzen auf dem Sofa und auf den Fensterbänken.«*

*»Und du wärst meine Frau für immer und ewig.«*

*»Und ich würde dich liebenliebenlieben.«*

Er hatte noch jedes Wort im Kopf. Jedes einzelne Wort.

Und dann war es nur Spaß für sie gewesen. Sie hatte es für ein Spiel gehalten.

*Wenn ich eine Blume wär, wenn ich ein Fluss wär, wenn wir uns liebten …*

Da hatte das Ende längst begonnen.

*

Am Freitag nach der Schule hatte Margot die Kinder gebracht und sie am Sonntag nach dem Frühstück wieder abgeholt. Bert hatte sie beide Male hereingebeten, doch sie hatte abgelehnt. Sie weigerte sich konsequent, seine Wohnung zu betreten und mehr als das Nötigste mit ihm zu reden.

Dabei wollte er endlich mit ihr über eine faire Besuchsregelung sprechen. Margot benutzte die Kinder, um Macht über ihn auszuüben. Sie brachte sie vorbei oder hielt sie zurück, wie es ihr gerade passte. Oft sagte sie auch zu und kurz vor dem vereinbarten Termin wieder ab.

Die Kinder hatten sich in den vergangenen Monaten verändert. Finn war erschreckend aggressiv geworden, während die früher so fröhliche Lara oft weinte und immer häufiger stotterte.

Bert nahm die Schuld auf sich.

Er hatte die Familie verlassen. Seinetwegen war Margot zu einer unglücklichen Frau geworden, die ihre Kinder dazu missbrauchte, mit ihm abzurechnen.

Da konnte Isa ihm hundert Mal auseinandersetzen, dass er sich irrte. Dass sich in Margot nichts zeigen konnte, was nicht von Anfang an in ihrem Charakter vorhanden gewesen war.

»Sei für die Kinder da, wenn du sie siehst«, sagte Isa, sooft sie sich darüber unterhielten. »Schenk ihnen Zeit und Liebe. Das ist alles, was sie brauchen.«

Er hatte versucht, Margot zu überzeugen, Laras Stottern ernst zu nehmen. Ohne Erfolg. In Margots Welt suchte man sich keine Hilfe. Man half sich selbst.

Diesmal war er mit den Kindern in den Zoo gegangen. Sie hatten den ganzen Samstagnachmittag dort verbracht. Ihre Augen hatten geleuchtet und Lara hatte kein einziges Mal gestottert.

Bert hatte die Zeit mit den Kindern genossen. Er liebte es, wie früher Spiele mit ihnen zu machen, Filme anzugucken und zusammen zu kochen, und als die Kinder nach dem Frühstück wieder abgeholt worden waren, hätte er am liebsten geheult.

Stattdessen war er zu Rick gefahren, um den Sonntag mit ihm zu verquatschen und ihn am Abend zum Essen einzuladen. Was sich überdies als günstige Gelegenheit erwies, die Fakten zum Fall Jette vor dem Freund auszubreiten.

»Es gibt keinen Fall«, hatte Rick gesagt. »Vergiss das nicht.«

Trotzdem war er nach kurzer Zeit in Berts Überlegungen eingetaucht, und es war gewesen wie in alten Zeiten, als sie stundenlang gemeinsam über einem Fall gebrütet hatten.

»Ich brauche ein paar Infos zu Malle Klestof«, hatte Bert gesagt und Ricks skeptischen Blick ignoriert. »Ich will nur wissen, ob er sich in den vergangenen Jahren etwas hat zuschulden kommen lassen.«

Rick hatte keine große Sache daraus gemacht. Er hatte nur genickt und versprochen, sich darum zu kümmern.

Am Montagmorgen machte Bert sich nach einem ausgiebigen Frühstück auf den Weg nach Birkenweiler. Kurz zuvor hatte Rick ihm mitgeteilt, dass gegen Malle Klestof nichts vorlag.

Bert wollte Jettes Nachbarn einen Besuch abstatten. Auf dem Land war es in mancherlei Hinsicht nicht viel anders als in der Stadt – die alten Leute saßen gern am Fenster oder im Garten und hingen ihren Gedanken nach.

Einer von ihnen hatte vielleicht eine Beobachtung gemacht, die Bert weiterbringen würde. Doch vorher wollte er noch bei Jette vorbeischauen.

Sie war allein. Und sie war aufgeregt. An ihrem Hals hatten sich rote Flecken gebildet.

Als sie ihn in die Küche führte, die in dieser WG der Lebensmittelpunkt zu sein schien, hob sie rasch einen Brief von dem großen Esstisch auf. Sie schob ihn in eine Zeitschrift und legte diese auf der Arbeitsplatte ab.

*Psychologie Heute.*

Bert fragte sich, ob ihr Studium ihr wohl half, das Leben zu verstehen. Doch mehr noch hätte ihn dieser Brief interessiert, den sie vor seinem Blick in Sicherheit gebracht hatte.

»Nicht in die Uni heute?«, fragte er.

»Nein.« Sie schüttelte den Kopf. »Bei dieser Hitze bereite ich mich lieber zu Hause auf die Prüfungen vor.«

Bert bewunderte ihre Zielstrebigkeit. Die wenigsten hätten es in ihrer Lage fertiggebracht, sich aufs Lernen zu konzentrieren.

Sie bot ihm einen Kaffee an, den er nicht ablehnte. Sie selbst machte sich auch einen. Nach dem ersten Schluck erkundigte Bert sich nach den Nachbarn.

»Die Nachbarn?«

Erstaunt sah sie ihn an.

»Irgendwer könnte etwas bemerkt haben.«

»Neugierig«, sagte sie mit einem kleinen Lächeln, »sind sie alle.«

»Wie kommen sie denn mit Ihrer WG zurecht?«, erkundigte sich Bert.

»Sie finden uns ziemlich exotisch, glaub ich, haben sich aber schnell an uns gewöhnt. Ob sie hinter unserem Rücken tratschen, weiß ich nicht, aber sie sind sehr hilfsbereit. Geben uns Tipps für die Gartenarbeit und in allen möglichen praktischen Angelegenheiten und fallen nur Mike manchmal auf die Nerven, weil sie bei handwerklichen Themen alles besser wissen wollen.«

Bert merkte, wie sie sich entspannte.

»Gibt es Neuigkeiten?«, fragte er.

»Nein.«

Bert war sich sicher, dass sie etwas verheimlichte, und er wäre jede Wette darauf eingegangen, dass es der versteckte Brief war.

»Keine neue Nachricht?«, hakte er nach.

Jette gehörte zu den hellhäutigen Menschen, denen man die Emotionen an der Haut ablesen konnte, weil sie leicht erröteten. Genau das passierte jetzt. Ein rosiger Hauch überzog ihre Wangen.

»Nein.«

Einsilbigkeit konnte genauso aussagekräftig sein wie weitschweifende Erklärungen oder wortreiches Leugnen. Jettes Blick flog zu der Zeitschrift auf der Anrichte und kehrte sofort zurück.

»Sie haben mir gar nichts zu sagen?«

Unschuldig sah sie ihm in die Augen.

»Was denn?«

»Ich kann Ihnen nur helfen, wenn Sie offen zu mir sind.«

»Das weiß ich doch und ich bin Ihnen auch sehr dankbar.«

Er glaubte ihr kein Wort. Trank seinen Kaffee, wechselte noch ein paar unverfängliche Worte mit ihr und verabschiedete sich.

Die letzte Nachricht hatte Jette vor einer Woche in der Pizzeria erhalten. An diesem Tag war sie auch beim Joggen verfolgt worden.

Aus welchem Grund sollte der Täter plötzlich eine Pause einlegen? War ihm etwas dazwischengekommen? War er krank oder musste er verreisen? Hatte er die Lust an seinem Spiel verloren?

Oder wollte er Jette nur in Sicherheit wiegen, bevor er erneut losschlug? Eine arglose Frau war ein leichteres Opfer als eine, die bloß auf den nächsten Angriff wartete.

Aber was hatte Jette dann so aufgeregt?

Der Brief, da war er sich ganz sicher.

Er schüttelte die Gedanken ab und betrat den nächstliegenden Hof.

# 22

In der Mittagspause trug Georg sein Tablett zu dem Tisch, an dem Janus saß. Er setzte sich ihm gegenüber und fing an zu essen, als hätte er keinerlei Interesse an einer Unterhaltung.

Janus aß weiter, scheinbar ohne von ihm Notiz zu nehmen.

Die Verpflegung war recht gut. Es gab eine Normalkost, eine vegetarische und eine religiöse Kost, jede einzelne mit Wahlmöglichkeit. Daneben konnte der Arzt bei gesundheitlichen Beschwerden auch Schonkost verordnen, und es war kein Problem, lactose- oder glutenfreies Essen zu bekommen.

Manche Häftlinge ernährten sich hier deutlich besser, als sie es jemals draußen getan hatten. Georg vermutete, dass auch Janus zu ihnen gehörte. Dennoch fand der Mann ständig einen Grund zum Nörgeln.

»Scheißfraß«, brummte er vor sich hin und stocherte lustlos mit der Gabel im Reis herum. »Was willst du?«

»Wie weit bist du, Janus?«

»Warum auf einmal so eilig?«

»Meine Sache.«

»Meinetwegen kann es jederzeit losgehn. Mit ein paar Abstrichen.«

»Abstriche?«

»Unerhebliche.«

»Du bist sicher, dass ich mich auf dich verlassen kann, Janus?«

»Kann *ich* mich auf *dich* verlassen?«

Bis zu einem bestimmten Punkt mussten sie sich gegenseitig vertrauen. Bis zu einem gewissen Punkt saßen sie im selben Boot. Es kotzte Georg an.

»Das weißt du.«

»Weiß ich das?«

Janus hob den Blick. Das Blau seiner Augen war noch intensiver als sonst.

Georg nickte. Unmerklich. Aber Janus nahm es wahr.

»Sag mir einen Tag vorher Bescheid, dann ist alles vorbereitet.«

Er spießte mit seiner Gabel einzelne Erbsen auf und gab sich dabei wenig Mühe, vorsichtig zu sein. Zwei Erbsen hüpften ihm vom Teller und rollten über den Tisch wie winzige grüne Bowlingkugeln. Er zerquetschte sie mit seinem krummen Zeigefinger, den er danach ablutschte wie ein Kind.

Keine Fragen.

Das hatten sie abgemacht. Nichts wissen, was man später gegen sie selbst oder den andern verwenden konnte. Falls irgendwas schieflaufen sollte.

Georg schloss für einen Moment die Augen. Es durfte nichts schieflaufen und es würde nichts schieflaufen. Diese Möglichkeit durfte er nicht einmal in Erwägung ziehen.

Den Rest der Mahlzeit verbrachten sie schweigend.

Einer, der aussah wie ein Preisboxer, setzte sich zu ihnen an den Tisch, ein Neuer, der noch nicht wusste, wie das Beziehungsgeflecht hier im Knast gesponnen war.

Sie würdigten ihn keines Blickes und er sprach sie nicht an. Georg prägte sich sein Gesicht nicht ein, denn er würde es nicht mehr oft zu sehen bekommen.

*

Merle teilte Ann und Robbie mit, dass sie den Mittwoch freinehmen würde.

»Hast du was Schönes vor?«, erkundigte sich Ann.

Merle mochte gar nicht daran denken.

»Ich versuche, Jette moralisch zu unterstützen.«

»Oh …«

Ann bohrte nicht weiter. Sie hatte ein feines Gespür für Untertöne und respektierte es, wenn man nicht reden wollte.

»Ihr kommt doch ohne mich zurecht?«, fragte Merle.

»Klar«, antworteten beide wie aus einem Mund. »Mach dir keine Sorgen.«

Keine Sorgen, dachte Merle. Wenn ihr wüsstet.

Zumindest war das Tierheim am Mittwoch geschlossen. Das bedeutete, dass der Arbeitsaufwand für Robbie und Ann überschaubar war.

Nachdem Jette heute Morgen angerufen hatte, konnte Merle sich auf nichts anderes mehr konzentrieren. Ja, sie hatte von Jettes Brief gewusst. Aber sie hatte gehofft, dass Georg nicht reagieren und die Sache im Sande verlaufen würde.

Wieso wollte er sie sehen?

Aus Liebe doch bestimmt nicht. Immerhin war Jette der Grund für seine Verurteilung gewesen. Hätte sie es nicht geschafft, ihm zu entkommen, wäre er wahrscheinlich nicht verhaftet worden.

Und Jette wäre nicht mehr am Leben.

Wie Caro.

Merle kramte in der Schreibtischschublade nach den Taschentüchern. Nachdem sie die Freundin beerdigt hatten, waren sie durch die Hölle gegangen. Seitdem hatte sie alles getan, um den Namen Georg Taban aus ihrem Gedächtnis zu streichen.

Doch um das zu erreichen, hätte sie auch Caro vergessen müssen. Sobald sie an ihre tote Freundin dachte, kamen automatisch die Gedanken an ihren Mörder in ihr hoch. Beide waren untrennbar miteinander verbunden.

Das war eine schreiende Ungerechtigkeit. Hatte der Mann Caro nicht genug angetan? Konnte man sich nicht von ihm befreien, ohne gleichzeitig die Erinnerung an Caro auszulöschen?

*Warum hatte er Jettes Besuch zugestimmt?*

Die Frage ließ Merle nicht los. Sie konnte sich nicht vorstellen, dass Georg etwas für einen andern tat, erst recht nicht für Jette, die ihn ans Messer geliefert hatte. Sie war sich sicher, dass er eine Absicht verfolgte.

Falls die Vorfälle der vergangenen Tage wirklich auf sein Konto gingen, dann wollte er Rache. Dann musste sein Hass gigantisch sein.

Wollte er Jette sehen, um ihr das ins Gesicht zu sagen? Was hatte er davon? Die Genugtuung, ihre Angst zu sehen, wenn er ihr seinen Hass entgegenschleuderte?

Er würde ihr gegenübersitzen und höhnisch die Lippen verziehen. Merle konnte es vor sich sehen. Sie konnte seine Kälte spüren und seine Unerbittlichkeit.

Wie schnell würde der Wachmann der JVA reagieren

können, wenn Georg sich vorbeugte und Jette packte? Er könnte ein Werkzeug in den Besuchsraum einschmuggeln. Ein kleines Messer. Eine Scherbe.

Sagte man nicht, Psychopathen seien hochintelligent? Meister der Täuschung und Manipulation? Was war da eine Glasscherbe, die man an einem Beamten vorbeischleusen musste?

Merle, Jette und Caro hatten sich an ihren gemütlichen Videoabenden Dutzende von Filmen reingezogen, in denen genau gezeigt wurde, wie so etwas ging.

*Und wenn er Jette als Geisel nahm?*

»Scheiße«, murmelte Merle. »Scheiße, Scheiße.«

Sie konnte Jette nicht von ihrem verrückten Vorhaben abbringen. Sie konnte sie nur begleiten. Es war nicht viel, aber es war besser als nichts.

*

Bert hatte Arno Kalmer angerufen, um einen weiteren Termin zu vereinbaren.

»Vor allem möchte ich Malle Klestof sprechen«, hatte er gesagt.

Weiter war er nicht gekommen.

»Ich habe gehört, Sie arbeiten mittlerweile in Köln und sind überhaupt nicht mehr für diesen Bereich zuständig.«

Bert schwieg. Jedes Wort wäre jetzt das falsche gewesen.

»Und dann bringen Sie hier alles durcheinander und halten mich und meine Leute von der Arbeit ab.« Arno Kalmer schnaubte vor Wut. »Haben Sie eine Ahnung, was mich das kostet?«

Von der Auszeit schien er noch nichts zu wissen. Bert hatte nicht vor, ihn darüber aufzuklären.

»Einige Arbeiter sind tatsächlich abgereist, wie ich es prophezeit habe. Und wenn sich erst rumspricht, dass auf meinem Hof wieder ermittelt wird, dann gute Nacht.«

Bert gehörte zu den Menschen, denen häufig erst nach einer Auseinandersetzung einfiel, was sie hätten erwidern sollen. In diesem Augenblick fragte er sich vergeblich, wie er Arno Kalmer in ruhigeres Fahrwasser lotsen könnte.

Der tobte weiter.

»Ich hab mir überlegt, gegen Sie vorzugehen. Das ist Beamtenwillkür, und ich bin nicht bereit, mir das gefallen zu lassen.«

»Daran kann ich Sie nicht hindern«, entgegnete Bert ruhig.

Seltsamerweise wirkte das. Eine Weile sprach keiner von ihnen. Ab und zu knisterte es in der Verbindung.

»Warum das alles?«, fragte Arno Kalmer.

Mit dieser Frage überraschte er Bert.

»Sie erinnern sich, dass Georg Taban gefasst wurde, weil eines seiner Opfer entkam?«

»Sicher.«

»Jetzt wird diese junge Frau belästigt und verfolgt und ihren Freunden sind seltsame Unfälle zugestoßen.«

»Sie glauben …«

»Ich glaube gar nichts, Herr Kalmer. Ich ermittle nur in verschiedene Richtungen.«

»Und das ist Sache der Kölner Polizei? Lebt die junge Frau in Köln?«

»Nein. Sagen wir so: Noch gibt es keine Grundlage für intensive Ermittlungen.«

»Aha. Er muss sie erst halbtot prügeln, damit die Polizei eine Möglichkeit sieht, einzugreifen.«

Dazu äußerte Bert sich nicht.

»Und warum sehen Sie das anders?«, fragte Arno Kalmer.

»Sollte der Fall von damals mit den Geschehnissen von heute zu tun haben, kann ich die Gefahr nicht ignorieren. Es war mein Fall. Ich habe oft mit Georg Taban gesprochen. Ich habe gesehen, zu was er fähig ist.«

»Er sitzt im Knast.«

»Für manche Täter sind die Mauern nicht hoch genug.«

Arno Kalmer schwieg so lange, dass Bert schon glaubte, er sei aus dem Gespräch ausgestiegen.

»Okay«, sagte er dann. »Aber warten Sie ein, zwei Tage, bis Sie Klestof befragen. Die Wogen müssen sich erst glätten. Sonst ist der Mann schneller weg, als Sie sich vorstellen können.«

Arno Kalmer kannte seine Leute, deshalb beschloss Bert, auf ihn zu hören.

*

Nachdem ich ein paar Stunden gearbeitet hatte, setzte ich mich mit einem Eistee und meinem Notizbuch nach draußen. Ich besaß mehrere Notizbücher. Jedes war für einen anderen Zweck bestimmt.

Dieses hier war mein wertvollstes.

Caro hatte Gedichte geschrieben, was Merle und ich erst nach ihrem Tod herausgefunden hatten. Nachdem wir ihre Sachen von der Polizei zurückbekommen hatten (Caros Eltern und ihr Bruder wollten nichts davon haben), hatte ich einen Teil ihrer Gedichte in ein besonders schönes Notizbuch übertragen. Nur für mich.

Ab und zu, wenn ich mich stark genug fühlte, las ich darin. Heute fühlte ich mich absolut nicht stark, aber ich konnte dem Drang, das Buch aufzuschlagen, nicht widerstehen.

Schon beim ersten Wort war Caro da.

Das passierte oft und es erschreckte mich nicht. Es war sogar tröstlich zu wissen, dass sie nicht ganz verschwunden war.

*FREUNDIN*
*gegenüber*
*still*
*neben mir*
*nah*
*nicht worte unbedingt*
*hände vielleicht*

War es Zufall, dass ich ausgerechnet die Seite mit diesem Gedicht aufgeschlagen hatte? Natürlich. Aber ich hätte gern geglaubt, dass meine tote Freundin mich gelenkt hatte. Um mir zu zeigen, dass sie über mich wachte.

Es war gut, Caro zu spüren.

Doch dann kam, wie jedes Mal, das Entsetzen.

*hallo*
*schwarzer mann*
*gehörst der dunkelheit*
*nicht mir*
*hallo*
*liebster*
*du*
*tauch*
*mit mir*
*ins licht*

Die Härchen an meinen Unterarmen stellten sich auf. Mein Mund wurde trocken. Meine Augen brannten.

Caro hatte *ihn* beschrieben. *Er* war der schwarze Mann gewesen. Und ihr Liebster. Aber er war nicht mit ihr ins Licht getaucht. Stattdessen hatte er sie in die Dunkelheit gestoßen, als er sie tötete.

Und dann war er mein Liebster geworden, und ich hatte empfunden, was Caro empfunden haben musste, war nie wirklich zu ihm vorgedrungen, hatte nie begriffen, was in seinem Kopf auf der Lauer lag.

*Vergiss das nicht*, raunte etwas in mir. *Vergiss es nicht.*

Ich spürte Caro nicht mehr.

Der Zauber war vorüber.

Seufzend lehnte ich mich auf dem Stuhl zurück und sah Klecks dabei zu, wie er in einer hochgewachsenen Staude mit fedrigen Blättern und zarten gelben Blüten verschwand, um sich vor der grellen Nachmittagssonne zu schützen. Überall hatte er seine Verstecke. In diesem hier lag er besonders gern.

Im Augenblick ging es mir wie ihm. Am sichersten fühlte ich mich im Haus oder im abgeschirmten Innenhof. Obwohl das Gefühl von Geborgenheit Risse bekommen hatte.

Plötzlich zweifelte ich an meinem Vorhaben.

Sollte ich wirklich zur JVA fahren?

Ihm gegenübertreten?

Zu Merle hatte ich gesagt, ich würde die Wahrheit in seinen Augen erkennen. Wie konnte ich mir da so sicher sein? Ich hatte doch auch damals den Psychopathen in ihm nicht erkannt.

Seine Augen.

Vor ihnen fürchtete ich mich am meisten.

# 23

Jeff hatte seine Unruhe bemerkt. Sooft Georg zu ihm hinübersah, begegnete er seinem forschenden Blick.

Nie konnte man hier allein sein. Nur in den Nächten. Und wirklich allein war man selbst dann nicht. In jeder Minute war einem bewusst, dass man in einem Gebäude mit knapp fünfhundert Inhaftierten eingesperrt war.

Falls es eine Hölle gab, davon war Georg überzeugt, war sie für jeden eine andere. Für ihn war sie ein großer Raum voller Menschen und er mittendrin.

Da erregten sich die Leute über die zu laschen Haftbedingungen und hatten keine Ahnung, dass die wirkliche Grausamkeit einer Haft darin bestand, alles aufgeben zu müssen, was einen ausmachte. Teil einer Gemeinschaft zu werden, deren einzige Gemeinsamkeit darin bestand, Verbrechen begangen zu haben.

Georg war dankbar dafür, dass Jeff ihn nicht auf seine Nervosität ansprach. Er bekämpfte sie damit, dass er Schritt für Schritt noch einmal den Plan nachvollzog. Wobei er sich auf Zufälle einzustellen versuchte, die den Plan gefährden konnten.

Ein Gefängnisausbruch war nicht strafbar, denn er

entsprach dem natürlichen Freiheitsdrang des Menschen. Strafbar waren nur dabei entstehende neue Taten wie Gewalt gegen Vollzugsbeamte oder Beschädigungen der Haftanstalt oder Geiselnahmen auf der Flucht.

Uninteressant für ihn, denn wenn er es schaffte, hier rauszukommen, würde er sich niemals wieder festnehmen lassen.

Hin und wieder fragte er sich, wieso Janus seine vielfältigen Kontakte nicht für seine eigene Flucht nutzte. Selbst wenn das Pflaster draußen für ihn ziemlich heiß war.

Der Mann war ihm ein Rätsel. Allerdings übte das Rätsel nicht den Reiz aus, es lösen zu wollen. Deshalb nahm er Janus einfach so, wie er war. Er würde ihn bald wieder vergessen.

Es war eine zweite Bücherlieferung angekommen, die ebenfalls gesichtet, katalogisiert und eingearbeitet werden musste. Keine schwierige Arbeit, trotzdem konnte Georg sich nicht konzentrieren.

Er hasste es, nervös zu sein. Nicht zu wissen, was ihn erwartete.

Noch fünf Stunden, dann würde er Jette wiedersehen.

Schweigend hatte er während der Gerichtsverhandlung ertragen, dass man ihn als *Täter* bezeichnet hatte und die Frauen, die er getötet hatte, als *Opfer*.

*Liebender* hätten sie ihn stattdessen nennen müssen und die Frauen *Verräterinnen*. Denn so war es gewesen. Jede hatte ihm Unschuld vorgegaukelt, dabei war keine seiner Liebe würdig gewesen.

Und Jette?

War sie reumütig? Würde sie ihn um Verzeihung bitten?

In den Sitzungen mit Malika hatte er seine angebliche Schuld anerkannt. Nur bereitwillige Kooperation brachte im Knast die eine oder andere Vergünstigung mit sich. Wie zum Beispiel die Arbeit in der Gärtnerei. Und die in der Bibliothek.

Was wusste Malika schon über Schuld. Hatte sie überhaupt begriffen, dass es eine Welt jenseits ihrer Fachliteratur gab?

Die Zeiger der Wanduhr waren wie festgeklebt.

Jette …

Was würde er tun? Ihr vergeben? Sie bestrafen?

Oder es würde sein wie damals. Als wäre seither keine Zeit vergangen.

Es würde sich zeigen.

*

Mir war schlecht.

»Du musst was essen«, predigte Merle zum hundertsten Mal, und zum hundertsten Mal schüttelte ich den Kopf.

Allein der Gedanke an ein Frühstück krempelte mir den Magen um.

Luke gab mir einen sonderbar kameradschaftlichen Kuss und wünschte mir »alles Gute«. Als wären wir Nachbarn, die am Gartenzaun belanglose Worte wechselten. Über Merle, die mit mir im Hof saß, sah er geflissentlich hinweg. Seit er wusste, dass sie mich zur JVA begleiten würde, behandelte er sie wie Luft.

Merle nahm das sportlich. Wir hatten Luke erklärt, wir hofften, dieser Tag werde einen endgültigen Schlussstrich unter die entsetzlichste Erfahrung unseres Lebens ziehen.

»Und ich dachte, ihr wolltet herausfinden, ob *er* hinter den Vorfällen der letzten Tage steckt«, war alles, was Luke dazu bemerkt hatte.

»*Ich* will das herausfinden«, hatte ich richtiggestellt. »Merle begleitet mich nur. Sie wird im Auto auf mich warten.«

Aber Luke war entschlossen, beleidigt zu sein. Er hatte die Nacht in seinem eigenen Bett verbracht, war spät aufgestanden, hatte auf sein Frühstück verzichtet und sich nur kurz gezeigt, um mir diesen enttäuschenden Kuss auf die Wange zu drücken und sich dann nach Köln zu verziehen.

»So fangen Krisen an.«

»Quatsch«, fegte Merle meine Bemerkung vom Tisch. »Immerhin triffst du seinen Rivalen. Und das auch noch im Knast. Und obwohl er der große Beschützer sein möchte, lässt du ihn seine Rolle nicht spielen.«

Ich mochte es nicht, wenn sie so über Luke redete, aber in der Sache hatte sie recht. Luke war der Typ, der einer Frau die Welt zu Füßen legen und sie vor allem Bösen beschützen wollte. Doch weder Merle noch ich brauchten einen Beschützer. Und das, was wir von der Welt wollten, eroberten wir uns schon selbst.

»Es ist nicht einfach für ihn, Merle.«

»Wer sagt denn, dass das Leben einfach ist?«

Ich war froh darüber, dass sie sich freigenommen hatte. Mein Kopf dröhnte und meine Hände waren kalt. Ich konnte sie kaum ruhig halten.

Merle ging in die Küche und kam mit einem Stück Kuchen zurück, das sie demonstrativ vor mich hinstellte. Ihre Kuchen und Torten waren der Knaller. Allein beim Anschauen lief einem das Wasser im Mund zusammen.

Es funktionierte auch diesmal.

»Also gut«, sagte ich. »Ein Stück.«

»Du wirst sehen, es hilft.«

Sie verschwand wieder in der Küche und brachte zwei Tassen Kaffee heraus.

Nach dem ersten Bissen, zu dem ich mich überwinden musste, war mein Magen damit einverstanden, gefüttert zu werden.

»Brav«, lobte mich Merle. »So mag ich meine Freundin.«

Mit ihrer positiven Sicht auf die Dinge, die selbst von den schrecklichsten Erfahrungen in ihrer Tierschutzarbeit nicht dauerhaft beeinträchtigt werden konnte, holte Merle mich aus jedem noch so tiefen Loch heraus.

Auch heute gelang es ihr, mir ein Lächeln zu entlocken.

»Und nun überlegen wir uns, was du anziehst.«

Es war reine Ironie. Merle hasste es, auch nur einen Gedanken an Klamotten zu verschwenden.

»Er mag es nicht, wenn Frauen Hosen tragen«, sagte ich. »Er findet das unweiblich.«

»Das hast du mir nie erzählt.«

»Weil ich es grottenpeinlich fand.«

»Für wen?«

»Für ihn. Aber auch für mich. Ich bin nicht gern in einen Mann verliebt, der mir vorschreiben will, wie ich mich anzuziehen habe.«

Merle scannte meine schwarze Leinenhose, meine ausgetretenen Sandalen und das sonnenblumengelbe Oversize-T-Shirt.

»Aha«, sagte sie und grinste von einem Ohr zum andern. »Provokation?«

»Statement.«

Der Kuchen hatte mir Appetit auf mehr gemacht. Merle holte sich ebenfalls ein Stück.

»Was, wenn er wirklich dahintersteckt?«, fragte sie mit vollem Mund.

»Dann muss der Kommissar das beweisen.«

»Nehmen wir mal an, es würde ihm gelingen.« Merle klaubte einen Krümel von ihrem Knie und schnippte ihn weg. »Was passiert danach? Ich meine, Georg ist doch schon im Gefängnis, und offenbar hindert ihn das nicht daran, von da aus seine Fäden zu spinnen. Wie soll man das denn verhindern?«

Darüber hatte ich noch nicht nachgedacht.

Merle offenbar schon.

»Dann ziehen wir einfach wieder um.« Sie blickte nachdenklich in den blauen Himmel, an dessen Rand zwei vielversprechende weiße Wölkchen aufgetaucht waren. Der Garten, die Tiere, wir alle lechzten nach einem langen Regentag. »Vielleicht ans Meer?«

»Du würdest das hier aufgeben?«

»Wenn es sein muss.«

»Und das Tierheim?«

»Tierheime gibt es überall.«

»Deine Tierschutzgruppe?«

»Ich gründe eine neue. Es muss Bewegung in die Republik.«

»Mike, Ilka und Mina? Claudio?«

Erst nachdem ich es ausgesprochen hatte, wurde mir bewusst, dass ich Luke nicht mit aufgezählt hatte.

»Und Luke«, sagte Merle da auch schon.

»Anscheinend halte ich ihn schon für zu selbstverständlich.«

»Darf man das nicht, wenn man liebt?«

»Du hast meine Frage nicht beantwortet, Merle.«

»Hauptsache, wir sind alle zusammen, egal wo.«

»Und wenn sich unsere Vorstellung mit der Wirklichkeit nicht vereinbaren lässt?«

»Mensch, Jette. Sei doch nicht immer so negativ.«

»Bin ich doch gar nicht.«

»Du betrachtest das Leben wie eine beschissene Matheaufgabe. Als gäbe es für jedes Problem eine Formel, die man nur finden muss.«

»Das hört sich ja furchtbar an.«

»Okay«, lenkte Merle ein. »Vielleicht hab ich ein bisschen übertrieben.«

»Ich würde gerne noch eine Runde laufen«, sagte ich und stand auf. »Ich brauche Bewegung, sonst werde ich verrückt.«

»Bei dieser Hitze? Und wenn ...«

Sie hatte keine Ahnung, wie kalt mir innerlich war. Zehn Minuten später hatte ich mich umgezogen und flog zwischen den Feldern entlang. Hier hatte ich immer das Gefühl gehabt, niemand könne mir etwas anhaben.

Selbst das hatte aufgehört. Ich war verletzlich geworden.

Anders.

*

Merle war nach wie vor der Meinung, dass Jette einen schrecklichen Fehler machte. In der Nacht hatte sie von dem unseligen Treffen mit Georg geträumt, und sie war sich nicht sicher, ob der Traum wirklich nur ein Traum gewesen war oder so etwas wie ein Blick in die Zukunft.

Georg hatte Jette an einem kleinen Tisch in einem ansonsten leeren Raum erwartet. An der Tür hatte ein gelangweilter Wärter auf einem Stuhl gesessen und Nägel gekaut.

Merle hatte nicht hören können, was gesprochen wurde. Als hätte sich die Szene unter Wasser abgespielt.

Die ganze Zeit über spürte sie die herannahende Katastrophe. Trotzdem sah sie wie gelähmt zu, als es passierte.

Georg sprang auf und stieß den Tisch beiseite. Er zog Jette an sich und küsste sie. Jette schlang die Arme um seinen Hals und erwiderte den Kuss.

Sie sah so zart aus, so zerbrechlich.

Beinah wie Caro.

Der Beamte an der Tür war derart intensiv mit seinen verdammten Nägeln beschäftigt, dass er nichts mitbekam. Entsetzt bemerkte Merle, was ihr vorher nicht aufgefallen war: Er trug Kopfhörer und bewegte den Kopf zu einer stummen Musik.

Merle schrie, um ihre Freundin zu warnen. Doch Jette hörte sie nicht. Merle wollte auf sie zugehen, aber ihre Füße klebten am Boden.

Georgs Hände vergruben sich in Jettes Haar. Seine Lippen wanderten zu ihrer Halsbeuge.

Während Merle nicht aufhörte zu schreien.

Hilflos musste sie mit ansehen, wie Georgs Hände sich um Jettes Hals schlossen und seine Daumen auf ihren Kehlkopf drückten.

Jette versuchte verzweifelt, seinen Griff zu lockern, doch er drückte nur umso fester zu.

Bis ihre Arme schlaff herabsanken.

Er fing sie auf, hielt sie an sich gedrückt. Und warf Merle einen triumphierenden Blick zu.

Merle war schweißgebadet aufgeschreckt. Selbst ihre Haare waren klatschnass.

Sie hatte Jette davon erzählen wollen, doch sie war nicht weit gekommen. Jette war zu aufgeregt gewesen, um ihr zuzuhören. Vielleicht, hatte Merle gedacht, war es auch besser, die Freundin nicht zu beunruhigen.

Also hatte sie geschwiegen.

Sie legte den Kopf zurück und sah das Licht zwischen den Blättern der Akazie flirren. Alles wird gut, betete sie sich vor. Alles wird gut.

Wenn sie es nur oft genug wiederholte, würde ihr Wunsch vielleicht erhört.

*

Bert hatte versucht, Arno Kalmer zu erreichen, war jedoch jedes Mal vom Anrufbeantworter abgewimmelt worden. Dann hatte er Jettes Nummer gewählt und ebenfalls nur den AB erreicht. Schließlich hatte er es bei Rick versucht, mit dem er sich für irgendwann zu einem Abendessen verabreden wollte. Wieder Fehlanzeige.

Schließlich probierte er es mit der Festnetznummer von Jettes Wohngemeinschaft.

Bingo. Es war Merle, die das Gespräch annahm.

»Jette ist beim Joggen«, sagte sie.

Das rief bei ihm unfreiwillige Bewunderung hervor. Gleichzeitig alarmierte es ihn. Wie konnte sie sich so zur Zielscheibe machen?

»Auf dem Feld?«, vergewisserte er sich.

»Ja. Da läuft sie meistens.«

Na prima. Damit derjenige, der hinter ihr her war, sie auch gut im Blick hatte. Er schluckte eine Bemerkung dazu herunter.

»Ich wollte mich erkundigen, ob bei Ihnen alles in Ordnung ist.«

»Ja. Alles gut.«

Er hatte Merle nicht so einsilbig in Erinnerung.

»Keine Nachrichten? Keine anonymen Anrufe? Niemand, der Ihre Freundin bedroht hat? Kein merkwürdiger Unfall?«

»Wirklich nicht.«

Er konnte hören, dass sie nicht die Wahrheit sagte.

»Verschweigen Sie mir etwas, Merle?«

»Wie kommen Sie darauf?«

»Nennen Sie es eine Ahnung.«

»Entschuldigen Sie, Herr Kommissar. Der Paketpostbote hat geklingelt. Ich muss an die Tür.«

Schon hatte sie das Gespräch beendet.

Bert hatte keine Klingel gehört. Aber die Lüge, die Merle ihm aufgetischt hatte, die hatte er laut und deutlich vernommen.

# 24

Er hatte vergessen, wie schön sie war.

Wie scheu. Und dennoch selbstsicher.

Sein Hass schrumpfte zu einem kleinen bitteren Kern.

Sie war hier. Bei ihm.

Er sah ihr in die Augen.

War endlich wieder angekommen nach all den schrecklich leeren Jahren ohne sie.

*

Sekundenlang verschmolzen unsere Blicke und ich war wehrlos.

Ich erkannte alles wieder. Jede Falte auf seiner Stirn. Den Schwung seiner Lippen. Die dichten Wimpern. Das breite Kinn und die helle kleine Narbe darauf.

Seine Haare waren länger geworden. Eine dunkle Locke kringelte sich an seiner linken Schläfe und warf einen Schatten auf seine Wange.

Er war so gebräunt wie damals. Wahrscheinlich arbeitete er auch hier im Freien. Ich hatte recherchiert, dass es in dieser JVA eine Gärtnerei gab. Vielleicht hatte er Glück gehabt und wurde dort beschäftigt.

Seine großen Hände, die auf dem Tisch lagen, so nah, dass ich sie hätte berühren können, waren immer noch so schön wie damals. Wie hatte ich sie geliebt. Sie und das, was sie mit mir machten.

Etwas in mir spürte ihre Liebkosungen.

Ich musste es zum Schweigen bringen.

*

Merle saß in Jettes Wagen und versuchte sich abzulenken. Sie hatte ihren Laptop mitgenommen, um für einen Artikel zu recherchieren, den sie über militanten Tierschutz schreiben wollte.

Natürlich ohne ihren Namen zu offenbaren.

Der Artikel sollte in der ersten Ausgabe einer Zeitschrift erscheinen, die gerade gegründet worden war. Das alles war noch nicht spruchreif, doch die Vorbereitungen liefen auf Hochtouren.

Merle liebte es, wenn die Dinge in Bewegung waren. Und sie sich mittendrin befand, sozusagen im Auge des Orkans. Sie bedauerte es oft, dass der Tag nur vierundzwanzig Stunden hatte, die nicht ausreichten, um all das anzupacken, was ihr auf den Nägeln brannte.

Vom leicht erhöhten Parkplatz aus hatte man einen unverstellten Blick auf die JVA. Ein schöner Bau, wenn man von der Mauer, dem Stacheldraht und den vergitterten Fenstern absah.

Auch innen war er ansprechend gestaltet. Merle hatte sich die Bilder im Netz angeschaut. Doch selbst die modernste Architektur und die freundlichste Innenausstattung konnten nicht darüber hinwegtäuschen, dass dieser Ort voller Schrecken war.

Als ihr bewusst wurde, dass auch sie an einem solchen

Ort landen könnte, wenn eine ihrer illegalen Tierschutzaktionen aufflog, wandte sie den Blick ab und konzentrierte sich wieder auf ihre Recherchen.

Der Besuch war auf eine Stunde terminiert.

Falls Jette nicht vorher abbrach.

Eine lange Zeit, wenn man in der drückendsten Nachmittagshitze in einem Auto saß und eine Heidenangst um seine Freundin hatte.

*

Und dann sah ich den Schmerz in seinen Augen.

Das hier musste die Hölle für ihn sein. Die Gitterstäbe vor den Fenstern. Die hohen Mauern mit dem Stacheldraht. Die ständige Gegenwart von Wachpersonal. Keine Privatsphäre.

Der absolute Verlust von Freiheit.

Noch immer tasteten wir einander mit Blicken ab.

An den anderen Tischen wurden leise Gespräche geführt. Ab und zu erklang ein gedämpftes Lachen. Er wandte nicht ein einziges Mal den Kopf danach.

Die Stille zwischen uns wurde immer dichter.

Doch es waren keine Worte da.

*

Ihre Augen waren so hungrig. Als wollte sie sich alles einprägen, um es nie wieder zu vergessen.

Dabei hatte sie nichts vergessen. Es war alles noch da.

Er erkannte es an ihrem Blick.

Hätte man ihn in diesem Moment gefragt, was Liebe sei – er hätte auf Jette gezeigt und nichts erklären müssen.

Ein Schauer durchlief ihn.

Deshalb war sie zu ihm gekommen.

Sie wollte sich ihrer Gefühle vergewissern.

»Jette«, sagte er.

Er sah, dass sie für eine Sekunde die Augen schloss.

Mehr brauchte er nicht zu wissen.

*

Der Klang seiner Stimme brachte mich aus der Fassung.

Fuhr mir unter die Haut.

Und wie er meinen Namen sagte …

*Aber er hatte versucht, mich zu töten.*

Wie konnten meine Gefühle das außer Acht lassen?

*Was machte er mit mir?*

Er war Caros Mörder. Er hatte andere Mädchen ermordet.

Und doch …

»Warum?«, fragte ich ihn.

*

Er liebte alles an ihr. Auch ihre klare Stimme.

Sogar ihr *Warum*.

Was sollte er darauf antworten?

Ihre Frage meinte das, was er in der Vergangenheit getan hatte. Und das, was er in der Gegenwart tat.

Tun ließ.

Sie war ihm auf die Schliche gekommen.

Hut ab. Das war nicht mal den Bullen gelungen.

»Ich liebe dich«, flüsterte er.

Dass sie zusammenzuckte, nahm er ihr nicht krumm. Sie hatte nicht damit gerechnet. Nicht mit seinen Worten und nicht mit dem Erdrutsch, der sie beide beim ersten Blick mitgerissen hatte.

Er würde ihr Zeit geben, sich daran zu gewöhnen.

Mit einem letzten Blick streichelte er noch einmal ihr Gesicht. Dann stand er auf und wandte sich zur Tür.

»Warum?«, rief Jette ihm nach.

Sie war so ungeduldig. Das hatte er beinah vergessen.

*

Verwundert beobachtete Merle, wie Jette langsam auf das Auto zukam.

Jetzt schon? Es war erst halb vier.

Irgendwie hatte sie sich vorgestellt, ihre Freundin würde die JVA mit großen, federnden Schritten verlassen, erleichtert, es hinter sich gebracht und Antwort auf ihre Fragen erhalten zu haben.

Doch das war nicht so.

Jette bewegte sich wie in Trance.

»Hi.« Merle stieg aus und ging ihr die letzten Meter entgegen. »Alles gut?«, fragte sie und gab damit schon die Antwort vor, auf die sie hoffte: *Ja, prima. Alles bestens.*

Nur tat Jette ihr den Gefallen nicht. Sie schien gar nicht richtig da zu sein.

»Was ist passiert?«

Merle gehörte nicht zu den bewundernswerten Menschen, die den Dingen ihren Lauf lassen konnten. Sie zwang sich dazu, ruhig abzuwarten.

Erst jetzt schaute Jette sie richtig an, erstaunt, als hätte sie nicht damit gerechnet, die Freundin hier vorzufinden. Merles Frage schien jetzt erst zu ihr durchzudringen.

Sie schüttelte den Kopf und stieg ins Auto.

Merle hatte sich die Zeit damit vertrieben, Mandelkekse zu futtern und das Auto vollzukrümeln. Eine halbe Packung, die ihr jetzt schwer im Magen lag. Sie wischte mit der Hand über ihren Sitz, bevor sie darauf niedersank und Jette erwartungsvoll ansah.

»Lass mir ... einen Moment, bitte.«

Merle versuchte, sich vorzustellen, was der Kerl getan haben musste, um Jette so einzuschüchtern. Obwohl – *einschüchtern* war nicht das richtige Wort. *Erschüttern* traf es besser.

Ihr begrenzter Vorrat an guten Vorsätzen schwand dahin. Sie konnte nicht länger darauf warten, dass Jette von selbst erzählte.

»Wieso bist du so schnell wieder hier?«, fragte sie.

»Er ... ist gegangen.«

»Die haben den Besuch abgebrochen?«

»Nein. Er.«

Merle hätte sich die Haare raufen können. Jedes Wort musste sie Jette aus der Nase ziehen.

»Wieso?«

Endlich wandte Jette sich ihr zu. In ihren Augen standen Tränen.

Erschrocken beugte Merle sich zu ihr hinüber und zog sie in ihre Arme.

»Was ist denn los, Süße?«

»Ich weiß nicht.«

Merle hätte sie am liebsten geschüttelt. Stattdessen hob sie Jettes Kinn an und forschte in ihrem blassen Gesicht.

»Steckt er hinter den Vorfällen der vergangenen Tage?«, fragte sie.

Jette nickte, machte sich von Merle los und schnallte sich an. Merle griff ebenfalls nach ihrem Gurt. Sie kannte die Freundin gut genug, um zu wissen, dass sie im Augenblick nicht mehr aus ihr herauskriegen würde.

Also doch. Der Scheißkerl hatte seine Verbindungen angezapft und seinen Rachegelüsten freien Lauf gelassen.

Es fiel Merle schwer, die Wut zurückzuhalten, die unvermittelt von ihr Besitz ergriffen hatte. Doch es gelang ihr, geduldig zu warten, bis Jette bereit war, ihr zu berichten, was da drinnen abgelaufen war und was sie so aus der Fassung gebracht hatte. Auf einmal war sie sogar froh darüber, dass ihre Freundin dafür noch Zeit brauchte.

So konnte sie sich innerlich vorbereiten.

# 25

Es war ungeheuer schwer, nach der Begegnung mit Jette weiterzumachen wie bisher. Die zurückgebrachten Bücher entgegenzunehmen und neue auszuhändigen. Mit diesem Mithäftling ein Wort zu wechseln und mit jenem. Karteikarten einzusortieren. Die Säumnisgebühren für verspätete Rückgabe zu kassieren. Mit den betroffenen Typen darüber in Streit zu geraten und nicht die Nerven zu verlieren.

Als wär für ihn nicht gerade die Welt explodiert.

Glücklicherweise stellte Jeff keine neugierigen Fragen. Er war damit beschäftigt, den aktuellen Buchbestand auf Beschädigungen zu untersuchen, während Georg sich weiter um die Ausleihe und die neue Lieferung kümmerte.

Jette zu sehen, hatte so viel Adrenalin in Georg freigesetzt, dass er kaum Luft bekam. Aber er musste bis zum Feierabend durchhalten. Dann erst konnte er Janus aufsuchen. Keine Stunde mehr als nötig würde er hinter diesen Mauern verbringen.

Als es endlich so weit war, ging er auf direktem Weg zu ihm.

Janus hatte sich gerade auf seinem Bett ausgestreckt.

»Ich bin bereit«, sagte Georg, ohne sich mit Begrüßungsfloskeln aufzuhalten.

»Okay.« Janus öffnete nicht mal die Augen. Die Hitze setzte ihm zu. Sein graues T-Shirt war schweißgetränkt.

»Allerdings mit Planänderung.«

»Änderung?« Alarmiert hob Janus den Kopf. »Was heißt das, Mann?«

»Ihr lasst das Mädchen in Ruhe.«

»Moment mal ...«

»Jetzt und in Zukunft, Janus.«

»Sonst geht's dir aber gut, was?« Janus rappelte sich auf und setzte sich hin. Er zeigte mit dem Finger auf Georg. »Jetzt hör mal, Alter. Es ist nicht so einfach, etwas aufzuhalten, was man in Gang gesetzt hat.«

»Sie gehört mir und ich entscheide.«

»Sachte. Sachte. Reg dich ab.«

Wieder fiel Georg der saure Schweißgeruch auf, der in dieser Zelle lag. Janus hielt nicht viel von Körperpflege. Schuppen waren auf seine Schultern gerieselt und seine gelben Fingernägel waren zu lang. Auch jetzt wechselte er sein T-Shirt nicht, obwohl es ihm am Körper klebte.

»Aber sonst bleibt alles wie besprochen?«

»Richtig.«

»Was ist mit ihren Freunden?«

»Das überlege ich mir später.«

»Wir wollen doch mal eines festhalten.« Janus erhob sich von seinem Bett und trat so nah an Georg heran, dass sie einander beinah berührten. »Ich bin nicht dein Hampelmann, kapiert?«

Georg war klar, dass er sich eine Konfrontation nicht leisten konnte. Janus würde es fertigbringen, ihn im Regen stehen zu lassen.

»Habe ich das behauptet?«

Ein paar Sekunden verstrichen, in denen sie einander ausdruckslos anstarrten. Dann zog Janus sich wieder auf sein Bett zurück und Georg nahm wieder eine entspannte Haltung ein.

»Dann ist's ja gut«, sagte Janus mit einem halbherzigen Grinsen. »Kümmern wir uns um das Geschäftliche.« Er richtete den Blick auf einen Kalender, der an der Wand hing. »Wann?«

Erleichtert ging Georg auf das Friedensangebot ein. Er hätte es nicht gern darauf ankommen lassen.

»Morgen.«

Janus pfiff leise durch die Zähne.

»Hast du damit ein Problem?«

»Absolut nicht.«

»Also dann. Morgen.«

»Du hast den Plan im Kopf?«

»Du und deine Leute hoffentlich auch.«

»Worauf du einen lassen kannst.« Janus stand auf und streckte Georg die Hand hin. »Wir werden uns in diesem Leben wahrscheinlich nicht wiedersehen.«

»Nicht, wenn ich es vermeiden kann.«

Janus lachte.

»Viel Glück, Alter.«

»Dir auch, Janus.«

»War mir ein Vergnügen, mit dir Geschäfte zu machen.«

Georg drehte sich um und ging. Ab jetzt würde jede Minute ein Abschied sein. Er würde jede einzelne genießen.

*

Am Abend schneiten Ilka und Mike bei uns herein. Sie hatten es in Düsseldorf nicht länger ausgehalten und waren gekommen, um sich zu vergewissern, dass die Lage sich wirklich beruhigt hatte.

Es war schon ewig her, dass wir in so großer Runde beim Abendessen gesessen hatten, doch ich konnte es nicht genießen. Keine drei Stunden war es her, dass ich die JVA verlassen hatte.

Sein Flüstern war noch in meinem Ohr.

Ilka war entsetzt, als sie von meinem Besuch erfuhr. Sie rieb sich die Arme, an denen sich die Härchen aufgerichtet hatten.

»Hattest du keine Angst?«

Wir hatten Pizza, Pasta und gegrilltes Gemüse bei Claudio bestellt, der uns damit überraschte, dass er nicht nur das Essen spendierte, sondern zusätzlich zwei Flaschen Rotwein mitliefern ließ.

Bevor ich antworten konnte, klingelte es, und meine Mutter platzte herein. Sie war *zufällig in der Nähe* gewesen. Und hatte den denkbar schlechtesten Zeitpunkt für ihren Überfall gewählt. Ich wusste nicht, wie ich sie gerade heute ertragen sollte.

Sofort stockte das Gespräch.

Die Luft in unserer Küche schien von ihrer rastlosen Energie zu vibrieren.

Merle legte ein Gedeck für sie auf, und meine Mutter bedankte sich mit einem strahlenden Lächeln, das gleich wieder erstarb.

»Was ist los?«, fragte sie mit zusammengekniffenen Augen, bevor sie den ersten Bissen in den Mund steckte.

»Nichts«, wich ich aus. »Alles in schönster Ordnung, Mama. Wie geht es mit deinem neuen Buch voran?«

Fast hätte sie geantwortet. Doch dann dämmerte ihr, dass ich nur ablenken wollte.

»Ist etwas passiert?«

»Nein«, sagte Merle, ohne rot zu werden. »Zum Glück nicht.«

Eine Freundin lügt für dich, wenn es nötig ist. Sie steht ohne Wenn und Aber hinter dir. Ich warf ihr einen dankbaren Blick zu. Luke dagegen war heute ein schlechter Lügner. Sein verbissenes Schweigen verriet ihn.

»Luke?« Meine Mutter fischte sich sofort den Schwächsten der Gruppe heraus. »Gibt es etwas, das ich wissen sollte?«

Luke nuschelte etwas Unverständliches.

Nun wurde meine Mutter endgültig misstrauisch.

»Was ist los? Ihr verschweigt mir doch etwas.«

Es hatte keinen Zweck zu leugnen, also brachte ich es am besten gleich hinter mich.

»Ich war in der JVA und habe …«

Weiter kam ich nicht.

»Wie bitte?«

»Ich wollte Klarheit haben. Wissen, ob er es ist, der hinter allem steckt.«

»Du bist zu diesem … diesem Kriminellen gegangen?« Meine Mutter erhob sich halb von ihrem Stuhl und setzte sich wieder hin. Sie sah entgeistert von einem zum andern. »Und keiner hat sie daran gehindert?«

Ich warf ihr einen bösen Blick zu.

»Das glaube ich nicht«, murmelte sie. »Das kannst du unmöglich getan haben.«

Sie nahmen mir nicht ab, dass kaum ein Wort gefallen war. Ich erkannte es an ihren versteinerten Gesichtern. Welche Worte das gewesen waren, behielt ich für mich.

Selbst Merle hatte ich es nicht anvertraut.

Ich konnte es ihnen nicht sagen. Kehrte in Gedanken immer wieder in den schlichten Raum zurück, in dem außer den Inhaftierten und ihren Besuchern nur ein Beamter gewesen war, der sich unauffällig im Hintergrund gehalten hatte.

Er und ich.

Seine Augen.

Wie sie meinen Blick festgehalten hatten und mein winziges Spiegelbild.

»Was, um Himmels willen, hat dieser Mann Schlimmes gesagt, Jette?« Meine Mutter akzeptiert kein Geheimnis, das nicht ihr eigenes ist. »Womit hat er dich in diesen Zustand versetzt? Du bist ja gar nicht du selbst.«

»Er hat einen Namen«, sagte ich mit schwerer Zunge, dabei hatte ich erst ein einziges Mal an meinem Wein genippt. »Er heißt …«

Alle sahen mich an, als wär ich hingefallen.

»Er heißt … Georg.«

Ich hatte ihn ausgesprochen. Seinen Namen. Den richtigen, mit dem ich nichts anderes verband als die Morde, den Prozess und das Urteil. Damit hatte ich Gorg von mir weggeschoben. Mir Luft verschafft.

Ich nahm einen großen Schluck Wein. Er rann mir warm durch die Kehle und versprach mir ein kurzes Wohlgefühl, nach dem ich mich sehnte.

Nie wieder würde ich den andern Namen aussprechen.

Den falschen Namen einer falschen Liebe.

Ich würde ihn begraben. Ganz tief in mir.

Mein Blick fiel auf Luke.

Er saß da und starrte mich an. Dann stand er auf und ging hinaus.

»Was ist bloß los mit dir?«, fragte Merle, nachdem Ilka und Mike uns wieder verlassen hatten, weil Ilka an ihre Arbeit zurückmusste. Auch meine Mutter hatte sich recht bald verabschiedet.

Es war mir gelungen, sie alle zu vergraulen, und ich war nicht stolz darauf.

»Wieso machst du aus dem, was du im Knast erlebt hast, so ein Geheimnis?«

»Mach ich nicht.«

Wir räumten den Tisch ab und trugen das Geschirr zur Arbeitsplatte, wo es sich bereits auf jeder freien Fläche stapelte. Dazwischen lag das aufgerissene Verpackungsmaterial von Claudios Pizzaservice.

»Das hat jeder hier aber anders gesehen.« Merle knallte den Brotkorb so heftig auf das Tablett, dass zwei Pizzabrötchen heraushüpften und auf den Boden sprangen. »Was hat er gesagt, Jette?«

Ich klaubte die zerknautschten Servietten von den Tellern und stopfte sie in den Abfalleimer. Dann kratzte ich die Reste zusammen und schüttete sie hinterher.

»Wir sind Freunde, Jette. Wir haben doch immer …«

»Meine Mutter nicht.«

»Hast du deshalb nichts erzählt?«

»Merle …«

Sie war verletzt. Klappte zu wie eine Auster.

»Er …« Ich hob den Kopf. »Er hat gesagt, dass er mich liebt.«

Entsetzt fuhr sie zu mir herum, die leere Salatschüssel in den Händen. Mit einer raschen Bewegung stellte sie sie ab und breitete die Arme aus.

Es tat gut, sie zu spüren. Für einen Moment alle Verantwortung abzugeben, sogar die für mich selbst.

»Er kann dir nichts tun«, flüsterte Merle. »Solange er da drinnen ist, kann er dir nichts tun.«

Doch da irrte sie sich.

Er hatte bereits damit angefangen.

*

Er lag im Bett, die Hände hinterm Kopf verschränkt, und starrte an die Zimmerdecke. Richtig dunkel wurde es hier nie. Die Scheinwerfer, die jeden Winkel der JVA in ihr gelbes Licht tauchten, ließen es nicht zu.

Georg machte das nichts aus, im Gegenteil. Vollkommene Finsternis hätte ihn erstickt. Außerdem war es all die Jahre wichtig gewesen, nicht den Glauben daran zu verlieren, dass es ein Draußen gab.

Und dass es auf ihn wartete.

Träge Schatten bewegten sich an der Decke. Er folgte ihnen mit dem Blick. Und ließ sie wieder los. Heute war alles anders. Er musste sich an nichts mehr klammern. Keine Angst davor haben, dass die Verzweiflung über ihm zusammenschlug.

In einer Stunde war Mitternacht.

In knapp sechzig Minuten endete der letzte Tag seiner Haft.

Unfassbar.

Wie hatte er diesen Tag herbeigesehnt. Wie lange gebangt, dass es im letzten Moment schiefgehen könnte. Doch jetzt war alles vorbereitet. Wenn er nicht die Nerven verlor, war er bald frei.

Frei …

# 26

Nach dem Frühstück war Bert zu Kalmers Erdbeerhof gefahren. Er hatte seinen Besuch nicht angekündigt, um die Erntehelfer nicht vorzuwarnen. Es brachte nichts, wenn sie sich verhielten wie Ameisen, denen man den Bau mit einem Stock zerstochen hatte.

Die Leute waren schon in den frühen Morgenstunden mit ihren Fahrrädern ausgeschwärmt, um die letzte Kühle der Nacht zu nutzen, bevor sich die Hitze wieder auf das Land senkte. Dennoch meldete Bert sich höflichkeitshalber zunächst bei Arno Kalmer, der mit hochrotem Kopf in seinem Büro saß und schwitzte.

»Sind alle draußen«, sagte er und wies in eine ungefähre Richtung.

»Hab ich mir schon gedacht.« Bert streckte ihm die Hand hin. »Ich wollte Ihnen nur sagen, dass ich hier bin.«

»Trotz Ihrer Auszeit.« Arno Kalmer schnalzte mit der Zunge. »Die Katze lässt das Mausen nicht, was?«

Das hatte er also mittlerweile auch erfahren.

»Würde ich gerne, aber der Fall läuft mir nach«, erklärte Bert.

Der Bauer erhob sich seufzend von seinem Stuhl und

begleitete ihn zur Tür, um ihm zu zeigen, wohin er fahren musste.

Auch heute sah Bert die Erdbeerpflücker schon von Weitem, ein vertrautes, friedliches Bild in dieser Gegend, das damals großen Schaden genommen hatte. Er hoffte inständig, dass er sich irrte, wenn er Georg Taban für den Drahtzieher hinter den Angriffen auf Jette und ihre Freunde hielt.

Er stellte sein Auto ab, ging an den unzähligen im Gras liegenden Fahrrädern vorbei, schirmte die Augen mit der Hand ab und suchte nach Malle Klestof. Als er ihn entdeckt hatte, winkte er ihn heran.

Doch der Mann ließ sich Zeit. Er pflückte weiter, bis er seine Kiste mit vollen Schalen bestückt hatte. Dann erst kam er zu Bert, der sich wieder in den Schatten des Anhängers verzogen hatte.

»Was wollen Sie denn noch?«, fragte er mürrisch.

»Die Wahrheit.«

»Welche Wahrheit?«

Malle Klestof wischte sich das schweißnasse Gesicht mit seiner Kappe ab. Kein Wunder, dass sie dreckig und speckig war.

»Gibt es denn mehrere Wahrheiten?«

»Wovon, zum Teufel, reden Sie?« Malle Klestof schob sich die Kappe wieder auf den Kopf und kniff die Augen zusammen. »Hab keinen Bock auf Rätselraten.«

»Hat sich Ihr Freund inzwischen bei Ihnen gemeldet?«

»Welcher Freund?«

»Sie wissen, von wem ich spreche.«

»Nein, hat er nicht.«

»Sind Sie ihm noch was schuldig?«

»Ich bin keinem was schuldig.«

»Hat er Sie in der Hand?«

Der Blick des Mannes flackerte, doch Bert wusste, dass er ihn nicht knacken konnte. Das hatte er auch nicht vor. Nicht heute. Die Befragungen verfolgten einen einzigen Zweck: Sie sollten Malle Klestof aus der Reserve locken. Ihn schön langsam zermürben.

Zu einem Fehler verleiten.

»In der Hand? Womit denn? Ich bin sauber wie ein neugeborenes Baby.«

»Danke, Herr Klestof. Ich wünsche Ihnen noch einen schönen Tag.«

»Das war alles?«

Bert schenkte ihm ein Lächeln, drehte sich um und ließ ihn stehen. Er wusste, wie man dieses Spiel spielte. Und er spielte es gern. Weil der Gewinn jede Anstrengung wert war: Gerechtigkeit.

*

Es war so einfach, Ezra auf hundertachtzig zu bringen. Man brauchte ihn nur anzugucken. Das ertrug er nicht.

Er saß allein. Wie meistens.

Georg stellte sein Tablett auf den Tisch und setzte sich ihm gegenüber. Mit einem gelangweilten Gesichtsausdruck begann er zu essen, ohne ihn aus den Augen zu lassen.

Ezra beugte sich tiefer über seinen Teller. Er hatte Spaghetti gewählt, und es war kein Vergnügen, ihm beim Essen zuzusehen. Tomatensoße hing ihm in den Mundwinkeln. Rote Spritzer verteilten sich rund um seinen Teller.

Er benutzte einen Löffel, um die Nudeln um die Gabel zu drehen, doch nie schaffte er es ganz. Das, was überhing, schlürfte er abwechselnd von Löffel und Gabel. Geräuschvoll. Was ihm wieder aus dem Mund fiel, platschte zurück auf den Teller.

Ab und zu hob er den Kopf, begegnete Georgs Blick und schaute wieder weg. Seine Wangen glühten vor Unbehagen.

»Glotz nicht so!«, schrie er Georg plötzlich an und schlug mit der freien Hand so fest auf den Tisch, dass die Gläser wackelten.

Für einen Moment erstarben die Stimmen und Essensgeräusche, bevor sie sich unvermindert fortsetzten. Man konnte hier zwar kurzzeitig Aufmerksamkeit erregen, doch sie fiel in dem Augenblick in sich zusammen, in dem klar wurde, dass niemand erschlagen, erwürgt oder erstochen worden war.

Ezra sah sich nach Unterstützung um. Als er keine fand, schob er seinen Teller verdrossen beiseite und wandte sich dem Nachtisch zu. Auch den schaufelte er achtlos in sich hinein.

Schokoladenpudding.

Die Reste in seinen Mundwinkeln wechselten die Farbe.

Der Ekel nahm Georg den Appetit, doch er zwang sich weiterzuessen. Es würde ein harter Tag werden, und er wusste nicht, wann er die nächste Mahlzeit bekommen würde.

Die Sonne knallte in die Fenster, doch niemand ließ die Rollos herunter. Es war so heiß, dass Georg sogar unter den Augen schwitzte.

Ezra schien die Hitze nichts auszumachen. Selbst heute trug er eine Arbeitshose und ein T-Shirt mit langen Ärmeln.

Immer noch starrte Georg ihn an, dabei hätte er den Blick liebend gern abgewendet oder sich die Ohren zugehalten. Ezras Schmatzen war rekordverdächtig.

»Schmeckt's?«, fragte er mit beißendem Spott und legte die Gabel weg.

Wütend funkelte Ezra ihn an. Es würde nicht mehr lange dauern, bis er überkochte.

Auch unter den Menschen gab es das, was man bei Tieren Angstbeißer nannte. Georg hatte viele von ihnen kennengelernt. Er war ein guter Beobachter und studierte das Verhalten der Menschen, mit denen er zu tun hatte, seit er denken konnte.

Schon als Kind hatte er gewusst, welche Knöpfe er drücken musste, um jemanden zu einer gewünschten Reaktion zu provozieren.

Manipulation war eine Kunst.

Die einen mussten sie mühsam erlernen, den andern war die Fähigkeit dazu in die Wiege gelegt worden. Und schließlich gab es Menschen, die diese Kunst niemals beherrschten.

Georg gehörte zu der zweiten Gruppe.

Mit Ezra konnte er spielen wie die Katze mit der Maus. Er beobachtete, wie der Mann anfing, jeden einzelnen seiner verschmierten Finger abzulecken.

»Warum frisst du nicht direkt aus einem Napf?«, fragte er.

Weiter durfte er sich nicht vorwagen. Es ging nicht nur darum, Ezra zu einem Angriff zu provozieren. Er wollte, dass der Angriff im toten Winkel auf der Treppe zu den Zellen im ersten Stock erfolgte.

Das machte die Sache ein bisschen kniffliger. Georg hatte schon immer gern Matheaufgaben gelöst und konnte Stunden mit schweren Sudokus verbringen. Nicht umsonst hatte es Jahre gedauert, bis die Bullen ihm auf die Spur gekommen waren. Und das nicht, weil er einen Fehler gemacht, sondern weil er sich in das falsche Mädchen verliebt hatte.

Der Gedanke an Jette brachte ihn kurz aus dem Konzept. Damals war er ins Straucheln geraten. Unvorsichtig geworden. Das hatte ihm das Genick gebrochen.

Er warf einen Blick in die Runde. Genoss das Bewusstsein, diese Visagen nie wieder sehen zu müssen. Nie wieder gezwungen zu sein, die dummen Gespräche mit anzuhören.

Keine Gruppentherapie mehr. Keine Einzeltherapie.

Nie wieder würde er sich dem Geschwafel eines Psychotherapeuten ausliefern, erst recht nicht dem einer Psychotherapeutin.

»Geht dich 'n Scheiß an, wie ich esse.« Ezra zeigte mit seinem abgelutschten Zeigefinger auf ihn. »Was quatschst du mich hier eigentlich voll?«

Georg quittierte die Frage mit einem Grinsen. Und weckte den Angstbeißer.

»Das findest du lustig, ja? Willst du einen aufs Maul oder was?«

Die andern wurden aufmerksam. Ezra war nicht beliebt, Georg jedoch noch weniger. Er bot keine Angriffsfläche, was sie ihm übel nahmen.

Jemand rief »EzraEzraEzra« und klopfte im Takt dazu mit seinem Besteck auf den Tisch. Ein paar andere stimmten ein.

Georg stand auf und nahm sein Tablett. Ruhig ging er zur Geschirrrückgabe und stellte es dort ab. Dann wandte er sich zur Tür.

»Was ist los, Ezra?«, rief Ilja, dessen junge, aggressive Stimme nicht zu verwechseln war. »Hast du keine Eier, Mann?«

Georg war schon auf dem Flur, als er hörte, wie ein Stuhl umkippte. Ezras Stuhl, so viel war sicher. Er hatte die erste Stufe der Treppe nach oben genommen, als er hörte, wie Ezra hinter ihm herkam.

Selbst seine Schritte klangen hitzig und gewalttätig.

Aus dem Speisesaal hörte man vielfüßiges Getrappel. Alle stürzten zur Tür, um nur ja genug mitzukriegen.

Gelassen wandte Georg sich um. Die Auseinandersetzung durfte nicht zu weit oben stattfinden.

»Na, komm schon«, forderte er Ezra auf, ohne die Stimme zu erheben. »Komm.«

Blindwütig stürmte Ezra auf ihn zu und hob die Fäuste.

Er traf Georg am Kinn.

Georg ließ sich fallen. Und blieb am Fuß der Treppe liegen.

*

Dr. Birger Harig kniete neben Georg Taban nieder und fühlte ihm den Puls.

»Wie geht es Ihnen?«

»Ich weiß nicht ...«

Es war keine äußere Verletzung zu sehen. Die Augen des Mannes waren klar. Er blutete nicht aus der Nase und nicht aus dem Mund, hatte keinen Zahn verloren und war ansprechbar.

»Haben Sie Schmerzen?«

»Mein Rücken ...«

Georg Taban versuchte, sich aufzurichten, und ließ sich mit verzerrtem Gesicht zurücksinken.

»Was ist hier los?«

Die Leiterin der JVA bahnte sich einen Weg durch die Schaulustigen, die einen Kreis um das Geschehen gebildet hatten.

»Gehen Sie bitte alle wieder in den Speisesaal. Und bleiben Sie dort. Sie müssen gleich ein paar Fragen beantworten.«

Murrend verzogen sich die Männer, blieben jedoch an der Tür stehen, um nichts zu verpassen. Es kam nicht jeden Tag vor, dass einer liegen blieb.

Birger sah zu Yvonne Kamphuusen auf und schüttelte unmerklich den Kopf.

»Wo genau haben Sie die Schmerzen?«, erkundigte er sich.

Georg Taban fasste sich an den Rücken, knapp oberhalb des Steißbeins

»Was ist mit Ihrem Hals?«

Der Inhaftierte bewegte problemlos den Kopf.

»Können Sie sich aufsetzen?«

Georg Taban versuchte es und diesmal gelang es ihm. Doch er klagte über große Schmerzen.

»Einen Rollstuhl«, wies Birger die Krankenschwester an, die augenblicklich loslief, um sich darum zu kümmern.

Wenige Minuten später hatten sie den Verletzten in einen Rollstuhl gehievt, wo er sich sichtlich entspannte.

»Was ist passiert?«, fragte Yvonne Kamphuusen.

»Ich bin gestolpert«, behauptete Georg Taban.

Dabei konnte man leicht erkennen, wo sein Kinn von einer Faust getroffen worden war. Die Stelle begann sich zu röten. Die Krankenschwester brachte ein Kühlpad und gab es dem Verletzten in die Hand.

Immer noch herrschte helle Aufregung. Als hätte man in ein Wespennest gestochen. Mehrere Wärter hatten sich eingefunden, um dafür zu sorgen, dass die Männer im Speisesaal blieben, damit sie später befragt werden konnten.

Das war keine leichte Aufgabe, denn alle wollten so schnell wie möglich wieder an die Arbeit. Befragung klang nach Problemen und Probleme wurden schnell gefährlich.

Jedem war klar, dass eine Auseinandersetzung stattgefunden hatte. Doch selbst diejenigen, die es beobachtet hatten, würden es für sich behalten. Sonst wären sie bei der erstbesten Gelegenheit die Nächsten, denen es an den Kragen ging.

Birger ging kein Risiko ein. Der Mann konnte sich eine schwere Prellung oder eine Fraktur zugezogen haben. Eine Gehirnerschütterung war sehr wahrscheinlich. Kopf und Rücken mussten vorsichtshalber geröntgt werden, um Schäden auszuschließen.

Wer hier für was verantwortlich war, ging ihn nichts an. Das sollte Yvonne Kamphuusen herausfinden.

Klar war nur, dass dieser Mann nicht einfach gestolpert war. Und klar war auch, dass Ezra Calvao etwas damit zu tun hatte. Zwischen den beiden stand es nicht gut, und Calvao benahm sich so auffällig unauffällig, dass sein Verhalten Bände sprach.

Genügend Gesprächsstoff für das wöchentliche Arbeitstreffen, falls es heute überhaupt stattfinden konnte.

*

Es lief wie geschmiert. Der Rücken tat Georg tatsächlich weh, aber nur minimal, denn er hatte das richtige Fallen in seiner Zelle lange genug trainiert.

Dr. Harig war für seine Sorgfalt und seine Vorsicht bekannt. Georg hatte sich darauf verlassen können, dass der Arzt kein Risiko eingehen würde. Er hatte ebenso darauf bauen können, dass Ezras Faustschlag keine große Wirkung zeigen würde.

Ezra war ein Maulheld. Seinen markigen Worten folgten in der Regel keine Taten.

Gehirnerschütterung?

Georg musste sich ein Grinsen verkneifen.

Die Krankenschwester schob ihn zur Krankenstation, damit Dr. Harig die Erstversorgung durchführen konnte. Auf dem Weg dahin begegneten sie Malika Reich, die sich gerade bei ihrem Kollegen erkundigte, was vorgefallen sei.

Während sich die beiden Ärzte leise miteinander unterhielten, nahm die Krankenschwester ein Gespräch auf ihrem Handy entgegen.

»Ich hole Sie gleich ab«, sagte sie zu Georg, schob ihn an die Wand, damit der Rollstuhl niemandem den Weg versperrte, und eilte davon.

Malika Reich hörte ihrem Kollegen zu und warf Georg forschende Blicke zu. Das beunruhigte ihn. Während der Sitzungen war sie seinen Geheimnissen häufig gefährlich nah gekommen. Ahnte sie, dass mit seiner angeblichen Verletzung etwas nicht stimmte?

Georgs Hände wurden feucht. Er wischte sie unauffällig an der Hose ab und bemühte sich um den Gesichtsausdruck, den ein Mann haben würde, der eben einen schweren Sturz erlitten hatte.

»Wie geht es Ihnen?«

Ihr Duft fuhr ihm durch Mark und Bein. Sie benutzte ein Parfüm, das auch Caro manchmal verwendet hatte.

Nicht süßlich und nicht herb. Frisch und mädchenhaft, genau richtig, um einem Mann die Sinne zu verwirren.

Nie zuvor hatte Georg ein Parfüm an Malika wahrgenommen.

»Haben Sie Schmerzen?«

Er nickte bloß.

Die Stimme verriet viel über einen Menschen.

Zu viel.

Er hatte nicht vor, schon am Anfang zu scheitern.

Er hatte vor, überhaupt nicht zu scheitern.

»Machen Sie sich keine Sorgen. Sie werden ins Krankenhaus gebracht. Dort wird man Sie röntgen und dann weitersehen. Alles Gute, Herr Taban.«

Die Krankenschwester war noch nicht zurück, also packte Dr. Harig selbst an und schob Georg in die Krankenstation, wo er ihm eine Beruhigungsspritze geben wollte, die Georg ablehnte.

Er musste Herr seiner Sinne bleiben.

»Wie Sie wollen«, sagte Dr. Harig und leuchtete ihm mit einer kleinen Lampe in die Augen.

Ja, dachte Georg. Wie ICH will.

Endlich bekam das Wort wieder eine Bedeutung für ihn.

*

Ezra Calvao war verwirrt. Er geriet häufig in Auseinandersetzungen, aber noch nie hatte einer seiner Faustschläge eine solche Wirkung erzielt.

Wow!

Der Typ war zu Boden gegangen wie ein gefällter Baum.

In den Blicken der andern lag Erstaunen. Doch hier

und da entdeckte Ezra unfreiwilligen Respekt. Zum ersten Mal.

Er hatte getan, was sich keiner getraut hatte: Er hatte Taban zusammengeschlagen. Taban, der in jedem ein mulmiges Gefühl verursacht hatte. Und deshalb nie angegriffen worden war.

Aber er, Ezra, hatte es gewagt. Und ihn so stark verletzt, dass sie ihn im Rollstuhl abtransportieren mussten.

Wahnsinn.

Wie in einem Western klopfte er sich den Staub aus den Kleidern und nahm sich vor, nicht zu prahlen. Wenn er zu dem Vorfall schwieg, würde der Nimbus des Unbesiegbaren ihn zukünftig vielleicht schützen.

Er fürchtete sich nicht vor dem Tag, an dem Taban zurückkommen würde. Er hatte ihn einmal fertiggemacht und er würde es auch ein zweites Mal tun.

Ezra kriegte das Grinsen gar nicht mehr aus dem Gesicht. Selbst bei der Befragung durch Yvonne Kamphuusen nicht. Als sie ihn darauf ansprach, grinste er noch unverschämter. Sie war zwar die Leiterin der JVA, aber trotzdem nur eine Frau.

Sollte sie doch versuchen, ihm die Sache nachzuweisen.

Keiner hatte es gesehen. Keiner.

*

Die beiden Justizvollzugsbeamten saßen auf einer von zwei Bänken, die merkwürdigerweise himmelblau gestrichen und so die einzigen Farbtupfer auf dem langen, kahlen, weißen Krankenhausflur der Röntgenabteilung waren. Sie langweilten sich. Nirgends lagen Zeitschriften, mit denen sie sich die Zeit hätten vertreiben können.

Und so griffen sie schließlich nach ihren Handys. Ab

und zu warfen sie einen kurzen Blick auf Georg, der apathisch in seinem Rollstuhl hing.

Georg war hochzufrieden.

Alles lief wie geschmiert.

Während der Fahrt im knasteigenen Krankenwagen hatte er so getan, als wäre er benebelt von den Schmerztabletten, die Dr. Harig ihm verabreicht, die er jedoch unauffällig in seiner Hosentasche hatte verschwinden lassen.

Er gab vor, nicht aufstehen, nicht laufen, sich kaum rühren zu können. In kurzen Abständen stöhnte er, griff sich an den Kopf oder an den Rücken.

Eine oscarreife Vorstellung.

Seine Beine hielt er angestrengt still, als könne er sie nicht bewegen.

Im Gegensatz zu seinen Bewachern langweilte Georg sich ganz und gar nicht. Er registrierte alles überscharf, nahm jede noch so kleine Bewegung wahr und jeden Laut.

Er trug Sportkleidung, angeblich, weil er vorgehabt hatte, nach dem Mittagessen im Fitnessraum zu trainieren. Die bequemen Sachen würden ihm Bewegungsfreiheit verschaffen.

Mit gesenktem Kopf betrachtete er den alten Mann auf einem der Stühle gegenüber. Schlafanzug, Frotteemantel, zerzaustes Greisenhaar, die zitternden, stark geäderten Hände im Schoß gefaltet. Daneben wartete eine Mutter mit ihrer kleinen Tochter. Sie interessierte sich ausschließlich für ihr Handy, während das Mädchen verträumt die Beine baumeln ließ.

Fast jeder trug an irgendeinem Körperteil einen Verband. Aus einigen Handgelenken schaute der Stöpsel eines Zugangs für Infusionen heraus. Ein junger Mann wurde im Bett zu den Wartenden gerollt und ohne viel Aufhebens abgestellt.

Das Kind starrte die Ansammlung merkwürdiger Gestalten an und ließ Kaugummiblasen vor dem Mund zerplatzen. An den beiden Justizvollzugsbeamten in ihren Uniformen blieb ihr Blick hängen.

Doch nur für eine Weile, dann sah sie Georg in die Augen.

Sonderbarerweise hatte er das Gefühl, von diesem Kind durchschaut zu werden. Er wartete nur darauf, dass sie ihre Mutter am Rock zupfte und ihr mit lauter, klarer Stimme erzählte, was ihr durch den kleinen Kopf ging.

Fast hätte er den Finger an die Lippen gelegt, um sie davon abzubringen.

Er riss sich zusammen.

Das Mädchen wusste nichts.

Niemand wusste etwas.

Den Grundriss des Stockwerks, in dem sich die Radiologie befand, hatte er sich an langen Abenden eingeprägt, ebenso wie die Einzelheiten des gesamten Gebäudes. Den Plan, den Janus ihm gegeben hatte, brauchte er nicht mehr. Er wusste, wo die Tür zum Treppenhaus war, und dass die Treppe drei Stockwerke nach unten führte, wo sie direkt auf einen Notausgang mündete.

Nicht weit davon entfernt befand sich der Krankenhausparkplatz.

Georg musste also nicht den langen Weg am Empfang vorbei nehmen, wo er allen möglichen Leuten begegnen würde, die sich später an ihn erinnern und den Bullen detailliert Auskunft geben konnten.

Er hoffte inständig, dass alles klappte. Dass der Wagen

an der angegebenen Stelle auf ihn warten und er auch wirklich den Schlüssel unter dem linken Kotflügel finden würde.

Ihm wurde bewusst, dass er von nun an auf sich gestellt war.

Eine Krankenhausangestellte winkte einen der Beamten zu sich heran, um ihm Unterlagen auszuhändigen, die Georg offenbar ausfüllen sollte. Der Beamte erhob sich schwerfällig und schlurfte zu der Tür, in der sie auf ihn wartete.

Es schien ein Problem zu geben, denn es entspann sich ein Gespräch zwischen ihnen, bei dem beide abwechselnd auf Georg und die Unterlagen zeigten. Schließlich übergab die Angestellte dem Beamten die Unterlagen und zog sich in ihr Büro zurück.

Der zweite hatte nur kurz aufgesehen und dann sein Handy weggesteckt. Wie ein kleiner Junge rutschte er auf dem Stuhl herum, unfähig still zu sitzen.

Der junge Mann in seinem Bett wurde in den Gang geschoben, der zu den Untersuchungsräumen führte. Der alte Mann wurde abgeholt und in einen der Räume geleitet. Dann wurden Mutter und Kind aufgerufen.

Als hätte Janus das Drehbuch geschrieben. Je weniger Menschen anwesend waren, desto einfacher würde es sein, von hier zu verschwinden.

Aus den Augenwinkeln beobachtete Georg den Beamten bei der Tür, der jetzt sein Handy nahm und telefonierte. Der zweite Beamte erhob sich zögernd und trat zu seinem Kollegen. Er zeigte in die Richtung, in der sich die Toiletten befanden. Der telefonierende Beamte nickte, warf einen kurzen Blick auf Georg, der apathisch in seinem Rollstuhl saß und den Kopf hängen ließ.

Der eine Beamte marschierte los zu den Toiletten, der andere wandte sich zur Seite und konzentrierte sich auf sein Gespräch.

*Das war der Augenblick.*

Georg sprang auf und sprintete los.

# 27

Als Frederik Nowak das Handy wegsteckte und sich nach Georg Taban umdrehen wollte, traute er seinen Augen nicht. Er nestelte das Handy wieder aus der Tasche, setzte einen Notruf ab und schaute sich fluchend um.

»Wo ist er hin?«, fragte er in die Runde der Wartenden, die sich von Minute zu Minute wieder zu vergrößern schien. »Der Mann, der in dem Rollstuhl gesessen hat.«

»Da lang.«

Ein Mittdreißiger im Businesslook, Laptop auf dem Schoß, wies mit einer beiläufigen Kopfbewegung nach links. Die andern reagierten überhaupt nicht auf die Frage. Vielleicht wollten sie einen Flüchtenden nicht verpfeifen, oder sie hatten nichts mitbekommen, oder es war ihnen egal.

Frederik Nowak hatte keine Wahl. Er beschloss, dem Hinweis zu folgen, und setzte sich gerade in Bewegung, als sein Kollege von der Toilette zurückkam. Der erfasste die Situation mit einem Blick.

Sie eilten den langen Flur entlang. Ihre rutschfesten Sohlen quietschten auf dem glattpolierten Linoleum. Patienten sprangen beiseite, um ihnen Platz zu machen.

Verdammt, verdammt, verdammt, hallte es in Frederik Nowaks Kopf. Zum ersten Mal, seit er seine Anstellung als Rettungssanitäter aufgegeben hatte, um im Knast zu arbeiten, bereute er seine Entscheidung.

Das hier konnte ihn Kopf und Kragen kosten.

Verdammt, verdammt, verdammt.

*

Das Treppenhaus war grau, kahl und leer. Es schien nur im Notfall genutzt zu werden. Georgs Keuchen hallte zwischen den unverputzten Betonwänden, an denen kein einziges Bild, nicht einmal ein Plakat hing.

Er nahm zwei, drei Stufen auf einmal.

Stolperte.

Stürzte beinah, fing sich aber im letzten Moment.

Mit Sicherheit waren sie bereits hinter ihm her.

Oben schlug eine Tür zu. Doch er verplemperte keine Zeit, um zu lauschen. Wahrscheinlich verfolgte ihn der eine durchs Treppenhaus, während der andere einen der Fahrstühle genommen hatte.

Unten angekommen riss Georg die Tür des Notausgangs auf und blieb abrupt stehen, geblendet vom grellen Mittagslicht. Noch bevor sich seine Augen darauf eingestellt hatten, rannte er weiter. Er hatte keine Sekunde zu verlieren.

Auch die Außenanlagen und die nähere Umgebung waren abrufbar in seinem Gehirn gespeichert. Ohne zu zögern, wandte er sich nach rechts und am Ende des Gebäudes nach links.

Niemanden würde sein Tempo befremden. Er trug Laufschuhe, Jogginghose, T-Shirt, die leichte Jacke locker um die Hüften geschlungen.

Die perfekte Tarnung.

Er drehte sich nicht um. Lief zielgerichtet zum Parkplatz, der bis auf den letzten Quadratmeter mit Fahrzeugen ausgelastet war, die in der Sonne glitzerten.

Zweite Reihe, direkt am Anfang.

Ein grauer Tiguan, nicht mehr neu, aber auch noch nicht in die Jahre gekommen. Praktisch und unauffällig.

Eine geniale Idee, ihn auf dem großen Parkplatz abzustellen, wo er durchaus länger hätte stehen bleiben können, ohne Argwohn zu erregen. Offiziell war es ein Besucherparkplatz, doch auch viele Patienten brachten ihre Autos hier für die Dauer ihres Aufenthalts unter.

Der Parkwächter hinter der schmutzigen Glasscheibe seines primitiven Holzkabuffs guckte sich eine Fernsehsendung an. Der würde sich an gar nichts erinnern, erst recht nicht an einen Jogger, der über den Parkplatz abkürzte, um in den dahinterliegenden Wald zu gelangen.

Neben dem Tiguan ging Georg in die Hocke und tat so, als würde er seinen Schuh binden. Er tastete unter dem linken Kotflügel nach dem Autoschlüssel, der dort tatsächlich mit einem Klebestreifen befestigt war.

In der nächsten Sekunde warf er sich auf den Fahrersitz und startete den Motor.

Das Ticket auf dem Armaturenbrett war bezahlt und galt für eine ganze Woche. Es gab auf diesem eher primitiven Schotterplatz keine Überwachungskameras. Alles war so, wie Janus versprochen hatte.

Langsam lenkte Georg den Wagen zur Ausfahrt, steckte das Ticket in den Schlitz des Automaten, wartete, bis die Schranke sich vollständig gehoben hatte, und fuhr in gemäßigtem Tempo davon.

Je weiter er sich vom Gelände des Krankenhauses entfernte, desto leichter wurde ihm zumute. Auf der Autobahn schließlich drehte er das Radio an und schoss zu den Klängen von Billy Joels *Piano Man* geradewegs in die Freiheit.

*

Bei den Worten des Kommissars bekam ich weiche Knie und setzte mich hin.

»Das kann nicht sein«, sagte ich und wusste doch, dass es so sein musste.

Er hatte keinen Grund, mich zu belügen.

»Ich wollte, dass Sie es sofort erfahren.«

Seine Stimme klang ernst. Ganz anders als sonst. Allein das war furchteinflößend.

Ich musste es ihm sagen. Es gab keinen Weg daran vorbei.

Aber ich traute mich nicht.

»Wie ist es passiert?«, fragte ich stattdessen.

»Er ist bei einer Auseinandersetzung mit einem anderen Inhaftierten gestürzt und musste in ein Krankenhaus gebracht werden.«

»Und von dort ist er geflüchtet?«

»Ja. Es tut mir leid, Jette, aber die Polizei wird alles tun, um ihn schnell wieder hinter Schloss und Riegel zu bringen.«

»Hat er den Streit provoziert?«

»Offenbar.«

Fast wünschte ich, er hätte mir nichts erzählt. Ich holte tief Luft.

»Ich muss Ihnen etwas gestehen«, sagte ich und beichtete ihm meinen Besuch in der JVA.

»Sie haben WAS? Sind Sie wahnsinnig? Was wollten Sie damit erreichen, um Himmels willen?«

»Ich wollte wissen, ob er hinter den Botschaften und den Angriffen steckt.«

»Und? Hat er Ihnen die Frage beantwortet?«

Fassungslosigkeit und Sorge machten seine Stimme hart.

»Nicht direkt. Aber ja. Er steckt dahinter.«

»Sie müssen mit dem Kollegen Scheuermann sprechen«, sagte der Kommissar nach kurzem Schweigen. »Er muss das erfahren.«

»Das möchte ich nicht.«

»Dann werde ich ihn informieren.«

Hauptsache, ich musste nicht im Büßerhemd vor diesen Mann treten, der meine Ängste die ganze Zeit vom Tisch gewischt hatte.

»Glauben Sie, mein Besuch war der Grund für seine Flucht?«

»Die Kollegen werden versuchen, das herauszufinden. Hat Georg Taban irgendetwas geäußert, das uns helfen könnte?«

»Er hat überhaupt nicht geredet … bis … auf einen einzigen Satz.«

»Welchen?«

Er wollte mir nicht über die Lippen, aber ich zwang mich, ihn auszusprechen.

»Ich … liebe dich.«

Der Kommissar sog scharf die Luft ein.

»Sonst hat er nichts gesagt?«

»Er hat meinen Namen ausgesprochen.«

Ich konnte seine Stimme immer noch hören. Doch das ging den Kommissar nichts an.

*

Auf dem ersten Rastplatz hatte Georg angehalten und sich in aller Eile umgezogen. Im Kofferraum war eine Reisetasche mit falschen Papieren, Kreditkarten, Geld und Klamotten deponiert. Eine Vorsichtsmaßnahme für den Fall, dass die polizeilichen Maßnahmen ihn zwingen würden, einen Zwischenstopp einzulegen und sich für ein, zwei Tage einen Unterschlupf zu suchen, bis die Lage sich entspannt hatte.

Er hatte auch eine Kühlbox mit belegten Brötchen und Mineralwasser vorgefunden, worüber er sich hungrig hergemacht hatte, denn er war nicht dazu gekommen, sein Mittagessen zu beenden.

Janus hatte ihm ursprünglich ein Handy besorgen wollen, doch das hatte Georg abgelehnt, ebenso wie ein Navigationsgerät. Ein Handy war überflüssig, denn er hatte nicht vor, irgendjemanden anzurufen. Und auf ein Navigationsgerät legte er ebenfalls keinen Wert. Er kam sehr gut mit Straßenkarten klar und hatte ohnehin nicht vor, durch die Gegend zu fahren.

Er wollte untertauchen.

Komplett.

Ganz und gar verschwinden.

Hokuspokus …

*Als hätte es ihn nie gegeben.*

Die dunkelblauen Shorts, das weiße T-Shirt und die schwarzen Leinenslipper hatten ihn in einen Mann unter vielen verwandelt, der sich überall gefahrlos bewegen konnte. Der keine Aufmerksamkeit und kein Misstrauen erregte, eher das Interesse der Frauen, die ihm seit jeher nachgelaufen waren.

Wie gut, dass er auf dem Weg in die Einsamkeit war. Dorthin, wo die Weiber ihn in Ruhe lassen würden.

Die ganze Zeit hatte er Radio gehört, um zu erfahren, ob bereits über seine Flucht berichtet wurde. Er hatte sich peinlich genau an die Geschwindigkeitsbegrenzungen gehalten, um bloß nicht in eine Radarfalle oder eine Kontrolle zu geraten.

Wahrscheinlich spulte die Polizei ihr übliches Programm ab und hatte als Erstes sämtliche Straßen im Umkreis des Krankenhauses gesperrt. Sie hatten keine Ahnung, ob er zu Fuß geflüchtet oder mit einem Fahrzeug unterwegs war, wussten nicht, ob er die Flucht geplant hatte oder spontan aus dem Krankenhaus getürmt war. Sie konnten nur darüber spekulieren, ob er in der Nähe abwartete, bis die Lage sich entspannt hatte, oder ob er das Chaos nutzte, um ins Ausland zu gelangen.

Inzwischen hatten sie wohl auch von Jettes Besuch gestern erfahren. Wahrscheinlich hielten sie ihn für den Auslöser der Flucht und glaubten deswegen, sie sei spontan gewesen.

Allmählich wurde Georg ruhiger.

Im Handschuhfach lag der aktuelle ADAC-Atlas. Der würde ihm weiterhelfen, sollte er die Orientierung verlieren. Aber er hatte sich schon in der Gefängnisbücherei ausführlich mit der Gegend beschäftigt, zu der er unterwegs war.

Wälder. Nichts als Wälder.

Grenzenlose Freiheit.

Wer sollte ihn da schon finden.

*

Am Telefon war Magnus Scheuermann plötzlich viel offener, was Bert kaum verwunderte. Schließlich gab es jetzt einen hieb- und stichfesten Fall. Er verfiel sofort wieder in das unter Kollegen übliche Du und erweckte nicht den Eindruck, mit etwas hinterm Berg zu halten.

Unaufgefordert versorgte er Bert mit Informationen.

Viel wusste er noch nicht, doch das war zu diesem Zeitpunkt auch nicht zu erwarten.

Sie hatten den Bereich um das Krankenhaus weiträumig abgesperrt und Georg Taban zur Fahndung ausgeschrieben, denn als Serienmörder stellte er eine erhebliche Gefahr für die Allgemeinheit dar.

Die Flucht war unspektakulär verlaufen und niemand zu Schaden gekommen.

Bisher.

Die Überwachungskameras des Krankenhauses hatten lediglich aufgezeichnet, wie Georg Taban aus der Radiologie floh. Im Treppenhaus waren leider keine Kameras installiert, ebenso wenig auf dem Parkplatz, der neben dem eigentlichen nur als Ausweichparkplatz diente.

Zunächst wurden nun die Mithäftlinge in der JVA befragt und die Patienten und Besucher, die im Wartebereich der Radiologie Zeugen der Flucht geworden waren.

»Du kennst das ja«, schloss Scheuermann.

Im Gegenzug berichtete Bert von seinem Gespräch mit Jette.

»Sie hat WAS?«, wiederholte Scheuermann Bert fast wörtlich. »Ist die verrückt geworden?«

»Der Besuch ist merkwürdig abgelaufen«, sagte Bert.

»Inwiefern?«

»So gut wie ohne Worte. Er hat ihr lediglich gesagt, dass er sie liebt.«

»Hmm … Wie schätzt du das ein?«

»Er ist noch nicht fertig mit dem Mädchen. Entweder er will Rache oder aber seine Gefühle sind wieder aufgeflammt. In jedem Fall glaube ich, dass Jettes Besuch der Auslöser für die Flucht gewesen ist. Was nicht ausschließt, dass er sie lange vorher geplant haben kann.«

»Ich werde einen Wagen nach Birkenweiler schicken«, versprach Scheuermann.

Das war alles, was Bert wollte. Er legte das Telefon auf den Tisch, lehnte sich in seinem Lieblingssessel zurück und blickte aus dem Fenster seines Wohnzimmers in den Himmel, über den erste dunkle Wolken zogen.

Der Wetterdienst hatte Gewitter vorhergesagt. Möglicherweise behielt er heute recht, auch wenn die Wolken noch klein und unscheinbar waren.

Bert rief sich die Stunden in Erinnerung, in denen er Georg Taban verhört hatte. Befragte dazu wieder sein Notizbuch von damals.

Irgendwo hatte er das Wort *seelenlos* aufgeschrieben.

Ein Zusammenhang mit den übrigen Aufzeichnungen bestand nicht, und es gelang ihm auch nicht, ihn nachträglich herzustellen.

Das Wort verursachte einen schwachen Schmerz unter seiner Schädeldecke.

Er ging in die Küche und machte sich einen starken Kaffee, um ihn zu vertreiben, bevor er schlimmer wurde.

Das Wort geisterte weiter in seinem Kopf herum.

*Seelenlos.*

# 28

Die Jagdhütte war alt und heruntergekommen. Man erkannte auf den ersten Blick, dass sie seit etlichen Jahren nicht mehr genutzt wurde. Wahrscheinlich hatte man sie längst aufgegeben.

Georg kämpfte sich durch hochgeschossenes Gras und Unkraut und stach sich an mannshohen Disteln. Bei jedem Schritt scheuchte er Bienen und Hummeln auf.

Etwas zu seinen Füßen schoss panisch davon, vielleicht ein Eichhörnchen oder eine Maus. Ein umgestürzter Baum, längst überwuchert, lag da wie ein Urzeitmonster im Schlaf.

Vermutlich hatte die Hütte einmal auf einer gerodeten Lichtung gestanden, von der heute jedoch nichts mehr zu erkennen war. Der Wald hatte sie sich zurückerobert und würde sie nicht wieder hergeben.

Er machte sich auch bereits über die Jagdhütte her, die komplett aus Holz bestand. Aus den Fugen der Terrasse sprossen dünne hellgrüne Triebe. Auf dem Dach wuchs eine junge Birke. Efeu deckte das Geländer zu, das die umlaufende Terrasse umgab. An zwei Stellen war es gebrochen und hing schief in den Angeln.

Die Holzbretter knarrten unter Georgs Schritten, gaben jedoch nicht nach.

Wildnis.

Diese Jagdhütte war eine Ewigkeit von keinem menschlichen Fuß betreten worden, bevor Janus sie vor Jahren entdeckt hatte.

Georg lief bis zur Rückseite der Hütte. Dort machte die Terrasse einen Knick und führte um einen Anbau herum, an dessen Wänden ein reichlicher Vorrat an Brennholz gestapelt war.

Hier hatte sich ein wenig Gerümpel angesammelt, als habe es einmal auf den Sperrmüllwagen gewartet und aufgegeben. Georg hob einen dreibeinigen Stuhl an und drehte ihn um.

Der Schlüssel klemmte wie versprochen zwischen Sitzfläche und Rahmen. Erleichtert zog Georg ihn hervor.

Die verzogene Tür knarrte, als er sie aufschob. Er blieb auf der Schwelle stehen und spähte in den dunkeln Raum, in dem die Gegenstände erst nach und nach Gestalt annahmen. Vorsichtig trat er ein und öffnete die Klappläden der vier Fenster.

Licht fiel herein und machte einen massiven Holztisch mit einer Sitzbank und zwei Stühlen sichtbar. Einen schlichten Weichholzschrank mit Geschirr, Gläsern und Besteck. Sofa und zwei Sessel aus nougatbraunem Leder. Einen Couchtisch mit eingelegtem Mosaik.

Einen Kaminofen, dessen schwarzes Abzugsrohr einen halben Meter unterhalb der Decke in der Wand verschwand. Ein Bücherregal voller Krimis. Eine einfache Küchenzeile mit Spüle und Herd.

Hier im Innern war alles aufgeräumt und sauber. An den Fenstern hingen weiße Gardinen, die vor neugierigen

Blicken schützten. Falls sich wider Erwarten jemals jemand hierher verirren sollte.

Im Schlafzimmer standen ein großes Bett und ein alter Schrank aus dunklem Holz, der neben ausreichend Handtüchern und Bettwäsche eine großzügig zusammengestellte Auswahl an Kleidung in Georgs Größe enthielt. An der Wand hing ein schnörkelloser Spiegel, der bis zum Boden reichte und dem Zimmer die Illusion von Größe verlieh.

Im Badezimmer gab es ein Waschbecken, eine Toilette und eine hübsche, weiß emaillierte Sitzbadewanne im Retrolook.

Den schmalen Bauernschrank in der kleinen Diele öffnete Georg nicht. Das würde er erst tun, wenn er dazu bereit war.

*Er wusste, was er enthielt.*

Selbst das hatte Janus in der Kürze der Zeit noch organisieren können.

Die letzte Tür führte in den zugigen Anbau. Hier war jeder Zentimeter Wand mit Regalen bedeckt, die sich unter Lebensmittelvorräten, Toilettenartikeln und Mengen anderer Vorräte bogen. Außerdem fand Georg einen gut sortierten Werkzeugkasten und zahlreiche große Kanister mit Trinkwasser vor.

Es gab keinen Strom. Der kompakte Herd, ein ähnliches Exemplar wie das, auf dem Georgs Großmutter gekocht hatte, wurde mit Holz befeuert. Auch der Kessel, der darauf stand, hätte ein Zwilling der großmütterlichen Ausgabe sein können.

Georg vertrieb die Bilder schnell.

Keine schlechte Erinnerung sollte diese Räume beschmutzen.

In jedem der Zimmer stand eine Petroleumlampe. Im Schuppen hatte Georg weitere Lampen entdeckt, ebenso einen reichlichen Vorrat an Petroleum.

Nachdem er sich alles angeschaut hatte, ging er zum Auto zurück und fuhr es hinter die Hütte. Dort war es sicher. Auf der einen Seite war es von der Hütte selbst verdeckt, auf der andern von einer Reihe dichtstehender Fichten. Außerdem war es fast ganz im hohen Gras versunken.

Georg ließ sich auf das Sofa fallen und sah sich zufrieden um.

Sein Zuhause. Zwar war es ursprünglich für ihn allein gedacht gewesen, aber nun würde es für zwei reichen müssen.

Ein einfaches Leben in der Natur. War es nicht das, was er sich immer gewünscht hatte? Ohne Strom, ohne fließendes Wasser. Aber das Regenwasser wurde, wie er draußen gesehen hatte, über die Regenrinne in eine Tonne geleitet.

Es war für alles gesorgt.

Der nächste kleine Ort war etwa zehn Kilometer entfernt. Es gab dort, wie Janus ihm erklärt hatte, einen Dorfladen und eine Bäckerei. Sonst nichts.

Georg warf einen Blick auf das Bücherregal. Die Krimis würden ihm die Zeit vertreiben.

Es sollte ja nicht für immer sein. Nur für eine Weile. Bis Gras über die Sache gewachsen war.

Er schloss die Augen und atmete durch.

Sein neues Leben hatte begonnen.

Endlich wusste er wieder, wie Freiheit schmeckte.

*

Der schwarze Wagen fiel auf. Jedes fremde Fahrzeug fiel in Birkenweiler auf, wenn es länger als eine Stunde irgendwo parkte. Innerhalb kürzester Zeit würde sich herumsprechen, dass die Polizei ein Auge auf unser Haus hatte.

Georgs Flucht war *das* Thema in den Online-Nachrichten. Auch mein Name erschien immer wieder, wenn von Georgs Vergangenheit berichtet wurde.

Bis vier Uhr hatte bereits ein gutes Dutzend Journalisten angerufen. Danach hatten wir das Telefon lahmgelegt und die Handys stummgeschaltet.

Luke und ich hatten beschlossen, zu Hause zu bleiben. Merle war noch im Tierheim. Sie mussten sich um gleich drei ausgesetzte Tiere kümmern, die traurige Begleiterscheinung der Ferienzeit.

Mike und Ilka hatten sich gemeldet, und ich hatte sie mühsam davon überzeugen können, dass für unsere Sicherheit gesorgt war und wir uns absolut keine Sorgen machten. Das war gelogen, aber weniger Menschen in meiner Nähe bedeutete mehr Sicherheit für die Menschen, die ich liebte.

Meine Mutter hatte es vom Kommissar erfahren. Sie rief mich auf dem Handy an und versuchte mich zu überreden, mit Merle und Luke zu ihr und Tilo zu ziehen und in der Mühle zu wohnen, bis die Polizei *das Scheusal* wieder hinter Gitter gebracht hätte.

Ich erklärte ihr, dass wir uns in unserem eigenen Haus am allersichersten fühlten und dass es niemandem gelingen würde, uns einzuschüchtern. Vielleicht glaubte ich sogar selbst ein bisschen daran.

Gegen fünf setzte ich mich an den Schreibtisch und versuchte zu lernen. Luke hatte sich mit seinem Laptop in den Garten verzogen, angeblich, um zu entspannen. In Wirklichkeit wollte er den hinteren Teil des Hauses im Auge behalten, den die Polizisten vom Auto aus nicht überblicken konnten.

Der Garten sollte erst noch ein richtiger Garten werden. Bislang bestand er lediglich aus holpriger Wiese und ein paar mageren Büschen und Stauden, die Merle gepflanzt hatte. Keiner von uns wäre jemals auf die Idee gekommen, sich dorthin zurückzuziehen, um zu entspannen.

Gerührt hörte ich, wie sich Türen ab und zu leise öffneten und schlossen.

Luke bewachte das Haus.

Und sollte es doch jemandem gelingen, hier einzudringen, würde er bereit sein und auf ihn warten. Er praktizierte Jiu-Jitsu nicht zum reinen Vergnügen. In der Vergangenheit war die Kampfkunst der Samurai für ihn überlebenswichtig gewesen.

Nach einer Weile bemerkte ich, dass meine Augen zwar gelesen hatten, was ich mir für die Prüfungen einprägen wollte, mein Gehirn jedoch kein Wort verstanden hatte.

Ich fragte mich, wo Georg sein mochte.

Und hörte ihn den Satz sagen, der mich vollkommen aus der Fassung gebracht hatte. Den ich niemals wieder aus seinem Mund hatte hören wollen. Der so viel mehr Bedrohung enthielt als Zärtlichkeit.

*Ich liebe dich.*

Die Wände unseres Hauses rückten mir auf den Leib und nahmen mir die Luft zum Atmen. Ich verspürte diesen mir so vertrauten Fluchtimpuls – die Laufschuhe anzuziehen und mich auf den Feldern auszupowern.

Aber ich widerstand ihm.

Was, wenn Georg in diesem Moment ganz in der Nähe war?

*

Innerhalb kürzester Zeit hatte sich der Himmel verdunkelt. Georg hatte einen der Stühle mit nach draußen genommen und saß auf der maroden Terrasse. Wind war aufgekommen und blies ihm das Haar aus der Stirn. Noch fühlte er sich warm an, doch sobald der erste Regen fiel, würde er abkühlen.

Georg legte den Kopf zurück und lauschte dem Rascheln, mit dem der Wind durch die Bäume fuhr. Er war froh, dass die Hütte in einem Mischwald lag, denn er liebte die Geräusche, die Wind und Regen in den Laubbäumen machten.

Die ersten Tropfen fielen. Dicke, schwere Sommerregentropfen. Georg trug den Stuhl hinein, ließ die Tür jedoch weit geöffnet. Er hatte lange genug bei verschlossenen Türen gelebt.

Der erste Blitz zuckte über den Himmel. Das erste Donnergrollen war zu hören.

Es hielt Georg nicht im Haus. Er zog sich aus und stellte sich nackt in den Regen. Dann hob er die Arme und stieß einen Schrei aus.

FREI!

Er war frei.

Das Gewitter zog so schnell weiter, wie es gekommen war. Georg trocknete sich ab und streifte seine Sachen über. Er setzte Teewasser auf und zog eine Tüte mit Schokokeksen aus dem Vorratsschrank.

Das Leben hier würde ein bisschen umständlich sein. Hin und wieder mussten die Trinkwasserkanister ausgetauscht werden. Er musste eine Möglichkeit finden, frische Lebensmittel ohne Kühlschrank zu kühlen. Das Petroleum in den Lampen musste regelmäßig aufgefüllt werden.

Aber es war eine schlichte, ehrliche Art zu leben.

Georg setzte sich mit dem Tee und den Keksen auf die Terrasse und genoss den frischen, würzigen Duft, den der Regen hinterlassen hatte. Leise tropfte das Wasser von den Bäumen.

Es begann zu dämmern. Und schließlich fiel die Dunkelheit herab.

Er ging ins Haus und zündete die Petroleumlampen an. Sie tauchten die Zimmer in ein sanftes Licht.

Erst jetzt, am Ende des langen Tages, erst jetzt, da er begann, sich hier geborgen zu fühlen, trat Georg zu dem schmalen Bauernschrank in der Diele. Er war mit Klatschmohnblüten bemalt, die von innen heraus zu leuchten schienen, kleine, tiefrote, samtige Sonnen.

Georg tat einen langen Atemzug, bevor er die Hand ausstreckte und die Tür öffnete.

*Da hing es.*

Ein Traum aus Spitze und Seide.

Weiß und rein.

Das schönste Brautkleid, das er je gesehen hatte.

# 29

Irgendwie war die Nacht vergangen. Ich war häufig aufgeschreckt und hatte jedes Mal in Lukes offene Augen geblickt. Er schien so gut wie gar nicht geschlafen zu haben.

Beim Frühstück saß ich ihm erschöpft gegenüber und versuchte, etwas zu essen, obwohl ich keinen Hunger hatte. Lukes Appetit hatte unter der mehr oder weniger durchwachten Nacht nicht gelitten.

»Sehr müde?«, fragte ich ihn.

»Du weißt doch, dass ich mich ausruhen kann, ohne zu schlafen«, antwortete er.

Das hatte er bei Akito Ono gelernt, seinem alten Freund und früheren Jiu-Jitsu-Lehrer. Akito Ono war Buddhist und Träger des zehnten Dan. Er unterrichtete nicht nur Jiu-Jitsu, sondern übersetzte auch japanische Gedichte ins Deutsche und schrieb Bücher über die Heilkraft von Pflanzen.

In seinem Haus in Pirna bot er häufig Menschen Unterschlupf, die in Not geraten waren. Er hatte Luke mehr als einmal gerettet, auch vor sich selbst. Akito Ono schätzte Tee mit Chrysanthemenblüten, war sanft und freundlich, und doch war er es gewesen, der aus Lukes Händen und Füßen tödliche Waffen gemacht hatte.

Uns ging der Gesprächsstoff aus. Das passierte zum ersten Mal und es erschreckte mich. Doch dann machte ich mir klar, dass es gute Gründe dafür gab.

Irgendwo da draußen war Georg.

Und er war deutlich im Vorteil, denn er konnte handeln, während uns die Hände gebunden waren.

Ich brachte unseren Schutzengeln draußen einen Kaffee ans Auto, den sie dankbar entgegennahmen.

»Sie dürfen auch gern reinkommen und frühstücken«, bot ich ihnen an.

Doch das lehnten sie ab. Bisher hatten sie unser Haus nur betreten, um die Toilette zu benutzen.

»War die Nacht ruhig?«, fragte ich.

Beide nickten.

»Und wenn nicht, dann wär ich die Letzte, der Sie es sagen würden, stimmt's?«

Sie grinsten.

Ich kehrte ins Haus zurück und fing an, wie besessen das Bad zu putzen. Ich konnte nicht hier herumsitzen und darauf warten, dass sich irgendwas ereignete. Vielleicht irrten wir uns ja alle und es würde gar nichts passieren.

Georg war nicht dumm. Er würde nicht aus dem Gefängnis ausbrechen, um dann hier aufzutauchen und sich wieder festnehmen zu lassen. Er würde wissen, dass die Polizei unser Haus beobachtete. Sie machte ja kein Geheimnis daraus.

Und drinnen war Luke, der verhindern würde, dass mir auch nur ein Haar gekrümmt wurde. Selbst das musste Georg wissen, denn offenbar hatte er uns ja lange ausspionieren lassen.

Wie also sollte er an mich herankommen?

Ich sah sein Gesicht vor mir.

Seine rastlosen Augen.

Er hatte einen ganz anderen Plan. Und niemand wusste, welchen.

*

Zum ersten Mal seit langer Zeit hatte Georg durchgeschlafen. Als er am Morgen vom Gezwitscher der Vögel geweckt wurde, fühlte er sich wie neugeboren. Zum Frühstück bereitete er sich ein Müsli aus Haferflocken, Trockenfrüchten, Nüssen und haltbarer Milch zu.

Während er aß, blickte er hinaus in den erwachenden Tag.

Er hatte keine Eile. Jahrelang hatte er auf sein zweites Leben gewartet, da musste er jetzt nichts überstürzen.

Noch lag die Feuchtigkeit der Nacht in der Luft. An den zarten Fäden der Spinnennetze, die sich zwischen den Wiesenpflanzen spannten, hingen winzige schillernde Tröpfchen. Georg hörte das Klopfen eines Spechts. Sah ein Eichhörnchen von einem Baum zum andern springen.

So fühlt sich Glück an, dachte er.

Er räumte den Tisch ab, stellte das Geschirr in die Spüle und packte Wasser, einige Energieriegel und Geld in den Rucksack, den er im Anbau gefunden hatte. Dann klappte er die Fensterläden zu, verschloss sorgfältig die Tür und machte sich auf den Weg.

Janus hatte behauptet, die Jagdhütte sei die Hütte eines Freundes eines Freundes eines Freundes und würde nicht mehr genutzt. Vielleicht war der Freund eines Freundes eines Freundes auch mittlerweile verstorben und die Hütte verwaist.

Oder es gab den Freund eines Freundes eines Freundes überhaupt nicht.

Georg hatte es gar nicht so genau wissen wollen. Er hatte beschlossen, Janus zu vertrauen, und sich daran gehalten. Und das offenbar zu Recht.

Bis hierher war alles bestens gelaufen.

Für heute hatte er sich vorgenommen, zum nächsten Dorf zu wandern und dabei die Gegend zu erkunden.

Der weiche Waldboden federte seine Schritte ab. Georg bewegte sich beinah lautlos auf dem duftenden Teppich aus verrottendem Laub, Erde und Moos. Nur ab und zu knackte ein dünner Zweig unter seinen Schuhen.

Auf den Lichtungen verdampfte die Feuchtigkeit in der Hitze, die sich rasch entwickelte. Sonnenlicht funkelte in den Kronen der Bäume. Ein leichter Wind spielte mit den glänzenden Blättern.

Immer wieder musste Georg über umgestürzte Bäume klettern. An manchen Stellen standen kahle Tannen und Fichten wie abgehalfterte Weihnachtsbäume. Um diesen Teil des Waldes schien sich lange niemand mehr gekümmert zu haben.

In der Werkzeugkiste hatte Georg einen Kompass entdeckt, der ihm wertvolle Dienste leistete. Es gab keinen Weg in die Richtung, die er einschlagen musste, nur einen sich ab und zu verzweigenden schmalen Trampelpfad, der den steilen Abstieg ein wenig erleichterte.

Nachdem er etwa die Hälfte der Strecke zurückgelegt hatte, machte er Rast, aß zwei Energieriegel und löschte seinen Durst. Dann wanderte er weiter, bis er nach etwa zwei Stunden die ersten Dächer des kleinen Orts entdeckte, von dem Janus ihm erzählt hatte.

Weißenheim.

Ein strenges Dorf, das still in der grellen Hitze lag, die Fensterläden zugeklappt, die Rollos heruntergelassen, die Türen fest geschlossen. Eine Katze trug eine erbeutete Maus über die Straße und verschwand unter einem schiefen Jägerzaun. Irgendwo schrie ein Säugling auf diese klägliche Weise, wie nur Neugeborene es können.

Ein wenig abseits stand eine Kirche, umgeben von einem kleinen Friedhof, der sich in den Schatten hoher Bäume duckte. Einige Schritte weiter entdeckte Georg den Dorfladen und direkt daneben die Bäckerei.

Beide Geschäfte hatten ihre schmuddeligen, sonnengebleichten Markisen ausgefahren. Unter der des Lebensmittelladens waren Kisten mit Obst und Gemüse aufgestellt, unter der der Bäckerei warteten zwei einsame Bistrotische mit Stühlen vergeblich auf Gäste.

Überhaupt war in diesem Ort keine Menschenseele zu sehen, weder auf den Bürgersteigen noch in den Gärten noch auf den Balkonen.

Georg schob die Ladentür auf und wurde von dem dünnen Gebimmel einer Türglocke angekündigt. Eine einzige Kundin befand sich im dämmrigen Innern, eine stämmige Frau mittleren Alters, die an der Fleischtheke bedient wurde.

Sie drehte sich nach ihm um und wandte sich dann wieder der Verkäuferin zu. Diese streifte ihn ebenfalls lediglich mit einem flüchtigen Blick.

Georg trug eine Baseballkappe, die er sich tief in die Stirn gezogen hatte. Die verspiegelte Sonnenbrille nahm er nicht ab. Selbst wenn sie genauer hingeschaut hätten, würden sie sich nicht an sein Gesicht erinnern.

Beides hatte er in einer Autobahnraststätte gekauft. Außerdem hatte er beschlossen, die Barthaare wachsen zu lassen, und sich deshalb heute Morgen nicht rasiert. Die Polizei würde ein Fahndungsfoto veröffentlichen, dem er so wenig ähnlich sehen sollte wie möglich.

Er kaufte ein Stück Käse, einige Eier, eine Tafel seiner Lieblingsschokolade und etwas Obst und nahm noch einen Spiralblock und einen Kugelschreiber mit. Dann suchte er sich in der Bäckerei einen großen Laib Brot aus und machte sich auf den Rückweg.

Ihm wurde klar, dass er schnell eine Lösung finden musste, um verderbliche Lebensmittel aufzubewahren. Damit er größere Mengen kaufen konnte und nicht gezwungen war, sich zu oft im Dorf zu zeigen.

Heute hatte er kein sonderliches Interesse erregt. Doch morgen konnte das schon anders sein. Er durfte keinen Fehler machen, dann war er hier in Sicherheit, und sie würden ihn niemals finden.

*

Um Malle Klestof abzufangen, bevor er sich verdrücken konnte, war Bert wieder direkt zu dem Feld gefahren, auf dem die Erdbeerpflücker gerade beschäftigt waren.

»Bin ich jetzt auch noch dafür verantwortlich, dass Gorge die Fliege gemacht hat?«, polterte der Mann los und lehnte sich mit vorm Bauch verschränkten Armen an den Anhänger.

Elf Uhr, aber bei dem ständigen leichten Wind hier draußen war die Hitze noch halbwegs erträglich. Trotzdem bewunderte Bert die Männer und Frauen, die mit ihren Kisten hin und her liefen, als wäre das gar nichts.

»Hat Ihr Freund sich schon bei Ihnen gemeldet?«, fragte er, die Verärgerung des Erntehelfers geflissentlich ignorierend.

»Warum sollte er?«

»Allein kann man eine solche Flucht kaum bewältigen.«

»Er offenbar doch.«

»Wo versteckt er sich, was denken Sie?«

»Gorge ist nicht der Typ, der sich versteckt.«

»Sie meinen …«

»Gar nichts mein ich. Ich hab nichts gesehen und nichts gehört. Sie vergeuden hier bloß Ihre Zeit.«

»Wir können unser Gespräch auch gern woanders fortführen.«

Der Bluff wirkte. Malle Klestof stieß sich vom Anhänger ab und schob die Hände in die Taschen seiner dünnen Arbeitshose. Er blickte Bert herausfordernd in die Augen.

»Ich weiß, dass eine Flucht aus dem Knast nicht strafbar ist. Das hab ich gegoogelt.«

»Und?«

»Dann ist es auch nicht strafbar, jemandem dabei zu helfen. Was nicht heißt, dass ich ihm geholfen hätte«, fügte er rasch hinzu und zog geräuschvoll die Nase hoch.

»Sie haben nicht weitergelesen, Herr Klestof. Es handelt sich hierbei um den Straftatbestand der Gefangenenbefreiung und der kann mit einer Freiheitsstrafe von bis zu fünf Jahren …«

»Ich hab ihm nicht geholfen! Hab ihn ja ewig nicht mehr gesehn!«

Dünne Decke, dachte Bert. Äußerst dünne Decke.

»Der ist bestimmt längst über alle Berge. Gorge würde nie das Risiko eingehn, wieder geschnappt zu werden. Ich wette, der sitzt irgendwo im Ausland am Meer, ein Bier in der Hand, und genießt seine Freiheit.«

Er gab sich solche Mühe, diese Spur zu legen, dass Bert sich bestätigt fühlte: Georg Taban befand sich nach wie vor in Deutschland. Und zwar ganz in der Nähe.

Nicht allzu weit von Jette entfernt.

*

Die Nachricht von Georgs Flucht hatte Merle einen Schock versetzt, von dem sie sich noch nicht erholt hatte. Man musste nicht das Zweite Gesicht haben, um zu spüren, dass sich etwas vorbereitete. Irgendwo da draußen war Georg und konnte ungehindert an seinen Plänen feilen.

Und sein wichtigstes Ziel war Jette.

Merle sah die Katastrophe kommen und konnte nichts dagegen tun, außer in Jettes Nähe zu bleiben. Deshalb war sie erleichtert, als sie den wieder einmal äußerst chaotischen Freitag im Tierheim hinter sich hatte.

Luke empfand es ähnlich. Ihre Sorge um Jette brachte sie einander näher. Sie hatten begriffen, dass sie zusammenarbeiten mussten.

Verständlich, dass Jette irgendwann genug davon hatte.

»Ich finde es wirklich lieb von euch, dass ihr auf mich aufpassen wollt, aber ich kriege keine Luft mehr, wenn ich nicht mal ab und zu für mich sein kann.«

Also achteten Merle und Luke darauf, in ihrer Nähe zu bleiben, ohne an ihr zu kleben.

Der Freitagabend verlief ruhig, abgesehen von ein paar Pressefuzzis, die offenbar vorhatten, hier zu campieren. Längst hatten sie mitgekriegt, dass Bullen vor dem Haus in ihrem Auto saßen.

Sie witterten eine Story.

Gegen zweiundzwanzig Uhr griffen die Polizisten ein, weil sich ein Mann am Tor zum Innenhof zu schaffen machte. Es stellte sich jedoch heraus, dass es nur ein betrunkener Bauer war, der seinen Hof nicht fand.

Merle fragte sich, wie lange die Polizei das Haus wohl beobachten würde. Das konnte schließlich nicht ewig so gehen. Und was, wenn Georg einen langen Atem hatte? Er brauchte doch nur zu warten, bis die Beamten abgezogen wurden.

Man konnte ihn nicht einschätzen.

Er tickte vollkommen anders als andere Menschen, und sein Verhalten bei Jettes Besuch im Knast ließ darauf schließen, dass er noch immer von ihr besessen war.

In der Nacht schreckte Merle bei jedem Geräusch aus dem Schlaf. Sie machte dann einen Rundgang durchs Haus, vergewisserte sich, dass die Türen und Fenster noch verschlossen und intakt waren, und traf mehrmals auf Luke, der ebenfalls seinen Kontrollgang machte.

Am frühen Morgen brachte sie den Polizisten einen Kaffee nach draußen, bevor sie von ausgeruhten Kollegen abgelöst wurden.

Selten war sie so dankbar für ihre Anwesenheit gewesen.

*

»Wo willst du hin?«, fragte Luke, als ich am Samstagmorgen meine Geldbörse in den Einkaufskorb legte.

»Nur kurz in den Bauernladen.«

Ohne finnisches Knäckebrot und Käse war ich nicht überlebensfähig.

»Warte. Ich gehe mit«, verkündete Merle, die sich gerade ihr Müsli zubereitete.

Ich verdrehte die Augen, widersprach jedoch nicht. Sie hatten ja recht. Die Polizei stand schließlich nicht umsonst vor unserm Haus.

»Ich auch«, sagte Luke.

»Nein. Wenn ich mich selbst zur Gefangenen mache, gebe ich ihm die Macht über mich, die er haben will.«

In ihren Gesichtern entdeckte ich unfreiwilliges Verständnis.

»Ihr seid doch auch in Gefahr«, fuhr ich fort. »Der Anschlag im Tierheim. Mikes Unfall. Und glaub bloß nicht«, wandte ich mich an Luke, »er würde dich verschonen.«

»Im Gegenteil«, stimmte Merle mir zu. »Als sein Nebenbuhler bist du besonders gefährdet.« Sie schüttelte den Kopf. »Es war falsch, diesen kranken Typen im Knast zu besuchen.«

Dem war nichts hinzuzufügen.

»Vielleicht kriegen sie ihn ja bald.« Merle sah mich hoffnungsvoll an.

*Bald* war ein dehnbarer Begriff.

»Ich würde auch gerne mal wieder im Bauernladen einkaufen«, behauptete Luke, der sich noch nie darum gerissen hatte. Er war der Discountertyp, der seine Einkäufe gern rasch nebenbei erledigte.

»Okay.« Ich gab auf. »Dann kommt mit.«

Es war ja nicht die schlechteste Idee.

Ich musste an diese unsäglichen Horrorfilme denken, in denen jemand sich an einer Gruppe von Menschen rächen will und ungehindert einen nach dem andern abmurksen kann, weil seine Opfer selbst nach dem x-ten Mord nicht begreifen, dass sie sich ganz einfach schützen können, indem sie zusammenbleiben.

An Samstagen hatte der Bauernladen nur am Vormittag

geöffnet, und wenn zu wenige Kunden kamen, schloss er auch schon mal früher. Wir brachten den Polizisten noch zwei Flaschen Wasser ans Auto, erklärten ihnen, wohin wir gehen wollten, und zogen los.

Birkenweiler war wie ausgestorben.

Sogar den hartnäckigsten Pressefuzzis war es wohl zu heiß geworden. Vielleicht hatten sie sich in den Schatten zurückgezogen oder das Interesse verloren. Jedenfalls konnte ich keinen von ihnen entdecken.

Neben mir plauderten Luke und Merle über dies und das. Es kam mir vor wie das Pfeifen im Wald.

Wir kauften den halben Laden leer und hatten die Sachen eben im Korb verstaut, als die alte Bäurin, die es sich nicht nehmen ließ, noch mit ihren neunundachtzig Jahren täglich höchstpersönlich hinter der Theke zu stehen, mich bedauernd ansah und sagte: »Sie tun mir so leid, mein Kind. Gott segne Sie.«

Das war ein böses Omen.

Der Hals wurde mir eng. Ich drehte mich um und trat wieder hinaus in das harte Sonnenlicht.

Luke und Merle erwähnten die Szene auf dem Heimweg mit keinem Wort.

*

Nach dem Frühstück machte Georg sich auf, um die nähere Umgebung zu erforschen.

Bäume, Bäume, Bäume.

Hier und da kleine Lichtungen, in die sich zögerlich die ersten Sonnenstrahlen vortasteten.

*Morgen schon.*

Sofern alles gut ging.

Doch wenn es einem gelingen konnte, dann Janus.

Allein die Wahl der Jagdhütte mit ihren sanft geschwungenen schmiedeeisernen Gittern vor den Fenstern hatte er perfekt getroffen. Sie hatten die Form von Blumenranken und erinnerten nicht an den Knast, sondern waren kleine Kunstwerke, die Georg durchaus gern anschaute.

Zumindest in den ersten Tagen würden sie sehr nützlich sein.

Er wusste nichts über den Eigentümer der Jagdhütte. Dass sie überhaupt an dieser Stelle erbaut worden war, sprach dafür, dass sie jemandem mit enormem Einfluss gehört hatte oder gehörte.

Wie Janus an sie herangekommen war, durfte ruhig ein Geheimnis bleiben. Je weniger Einzelheiten Georg kannte, desto besser. Mitwisser lebten gefährlich.

Auf einer besonders schönen Lichtung setzte er sich hin und lehnte sich mit dem Rücken an den mächtigen Stamm eines Ahorns. Ruhig floss die Freude durch seinen Körper.

Er liebte diesen Baum.

Die Lichtung.

Den Wald.

Das alles.

Warum musste man erst so tief fallen, um wirkliche Dankbarkeit empfinden zu können?

Seine Lippen verzogen sich zu einem Lächeln. Er legte den Kopf zurück, spürte den alten Baumstamm mit seinen Wunden und Vernarbungen und seiner Kraft.

Das Schlaraffenland.

Sogar einen schmalen Bach hatte er entdeckt, der sich beinah lautlos abwärtsschlängelte. Wenn er ihn mit ein paar Steinen staute, hätte er eine wunderbare Badestelle.

All das würde er Jette zeigen.

Auf dem Rückweg zur Hütte, für den er eine andere Route wählte, hielt er wieder gründlich Ausschau nach menschlichen Spuren.

Nichts.

Niemand verirrte sich in diese Wildnis, die selbst für Jäger keinen Anreiz bot. Vielleicht konnte ein Förster ein Problem darstellen, doch der würde keinen zweiten Blick auf die verlassen wirkende Jagdhütte verschwenden.

Und wenn doch jemand hier auftauchen sollte – Georg wusste, was er dann zu tun hatte.

*

Den dritten Tag war Georg Taban jetzt schon auf der Flucht, und mit jedem weiteren Tag wurden die Chancen geringer, ihn zu finden.

Er konnte mittlerweile überall sein.

Bert hatte Magnus Scheuermann, der Wochenenddienst hatte, einen Besuch abgestattet und erfahren, dass die Ermittlungen schleppend verliefen.

Die Patienten der radiologischen Abteilung des Krankenhauses, aus dem Georg Taban entkommen war, hatten zwar den vermeintlich bewegungsunfähigen Mann im Rollstuhl wahrgenommen, doch nur einer wollte beobachtet haben, wie er getürmt war.

»Die Leute dort haben ihre eigenen Probleme«, hatte Magnus gesagt. »Sie haben sich zwar Gedanken darüber gemacht, dass Taban von uniformierten Wachleuten begleitet wurde, doch im entscheidenden Moment hat offenbar keiner hingeguckt.«

Im entscheidenden Moment schauten die wenigsten Menschen hin. Und selbst wenn, bedeutete das noch nicht, dass sie auch auskunftsfreudig waren. Oft solidarisierten sie sich mit dem vermeintlichen Opfer, dem Verfolgten oder Gefangenen.

Hier jedenfalls waren sie mit ihren Ermittlungen nicht weitergekommen.

Die Befragungen in der JVA hatten ebenfalls nichts ergeben.

Georg Taban hatte lange in der Gärtnerei gearbeitet und zum Schluss in der Gefängnisbibliothek. Er war sehr zurückhaltend gewesen, ein Einzelgänger, der niemanden an sich herangelassen und keine Freundschaften geschlossen hatte.

Selbst die Männer, mit denen er zusammengearbeitet hatte, zeigten sich von seiner Flucht überrascht.

»Ezra Calvao, der Häftling, von dem er niedergeschlagen worden ist, hat Gift und Galle gespuckt, weil er das Gefühl hat, zum Werkzeug dafür gemacht worden zu sein.«

Magnus hatte einen Janus Nicolic erwähnt, mit dem Georg Taban ab und zu geredet, einen Jeff Hegen, mit dem er in der Bücherei zu tun gehabt hatte, einen Wolle Meister und diesen Ezra Calvao, die beiden Mitarbeiter aus der Gärtnerei.

»Die halten alle dicht. Selbst wenn sie etwas wissen, werden sie es nicht sagen. Das könnte ihr Tod sein.«

»Was ist mit diesem Janus Nicolic?«, hatte Bert gefragt.

»Er ist einer dieser Männer, die immer auf die Füße fallen. Sogar im Knast betreibt er einen florierenden Handel mit allen möglichen illegalen Waren, ist aber ausgekocht genug, sich nicht erwischen zu lassen. Jemand, der sich nicht selbst die Hände schmutzig macht.

Wenn einer nicht spurt, geht es ihm an den Kragen, ohne dass auch nur die Andeutung einer Spur zu Janus Nicolic führt.«

Bert hatte den Namen in seinem Notizbuch dick unterstrichen.

»Dann gibt es noch eine Therapiegruppe, zu der auch Taban gehörte. Doch hier ebenfalls großes Schweigen.«

»Und die Vollzugsbeamten? Die Therapeuten und Ärzte? Die Anstaltsleitung?«

»Der Mann hat wenig von sich preisgegeben. Alle hatten den Eindruck, er gliedere sich geradezu vorschriftsmäßig ein, wenn er auch ein bisschen zu zurückhaltend war. Die Psychotherapeutin hatte zwar den Eindruck, eine *dunkle Seite* an ihm bemerkt zu haben, letztlich konnten sie alle jedoch kaum etwas über ihn berichten. Es gab keine konkreten Vorfälle, nichts. Er ist, wenn man so will, ein unbeschriebenes Blatt.«

»Das war er damals schon«, hatte Bert geantwortet und sein Notizbuch wieder eingesteckt.

Er hatte noch eine Weile mit Magnus geredet und war wieder nach Köln gefahren.

*Das war er damals schon*, wiederholte er in Gedanken. *Ein Mann, der keine Spuren hinterlässt.*

Georg Taban würde sein Äußeres verändern.

Versuchen, sich unsichtbar zu machen.

Doch das würde ihm nicht gelingen. Menschen mit seiner Ausstrahlung füllten jeden Raum und jeder würde sich an ihn erinnern.

Bert war noch auf der Autobahn, als Imke anrief.

Er hörte die Sorge in ihrer Stimme und wünschte, er könnte sie ihr nehmen. Doch die Situation war ernst. Das konnten auch die schonendsten Worte nicht verschleiern.

»Geben Sie mir Bescheid, wenn es etwas Neues gibt?«, fragte Imke.

Bert versprach ihr das.

Danach gab es nichts mehr zu sagen.

Und doch so viel.

Als sie das Gespräch beendet hatten, blieb Imkes Stimme noch eine ganze Weile in seinem Kopf und stellte sich seinen Gedanken in den Weg.

*

Und dann entdeckte Georg sie.

Die Ruine einer kleinen Kapelle.

Wie vom Donner gerührt blieb er stehen.

Eine Kapelle?

Hier?

Es gab kein Dach mehr. Die Wände waren wie abgenagt. Auch der Boden war zerstört, nackter Beton, aufgerissen und hier und da ganz weggebrochen.

Moos und Gras hatten die innen und außen verstreuten Bausteine in kleine schottische Hügel verwandelt. Hier und da blitzte eine Glasscherbe auf.

Die Stille war vollkommen.

Georg fühlte sich sofort von diesem Ort angezogen. Nachdem er die Ruine eine Weile staunend betrachtet hatte, betrat er sie vorsichtig.

Und da stand er und konnte durch die Fensterhöhlen und das fehlende Dach geradewegs in den Himmel gucken. Sträucher sprossen aus dem Mauerwerk und reckten die dürren Glieder ins Blau. Efeu rankte an den nackten Wänden hinauf.

Auf dem Giebel hockten zwei gurrende Tauben und beobachteten ihn mit schräg geneigtem Kopf.

Der Großvater hatte Tauben als Todesvögel bezeichnet, die Menschen ihr nahendes Ableben verkündeten. Er hatte sie so sehr gehasst, dass er jede Taube, die in der Nähe des Hauses aufgetaucht war, mit seiner Schrotflinte erschossen hatte.

Georg klatschte in die Hände, um sie zu vertreiben. Mit hartem Flügelschlag erhoben sie sich in die Luft und verschwanden.

Andächtig drehte er sich um sich selbst.

Diese Kapelle war ein Geschenk.

Nie hätte er darauf zu hoffen gewagt.

# 30

Um kurz vor sechs war ich hellwach. Ich schmiegte mich an Luke, der mich im Halbschlaf an sich zog und leise zu schnarchen begann. Vorsichtig rückte ich nach einer Weile von ihm ab und schälte mich aus der Bettdecke, die sich um uns geschlungen hatte.

Ich trat in den Hof hinaus und atmete die frische, angenehm kühle Luft ein. Die Hitzewelle war zu Ende. Für die kommenden Tage waren erträgliche Temperaturen zwischen zwanzig und fünfundzwanzig Grad angekündigt. Regen war leider nicht in Sicht, aber vielleicht hatten wir ja Glück, und die Meteorologen irrten sich.

Die Natur verdurstete. Sie brauchte dringend Wasser.

Sonntag.

Der letzte Tag vor den Klausuren.

Aber irgendwie kam keine Prüfungsangst auf. Mir war zwar ein wenig flau, fast freute ich mich jedoch darauf, das Haus für einige Stunden zu verlassen und etwas anderes zu sehen.

Auch Lukes Prüfungen fanden in der kommenden Woche statt. Die Polizisten da draußen würden also abgezogen werden, denn ich nahm nicht an, dass sie vorhatten, uns zu den Klausuren zu begleiten.

Ich duschte, schlüpfte in Jeans und T-Shirt und machte mich ein bisschen zurecht. Dann warf ich die Espressomaschine an und ging hinaus, um unseren Bewachern einen großen Kaffee ans Auto zu bringen.

Sie schliefen tief und fest. Der Kopf des Mannes war auf die Schulter der Frau gesunken, ihrer lag an die Fensterscheibe gelehnt.

Vielleicht waren sie ein Paar. Bei einem Job wie diesem passierte es bestimmt häufiger, dass man einander näherkam.

Doch etwas an dem friedlichen Bild irritierte mich.

Ich blieb stehen.

Keinen der Beamten hatte ich zuvor schlafen sehen.

Ich konnte mir vorstellen, dass einer von beiden einnickte, möglicherweise auch eine Weile schlief – aber beide gleichzeitig?

Und war es nicht eher unwahrscheinlich, dass Paare bei solchen Einsätzen zusammenarbeiteten? War es nicht sogar gefährlich, weil sie bei einem Notfall nicht in erster Linie als Polizisten reagierten, sondern als Mann und Frau, die einander beschützen wollten?

Mir wurde kalt.

Irgendetwas stimmte hier nicht. Irgend…

Als ich den Schatten wahrnahm, der sich blitzschnell von hinten näherte, war es schon zu spät. Die Kaffeebecher zersplitterten wie in Zeitlupe auf der Erde. Jemand packte mich. Dann presste er mir ein Tuch auf die Nase und die Beine sackten mir weg.

*

Merle ärgerte sich darüber, dass sie auch an freien Tagen pünktlich zur gewohnten Zeit aufwachte.

So wie heute.

Sie war auf die Toilette gegangen und hatte einen kritischen Blick in den Spiegel getan.

Noch nicht richtig wach, hatte sie entschieden und sich wieder ins Bett verkrochen. Im Dämmerschlaf hatte sie die Espressomaschine gehört und sich die Decke über die Ohren gezogen.

Als sie gegen sieben wieder aufwachte, fühlte sie sich schlapp und unausgeschlafen. Trotzdem stand sie auf, zog ihre bequemsten Shorts an und tapste auf nackten Füßen in die Küche.

Niemand da.

Der Schrank, in dem das Kaffeegeschirr untergebracht war, stand weit offen, ebenso die Tür zum Innenhof. Das grüne Lämpchen an der Espressomaschine leuchtete nicht. Sie stellte sich automatisch ab, wenn sie eine Weile nicht benutzt wurde.

Merle trat auf die kleine Terrasse hinaus.

»Jette? Luke?«

Keine Antwort.

Sie streichelte die Katzen, die ihr hungrig um die Beine strichen.

»Habt ihr noch nichts zu fressen bekommen?«

Die Antwort war ein dreistimmiges, beleidigtes Maunzen.

Merle füllte die Futterschalen und fragte sich, wo Klecks stecken mochte. Er ließ sich doch sonst das Frühstück nicht entgehen.

Leise rief sie nach ihm und raschelte mit dem Trockenfutter.

Als er auch darauf nicht reagierte, ging sie in Ilkas Zimmer, wo er sich meistens versteckte, wenn er Ruhe suchte. Er lag jedoch weder auf seinem Platz auf der Fensterbank noch oben auf Ilkas Regal.

Merle wollte das Zimmer schon wieder verlassen, als sie sein dünnes Stimmchen hörte. Er hatte sich hinter den schweren Vorhang geflüchtet und starrte Merle angsterfüllt an. Sie lockte ihn, bis er vorsichtig hervorkam und sich auf den Arm nehmen ließ.

Doch als Merle ihn in der Küche absetzte, huschte er panisch wieder in Ilkas Zimmer zurück.

Wahrscheinlich wieder eine der Nachbarkatzen. Allerdings hatte sie kein Katzengeschrei gehört.

»Hast du Jette gesehen?«

Luke war in Shorts und barfuß wie sie, rieb sich das vom Schlaf wirre Haar und gähnte.

»Das wollte ich dich auch gerade fragen.«

»Ist sie nicht draußen?«

Merle schüttelte den Kopf.

Er starrte sie an, bis er realisiert hatte, was das bedeutete, dann lief er durchs Haus, immer wieder Jettes Namen rufend.

Merle heftete sich an seine Fersen.

Nachdem sie Jette nirgendwo gefunden hatten, hasteten sie in die Scheune.

Unberührt stand der Peugeot im schattigen Licht.

»Vielleicht hält sie ein Schwätzchen mit den Polizisten«, sagte Merle hoffnungsvoll.

Im nächsten Moment hatte Luke das Scheunentor schon geöffnet. Sie rannten die kurze Auffahrt hinunter zur Straße.

Zuerst sah Merle die schlafenden Polizeibeamten.

Dann die Porzellanscherben auf dem Boden. Die Beine versagten ihr den Dienst. Sie stützte sich an der Mauer ab, die den Innenhof umschloss, und beobachtete voller Entsetzen, wie Luke die Fahrertür des Autos öffnete und die Polizistin ihm in die Arme sackte.

Es war wie in einem Film. Oder einem Traum.

Als hätte es nichts mit der Wirklichkeit zu tun.

Doch das Schlingern in ihrem Magen bewies ihr das Gegenteil.

Kurz darauf wimmelte es von Polizisten und Polizistinnen, die das Haus und die Umgebung auf den Kopf stellten. Merle und Luke wurden in der Küche von Magnus Scheuermann befragt. Ohne Ergebnis, denn sie hatten ja nicht mitbekommen, was passiert war.

Er unternahm keinen Versuch, die Sache zu beschönigen.

»Die Kollegen wurden offenbar mit einem Betäubungsgas ausgeschaltet. Sie sind auf dem Weg ins Krankenhaus und schweben nicht in Lebensgefahr.«

Merles Blick irrte zu Luke. Doch der saß wie gelähmt auf seinem Stuhl und starrte auf die Tischplatte, auf der neben einigen von Jettes Büchern ihr Smartphone lag.

»Das gehört Jette«, sagte sie mit einer sonderbar kratzigen Stimme.

Wenn sie noch einen Beweis dafür gebraucht hätten, dass der Freundin etwas zugestoßen war, dann hätten sie ihn jetzt gefunden.

Scheuermann winkte einen Kollegen heran. Er gab ihm das Smartphone und raunte ihm etwas zu. Der junge Mann nickte und zog sich zurück.

»Entschuldigen Sie.« Scheuermann wandte sich wieder Merle und Luke zu. »Schildern Sie mir doch noch einmal ganz genau, wie der Morgen verlaufen ist. Jeder noch so unbedeutend erscheinende Hinweis kann uns bei der Suche nach Ihrer Freundin helfen.«

Merle musste an Caro denken.

Sie befand sich plötzlich wieder in der Gerichtsmedizin und blickte auf das bleiche Gesicht der toten Freundin hinunter.

Rasch schüttelte sie die Erinnerungen ab.

»Georg Taban«, sagte sie. »Er hat sie sich geholt.«

Sie hätten besser auf Jette aufpassen müssen. Sie keine Sekunde allein lassen dürfen. Das sagte sie auch zu Luke, nachdem Scheuermann für einen Augenblick zu seinen Leuten nach draußen gegangen war.

»Wie denn?« Luke sah sie an mit einem Blick, in dem sich Panik und Wut mischten. »Dazu hätten wir sie schon anbinden müssen.«

Anbinden.

Vielleicht würde der Mistkerl genau das mit ihr machen.

Energisch wischte Merle die beiden Tränen weg, die ihr über die Wangen rollten. Sie hatten keine Zeit für Gefühlsduselei. Sie mussten Jette finden.

*

Imke hatte bis in die frühen Morgenstunden geschrieben. Es geschah nicht oft, dass die Worte mit einer solchen Leichtigkeit kamen und sie nicht merkte, wie die Zeit verging. Gegen drei Uhr war sie so erschöpft gewesen, dass sie ihre Gedanken nur noch mit Mühe hatte sortieren können.

Sie hatte den PC heruntergefahren und war ins Bett gewankt.

Tilo hatte die Nacht in seiner Wohnung verbracht, weil er am nächsten Morgen in aller Frühe zu einem Kongress nach London aufbrechen wollte und dafür noch einige Unterlagen benötigte.

Als das Telefon klingelte, warf sie einen Blick auf den Wecker. Acht Uhr. Mitten in der Nacht. Jedenfalls fühlte es sich so an.

Sie war sich dermaßen sicher, dass Tilo der Anrufer war, dass sie nicht auf das Display achtete.

»Hallo, Liebling.«

Ihre Stimme hörte sich an, als hätte sie die ganze Nacht durchgefeiert. Sie räusperte sich.

»Guten Morgen, Imke ...«

Im nächsten Moment saß sie kerzengerade im Bett.

»Bert! Entschuldigen Sie. Ich habe gedacht ...« Bevor ihr Kopf sich fragte, wieso der Kommissar so früh anrief, wusste ihr Gefühl bereits den Grund. »Was ist passiert?«

Sie hörte seine Worte, ohne sie zu begreifen. Ihre Finger umklammerten das Telefon so fest, dass sie verkrampften. Und die ganze Zeit hielt sie den Atem an.

»Haben Sie verstanden, was ich gesagt habe? Imke? Hören Sie?«

Sie nickte. Als ihr bewusst wurde, dass er sie nicht sehen konnte, würgte sie ein »Ja« hervor.

Und dann überflutete sie die Erkenntnis.

»Entführt?«, flüsterte sie.

Das Wort löste eine stumme Leere in ihrem Kopf aus.

»Entführt.« Sie musste es noch einmal aussprechen, um es glauben zu können. »Und wer hat ...« Sie holte scharf Luft. »Denken Sie, *er* hat sie ...«

»Wir gehen davon aus. Zumindest hat er damit zu tun.«

»Wann ist es … wann hat er sie …«

»Vermutlich zwischen sechs und sieben Uhr heute Morgen.«

Zwischen sechs und sieben.

Da hatte sie tief und fest geschlafen.

Was war das für eine Mutter, die seelenruhig schlief, während ihre Tochter entführt wurde? Hätte sie nicht etwas spüren, eine Vorahnung haben müssen?

»Sie sollten jetzt nicht allein sein«, sagte Bert.

Dann komm her, dachte sie. Bleib bei mir und halt mich fest. Und mach, dass mein Kind wohlbehalten zurückkommt.

»Kann sich jemand um Sie kümmern?«

»Ja«, log sie.

In Wahrheit wusste sie nicht, an wen sie sich wenden sollte.

Tilo befand sich in diesem Moment auf dem Flug nach London. Ihre Mutter gönnte sich ein langes Wochenende in einem Wellnesshotel im Sauerland, das sie genießen sollte, ohne sich mit diesem Albtraum zu belasten. Ihr geschiedener Mann hatte mittlerweile vergessen, dass er überhaupt eine Tochter hatte. Ihre Freunde lebten über die ganze Welt verstreut.

Und Bert?

Erschrocken bemerkte sie, dass sie ihn herbeisehnte. Sie wollte seine Schulter nass heulen und sich wiegen lassen. Ohne Worte. Einfach so.

»Gut. Ich melde mich wieder, sobald ich mehr weiß.«

»Bert?«

»Ja?«

»Sie werden Jette finden?«

»Es wird alles Menschenmögliche ...«

»Versprechen Sie mir, dass Sie meine Tochter finden?«

»Imke ...«

»Bitte, Bert.«

»Ich verspreche es.«

Als Imke aufstand, um zu duschen, bewegte sie sich wie eine Schlafwandlerin.

*Er wird sie finden. Er wird sie finden. Er wird sie finden.*

Sie dachte die Worte voller Inbrunst. Das Gebet einer Frau, die nicht glaubte und sich nicht an einen Gott wandte, sondern ... Sie wusste es nicht. Sie wusste bloß, dass sie auf diese Weise ihrer Tochter so nah wie möglich sein konnte.

*

Er hätte ihr das nicht versprechen dürfen, denn er hatte es nicht in der Hand. Er hätte versuchen müssen, ihr auf eine vernünftige, vertretbare Art Hoffnung zu machen, doch niemals hätte er ihr das Versprechen geben dürfen, Jette zu finden.

Ihr *Hallo, Liebling* hatte sich in einem fernen Winkel seines Gehirns verfangen, wo es sich hin und wieder schmerzhaft bemerkbar machte. Es hatte nicht ihm gegolten, würde ihm niemals gelten, denn es war für Tilo Baumgart bestimmt, einen Mann, den Bert unfreiwillig respektierte und schätzte.

Doch jetzt war anderes wichtig.

Magnus Scheuermann hatte ihn gebeten, nach Birkenweiler zu kommen.

Bert kannte Jette und ihre Freunde.

Und er kannte Georg Taban.

Als er in Birkenweiler ankam, traf er auf die normale Hektik, die in solchen Fällen ausbrach. Er besprach sich mit Magnus, der ihn im Laufe der Unterhaltung bat, ihm beratend zur Seite zu stehen.

»Rede du doch bitte noch mal mit dem Freund und der Freundin«, bat er und wies mit dem Kopf zum Haus. »Sie sind völlig fertig und quälen sich mit Selbstvorwürfen.«

Bert nickte und ging zur Haustür.

Es war Merle, die ihm öffnete. Als sie ihn erblickte, leuchteten ihre Augen auf.

»Herr Kommissar«, sagte sie nur und hielt ihm die Tür weit auf.

Die Erleichterung in ihrer Stimme bewegte ihn. Er fragte sich bloß, ob er ihren Erwartungen gerecht werden konnte.

Luke traf er in der Küche an. Die übrigen WG-Mitglieder waren nicht da.

Das machte die Sache einfacher. Er setzte sich zu Luke an den Tisch und zog sein Notizbuch aus der Tasche.

»Wann haben Sie Jette zuletzt gesehen?«, fragte er.

»Gestern Abend«, antwortete Merle und stellte ihm ein Glas Wasser hin. Dann nahm sie neben ihm Platz.

»Als ich heute Morgen kurz wach war, lag sie noch neben mir«, sagte Luke.

Er wirkte hilflos. Die Untätigkeit, zu der er verdammt war, schien ihn förmlich zu lähmen.

»Wann war das?«

»Keine Ahnung. Ich hab nicht auf die Uhr geguckt.« Er fuhr sich mit beiden Händen durchs Haar. »Warum bin ich bloß wieder eingeschlafen?«

»Machen Sie sich keine Vorwürfe«, tröstete Bert ihn. »Sie haben ja nicht wissen können, was passieren würde.«

»Wir waren doch vorbereitet«, widersprach Luke. »Aber die Polizisten vor der Tür … irgendwie haben sie uns ein Gefühl von Sicherheit vermittelt. Wir sind einfach nicht auf den Gedanken gekommen, dass jemand sie ausschalten würde.«

»Wir haben nur darauf geachtet, dass Jette das Haus nicht verließ«, sagte Merle. »Außer vielleicht, um Ihren Kollegen ab und zu etwas zu trinken oder zu essen zu bringen. Wer hätte denn gedacht, dass ihr auf dem kurzen Weg von der Haustür zum Auto etwas zustoßen würde?«

»Sie haben alles richtig gemacht«, betonte Bert. »Der Fehler lag bei den Kollegen, nicht bei Ihnen.«

»Was passiert jetzt?«, fragte Merle.

»Wir werden eine Fahndung herausgeben. Wissen Sie, was Ihre Freundin anhatte?«

Luke sah hilfesuchend zu Merle. Die schüttelte bedrückt den Kopf.

»Suchen Sie doch bitte ein aktuelles Foto von ihr heraus, das wir veröffentlichen können.«

Merle griff nach ihrem Handy und blätterte die Schnappschüsse durch, die sie in letzter Zeit von Jette gemacht hatte. Dabei kämpfte sie mit den Tränen.

Luke legte ihr den Arm um die Schultern. Dabei hätte er selbst jemanden gebraucht, der ihn gestützt hätte. Er war sehr blass und nagte unablässig nervös an seiner Unterlippe.

Bert nahm das Handy, das Merle ihm über den Tisch reichte, und betrachtete das Foto, das sie ausgewählt hatte.

Jette lächelte glücklich in die Kamera. Ihr helles Haar umrahmte das schmale Gesicht. Die Augen wirkten groß und unerschrocken.

Bert sandte es an sich selbst und an Magnus Scheuermann, damit der es weiterschicken konnte, und legte das Handy auf den Tisch.

»Was können wir tun?«, fragte Merle, die sich tapfer um Fassung bemühte.

»Sie helfen uns am besten, indem Sie hierbleiben. Wir müssen davon ausgehen, dass auch Sie gefährdet sind. Bitte gehen Sie kein Risiko ein.«

»Jette ist auch kein Risiko eingegangen«, sagte Luke. »Sie hat sich keine zehn Meter vom Haus entfernt.«

»Wenn Sie wollen, können wir auch einen Kollegen oder eine Kollegin zu Ihrem Schutz schicken«, schlug Bert vor.

Beide lehnten das Angebot ab. Bert ahnte, warum.

»Wir brauchen keine Hilfe bei unseren Ermittlungen«, sagte er eindringlich. »Haben Sie mich verstanden?«

»Da bin ich mir nicht so sicher«, murmelte Luke.

Das Schlimme war, dass er recht hatte. Die Kollegen hatten Mist gebaut, daran gab es nichts zu rütteln.

»Merle.« Bert beugte sich zu ihr vor und blickte ihr in die Augen. »Sie halten sich da raus. Versprechen Sie mir das?«

»Danke, dass Sie dabei sind«, sagte sie. »Vielen Dank.«

Sie würde ihm nicht die Antwort geben, auf die er gehofft hatte. Am liebsten hätte er beide in eine Zelle gesperrt, bis die Sache vorbei war.

Seufzend verließ er das Haus, um mit Magnus die weiteren Schritte zu besprechen.

# 31

Mein Kopf dröhnte, der Rücken tat mir weh, und ich konnte Hände und Füße nicht bewegen. Laute Musik umflutete mich.

Ich lag in einem Auto.

*Silbernes Metall.*

*Der Van.*

Hatte er mich doch gekriegt.

Ich hatte einen unangenehmen Geschmack im Mund. Die Zunge klebte mir am Gaumen. Mir wurde schlecht.

Konzentriert atmete ich dagegen an, und es gelang mir schließlich, die Übelkeit zurückzudrängen.

Vorsichtig und ohne mich zu rühren, sah ich mich um. Ich konnte einen Mann mitsingen hören. Tiefe Stimme, weicher Akzent.

Die Rücksitze waren umgeklappt und zwei, drei schmuddelige Wolldecken auf der so entstandenen Ladefläche ausgebreitet. Sie dämpften die Erschütterungen, die mich durchrüttelten. Doch plötzlich bog der Wagen ab und die Unebenheiten der Fahrbahn hörten abrupt auf.

Der Fahrer beschleunigte und jagte den Motor hoch.

Wir fuhren jetzt auf einer Schnellstraße oder einer Autobahn. Er hatte kurz aufgehört zu singen, fiel jetzt jedoch wieder in die Musik ein.

*Über sieben Brücken musst du gehn ...*

Ich konnte niemanden sehen, lediglich die Rückseite der Sitze und darauf die Kopfstützen. Allerdings schien der Fahrer allein zu sein. Sein Sitz bewegte sich manchmal und knarrte. Der Beifahrersitz veränderte sich nicht.

Es roch nach einem herben Aftershave. Und nach Bananen. Wahrscheinlich sein Proviant, damit er nicht anhalten musste, um irgendwo etwas zu essen.

Er hatte mir die Handgelenke mit Klebeband auf dem Rücken zusammengebunden. So fest, dass mir kein Millimeter Bewegungsfreiheit blieb. Auch die Fußgelenke waren so fixiert.

Wenigstens hatte er mir den Mund nicht zugeklebt.

Dennoch hatte ich das Gefühl zu ersticken. Zwar lag ich nicht auf dem Bauch, sondern auf der Seite, trotzdem bekam ich keine Luft. Ich spürte, wie Panik in mir hochstieg. Atmete langsam und bewusst und so tief wie möglich.

Ich war Läuferin. Ich war fit und besaß eine gute Kondition. Ich würde diese Fahrt unbeschadet überstehen, schwor ich mir.

*Bis sie mich herausholten. Wer auch immer.*

*Dann würde ich mich wehren.*

Ich hatte einmal auf einem Video gesehen, wie man sich von Fesseln aus Klebeband oder Kabelbinder befreien konnte. Man muss alle Kraft zusammennehmen und dann mit einem gewaltigen Ruck die Arme auseinanderdrücken. Das hatte mich damals ziemlich beeindruckt und deshalb hatte ich es wohl auch in Erinnerung behalten.

Ausprobiert hatte ich es jedoch nie und wusste nicht, ob es wirklich funktionierte. Ich würde es darauf ankommen lassen, denn ich hatte keine Wahl.

Der Fahrersitz knarrte und der Fahrer blickte nach hinten. Obwohl ich blitzschnell die Augen schloss, hatte er gesehen, dass ich aufgewacht war.

»Wurde aber auch Zeit«, sagte er nicht unfreundlich. »Kann mir nicht erlauben, dass du draufgehst.«

Entführte er mich, um Geld von meiner Mutter zu erpressen? Brauchte er mich deshalb in unbeschadetem Zustand?

Er reduzierte die Lautstärke der Musik.

»Am nächsten Parkplatz kriegst du was zu trinken.«

So gern ich glauben wollte, dass es bei meiner Entführung um die Erpressung von Lösegeld ging, so sicher war ich mir, dass ich aus einem anderen Grund gekidnappt worden war. Und ich selbst war schuld daran.

Aber wie konnte Georg dahinterstecken, wenn er doch auf der Flucht war und vollauf damit beschäftigt, sich in Sicherheit zu bringen?

»Du wirst schon sehnlichst erwartet.« Sein Lachen gefiel mir nicht. Es lag etwas darin, das mir eine Gänsehaut über den Körper kriechen ließ. »Schade eigentlich. Bist genau mein Typ.«

Hatte Georg jemanden angeheuert, um die Drecksarbeit für ihn zu erledigen? Wartete er irgendwo auf mich?

Wieder drohte die Panik mich zu überwältigen.

Der Mann drehte die Musik wieder laut und grölte aus Leibeskräften mit. *The Winner Takes It All.* Der Song schien ihm besonders zu gefallen, denn er bewegte sich so heftig im Takt dazu, dass die Rückenlehne seines Sitzes bedenklich ächzte.

*Bist genau mein Typ.*

Würde er mir wehtun?

*Durfte* er mir wehtun?

Nicht, wenn Georg sein Auftraggeber war. Aber wie sicher konnte ich sein, dass ich mir überhaupt das Richtige zusammenreimte?

*Du wirst schon sehnlichst erwartet.*

Das war eindeutig.

Jemand wartete auf mich.

Komplizen meines Entführers?

Fast wünschte ich mir, dass es so wäre. Alles, wirklich alles war besser, als Georg ausgeliefert zu werden. Alles.

Als er abbog und auf den Parkplatz fuhr, wie er es angekündigt hatte, schöpfte ich neue Hoffnung. Dort würden Menschen sein. Ich würde mich bemerkbar machen. Schreien, so laut ich konnte.

Doch als die Tür aufging, sah ich nicht nur meinen Entführer, sondern auch das Messer in seiner Hand. Er trug eine Sonnenbrille mit spiegelnden Gläsern, sodass ich seine Augen nicht erkennen konnte.

Dafür aber mich selbst.

Winzigverloren.

Der Geruch seines Aftershaves klebte an ihm, als hätte er darin gebadet. Er hielt mir eine Flasche Wasser an den Mund.

»Trink!«

Die Enttäuschung überwältigte mich. Mit Mühe gelang es mir, die Tränen zurückzuhalten. Wasser lief mir am Kinn runter und tropfte auf mein T-Shirt. Ich verschluckte mich und hustete.

Die ganze Zeit über war das Messer auf mich gerichtet.

Ich hörte Kinder rufen. Ein Hund bellte und eine Frau lachte. Doch ich konnte nichts sehen. Die Scheiben des Vans waren abgedunkelt und der Entführer verstellte mir die Sicht aus der Tür.

Noch einmal hielt er mir die Flasche an den Mund und ich trank. Mein T-Shirt sog sich mit dem verschütteten Wasser voll.

»Ich muss aufs Klo«, sagte ich.

»Guter Versuch.« Er lachte. »Echt pfiffig. Aber um mich zu täuschen, musst du früher aufstehn.«

Die Tür schloss sich mit einem ohrenbetäubenden, endgültigen Geräusch. Er stieg wieder vorn ein und fuhr los.

Es wäre ja auch zu einfach gewesen.

Still blieb ich liegen und sammelte meine Kräfte.

Ich würde sie noch brauchen können.

*

Schon von Weitem hörte er das Auto aus der Stille kommen. Er erwartete es mit klopfendem Herzen und gab dem Fahrer ein Zeichen.

Der Van hielt neben ihm.

Die dunklen Fensterscheiben verwehrten jeden Einblick.

Tausend Mal hatte Georg sich in seiner Wunschfantasie ausgemalt, wie es sein würde. Wie Jette in einem hübschen Sommerkleid aus dem Wagen stieg, sich umsah, ihn entdeckte – und lächelte.

Doch es war nur der Mann, der ausstieg. Er scannte die Umgebung und spuckte aus.

»Hallo.«

Georg erwiderte den Gruß nicht.

»Hier steppt ja echt der Bär, Mann«, sagte der Typ abschätzig. »Der Wahnsinn.«

Er hatte keine Eile. Trat ein paar Schritte beiseite und pinkelte in eine Gruppe junger Tannen.

Georg nahm sich zusammen, um ihn sich nicht zu schnappen und ihm zu zeigen, was Respekt war. Er machte die Tür des Autos auf.

Jette lag auf der Ladefläche, an Händen und Füßen gefesselt. Die schweißnassen Haare klebten ihr im Gesicht. Sie starrte ihn an.

»Was hast du mit ihr gemacht?«

Georg hörte, wie seine Stimme an den Bäumen hochkletterte. Ein Vogel schrie.

Der Mann schloss seine Hose und drehte sich gelassen um.

»Was ich machen sollte.«

»Hab ich dir gesagt, dass du sie fesseln sollst?«

»Du hast mir überhaupt nichts gesagt.«

Das stimmte. Er gehörte zu den Leuten, von denen Janus zehn an jedem Finger hatte. Ganz sicher war er einer aus der zweiten Reihe und hatte mit irgendeinem Mittelsmann verhandelt.

»Es war nicht die Rede davon, dass du sie wie ein Stück Vieh behandeln sollst.«

»Komm runter, Mann. Du wolltest sie haben und hier ist sie. Mein Job ist erledigt.«

Georg hätte ihm nur zu gern das Maul gestopft. Er ballte die Fäuste, um sich zurückzuhalten. Selbst hier draußen war es gefährlich, sich mit Janus oder einem seiner Leute anzulegen.

»Schere. Messer. Irgendwas.« Er streckte die Hand aus. »Mach schon.«

Der Typ gab ihm ein Messer, und Georg zerschnitt das Klebeband, das Jettes Füße zusammenschnürte. Dann machte er sich an dem Band um ihre Handgelenke zu schaffen.

Jette setzte sich stöhnend auf und rieb sich die Hände, die leicht geschwollen zu sein schienen. An ihren Gelenken zeigten sich deutliche Spuren der zu straffen Fesselung.

Er hielt ihr die Hand hin, doch Jette ergriff sie nicht. Mit einiger Mühe gelang es ihr, ohne seine Hilfe auszusteigen. Sie war ziemlich wacklig auf den Beinen.

Der Typ, von dem Georg nichts wusste und nichts wissen wollte, nicht einmal den Namen, zog einen großen Koffer aus dem Wagen und knallte ihn Georg vor die Füße. Über den Rand seiner Sonnenbrille hinweg starrte er ihm ins Gesicht und grinste vielsagend.

Er hatte ihn erkannt.

Wusste, für wen er Jette entführt hatte.

Aber er würde mit dieser Erkenntnis nichts anfangen, denn er konnte sich vorstellen, dass bei Georg nichts zu holen war. Ein Mann auf der Flucht vor der Polizei, der ein kleines Vermögen für den Ausbruch und die Entführung auf den Tisch geblättert haben musste, war nicht das geeignete Erpressungsopfer.

Ohne ein weiteres Wort tippte er sich lässig an die Stirn, stieg wieder in den Wagen, warf Jette eine Kusshand zu und fuhr davon.

Georg drehte sich zu Jette um, die versuchte, sich mit raschen Blicken alles einzuprägen.

»Komm ins Haus«, sagte er.

Sie ging langsam und unsicher. Der Idiot hatte sie nicht nur betäubt, sondern ihr mit dem verdammten Klebeband auch das Blut abgeschnürt. Es würde eine Weile dauern, bis sie Hände und Füße wieder richtig gebrauchen konnte.

Georg folgte ihr mit dem Koffer, der Kleidungsstücke für sie enthielt. Er hatte so viel über sie gewusst. Damals. Sogar ihre Konfektionsgröße hatte er gekannt.

Seitdem waren drei Jahre vergangen.

Eine lange Zeit.

Ihre Figur hatte sich nicht verändert, wie er befriedigt feststellte.

Und sonst?

War sie sein Mädchen geblieben?

*

»Endlich.«

Er stellte den Koffer ab und schaute mich an. Sein Blick wanderte über meinen Körper und gab mir das Gefühl, nackt zu sein.

»Was willst du von mir?«, fragte ich und hätte mir eine kräftigere Stimme gewünscht.

Er ignorierte meine Frage.

»Hast du Durst? Hunger? Möchtest du dich zuerst umgucken? Sag mir einfach, was du willst.«

»Ich will nach Hause.«

Die Zärtlichkeit verschwand aus seinem Gesicht. Aber nur kurz, dann hatte er sich wieder gefasst. Ich hatte nicht vergessen, wie aufbrausend er sein konnte, wie jähzornig.

Nichts hatte ich vergessen.

Es war alles wieder da.

»Gibt es hier eine Toilette?«, fragte ich.

»Aber sicher.« Er lachte, als hätte ich einen guten Witz gemacht. »Komm, ich zeig dir das Bad. Da kannst du dich auch ein bisschen frisch machen.«

Allein sein. Wenigstens für einige Minuten.

Wieder zu mir kommen.

»Hier gibt es keinen Strom und kein fließendes Wasser«, erklärte er mir. »Trotzdem ist alles vorhanden, was wir brauchen. Für eine gewisse Zeit reicht das vollkommen aus.«

Wir? Für eine gewisse Zeit?

Und dann?

Was war dann?

Das Badezimmer war winzig. Es gab ein Waschbecken, ein Klo und eine altmodische Sitzbadewanne. Das kleine Fenster war auf eine spielerische Weise vergittert. Das Muster, das an Jugendstil erinnerte, erweckte den Eindruck, zur Zierde angebracht worden zu sein.

Doch das war nicht so.

Die Ernüchterung nahm mir das bisschen Mut, das mich eben noch beflügelt hatte.

Ungläubig starrte ich auf die Gießkanne neben der Toilette, die offensichtlich zum Spülen gedacht war, und auf den Wasserkanister unter dem Waschbecken.

»Es gibt Einschränkungen«, erklärte er mir, »aber dieses einfache Leben hat auch seinen Reiz. Du wirst schon sehen.«

Ein Albtraum.

Aus dem ich gern so bald wie möglich erwacht wäre.

»Ich lasse dich jetzt allein.«

Mit diesen Worten verließ er das Bad und zog die Tür hinter sich zu.

Schnell lief ich hin, um abzuschließen, doch in dem wackligen Schloss steckte kein Schlüssel.

Dennoch musste ich die Toilette benutzen und beeilte mich, sosehr ich konnte, die Tür immer im Blick.

An dem Kanister unter dem Waschbecken war ein

zierlicher kleiner Hahn angebracht, aus dem man Wasser in eine danebenstehende Plastikschüssel fließen lassen konnte. Ich verschloss den Abfluss des Waschbeckens mit dem bereitliegenden Gummistopfen, goss das Wasser aus der Schüssel ins Becken und wusch mir die Hände.

Die Seife war nagelneu.

Über dem Waschbecken hing ein Spiegel, in dem ich mich beinah nicht erkannte. Ich war blass und hatte dunkle Ringe unter den Augen. Die schweißverklebten Haare pappten mir am Kopf. Auf meiner Oberlippe standen Schweißperlen.

Das Wasser im Waschbecken wurde milchig, und ich ließ es ablaufen und trocknete mir die Hände an dem kleinen Gästetuch ab, das auf dem Beckenrand bereitlag.

Ich hatte Mühe, mich aufrecht zu halten. In meinen Füßen hatte sich das Blut gestaut, ebenso in den Händen. Solange ich mich nicht richtig bewegen konnte, durfte ich nicht einmal daran denken, einen Fluchtversuch zu unternehmen.

Ich wusste nicht, wo sich das nächste Haus befand.

Es konnte Kilometer entfernt sein.

Erst jetzt wurde mir bewusst, dass ich mein Handy nicht bei mir hatte. Die Polizei würde mich also nicht orten können.

Inmitten dieser Wildnis war ich Georg vollkommen ausgeliefert.

*

Er musste ihr Zeit lassen.

Sie stand noch unter der Wirkung des Betäubungsmittels. Erst nach und nach würde ihr bewusst werden, was geschehen war. Doch dann würde er da sein, um sie aufzufangen. Er hatte eine trostlose Ewigkeit ohne sie verbracht, was waren da ein paar Stunden Geduld?

Wenn er bedachte, dass er all die Jahre nur durch seinen Hass überlebt hatte, um nun die Liebe seines Lebens wiederzufinden, war er fast bereit, an Wunder zu glauben.

Wie gut, dass er Janus noch hatte zurückpfeifen können.

Sonst wäre Jette jetzt tot.

Nein. Er wollte sie nicht mehr bestrafen. Er würde ihren Verrat vergessen und ihr eine zweite Chance geben. Sie war ja bereit gewesen für ein Leben mit ihm. Sie hatten sogar über ein kleines Haus gesprochen.

Über Kinder.

Und als sie sich ihm damals im Wald angeboten und er vollkommen die Kontrolle verloren hatte …

Sie war nicht verdorben.

Sie hatte es aus Liebe getan.

Das erkannte er jetzt. Ihr Besuch im Gefängnis hatte es ihm gezeigt.

Selbst dass es diesen Luke an ihrer Seite gab, würde er ihr verzeihen. Es würde ihm gelingen, auch wenn seine Gefühle Amok liefen, sobald er daran dachte, dass ein anderer ihr so nahgekommen war.

Er war großzügig, das hatte Malika Reich ihm immer wieder vermittelt. Er war fähig zur Vergebung.

Jette im Badezimmer hantieren zu hören, war so wunderbar, dass ihm fast die Tränen kamen. Er hätte nie für möglich gehalten, dass es jemals wieder so sein könnte.

Luke, ihre Freunde und ihr Studium waren Vergangenheit.

Es war Zeit für einen Neubeginn.

Endlich ging die Tür auf und sie kam heraus. Sie sah schon etwas besser aus. Mitten im Zimmer blieb sie stehen und sah sich um.

»Willst du dich nicht setzen?«, fragte er. »Du bist noch geschwächt und solltest dich nicht übernehmen.«

»Ich würde gern ein bisschen nach draußen gehen«, entgegnete sie.

Georg sah keine Gefahr darin. Sie war nicht in der körperlichen Verfassung, um ihm davonzulaufen. Er ging kein Risiko ein, wenn er ihr einen kleinen Spaziergang erlaubte. Natürlich würde er sie keine Sekunde aus den Augen lassen.

»Okay.« Er nickte. »Dann komm.«

*

Luft!

Meine Lunge trank sie gierig.

Ich konnte gar nicht genug davon kriegen.

Ein leichter Wind streichelte mein Gesicht. Bienen und Hummeln summten in den Blüten der wild gewachsenen Blumen. Schmetterlinge taumelten umher. Es war so friedlich hier, dass man sich kaum vorstellen konnte, welches Grauen sich in dieser Idylle versteckte.

Ich guckte auf meine Uhr.

Halb zwölf.

Wahrscheinlich war zu Hause mittlerweile das Chaos ausgebrochen. Die Polizei suchte nach Spuren. Sie befragten Luke und Merle, die beide nichts wussten und sich grundlos Vorwürfe machten.

Ihr habt keine Schuld, dachte ich. Ich selbst habe das heraufbeschworen.

Was hatte mich bloß dazu getrieben, Georg im Gefängnis aufzusuchen? Mich so zu überschätzen?

Ob die Polizei ihn für den Täter hielt? Oder vergeudeten sie kostbare Zeit auf Nebenschauplätzen?

Ich hoffte inbrünstig, dass der Kommissar sich einmischte.

Er würde mich finden.

Bis dahin musste ich durchhalten. Irgendwie.

# 32

Die Fahndung nach Jette lief. Bereits nach den ersten Meldungen in den Online-Nachrichten begannen die Hinweise einzutrudeln. Nun hieß es, die Spreu vom Weizen zu trennen.

Einer hatte Georg Taban in einem Szenecafé in Berlin gesehen. Ein anderer behauptete, Jette dabei beobachtet zu haben, wie sie in einer Kölner Boutique einkaufte. Man hatte beide zusammen in Düsseldorf gesichtet, in Frankfurt und im Phantasialand, wo sie mit der Wildwasserbahn gefahren waren. Mal waren sie in einem Cabrio unterwegs, mal in einem SUV und mal auf einem Motorrad.

Mit den Jahren entwickelte man ein Gespür dafür, ob ein Hinweis Hand und Fuß hatte oder nicht. Man erkannte die Trittbrettfahrer, die Scherzkekse und die Gestörten. Und dann waren da noch die Leute, deren Alltag so ereignisarm war, dass sie jede Möglichkeit nutzten, um sich ein bisschen Aufmerksamkeit zu verschaffen.

Bert hatte Magnus Scheuermann von seinen Besuchen auf Kalmers Erdbeerhof berichtet, und sie hatten beschlossen, noch einmal gemeinsam hinzufahren.

Sie nahmen sich wieder die Saisonarbeiter vor, die schon vor drei Jahren hier gearbeitet hatten. Bauer Kalmer hatte ihnen seufzend sein Büro zur Verfügung gestellt, in dem es wesentlich besser auszuhalten war, seit sich die Hitze zurückgezogen hatte.

Nacheinander kamen die Erdbeerpflücker herein, unwirsch, weil sie erneut bei der Arbeit gestört wurden. Sie verhielten sich ablehnend und reagierten wortkarg auf die Fragen. Der Respekt vor der Polizei war bei keinem von ihnen sonderlich ausgeprägt. Im Gegensatz zu ihrem Misstrauen.

Magnus hielt sich zurück und hörte zu.

Die Zeit verging.

Das ständige Zögern und Ausweichen der Erntehelfer strapazierte Berts Nerven. Jede Stunde, die sie hier vertaten, konnte für Jette die Katastrophe bedeuten.

Als schließlich Malle Klestof vor ihnen saß und demonstrativ Löcher in die Luft guckte, war er mit seiner Geduld am Ende.

»Die Situation hat sich geändert, Herr Klestof. Ihr Freund hat eine junge Frau in seiner Gewalt.«

»Sicher?« Klestof betrachtete eingehend seine schmutzigen Fingernägel. »Dann muss er Superman sein.«

»Dieselbe junge Frau, die er vor drei Jahren beinahe getötet hätte.« Bert überging den Einwand. Er hatte weder Zeit noch Lust auf eine Diskussion. »Es ist schwer vorstellbar, dass er mit seinem Opfer durch die Gegend kutschiert. Irgendwer muss ihm einen Unterschlupf besorgt haben.«

»Ich weiß von keinem Unterschlupf.«

Berts Langmut war nicht unerschöpflich. Die ersten Anzeichen einer Migräne kündigten sich an.

»Ich hab keine Ahnung, was Sie von mir wollen.« Angeödet blickte Klestof von einem zum andern. »Ehrlich, ich weiß nicht, wo Gorge abgeblieben ist oder ob er hinter der Sache mit dem Mädchen steckt. Ich glaub immer noch, er lässt es sich an einem weißen Strand unter Palmen gut gehn.«

»Sollte der jungen Frau etwas zustoßen ...«

»... können Sie das garantiert nicht mir anhängen.« Klestof lehnte sich provokativ auf seinem Stuhl zurück. »Sie können mir gar nichts.«

Bert blickte ihn nachdenklich an. Keiner der Erdbeerpflücker, die Georg Taban kannten, war gut auf ihn zu sprechen. Nicht einmal die Frauen, obwohl sie alle versucht hatten, bei ihm zu landen.

Er hatte sie der Reihe nach abgewiesen und damit gegen sich aufgebracht.

Der einzige Mensch, den Georg Taban näher an sich herangelassen hatte, war Malle Klestof gewesen. Malle Klestof, aus lauter Widersprüchen zusammengesetzt, nicht beliebt bei den Kollegen und nicht gehasst.

Am ehesten noch geduldet.

Wie hielt man das aus, überall nur geduldet zu sein?

Man sucht sich einen, in dessen Schatten man an Gewicht gewinnt. Einen, der gefürchtet wird. Mit dem niemand Ärger will. Dessen bloße Gegenwart einem selbst Respekt verschafft.

Einen wie Georg Taban.

»Besitzen Sie ein Haus?«, fragte Bert übergangslos. »Oder eine Wohnung?«

»Bin ich Krösus?« Malle Klestof stieß ein abgehacktes, heiseres Lachen aus. Aber unter dem Lachen und in seinen Augen lag etwas anderes.

Angst.

Bert hatte sie zu oft und in zu vielen Facetten gesehen, um sie nicht zu erkennen, wenn er sie vor sich hatte. Fast meinte er, sie zu riechen.

»Echt. Der Witz des Jahrhunderts.«

Es kostete sie einen Anruf, um das zu checken. Vielleicht hatte Magnus es sogar bereits gemacht.

Für heute gab Bert auf.

Sie würden nichts aus dem Mann herauskriegen. Doch irgendjemand musste etwas wissen und sie würden ihn finden.

*

Merle saß in der Küche und hörte Luke zu, der mit Mike telefonierte und dabei hin und her lief wie eingesperrt.

»Nein«, sagte er. »Bleibt unbedingt in Düsseldorf. Die Polizei ist auch der Meinung. Keiner weiß, ob dieser Georg allein arbeitet. Oder ob er und seine Helfershelfer es nicht auf uns alle abgesehen haben.«

*Dieser Georg ...*

Wie offen hatte Jette mit Luke über ihre Zeit mit Georg gesprochen? Wie viel hatte sie ihm über die Tiefe ihrer Gefühle verraten? Hatte sie ihm anvertraut, dass sie vor Schmerz fast draufgegangen wäre?

Und vor allem: Wusste er, was Georg im Gefängnis zu ihr gesagt hatte?

Merle glaubte nicht, dass Georg noch vorhatte, sich an Jette zu rächen. Aber die Alternative war nicht weniger beängstigend – seine Liebe war krank.

Das kranke Gefühl eines kranken Menschen.

Auf einmal überfiel sie ein unbeherrschtes Zittern,

und sie verschränkte die Arme vor der Brust und riss die Augen auf, um nicht zu heulen.

Luke beendete das Gespräch. Er setzte sich zu Merle und legte die Hände auf den Tisch.

Die Geste war so hilflos, dass Merle die Hand auf seine legte.

So blieben sie, jeder in seine eigenen Gedanken versunken, während draußen Ruhe einkehrte und auch die letzten Polizeibeamten abzogen.

Zwei blieben in einem Wagen zurück.

Es war ein anderes Fahrzeug und es waren andere Polizisten. Doch sie taten genau das, was ihre Vorgänger getan hatten: Sie vermittelten ein Gefühl von Sicherheit.

Nur dass Merle nicht mehr daran glaubte.

*

Er durfte nichts überstürzen.

Alles hing vom richtigen Zeitpunkt ab. Jette war noch immer benommen von dem Zeug, mit dem der Typ sie ruhiggestellt hatte. Hin und wieder rieb sie sich die Hände, um das Blut zum Zirkulieren zu bringen.

Und sah sich mit großen Augen um.

Sie liebte den Wald. Gott, wie gut er das noch wusste.

Und dann war in einem Wald wie diesem damals alles aus dem Ruder gelaufen.

Georg wollte nicht daran denken. Vorbei war vorbei. Doch es durfte nie wieder passieren.

Er ließ sie gewähren.

Folgte ihr langsam und hielt die Augen offen.

Sie trug Jeans und T-Shirt, obwohl sie wusste, dass er sie lieber in Kleidern sah. Das konnte sie nicht vergessen haben.

Oder doch?

Sie hatte drei Jahre ohne ihn verbracht, das durfte er nicht vergessen.

*Mit einem andern …*

Unwillkürlich ging er schneller. Er musste das aus seinem Gedächtnis löschen, sonst wurde er verrückt. Für die geplante Rache war es gut gewesen, immer wieder daran zu denken, sich immer wieder klarzumachen, dass sie ihn verraten und durch einen andern ersetzt hatte.

Doch dann war sie zu ihm gekommen.

Das hatte alles verändert.

Während sie schweigend durch den Wald gingen, fragte Georg sich, was mit seinem Hass geschehen war. Hatte er sich aufgelöst? Oder lediglich in einen Winkel seines Bewusstseins zurückgezogen, wo er ruhte wie ein Virus, das bloß darauf wartete, beim geringsten Anzeichen von Schwäche hervorzubrechen?

»Woran denkst du?«, fragte er, als das Schweigen lange genug gedauert hatte.

»An zu Hause.«

Die Wut, die er in der Haft zu beherrschen gelernt hatte, streckte die Fühler nach ihm aus.

Zu Hause?

*Zu Hause?*

Ihr Zuhause war nicht der Bauernhof, in dem sie gelebt hatte. Waren nicht die WG, ihre Freunde und erst recht nicht sein angeblicher Nachfolger.

*Ihr Zuhause war an seiner Seite.*

»Wir kehren um«, beschloss er und registrierte befriedigt, dass sie gehorchte, ohne zu widersprechen.

Doch sie musste noch viel lernen.

*

Der Wald gab mir ein wenig Halt. Wenn es mir gelingen sollte, mich zu befreien, würde ich mich hier gut verstecken können.

»Wo sind wir?«, fragte ich auf dem Rückweg zur Hütte.

»Da, wo uns niemand suchen wird.«

Verständnislos sah ich ihn an.

»Gar nicht so weit weg von deinem bisherigen Zuhause.« Er lachte leise. »Aber wir werden von hier verschwinden, sobald sich die Aufregung gelegt hat.«

Mein *bisheriges* Zuhause?

Ich ließ die Vorstellung nicht an mich heran, klammerte sie einfach aus. Es gab Wichtigeres zu tun, als die Nerven zu verlieren. Ich musste hier rauskommen und durfte dabei nicht auf Hilfe vertrauen.

*Nicht weit weg von meinem Zuhause.*

Das konnte eigentlich nur die Eifel sein.

So nah ...

Es beruhigte mich, brachte mich jedoch kaum weiter. Ich musste in Erfahrung bringen, wo sich der nächste Ort befand, damit ich nicht in die falsche Richtung lief und wertvolle Zeit verlor, indem ich in diesem undurchdringlichen Waldgebiet umherirrte.

Sein Gesicht hatte sich verschlossen. Er würde mir keine weitere Frage beantworten.

Es war, als hätte er die letzten Jahre ausradiert. Er wollte offenbar nahtlos an damals anknüpfen.

*Erinnerte er sich nicht daran, dass er mich töten wollte?*

Ich blickte mich um.

Nichts als Bäume, die in den Himmel ragten, als wollten sie die Wolken aufspießen, die sich am Himmel zusammenrotteten.

Mutlosigkeit drückte mir das Herz zusammen. Ich strengte mich an, um mit Georgs Tempo Schritt zu halten.

Ich durfte ihn nicht verärgern.

Sonst hatte ich von Anfang an verloren.

*

Bert war sich sicher, dass er bei Malle Klestof auf der richtigen Spur war.

»Aber wir haben nichts Konkretes in der Hand«, wandte Magnus ein.

Sie waren auf dem Weg zum Nachbarort, um sich während der Mittagspause der Erdbeerpflücker, auf der Arno Kalmer bestanden hatte, in dem kleinen Café selbst einen Imbiss zu gönnen und dabei in Ruhe auszutauschen.

»Ich habe schon Fälle gelöst, bei denen ich wesentlich weniger in der Hand hatte«, entgegnete Bert.

»Davon habe ich gehört«, sagte Magnus schmunzelnd. »Du bist Legende, mein Lieber.«

Bei Blaubeerpfannkuchen mit Vanilleeis und Sahne, der *Spezialität des Hauses*, gingen sie noch einmal die Ergebnisse der bisherigen Befragungen durch.

Anfangs hatten sie es lediglich mit Georg Tabans Flucht zu tun gehabt, doch nun war Jettes Entführung hinzugekommen. Sie würden in der JVA ebenso nachhaken müssen wie in der Nachbarschaft der jungen Leute und dem Krankenhaus, aus dem Georg entkommen war.

Alles noch einmal von vorn.

»Irgendjemand muss etwas wissen«, sprach Magnus Berts eigene Gedanken aus. »Mir ist unbegreiflich, wie Taban das Mädchen entführt haben soll. Es *muss* einen Komplizen geben.«

»So, wie er strukturiert ist«, sagte Bert, »hat er sich

nicht auf einen einzigen Menschen allein verlassen. Er ist viel zu intelligent und zu misstrauisch. Ich gehe davon aus, dass jemand in der JVA seine Kontakte hat spielen lassen. Aber auch in Tabans privatem Umfeld muss es einen Helfer geben.«

»Malle Klestof.«

»Richtig. Damals sagten die Erntehelfer aus, Georg Taban sei absolut unzugänglich gewesen, doch mit Malle Klestof habe ihn erstaunlicherweise so etwas wie Freundschaft verbunden.«

»So etwas wie.«

»Zu mehr ist er nicht fähig, Magnus.«

»Unsere Nachforschungen in der JVA haben ja ein ähnliches Bild ergeben. Die Psychotherapeutin sagte mir, Taban habe sich extrem neutral verhalten und lediglich Zweckgemeinschaften zugelassen.«

»Mit Jeff Hegen, um den Job in der Bücherei zu bekommen, und mit Janus Nicolic ...«

»... wegen seiner Kontakte und weil eine gute Beziehung zu ihm Schutz versprach«, vervollständigte Magnus den Satz.

»Georg Taban hat auf mich nie den Eindruck eines schutzbedürftigen Menschen gemacht.«

»Aber wir wissen, dass im Gefängnis andere Regeln gelten, Bert. Einzelgänger haben da einen schweren Stand.«

»Nicht er.« Bert schüttelte den Kopf. »Er ist kein Opfer und strahlt das auch aus. Er ist, wie alle Psychopathen, ein begnadeter Manipulator, der genau weiß, wer ihm wann welchen Vorteil bringt.«

»Aber selbst wenn wir sicher sind, dass es in der JVA jemanden gibt ...«

»Janus Nicolic.«

»Ja. Selbst wenn er oder ein anderer die Flucht organisiert hat – wie soll das abgelaufen sein? Wie hat Taban ihn bezahlt? Wir konnten kein Anzeichen dafür finden, dass er über eine größere Summe Geld verfügt oder verfügt hat.«

»Geld irgendwo zu parken, wo man es nicht finden kann, ist doch keine Kunst.«

Für eine Weile widmeten sie sich ihren Pfannkuchen.

»Aber wir dürfen uns, was die Entführung betrifft, nicht auf Georg Taban einschießen«, sagte Magnus schließlich. »Wir haben tatsächlich nichts, Bert. Nicht mal einen Fingerabdruck. Und dass er jemanden für Jettes Entführung angeheuert hat, ist im Augenblick nichts weiter als ein Gedankenspiel. Ebenso wie die Vermutung, Malle Klestof sei in die Sache verwickelt.«

»Er *ist* darin verwickelt, Magnus. Er war Georg Tabans einziger Kumpel. Sein Handlanger. Einer, auf den er jederzeit zurückgreifen konnte, wenn er ihn nur gut behandelte und seinem Ego schmeichelte.«

Sie hatten sich leise unterhalten, denn gleich bei ihrer Ankunft waren die Gespräche der Einheimischen, von denen Bert einige wiedererkannte, verstummt. Jeder wusste, was passiert war. Jeder hatte mitbekommen, dass die Polizei wieder auf Arno Kalmers Hof aufgetaucht war.

»Okay.« Magnus wischte sich die von den Beeren blau gefärbten Lippen mit seiner Serviette. »Nehmen wir ihn uns noch einmal vor.«

Als sie das Café verließen, folgte ihnen die Blicke und das Getuschel der Leute.

*

Georg hatte eigentlich vorgehabt, Ravioli aus der Dose aufzuwärmen, aber noch hing Hitze in den Räumen, und er wollte die Temperatur nicht in die Höhe treiben, indem er Feuer im Herd machte.

Er hatte Jette gefragt, worauf sie Appetit hätte, doch sie hatte nur mit den Schultern gezuckt. Also hatte er sich für Haferflocken, Trockenobst und Milch entschieden. Damit gab man dem Körper alles, was er brauchte. Man konnte wochenlang so leben.

Beim Essen hatte er von der Schönheit der Landschaft geschwärmt und ihr erzählt, dass er sogar einen kleinen Bach in der Nähe entdeckt hatte, in dem sie baden könnten.

»Wenn du dich hier eingelebt hast«, hatte er hinzugefügt.

Sie hatte den Kopf gehoben und ihn angeguckt. Und dann wieder in ihrem Müsli gestochert. Eine kleine Prinzessin, verwöhnt und anspruchsvoll. Das würde er ihr austreiben müssen.

Ihr Gesicht war spitz und blass.

Sie hatte noch kein einziges Mal gelächelt.

»Warum sagst du nichts?«, fragte er, nachdem er ihre Schweigsamkeit lange genug ertragen hatte.

Als sie ihn diesmal anschaute, hatte sie Tränen in den Augen.

Über den Tisch hinweg griff er nach ihrer Hand. Sie war kalt.

»Sprich mit mir«, bat er.

Die Tränen rollten still über ihr Gesicht. Mit dem Rücken der freien Hand wischte sie sie weg.

Wieder sah sie ihn an. Er spürte, wie sehr sie sich darum bemühte, die Fassung zu wahren.

»Bitte«, sagte sie. »Lass mich gehn.«

Er ließ ihre Hand los.

So hatte er sich das nicht vorgestellt.

Sie war doch wieder auf dem Damm. Ihre Augen waren klar, ihre Hände und Füße nicht mehr geschwollen. Sogar die Druckstellen, die das Klebeband verursacht hatte, waren kaum noch zu erkennen.

Aber vielleicht war sie noch verwirrt.

Vielleicht hatte der Typ ihr zu viel von dem Betäubungsmittel verpasst. Er durfte das, was sie sagte, nicht auf die Goldwaage legen.

Sie hatte kaum etwas gegessen, höchstens zwei, drei Löffelspitzen voll, und auch das nur, weil er darauf bestanden hatte.

»Komm.« Er stand auf. »Du richtest dich jetzt erst einmal ein. Wenn du möchtest, helfe ich dir dabei.«

Er griff nach ihrer Hand und zog sie ins Schlafzimmer, wo neben dem alten Schrank der Koffer mit ihren Sachen stand.

»Da.« Er setzte sich auf das Bett und zeigte auf den Koffer. »Mach ihn auf. Das gehört alles dir.«

Frauen freuten sich doch immer über neue Kleider. Jette würde da keine Ausnahme machen.

# 33

Malle Klestof ließ ihre Fragen an sich abgleiten. Er hatte zugemacht, saß da mit verschränkten Armen, die Lippen gespitzt, und pfiff eine tonlose Melodie.

Bert hatte das Bedürfnis, ihn vom Stuhl zu ziehen und …

Das war der Punkt, an dem er sich zurückziehen musste.

Er hatte mit Magnus abgemacht, dass er Imke Thalheim aufsuchen würde, um auch ihr einige Fragen zu stellen. Er besprach sich leise mit ihm und verließ das Büro, ohne ein weiteres Wort an Malle Klestof zu richten.

Auf dem Weg zu der alten Mühle ging er mit sich selbst ins Gericht. Er musste aufpassen, dass er nicht wurde wie die Täter, die er verfolgte.

Wieder kam ihm der Gedanke, wie viel Glück er gehabt hatte. Dass das Leben nach seiner schwierigen Kindheit auch ganz anders hätte verlaufen können. Vielleicht hatte er sein Gewaltpotenzial durch die Arbeit als Polizeibeamter lediglich kanalisiert.

Als die Mühle in sein Blickfeld geriet, atmete er gleich

freier. Ihre Schönheit beeindruckte ihn jedes Mal aufs Neue. Nur wäre er gern einfach zu Besuch gekommen.

Als Freund.

Nicht als Polizist.

Langsam fuhr er die Auffahrt entlang und hatte den Wagen gerade zum Stehen gebracht, als die Tür aufging und Imke herauskam. Sie trug einen weiten bunten Rock, der ihr bis zu den Knöcheln reichte, dazu eine kurze weiße Bluse und sah hinreißend aus.

»Haben Sie sie gefunden?«

Sie verschränkte die Finger ineinander, wie um zu verhindern, dass sie anfingen zu zittern. Ihre Augen waren voller Hoffnung und voller Angst.

Ein großer Raubvogel segelte über ihre Köpfe hinweg und landete elegant auf dem Dach des Schuppens, der als Garage diente. Er klappte seine mächtigen Flügel ein und verwandelte sich in eine Statue, reglos und schön.

Schon immer hatte ein Bussard hier gelebt. Imke hatte ihn oft als ihren Wächter bezeichnet, der Unglück von ihr und ihrer Familie fernhielt. Es hatte eine magische Verbindung zwischen ihr und dem Tier gegeben.

Dieser Bussard war vor gut anderthalb Jahren getötet worden. Bert selbst hatte den Kadaver gesehen. Doch niemand hatte es damals fertiggebracht, Imke darüber zu informieren. Und plötzlich war wie durch ein Wunder ein zweiter Bussard aufgetaucht und nahtlos an die Stelle des ersten getreten.

Möglicherweise glaubte sie immer noch, es handle sich um ein und denselben Vogel.

Ihren Wächter.

*Der diesmal zu versagen drohte.*

»Leider noch nicht. Aber wir tun, was wir können.«

Sie nickte, als wäre ihr das vollkommen klar.

»Ich hatte versprochen, Sie auf dem Laufenden zu halten«, erklärte Bert. »Und das möchte ich nicht am Telefon tun.«

Sie führte ihn in den Wintergarten, dessen Tisch sich unter Büchern und Papierstapeln bog. Auf einem zugeklappten Laptop lag ihre rote Lesebrille.

»Manchmal arbeite ich gern hier«, erklärte sie. »Bitte setzen Sie sich, wenn die Unordnung Sie nicht stört.«

Sie rutschte nach vorn auf die Kante ihres Stuhls und klemmte wie ein erwartungsvolles Kind die gefalteten Hände zwischen die Knie.

Bert wurde das Herz schwer, als er daran dachte, wie gering die Chancen waren, ihre Tochter schnell zu finden.

»Wir gehen mittlerweile stark davon aus, dass tatsächlich Georg Taban hinter der Entführung steckt. Offenbar hatte er Helfer, doch das sind alles noch bloße Mutmaßungen.«

Wieder nickte sie. Es wirkte hilflos und mechanisch.

»Hat Jette Ihnen Einzelheiten von ihrem Besuch in der JVA anvertraut, Imke?«

»Nein. Ich habe sowieso nur durch Zufall von diesem Besuch erfahren.«

Sie stand auf, ging in die Küche und kam mit einem Tablett zurück, auf dem eine mit einer goldbraunen Flüssigkeit gefüllte Karaffe und zwei Gläser standen.

»Eistee.« Sie lächelte zaghaft. »Mögen Sie auch?«

Dankbar nahm er das volle Glas entgegen und trank. Er schmeckte Tee, Zitrone und einen Hauch Ingwer.

Imke schien sich an ihrem Glas festzuhalten. Sie

starrte hinein und begann plötzlich zu zucken. Der Tee schwappte über. Sie merkte es nicht.

Bert stand auf und nahm ihr das Glas aus der Hand. Sie hob den Kopf und sah ihn an, ohne ihn zu sehen. Ihre Lippen bebten.

Er fasste sie bei den Armen und zog sie hoch.

Sie legte die Hände auf seine Brust und ließ den Kopf an seine Schulter sinken. Ganz allmählich ließ das Zucken ihres Körpers nach.

Bert hielt sie, berührte mit der Wange ihr Haar. Ihr Duft war ihm so vertraut. Ihre Nähe ließ ihn für kostbare Sekunden alles vergessen. Sogar den Anlass seines Besuchs.

Sie hob den Kopf und sah ihm in die Augen.

Mühsam löste er sich von ihr.

Ohne sie zu küssen.

Ohne ihr auch nur übers Haar zu streichen.

Dies war nicht der Augenblick, auch wenn er sich seit Jahren danach sehnte.

Er führte sie zum Sofa ins Wohnzimmer, was sie sich widerstandslos gefallen ließ. Sanft streifte er ihr die Schuhe von den Füßen und deckte sie mit der Decke, die zusammengefaltet auf der Lehne lag, liebevoll zu.

»Schlafen Sie«, sagte er leise. »Ruhen Sie sich aus.«

Gehorsam schloss sie die Augen. Einen Wimpernschlag später hörte er an ihren gleichmäßigen Atemzügen, dass sie eingeschlafen war.

*

Er hatte seine Klamotten im Schrank zur Seite geschoben, um Platz für das zu schaffen, was sich in dem Koffer befand.

»Ich hoffe, die Sachen treffen deinen Geschmack.«

Wie hypnotisiert zog ich Kleider, Röcke, Shorts und T-Shirts, Pullis, Unterwäsche und silbern schimmernde Sandalen heraus. Er hatte an alles gedacht, sogar an eine Jogginghose und weiße Sneaker.

Alles in meiner Größe.

»Leider eine bescheidene Auswahl«, bedauerte er. »Doch es ist ja nur für eine Weile. Sobald sich die Wogen geglättet haben, machen wir uns auf den Weg.«

Auf den Weg ...

»Zu unserem richtigen, endgültigen Zuhause.«

Das Entsetzen kroch mir an der Wirbelsäule entlang und hinterließ eine kalte Spur.

»Wir werden Deutschland verlassen. Das verstehst du doch?« Er wartete nicht auf eine Antwort. »Hier werden wir spätestens ab morgen, wenn sämtliche Zeitungen über dich und mich berichten, bekannt sein wie bunte Hunde.«

Wie elegant er das Wort *Entführung* umging.

Ich hängte die Kleider und Röcke in den Schrank und verstaute Pullis, Shorts, T-Shirts und Unterwäsche in den dafür vorgesehenen Fächern.

Er sah mir dabei zu.

»Natürlich werden wir unser Aussehen verändern müssen. Bei mir ist es einfach.« Er rieb sich über den Dreitagebart und grinste. »Ich werde Bart und Haare wachsen lassen, damit ich dem Foto in den neuen Papieren ähnlich sehe.«

Falsche Papiere hatte er also schon.

»Bei dir ist das anders«, fuhr er fort. »Auf deinem neuen Personalausweis hast du raspelkurze Haare.«

Er beugte sich zu mir vor, berührte mein Haar. Ich widerstand dem Impuls zurückzuweichen.

*Reg ihn nicht auf*, dachte ich. *Reg ihn bloß nicht auf.*

Ich hatte ihn mehrmals zornig erlebt. Ein weiteres Mal würde ich es vielleicht nicht überleben.

Dann erst wurde mir die Bedeutung seiner Worte bewusst.

*Er wollte mir die Haare abschneiden!*

Im ersten Moment wusste ich nicht, warum die Vorstellung mich beinah um den Verstand brachte. Es war schließlich nicht die Frisur, die mich ausmachte. Dann wurde mir klar, dass seine Worte mich einfach spüren ließen, wie ausgeliefert ich ihm war.

Er konnte mich zu einer Puppe machen, mit der er anstellen durfte, was er wollte.

Im Grunde hatte er mit diesen schrecklichen Kleidern, die ich im normalen Leben niemals anziehen würde, bereits den ersten Schritt dazu getan.

Die Sachen im Schrank waren nicht ich. Und wahrscheinlich war ich auch nicht die Person, die er liebte. Oder zu lieben glaubte.

Wie liebte ein Psychopath?

*Besitzergreifend. Fordernd. Distanziert. Dominant.*

Begriffe aus meinen Büchern.

Ich hatte mich mit dem Thema beschäftigt. Aber ich bezweifelte, dass mir das helfen würde.

Er hob mein Kinn an und betrachtete mich von allen Seiten. Schließlich schüttelte er den Kopf.

»Nein. Ich liebe dein Haar. Wir werden es mit einer Perücke versuchen.«

Fast hätte ich geschrien.

Krampfhaft versuchte ich, mich an alles zu erinnern, was Luke mir über die Bedeutung von Entspannung, Stärke und Kraft beim Jiu-Jitsu beigebracht hatte.

*Einen echten Kampf überlebst du nur, wenn es dir gelingt, die Nerven zu behalten*, hörte ich ihn sagen.

Vielleicht gelang es mir nicht, doch ich würde es versuchen.

*

Wortlos räumte sie die Kleidungsstücke in den Schrank, klappte den Koffer wieder zu und stellte ihn beiseite. Dann verließ sie das Schlafzimmer und kehrte in den Wohnraum zurück.

Sie hatte sich in ihrem Schweigen verkrochen und schloss ihn aus.

Georg hatte keine Ahnung, was in ihr vorging. Worüber dachte sie nach? Nahm sie ihm immer noch übel, dass er sie hatte entführen lassen?

Wie sonst hätte er es anstellen sollen?

Er befand sich auf der Flucht. Da hätte er schlecht bei ihr auftauchen und sie bitten können, ein paar Sachen zu packen und ihm zu folgen. Sie hatte doch gemerkt, wie sehr er die Brutalität missbilligte, die der Entführer an den Tag gelegt hatte.

Sie war zu ihm gekommen, weil sie nicht aufhören konnte, ihn zu lieben. Den Hass, der ihn aufzufressen drohte, hatte sie in etwas Reines verwandelt. Nichts anderes war wichtig.

*Er war wieder fähig zu lieben.*

*Sie* zu lieben.

Morgen war ein neuer Tag, sagte er sich. Bis dahin würde er sich zur Geduld zwingen, auch wenn es ihm schwerfiel.

*

Nachdem Bert das Dorf hinter sich gelassen hatte, war er auf einen von Gras und Unkraut überwucherten Feldweg abgebogen und hatte den Motor ausgeschaltet.

Sie kamen nicht weiter. Sie kamen einfach nicht weiter.

Die Hinweise aus der Bevölkerung häuften sich. Ihnen allen nachzugehen, würde Zeit kosten, die sie nicht hatten.

Jede unbedachte Bewegung, jede Bemerkung, die Jette machte, konnte sie das Leben kosten. Georg Tabans Verhalten war nicht kalkulierbar. Er folgte seinen eigenen Gesetzen, die weder zu begreifen noch an moralischen Kriterien zu messen waren.

Abgesehen von seiner problematischen Geistesverfassung, lag eine große Gefahr in der Situation an sich. Eine Flucht verlief nicht geradlinig und ohne Probleme. Erst recht nicht, wenn man jemanden gegen dessen Willen bei sich hatte.

Oder war Jette dem Charisma dieses Mannes wieder erlegen?

Bert schob den Gedanken sofort beiseite.

Sie hatte Georg Taban von seiner schlimmsten Seite kennengelernt und würde sich ihm niemals freiwillig ausliefern. Dass sie ihn im Gefängnis aufgesucht hatte, war nichts weiter als fatale Selbstüberschätzung gewesen.

Es war ihr ja fast schon zur Gewohnheit geworden, der Polizei bei ihren Ermittlungen in die Quere zu kommen.

Magnus Scheuermann hatte vorgehabt, nach den Befragungen der Erdbeerpflücker zur JVA zu fahren, um weitere Gespräche mit Malika Reich, Birger Harig, Yvonne Kamphuusen und dem übrigen Personal zu führen.

»Und dann will ich mir die Inhaftierten noch einmal vornehmen«, hatte er gesagt. »Jemand dort hat Taban geholfen. Vielleicht erinnert sich die Psychotherapeutin an eine Äußerung, die uns weiterbringen würde. Oder einer der Vollzugsbeamten hat etwas aufgeschnappt, das ihm erst im Nachhinein bemerkenswert erscheint. Vielleicht braucht es nur einen kleinen Schubs, bis irgendwem etwas einfällt, das alles in einem neuen Licht erscheinen lässt.«

Die Überlegungen waren vernünftig.

Ebenso vernünftig war es, Georg Taban von zwei Seiten in die Zange zu nehmen.

Bert wendete und gab Gas. Er würde zu Kalmers Hof zurückkehren. Wenn er Malle Klestof lange genug unter Druck setzte, würde er die Nerven verlieren. Sie alle verloren die Nerven, wenn man tief genug bohrte.

*

Vielleicht würde er ihr Schweigen brechen, indem er ihr zeigte, wie sehr er sie liebte.

Die Tür war weit geöffnet. Man hörte die Vögel singen und der Duft des Sommers strömte herein und füllte den ganzen Raum. Jettes Blick war voller Sehnsucht auf die Terrasse gerichtet.

Oder war es noch zu früh?

»Tust du mir einen Gefallen?«, fragte er.

Sie sah ihn an, als hätte er sie aus einem Traum gerissen.

»Ziehst du eines der schönen Kleider an?«

Ein gequälter Ausdruck überschattete ihr Gesicht.

»Du weißt, dass ich Jeans nicht mag.«

Sie rieb sich die Arme, als wär ihr kalt. Und noch immer kein Wort.

»Jette? Hast du gehört, was ich gesagt habe?«

Ihr Blick kehrte zur Terrasse zurück.

»Wenn du dich umziehst, darfst du wieder nach draußen. Ist das ein Deal?«

Sie stand auf wie eine Marionette. Ihre Bewegungen wirkten mechanisch und abgehackt, als würden sie nicht von ihr selbst ausgeführt, sondern von dem gelenkt, der die Fäden in der Hand hielt.

Und eigentlich war es ja auch so.

Er lächelte, als sie im Schlafzimmer verschwand und er das leise Knarren der Schranktür vernahm.

Na bitte. Sie würde es noch lernen, wieder die Frau zu sein, die er liebte.

*

Ich ertrug den Anblick des Betts nur mit Schaudern.

Es war Nachmittag.

Bald würde der Abend kommen und dann die Nacht.

Hastig sah ich mich nach etwas um, das mir als Waffe dienen konnte, doch es war nichts da. Mir fiel nur ein Ort ein, an dem ich fündig werden würde: die Küche.

Es gab keine Küche ohne Messer.

Wirklich?

Wahrscheinlicher war, dass er alles entfernt hatte, was ihm in meiner Hand gefährlich werden konnte.

Ich warf einen Blick in den Schrank.

*Nach draußen ...*

Die Zauberworte.

Aber würde er sein Versprechen halten? Und was würde er tun, wenn ich mich weigerte, seinen Wunsch zu erfüllen?

Es war zu früh, mich mit ihm anzulegen. Ich fühlte mich immer noch angeschlagen.

Nach einigem Überlegen zog ich ein dunkelblaues Kleid heraus, das nicht so sehr auffallen würde, wenn ich unerwartet eine Möglichkeit zur Flucht fand und mich im Wald verstecken musste. Es reichte mir bis zu den Knien, war locker geschnitten und würde meine Bewegungsfreiheit nicht einschränken.

Während ich mich umzog, schossen mir die Gedanken nur so durch den Kopf. Ich bedachte die Möglichkeiten, die ich hatte.

Es waren drei und sie alle waren gefährlich.

Versuchte ich zu fliehen, war er im Vorteil, weil er die Gegend kannte oder sich zumindest schon damit vertraut gemacht hatte. Griff ich ihn mit einem Messer oder einem schweren Gegenstand an und traf nicht richtig, würde er ausrasten. Spielte ich mit …

Ich dachte an den Kommissar. Er war bestimmt auf der Suche nach mir. Ganz sicher würde er nicht aufgeben, bis er mich gefunden hatte.

»Was machst du denn so lan…«

Ich fuhr zu ihm herum.

Er stand da wie zur Salzsäule erstarrt.

»Mein Gott. Wie unglaublich schön du bist.«

Ich fragte mich, ob er merken würde, aus welchem Grund ich das blaue Kleid gewählt hatte.

»Blau ist meine Lieblingsfarbe«, sagte ich und machte den Schrank rasch wieder zu.

Ich hatte mich für die Sneaker entschieden. Damit meine Füße geschützt waren und Halt fanden, falls ich mich für die erste der drei Möglichkeiten entscheiden sollte.

Sein Blick glitt über meinen Körper.

»Du hast mir etwas versprochen«, sagte ich.

»Bitte mich darum.«

Es machte mir nichts aus. Ich stellte mir einfach vor, eine Rolle zu spielen. Meine Worte hatten nichts mit mir zu tun.

»Bitte.«

»Bitte was?«

»Bitte lass mich nach draußen gehen.«

»Wenn du jetzt noch meinen Namen sagst.«

»Bitte ... Georg.«

»Den Namen meine ich nicht.«

»Ich verstehe nicht ...«

»Du verstehst mich sehr gut.«

»Bitte ... Gorg.«

Fast hätte ich mich übergeben. Diesen Namen auszusprechen, der einmal voller Liebe gewesen war, voller Zärtlichkeit und voller Verlangen, war entsetzlich schwer.

Der Nachklang schwebte wie ein böser Geist im Raum und machte, dass jedes einzelne meiner Nackenhärchen sich aufrichtete.

# 34

Einer nach dem andern betrat Arno Kalmers Büro, in dem Bert mit seinen Fragen wartete. Es waren andere Fragen als zuvor. Sie alle kreisten um Malle Klestof.

Wenn er den Mann nicht knacken konnte, musste er zu anderen Mitteln greifen. Er hatte sich vorgenommen, diesen Raum nicht zu verlassen, bevor er eine Antwort bekommen hatte, mit der er etwas anfangen konnte.

Zum ersten Mal durfte er auf seine Eingebungen vertrauen, ohne Kollegen gegenüber in Erklärungsnot zu geraten. Schließlich war er lediglich inoffiziell in die Ermittlungen eingebunden.

»Weiß nichts über Klestof«, sagte die junge Frau, die vor ihm saß, aufrecht, selbstbewusst, entspannt und voller Anmut. »Schmutziger Mann.«

»Schmutzig?«

Viele der Erntehelfer sprachen gebrochen Deutsch. Sie hielten sich nur wenige Wochen hier auf und hatten während dieser Zeit kaum Kontakt zu den Dorfbewohnern, die ohnehin dazu neigten, sich gegen alles Fremde abzuschotten.

»Hat keine Freunde.«

Was meinte sie mit *schmutzig*? Bert argwöhnte, dass sie Malle Klestofs Verhalten schmierig fand.

»Malle lacht, aber böse Gedanken.«

»Was wissen Sie über ihn?«

»Nichts. Rede nicht mit ihm.«

Das Bild, das Bert sich von dem Mann gemacht hatte, wurde von jedem der Erdbeerpflücker bestätigt. Niemand wollte etwas mit ihm zu tun haben. Jeder ging ihm aus dem Weg. Keiner nahm ihm seine Freundlichkeit ab.

Manche Frauen verzogen angewidert den Mund, sobald Bert nach ihm fragte.

»Er fühlt sich als was Besseres«, sagte schließlich einer der älteren Saisonarbeiter, der sein halbes Leben in Köln verbracht hatte und sich lediglich durch einen leichten Akzent von einem Muttersprachler unterschied. »Nur weil er diese Arbeit nicht immer gemacht hat.«

Bert schob abwechselnd seinen Kugelschreiber und sein Notizbuch hin und her. Er hatte nun schon so viel über Malle Klestof gehört und nichts davon hatte Substanz. Sein Kopf schaltete allmählich ab. Er war so müde, dass er auf der Stelle hätte einschlafen können.

»Er hat nicht sein Leben lang als Erntehelfer gearbeitet?«

Der Mann nickte. Wie Malle Klestof hielt er eine Baseballkappe in den Händen, denen man die harte körperliche Arbeit im Freien ansah. Ebenso wie seinem vorzeitig gealterten Gesicht, das zerfurcht und ledrig war. Seine Augen jedoch waren die wachen und aufmerksamen Augen eines viel jüngeren Mannes.

»Wissen Sie, was er vorher gemacht hat?«

»Hat er mir mal gesagt, als er besoffen war.«

»Und?«

»Er hat früher sogar feste Jobs gehabt. Als Waldarbeiter.«

Bert versetzte dem Kugelschreiber unabsichtlich einen solchen Stoß, dass er bis an den Schreibtischrand schoss.

*Waldarbeiter.*

Er brachte das Gespräch so ruhig wie möglich zu Ende, damit der Mann die Bedeutung seiner Aussage nicht erkannte. Malle Klestof sollte sich in Sicherheit wiegen. Ebenso wie Georg Taban.

Keine Sekunde zweifelte Bert daran, dass der Erdbeerpflücker ihm gerade einen wichtigen Hinweis gegeben hatte, der die Suche nach Jette möglicherweise erheblich einengte.

*

Sie war hinreißend in dem blauen Kleid. So zart, so leicht. Es schien beinah, als würden ihre Füße den Boden nicht berühren.

Als schwebte sie. Wie eine Elfe.

Leider hatte sie sich für die Sneaker entschieden, die an ihren schlanken Beinen wie Fremdkörper wirkten. Allerdings wäre sie in den Sandalen auch nicht weit gekommen.

Er hatte beschlossen, ihr den Bach zu zeigen.

Es war schon wieder ziemlich heiß. Die Abkühlung war wohl doch nur eine Episode gewesen. Georg war froh, dass die Hitze ihm nicht so zusetzte wie anderen Menschen. Jahrelang hatte er bei Temperaturen über dreißig Grad auf dem Feld gearbeitet.

In praller Sonne.

Er war daran gewöhnt.

Sie hörten den Bach schon plätschern, bevor sie ihn

sahen. Ein Strahlen glitt über Jettes Gesicht. Georg bemerkte es und hätte sie am liebsten an sich gezogen.

Doch er hielt sich zurück.

Er erklärte ihr, dass er darüber nachgedacht hatte, einen kleinen Staudamm zu bauen, um eine Badestelle zu haben, und sie schaute sich sofort nach geeigneten Steinen um. Wenig später arbeiteten sie emsig daran. Ein paarmal berührten sich ihre nackten Arme, ohne dass Jette zurückzuckte.

Ein Anfang, dachte er erleichtert.

Als der Damm fertig war, betrachteten sie ihr Werk. Die entstandene Badestelle war etwa einen auf zwei Meter groß, das gestaute Wasser eiskalt und klar wie Kristall.

Jette wirkte entspannt.

Dennoch ließ Georgs Wachsamkeit nicht nach. Sie war eine Kämpferin. Das hatte er nicht vergessen.

»Kehren wir um«, sagte er.

Ihr helles Haar schimmerte im grünen Licht, als sie langsam vor ihm herging. Ihre sonnengebräunten Beine waren glatt und verführerisch. Sie hatte den durchtrainierten Körper einer Läuferin.

Georg konnte sich nicht sattsehen an ihr.

Nach dem Essen, hatte er beschlossen, nach dem Essen würde er sie fragen.

Als die Hütte fast schon in Sichtweite war, nahm er ihre Hand.

Den Ruck, der durch ihren Körper ging, konnte er förmlich spüren. Ihre Vorsicht. Doch sie entzog ihm die Hand nicht.

Die Erregung machte ihn atemlos.

Er konnte unmöglich länger warten.

Sein Plan war reif.

Er würde Jette damit glücklich machen, davon war er überzeugt.

*

Wir waren oft so gegangen, Hand in Hand.

In einem anderen Leben.

Ich hatte es geliebt, ihn nah bei mir zu spüren. Hätte ihn am liebsten ewig festgehalten.

Jetzt drehte sich mir der Magen um, als unsere Hände sich berührten.

Damals hatte ich mich danach verzehrt, mit ihm zu schlafen. Es war mir unbegreiflich, wieso er immer wieder auswich. Nie ließ er mehr zu als einen Kuss, ein paar Zärtlichkeiten. Jedes Mal schob er mich weg und sagte oder tat etwas, das die Stimmung zerstörte.

An dem Tag, an dem ich nicht mehr warten wollte, damals, in einem Wald wie diesem, an jenem Tag hatte er nachgegeben, und wir hatten uns geliebt.

Ich konnte den Schrei noch hören, den er ausgestoßen hatte. Wie er in die Baumkronen gefahren war und nicht enden wollte. Kein Schrei der Lust. Ein Schrei der Verzweiflung.

Und ich hatte gewusst, er würde mich töten.

In den Jahren, die seitdem vergangen waren, hatte ich versucht zu verstehen, was vorgefallen war. Die Berichterstattung über den Prozess hatte mir dabei geholfen.

Georg verliebte sich in eine Frau, die in seinen Augen rein und unschuldig war. Schon erste Anzeichen von Sinnlichkeit verwandelten sie in eine Hure. Indem er sie ermordete, bestrafte er sie für ihr Verlangen, das er als schmutzig und verdorben empfand.

Er hielt meine Hand fest umschlossen.

Wie damals.

Und wieder befanden wir uns in einem Wald.

Sein Griff war eisern.

Vielleicht hatte ich eben die letzte Fluchtmöglichkeit vertan. Wieso arbeitete mein Gehirn bloß so träge?

Noch immer hatte ich das Gefühl, im Körper einer andern zu stecken. Mich verlangsamt und wie ferngesteuert zu bewegen. Wie sollte ich da wegrennen? Nach den ersten Schritten hätte er mich eingeholt.

Als die Hütte vor uns auftauchte, blieb mir das Herz stehen.

*Da war ein Mann.*

Ein Wanderer offenbar mit Rucksack und Sonnenhut. Er hatte einen Fuß auf einen Baumstumpf gesetzt und betrachtete die Gegend durch ein Fernglas.

Georgs Griff um meine Hand verstärkte sich.

»Keinen Laut!«, raunte er mir zu. »Und wage es nicht abzuhauen!«

Im nächsten Moment ließ er mich los und bewegte sich lautlos und geschmeidig auf den Eindringling zu, der nicht ahnte, was hinter seinem Rücken vor sich ging.

»VORSICHT!«

Mein Warnruf ließ den Wanderer herumschnellen und Georg lossprinten. Er flog durch die Luft und riss den Mann mit sich zu Boden.

In fiebriger Hast suchte ich nach einem Ast, einem Stein, irgendetwas, das ich benutzen konnte, um Georg niederzuschlagen.

Doch da war nichts.

Zwei Atemzüge später warf ich mich auf ihn und versuchte, ihn von dem Mann wegzuziehen. Ich hämmerte mit den Fäusten auf seinen Rücken und seinen Kopf ein. Es war, als wollte eine Maus eine Katze verjagen.

Georg stieß einen wüsten Schrei aus und schleuderte mich mit einer einzigen Bewegung zur Seite. Ich fiel ins Gras und rappelte mich sofort wieder auf.

Doch mit einem Mal war Stille.

Eine unheilvolle Stille, die mir verriet, was ich nicht sehen konnte, weil Georgs Körper den des Mannes unter ihm verdeckte.

Bitte nicht, dachte ich. Bitte, bitte nicht.

Georg erhob sich und fuhr mit vor Zorn verzerrtem Gesicht zu mir herum.

An der seltsam verdrehten Körperhaltung des Wanderers konnte ich es erkennen: Er war tot.

*

»Du!«, brüllte Georg. »Du!«

Seine Wut hatte nur geschlafen. Sich all die Jahre ruhig gehalten und auf ihre Zeit gewartet.

»DU!«

Jette schoss davon wie der Blitz. Eine Schrecksekunde verging, dann setzte er ihr nach. Mit jedem Schritt geriet er mehr in Rage. Er konnte keinen klaren Gedanken mehr fassen, bis auf den einen: Jette zurückzuholen.

Sie war eine geübte Läuferin, aber der Wald war so lange ungehindert gewuchert, dass es nahezu undurchdringliche Stellen gab, denen sie ausweichen musste.

Jetzt wusste er, aus welchem Grund sie sich für das dunkelblaue Kleid entschieden hatte. Es war inmitten des flirrenden, funkelnden Blattgewirrs kaum auszumachen. Nur die weißen Schuhe blitzten immer wieder auf und er war dankbar dafür.

Sie rannte, stürmte, sprang dahin. Der Abstand zwischen ihnen verringerte sich quälend langsam. Georg hörte sein Keuchen, spürte seine Waden brennen. Die Wut verlieh ihm Flügel.

Dann stolperte Jette, stürzte und blieb liegen.

Schwer atmend sah er auf sie hinunter.

»Steh auf!«

Sie hielt ihr rechtes Fußgelenk umfasst.

»Ich kann nicht. Ich ...«

Grob zog er sie auf die Füße. Schwankend versuchte sie, das Gleichgewicht zu finden, und wäre beinahe wieder hingefallen.

Er hob sie auf und trug sie zurück.

Sie war schwerer, als er gedacht hatte. Doch sie lag in seinen Armen, als wäre das der Ort, an den sie gehörte.

»Du«, flüsterte er.

Dieses Wort enthielt alles, was ihm wichtig war. Dennoch blieb seine Wut stark und kraftvoll.

Nie wieder würde Jette es wagen, sich gegen ihn zu richten.

*

*Er hatte ihn getötet!*

Dabei hätte er bloß warten müssen, bis der Mann weitergezogen wäre.

Mein Fußgelenk brannte wie Feuer. Georgs Arme hielten mich mit hartem Griff. Ich wagte nicht, mich zu rühren. Wagte nicht, mir vorzustellen, was mich erwartete.

Er redete leise vor sich hin.

Keines seiner Worte erreichte mein Gehirn.

Die ganze Zeit hatte ich in die Kronen der Bäume gestarrt, die über mir ein zitterndes, raschelndes Dach bildeten, durch das dann und wann ein Stück Himmel zu sehen war. Die Schönheit und Ruhe dieses Bilds hatten mir neue Kraft geschenkt, und so wagte ich es endlich, den Blick auf die Umgebung zu richten.

Wir befanden uns wieder in der Nähe der Hütte.

Ich versuchte, mich gegen den Schock zu wappnen, die Leiche des Wanderers im Gras liegen zu sehen. Doch es gelang mir nicht. Mein Magen zog sich zusammen, und ich schaffte es gerade noch, mich in Georgs Armen zur Seite zu drehen, bevor ich mich erbrach.

Er hatte ihn getötet.

Ich wünschte, es wär ein Traum gewesen.

Aber er hatte ihn wirklich getötet.

*

Im Badezimmer setzte Georg sie ab.

»Mach dich sauber«, befahl er und verschloss die Tür von außen mit dem Schlüssel, den er sicherheitshalber in der Hosentasche bei sich trug.

Es war schon immer so gewesen: In Situationen, in denen andere die Fassung verloren, überkam ihn eine eisige Ruhe. Seine Gedanken gewannen an Schärfe. Sein Körper führte die Befehle seines Gehirns ohne das geringste Zögern aus.

Er legte den Finger an die Halsschlagader des Mannes, um sicherzugehen.

Der Typ war wirklich tot.

Mausetot, dachte er und erinnerte sich an ein Lied, das die anderen Kinder früher bei ihren Hüpfspielen gesungen hatten. Er hörte noch die Melodie, hatte den einfachen Text jedoch vergessen. Nur einen Reim wusste er noch:

*Mausetot – Butterbrot.*

Vielleicht hätten die Kinder ihn ja mitspielen lassen, wenn der Großvater es erlaubt hätte. Aber der alte Satan war erfinderisch gewesen in der Wahl seiner Mittel, um Georg zu quälen.

*Scheißkerl.*

Georg zog dem Toten das unversehrte Fernglas, das dieser um den Hals gehängt hatte, über den Kopf und hielt es vor die Augen. Nachdem er die Schärfe eingestellt hatte, kontrollierte er die Umgebung.

Da war niemand. Kein weiterer Wandervogel und erst recht keine Gruppe.

Großartig.

Ein Fernglas hatte ihm gefehlt. Es konnte ihn vor unerwünschtem Besuch warnen, lange bevor seine Augen und Ohren etwas bemerkten.

Er verstaute es in dem Rucksack, der an dem Baumstumpf lehnte, ebenso die Trinkflasche, die neben dem Mann im Gras lag, schnallte sich den Rucksack um und blickte auf den Toten hinunter.

Das Messer steckte noch in seiner Seite. Georg hatte mehrmals zugestochen. Er fragte sich, welcher der Stiche wohl tödlich gewesen war.

Doch eigentlich war es gleichgültig.

Womöglich hatte der Mann gar nichts gesehen, wahrscheinlich sogar. Aber es hätte ja sein können, dass er neugierig um die Hütte herumgeschlichen wäre. Das Auto entdeckt hätte.

Georg zog das Messer heraus und wischte die Klinge am Hemd des Toten ab, bevor er es wieder zusammenklappte und in die Hosentasche steckte. Gleich am ersten Tag hatte er es in der Besteckschublade gefunden, ein richtig gutes, großes Taschenmesser, ursprünglich für andere, harmlose Zwecke gedacht.

Er packte die Füße des Mannes und schleifte ihn hinters Haus. Der Anblick des vielen Bluts ekelte ihn an. Er hatte wirklich eine Riesensauerei veranstaltet.

Etwa zwanzig Meter vom Haus entfernt hatte er bei einem Rundgang eine natürliche Mulde von etwa sechzig Zentimetern Tiefe entdeckt. Dorthin schleppte er die Leiche und stieß sie mit dem Fuß hinein.

Er ging zu dem Gerümpel auf der Terrasse, stellte den Rucksack ab, schleppte Bretter, Teppichreste, trockene Äste und Zweige zu der Mulde und bedeckte den toten Körper damit. Anschließend nahm er den Eimer, den er im Schuppen aufgetrieben hatte, schaufelte mit bloßen Händen lockere Walderde hinein und verteilte sie großzügig auf dem improvisierten Grab.

Die Anstrengung empfand er als so etwas wie eine Buße, eine Läuterung. Als er fertig war, tropfte ihm der Schweiß von der Stirn. Jeder Muskel tat ihm weh und sein Magen knurrte.

Seine Hände fühlten sich nach der Arbeit mit der Erde gut und vertraut an. Er hatte sich jedoch einen Holzsplitter in die Kuppe des rechten Daumens gezogen. Aber an so etwas war er gewöhnt. Es würde keine große Sache sein, ihn wieder rauszuziehen.

Er begutachtete, was er getan hatte, und war zufrieden.

Niemand würde hier eine Leiche vermuten. Allerdings war er nicht sicher, ob sie tief genug lag, um Verwesungsgerüche zu vermeiden.

Er nahm den Rucksack und kehrte zur Hütte zurück. Seine Wut hatte sich in der körperlichen Arbeit entladen, nahm jedoch von Schritt zu Schritt wieder zu.

Bevor er nach Jette sah, goss er Wasser in die Spüle und wusch Gesicht, Oberkörper und Hände. Er zog ein frisches T-Shirt an und untersuchte seinen Daumen. Der Splitter saß tief unter der Haut. Er schnitt ihn mit der Messerspitze heraus und stillte die Blutung mit einem Pflaster.

Dann schloss er die Tür zum Badezimmer auf.

»Und nun zu dir«, sagte er.

# 35

Widerwillig hatte Malle Klestof es bestätigt: Er hatte ursprünglich als Waldarbeiter gearbeitet, teilweise sogar fest angestellt. Dann hatte es *ein paar Probleme* gegeben und er hatte sich fortan als Saisonarbeiter verdingt.

Die *Probleme* hatten mit seiner Alkoholsucht zu tun, die er immer wieder vergeblich zu bekämpfen versuchte.

»Warum, zum Teufel, stochern Sie in meinem Leben rum?«, hatte er sich aufgeregt, sichtlich nervös geworden. »Das geht nur mich was an. Oder brauch ich jetzt ein Führungszeugnis, um Erdbeeren zu pflücken? Das ich übrigens sofort bekommen würde. Ich habe eine strahlend weiße Weste.«

Seine Eltern stammten aus Warschau. Er jedoch war in Deutschland geboren und hatte schon so gut wie überall gearbeitet.

»Und als Waldarbeiter?«

»Hier und da.«

»Auch in der Eifel?«, hatte Bert gefragt.

»Auch da.«

»Und im Bergischen?«

Klestof hatte gereizt den Kopf geschüttelt.

Seine Aggressivität sollte die Unruhe verdecken, die sein Körper nicht verheimlichen konnte. Er quetschte die Baseballkappe in seinen Händen zusammen, wippte hektisch mit den Füßen und wischte sich immer wieder den Schweiß von Stirn und Nacken.

»Wo genau?«

»Die einzelnen Orte hab ich mir nun wirklich nicht gemerkt.«

*

Damit hatte der Mann endgültig dichtgemacht.

»Das war schon alles, Herr Klestof.«

Bert hatte das Gespräch ohne weitere Erklärungen beendet.

Leise vor sich hin schimpfend, hatte Malle Klestof das Büro verlassen, und Bert war in sein Auto gestiegen, um nach Hause zu fahren.

Als Erstes machte er den Fernseher an, um die Achtzehnuhrnachrichten zu sehen. Magnus hatte ganze Arbeit geleistet. Die Fahndung nach Jette und Georg Taban lief auf sämtlichen Kanälen. Kurz war auch Magnus zu sehen, der es geschickt verstand, hinsichtlich der Ermittlungen gedämpften Optimismus zu verbreiten.

Bert setzte Teewasser auf.

Und entspannte allmählich.

Im April hatte er zwei Wochen Urlaub genommen. Er war nicht ans Meer gefahren und nicht in die Berge, sondern hatte sich dafür entschieden, sich in ein Kloster zurückzuziehen. Seine Wahl war auf das Kloster St. Paul in der Eifel gefallen, in dem Benediktinermönche nach ihren strengen Regeln lebten.

Es durfte nur das Notwendigste gesprochen werden

und das Schweigen, Denken, Lesen und die einfachen Arbeiten in Haus und Garten hatten Bert gutgetan. Sich ein Jahr Auszeit zu nehmen, war nur eine logische Konsequenz aus dieser Erfahrung gewesen.

Das Kloster kam Bert nicht zufällig in den Sinn. Er versuchte, sich in Georg Taban hineinzuversetzen, fragte sich, wo er selbst nach einem spektakulären Ausbruch und der Entführung einer jungen Frau Zuflucht suchen würde.

Er würde in der Nähe bleiben und so lange in seinem Versteck ausharren, bis sich die Aufregung gelegt hatte. Die meisten Menschen gingen davon aus, dass ein Ausbrecher sich so schnell wie möglich so weit wie möglich absetzte, vorzugsweise ins Ausland.

Das Gegenteil zu tun, wäre eine geniale Strategie.

Man konnte sich in der Anonymität einer Stadt wie Köln verstecken, wo es jedoch schwierig war, ein Entführungsopfer über längere Zeit ruhigzustellen. Oder in einer einsamen, abgelegenen, dennoch nicht zu weit entfernten Gegend untertauchen.

Dafür kamen das Bergische Land und die Eifel mit ihren ausgedehnten Waldgebieten infrage. Und Malle Klestof war Waldarbeiter gewesen. Auch in der Eifel.

Bert klappte seinen Laptop auf und legte sich das Telefon zurecht.

Er hielte das erste brauchbare Puzzlestück in der Hand. Und wenn er sich die ganze Nacht um die Ohren schlagen musste – er würde das nächste Puzzlestück finden.

*

»Da sind wir.«

Und da waren sie.

Ilka und Mike. Fest entschlossen, sich nicht wieder

abwimmeln zu lassen. Nachdem Ilka ihre Präsentation hinter sich gebracht hatte, waren sie sofort losgefahren.

»Können wir wirklich gar nichts tun?«

»Wir haben keinen Anhaltspunkt«, sagte Merle niedergeschlagen. »Nicht den winzigsten. Untätig hier rumzusitzen ist einfach schrecklich.«

»Und die Polizei?«, fragte Ilka.

»Sie fahnden nach Jette und Georg und halten sich uns gegenüber bedeckt.«

»Eben kam noch eine Meldung im Radio«, erzählte Mike. »Über seine Flucht. Da läuft es einem kalt den Rücken runter, wenn man nach all den Jahren plötzlich den Namen dieses kranken Arschlochs hört.«

»Was ist mit dem Kommissar?«, erkundigte sich Ilka.

»Er hat sich eingeschaltet«, sagte Luke. »Mehr wissen wir nicht.«

Es war kurz nach sechs. Merle hatte den ganzen Tag nichts gegessen. Ihr war schon ein bisschen schwindlig, doch sie konnte sich nicht vorstellen, auch nur einen Bissen runterzukriegen.

»Wie es Jette wohl geht«, murmelte sie.

Klecks hatte sich auf Ilkas Schoß zusammengerollt und schnurrte glücklich. Für einen Moment war es das einzige Geräusch.

»Der Dreckskerl hat sie jetzt seit elf oder zwölf Stunden in seiner Gewalt«, sagte Merle schließlich. »Mir wird schlecht, wenn ich bloß daran denke. Und ich Idiot habe sie auch noch zur JVA begleitet.«

»Sie wär auch ohne dich gefahren«, widersprach Luke bitter. »Da war es schon besser, dass du bei ihr warst, um sie aufzufangen.«

Dann gab es nichts mehr zu sagen.

Ein lastendes Schweigen breitete sich aus.

Als Merle es nicht länger aushielt, sprang sie auf, griff nach dem schnurlosen Telefon und wählte die Nummer des Kommissars.

Er meldete sich mit einem leicht gereizten Unterton in der Stimme.

»Melzig.«

»Ich bin's. Merle. Ich wollte nur wissen, ob es etwas Neues gibt.«

»Das haben Sie mich bereits gefühlte dreißig Mal gefragt, Merle. Die übrigen dreißig Mal war Luke am Telefon.«

»Ich weiß …«

»Also gut.« Er stieß einen langen Seufzer aus. »Es gibt einen ersten konkreten Anhaltspunkt.«

»WAS?«

»Langsam, Merle. Ich kann Ihnen noch keine Hoffnung machen.«

»Aber Sie … *haben* Hoffnung?«

Er zögerte eine Weile, in der sie ihn leise atmen hörte.

Dann sagte er: »Ja.«

Merle legte auf und wischte sich die blöden Tränen aus den Augen.

»Sollen wir uns was zu essen machen?«, fragte sie, bevor sie den andern von dem kurzen Gespräch erzählte.

Auf einmal hatte sie einen Riesenhunger. Es gab Hoffnung. Das war alles, was zählte.

*

»Was hast du mit ihm gemacht?« Wie eine Furie ging sie auf ihn los und schlug auf ihn ein. »Was hast du mit ihm gemacht? Was hast du mit ihm gemacht?«

Georg hielt sie an den Armen fest.

Damit hatte er nicht gerechnet.

Sie war ihm ausgeliefert und griff ihn an?

Nicht einmal jetzt gab sie auf. Sie versuchte, sich seinem Griff zu entwinden, und trat nach ihm. Ihr verletztes Fußgelenk ließ sie einknicken, und Georg fing sie auf, als sie zu Boden sank.

»Schluss jetzt!«, herrschte er sie an.

»Was hast du mit ihm gemacht? Was hast du mit ihm gemacht?«

Wollte sie ihm diese Frage immer wieder stellen? Gereizt schüttelte er sie.

»Ich habe ihn begraben!«

»Du hast …« Entsetzt starrte sie ihn an. »Du hast was?«

»Ich bin dir keine Rechenschaft schuldig.« Er hob sie auf, trug sie in den Wohnraum und setzte sie unsanft auf dem Sofa ab. »Lass mich dein Fußgelenk untersuchen.«

»Er hat dir nichts getan. Er ist zufällig hier vorbeigekommen.«

Georg nahm ihren Fuß und drehte ihn vorsichtig.

»Tut das weh?«

»Er wär von ganz allein weitergegangen. Er hat nur eine Rast gemacht.«

»Kannst du den Fuß bewegen?«

»Du hättest nur abwarten müssen.«

»WOHER WILLST DU DAS WISSEN?« Sie zuckte zusammen, als er sie anschrie, und hörte auf, sich gegen seine Untersuchung zu wehren. »EIN TYP, DER MIT EINEM FERNGLAS RUMLÄUFT! WOHER WILLST DU WISSEN, DASS ER NICHT LÄNGST DIE HÜTTE AUSGEKUNDSCHAFTET HATTE?«

Sie rückte so weit von ihm ab, wie es ihr möglich war.

»UND JETZT BEWEG DEINEN VERDAMMTEN FUSS!«

Endlich gehorchte sie.

Ihr Fußgelenk war nicht gebrochen.

Erleichtert ging er zu dem Wagen und suchte im Kofferraum nach dem Notfall-Set. Er brauchte nicht zu befürchten, dass sie einen Fluchtversuch wagen würde. Mit ihrem verstauchten Fußgelenk käme sie keine fünfzig Meter weit.

Sie konnte ihn auch nicht ausschließen, denn er hatte den Schlüssel vorsorglich mitgenommen.

Tatsächlich war sie brav auf dem Sofa sitzen geblieben.

Ihr Fuß sah schlimm aus. Die verblassten Reste eines alten Hämatoms waren unter der Rötung eines neuen fast verschwunden. Man konnte förmlich dabei zugucken, wie das Gelenk anschwoll.

Verdammt! Wenn sich das entzündete, hatte er ein Problem.

Georg holte einen Waschlappen, um Jettes Fuß zu reinigen. Sie stöhnte vor Schmerzen und zerknautschte mit beiden Händen den Saum ihres Kleides, das durch ihre Eskapaden komplett ruiniert war. Dann desinfizierte er den Fuß mit einem Spray aus dem Notfall-Set und legte ihr einen festen Verband an.

»Warum hast du ihn umgebracht?«

Würde sie denn nie aufgeben?

»Ich habe ihn nicht umgebracht. Ich habe ihn getötet.«

»Wo ist da der Unterschied?«

»Bei einem Jäger würdest du doch auch nicht sagen, er hätte ein Wild umgebracht. Er tötet es.«

Sie wandte das Gesicht ab. Georg sah, dass sie versuchte, ihre Tränen zu verbergen.

Seltsamerweise löste sich der Rest seiner Wut in Luft auf. Zärtlich betrachtete er dieses Mädchen, das für alle Zukunft sein Leben teilen würde. Sie würde lernen, ihn zu verstehen. Er würde ihr dabei helfen.

Ihre Empörung hatte sich gelegt und sie zusammenbrechen lassen. Sie weinte jetzt, ohne es zu verstecken. Er setzte sich zu ihr und zog sie an sich. Sie wehrte sich nicht.

Vielleicht war dies der Augenblick.

Ganz sicher sogar.

Er gab ihr einen Kuss auf die Stirn.

»Und jetzt hör auf zu weinen«, sagte er. »Ich habe eine Überraschung für dich.«

*

Es war wie bei einem Ballon, aus dem man die Luft herausgelassen hatte. Meine ganze Energie war verschwunden und hatte mich leer und kraftlos zurückgelassen.

Ich machte mir Vorwürfe.

Mein übereilter Fluchtversuch war nicht nur mir zum Verhängnis geworden. Er hatte einen unschuldigen Mann das Leben gekostet, der jetzt da draußen lag und vielleicht niemals gefunden werden würde. Und seine Familie und seine Freunde konnten nicht um ihn trauern, weil sie gar nicht wussten, dass er tot und wie er ums Leben gekommen war.

Dass man so viele Tränen weinen konnte. Unaufhörlich flossen sie aus mir heraus, ohne mir auch nur die geringste Erleichterung zu verschaffen.

Ich wollte allein sein.

Aber er war da.

Ganz nah.

Hielt mich sogar, ohne dass ich die Kraft gefunden hätte, mich dagegen zu sträuben.

Reiß dich zusammen, sagte ich mir. Reiß dich zusammen.

Doch es gelang mir nicht. Es gelang mir ja nicht einmal, den endlosen Tränenfluss zu stoppen.

Er küsste mich auf die Stirn.

Ein *Unschuldskuss*.

Aber Georg war nicht unschuldig. Er war schuldig, schuldig, schuldig. Wie viele Menschen hatte er in seinem Leben schon umgebracht?

Nicht getötet.

Um-ge-bracht.

Ich würde mir von ihm nicht vorschreiben lassen, welche Worte ich verwenden sollte und welche nicht. Er konnte ...

Was sagte er da?

Er hatte eine Überraschung für mich?

Seine Stimme klang zärtlich. Freudig. Als könnte er es nicht abwarten, mir seine Überraschung zu verraten.

»Komm«, sagte er.

Das Polster des Sofas richtete sich wieder auf, als er sich erhob und mir die Hand hinhielt.

»Steh auf. Ich stütze dich.«

Für einen Moment verwischten sich die Zeitebenen. Er war wie damals, und ich konnte spüren, was ich in seinen Armen gefühlt hatte.

Doch dann war seine Maske gefallen, von der ich nicht einmal wusste, ob es eine Maske gewesen war.

Vielleicht hatte er einfach zwei Gesichter.

Schwankend richtete ich mich auf.

Der Verband saß hervorragend. Er gab meinem Fuß Halt und würde ein weiteres Anschwellen verhindern. Er linderte sogar die Schmerzen, was mich aufatmen ließ, denn ich bezweifelte, dass es hier Schmerztabletten gab.

»Ich kann allein laufen«, sagte ich und wehrte seine Hand ab.

Kurz flackerte Zorn in seinen Augen auf, aber dann ging er zu dem Bauernschrank. Er holte einen Schlüssel aus seiner Hosentasche und steckte ihn ins Schloss.

Die Tür knarrte leise, wie alles in dieser Hütte knarrte und quietschte.

Georg machte sie ganz auf und sah mich lächelnd an.

Ich fiel auf die Knie und schrie.

# 36

Schon an den Schritten im Treppenhaus erkannte Bert seinen unerwarteten Besucher. Grinsend kam Rick auf ihn zu und hielt ihm zwei Pizzakartons entgegen.

»Pizzaservice Holterbach. Ihre Bestellung, bitte sehr.«

»Du kommst wie gerufen«, sagte Bert. »Woher hast du gewusst, dass ich ausgehungert bin und außerdem deine Hilfe brauchen könnte?«

»Hab ich nicht«, antwortete Rick. »Ich bin aus einem ganz eigennützigen Grund hier: Ich brauche Gesellschaft. Malina ist mit einer Freundin ans Meer gefahren.«

»Muss ich mir Sorgen machen?«

»Absolut nicht. Bloß ein bisschen Ärger im Paradies. Damit werden wir locker fertig.«

»Willst du darüber reden?«

»Nein.«

Mit Rick waren Gespräche einfach. Es gab kein Drumherum. Auf eine Frage folgte eine Antwort. Die Sätze waren eindeutig und klar. Und wenn sie schwiegen, dann schwiegen sie. Ohne sich dabei unbehaglich zu fühlen oder zu glauben, sich dafür entschuldigen zu müssen.

Während sie aßen, setzte Bert seinen Freund ins Bild.

»Dieser Malle Klestof«, rekapitulierte Rick, »besitzt also irgendwo hier in der Eifel so etwas wie ein Ferienhaus? Oder hat zumindest Zugriff darauf?«

»Noch ist das lediglich eine Vermutung«, korrigierte ihn Bert. »Wir gehen davon aus, dass ein Mithäftling namens Janus Nicolic der Drahtzieher bei der Organisation der Flucht gewesen ist. Malle Klestof ist mir bei den Ermittlungen vor drei Jahren zum ersten Mal über den Weg gelaufen. Er war so etwas wie Georg Tabans Faktotum. Da er sich hier in der Gegend auskennt, vermute ich, dass er es war, der für die unmittelbare Zeit nach der Flucht eine Unterkunft besorgt hat.«

»Wie wahrscheinlich ist das?«

»Die Tatsache, dass er früher als Waldarbeiter beschäftigt war, hat die Wahrscheinlichkeit beträchtlich erhöht.«

»Verstehe.«

»Malle Klestof ist alles andere als ein Sympathieträger«, erklärte Bert. »Aber er ist sauber. Leider. Keine Vorstrafen, nichts.«

»Was die Sache nicht einfacher macht«, murmelte Rick. »Du gehst also davon aus, dass er als Waldarbeiter auch in der Eifel gearbeitet hat, wenn ich dich richtig verstanden habe.«

»Genau.«

»Und während seiner Zeit dort hat er die Gegend wie seine Westentasche kennengelernt.«

»Richtig. Georg Taban *muss* in der Nähe geblieben sein, darauf würde ich jede Wette eingehen. Was läge da näher, als die Kenntnisse seines alten Kumpels zu nutzen, um ein sicheres Versteck zu finden?«

Rick nickte nachdenklich.
»Wo willst du ansetzen?«
»Ich werde mich an die Forstämter wenden. Die müssten die Namen der ehemaligen festangestellten Mitarbeiter doch archiviert haben.«
»Hast du die Daten seiner Anstellungen?«
»Nein. Er mauert, es ist Sonntagabend und uns läuft die Zeit davon.«
»Hat der Erdbeerbauer Informationen über Klestofs Vergangenheit?«
»Ich bezweifle sehr, dass der sich für das Vorleben seiner Leute interessiert. Hauptsache, sie sind arbeitswillig und fit.«
Berts Handy meldete sich. Auf dem Display erschien Margots Name. Bert ging in sein Arbeitszimmer, um in Ruhe zu telefonieren.
»Hi, Papa«, sagte Finn.
»Hallo, mein Sohn. Schön, dass du dich meldest. Hört Lara mit?«
»Jaaahaaa«, hörte er die fröhliche Stimme seiner Tochter.
»Dann habe ich also meine Lieblingskinder beide gleichzeitig am Telefon.«
»Du hast ja nur zwei«, bemerkte Finn.
Lara kicherte.
»Wie gefällt es euch an der Nordsee?«
»Wir wohnen auf einem Bauernhof«, sagte Lara. »Morgen darf ich reiten. Auf einem Pony.«
»Ich hab heute den Traktor gelenkt«, erzählte Finn. »Wahrscheinlich werde ich später mal Bauer.«
»Das hört sich an, als hättet ihr ziemlich spannende Ferien.«

Ein zweistimmiges »Ja« ertönte.

»Papa?«

»Ja, Finn?«

»Hubertus kann nicht schwimmen.«

»Deshalb gehen wir nicht so oft an den Strand«, sagte Lara.

»Und wenn ihr es ihm beibringt?«

»Wir müssen Schluss machen«, rief Finn plötzlich.

»Tschüss, Papa«, ergänzte Lara hastig.

Das Gespräch brach ab.

Hubertus war der neue Mann an Margots Seite. Bert hatte ihn noch nicht kennengelernt, setzte jedoch große Hoffnungen in ihn. Vielleicht gelang es ihm ja, Margot zu einer glücklichen Frau zu machen und den hässlichen Rosenkrieg der ehemaligen Eheleute zu beenden.

Als er ins Wohnzimmer zurückkehrte, sah er, dass Rick sein Handy gerade wegsteckte.

Bert schenkte sich Rotwein nach. Rick winkte ab.

»Mir nicht. Ich muss noch fahren.«

»Die paar Meter kannst du auch laufen.«

»Und wie willst du in die Eifel kommen?« Rick zeigte auf die bereits halb geleerte Flasche. »Dafür hast du ein bisschen zu viel getrunken.«

»In die …«

»Irgendwo müssen wir ja anfangen.«

*Wir?*

»Wie sicher bist du, dass Georg Taban Jette in seiner Gewalt hat, Bert?«

»Absolut sicher.«

»Gut.« Rick wischte sich den Mund mit seiner Serviette und lehnte sich zurück. »Ich habe gerade einen interessanten Anruf bekommen. Eine Frau aus Köln hat ihren

Mann als vermisst gemeldet. Sie machen gerade Urlaub in der Eifel und sind heute Morgen frühzeitig zu einer Wanderung aufgebrochen. Als die Frau müde wurde, hat ihr Mann sie in einem Café in Höllenthal zurückgelassen, um allein weiterzuwandern. Er wollte sie auf dem Rückweg dort wieder abholen, ist jedoch noch immer nicht aufgetaucht. Die Ehefrau ist sich sicher, dass ihm etwas zugestoßen ist.«

Es durchzuckte Bert wie ein Stromschlag.

»Kann Zufall sein, Bert. Auf jeden Fall werde ich mich dort einmal umzusehen. In Höllenthal befindet sich übrigens ein Forstamt.«

Im nächsten Moment hatte Bert die Reisetasche aus dem Schrank geholt, die er für alle Fälle immer gepackt dort aufbewahrte. Sie fuhren bei Rick vorbei, damit er ebenfalls ein paar Sachen zusammenraffen konnte.

In der Regel erwies sich das als unnötig, aber man konnte nie wissen.

*

Georg hatte sich vorgenommen, geduldig zu sein.

Sie nicht zu bedrängen.

Er hatte vorgehabt, sie in aller Form zu bitten, seine Frau zu werden.

Und nun kauerte sie auf dem Boden und schrie und hörte gar nicht mehr damit auf.

Mit einem Schlag ins Gesicht brachte er sie wieder zur Besinnung.

Sie hielt sich die Wange und starrte ihn fassungslos an.

Er knallte die Tür des Bauernschranks zu und trat ein paarmal dagegen. Dabei sprang die Tür wieder auf und blieb schief in den Angeln hängen.

Immer noch kniete Jette auf dem Boden. Sie war zurückgewichen, bis die Holzwand sie gestoppt hatte.

Georg war außer sich. Er wischte mit dem Arm über die Arbeitsplatte der Küchenzeile. Der Kessel polterte vom Herd, das gespülte Geschirr zersprang auf den Dielen in tausend Scherben.

Jette duckte sich und schützte den Kopf mit den Armen.

Schwer atmend lief Georg im Wohnraum hin und her, schlug mit der geballten Faust gegen die Wände, trat gegen die Möbel, rüttelte wütend an den Fenstergittern.

Dann hatte er sich endlich so weit beruhigt, dass er seine Stimme wiederfand.

»Ich lass dich jetzt allein«, sagte er, mühsam um Beherrschung ringend. »Wenn ich wiederkomme, hast du dich zurechtgemacht und das Brautkleid angezogen. Und räum vorher diesen Saustall auf.«

Damit stürmte er hinaus.

Obwohl er nicht beabsichtigte, sich weiter als ein paar Meter von der Hütte zu entfernen, schloss er hinter sich ab. Man konnte nie wissen, zu was Menschen fähig waren, die man in die Ecke gedrängt hatte.

*

Er war wahnsinnig.

Wahnsinniger als wahnsinnig.

Ich trauerte um den toten Wanderer. Um Caro. Um die anderen ermordeten Mädchen. Und weinte trockene Tränen.

Schließlich rappelte ich mich auf und belastete vorsichtig den verletzten Fuß. Nach den ersten halbherzigen Schritten wurde ich mutiger. Einen Marathon würde ich nicht hinkriegen, aber für einen kurzen Sprint ins Unterholz würde es vielleicht reichen.

Ich musste davon ausgehen, dass mir niemand zu Hilfe kommen würde. Arbeitete die Polizei sonntags überhaupt mit vollständiger Besetzung? Oder hatten sie so etwas wie einen Notdienst, der auf Sparflamme lief?

Und auch der Kommissar konnte nicht übers Wasser laufen, wie meine Großmutter es ausdrücken würde.

Doch selbst wenn meine Chancen gegen null gingen – Aufgeben war keine Lösung. Ich hatte mich so oft am eigenen Schopf aus dem Sumpf gezogen, da würde ich jetzt nicht kapitulieren.

Noch immer hatte ich vermieden, das Brautkleid anzuschauen. Endlich gelang es mir, mich dazu zu zwingen.

Die Stille dröhnte mir in den Ohren.

»Es ist nur ein Kleid«, flüsterte ich. »Nichts als ein weißes Kleid.«

Mein Blick fiel auf die vergitterten Fenster, die verschlossene Tür. Es gab keinen Weg nach draußen. Und wenn, dann wartete er garantiert irgendwo in der Nähe darauf, dass ich in die Falle tappte.

Es blieb mir nichts anderes übrig, als mitzumachen. Und darauf zu hoffen, dass er für wenige Sekunden unachtsam wurde.

Ich fing an aufzuräumen.

*

Als er die Hütte wieder betrat, war die Unordnung beseitigt, und das Brautkleid hing nicht mehr im Schrank. Er hörte Geräusche aus dem Bad und klopfte an die Tür.

Jette machte ihm auf und sein Herz blieb stehen.

Sie sah göttlich aus. Das Kleid floss an ihrem schlanken Körper hinab. Ihre sorgfältig frisierten Haare hatten einen silbrigen Schimmer. Ihr ungeschminktes Gesicht wirkte noch ein bisschen angestrengt, zeigte jedoch ein zögerliches Lächeln.

Er reichte ihr den Strauß, den er gepflückt hatte.

Gräser und Wildkräuter. Duftend und farbenfroh.

»Gib mir zwei Minuten«, sagte er mit rauer Stimme und verschwand im Schlafzimmer.

Der Anzug fühlte sich fremd an. Der Hemdkragen schnürte ihm die Kehle zu. Er lockerte die Krawatte und öffnete den ersten Knopf, um sich Erleichterung zu verschaffen.

An alles hatten Janus und seine Leute gedacht, bloß nicht an die passenden Schuhe. Es verdarb den Eindruck ein wenig, als er auf seine Füße in den sportlichen Schuhen schaute, aber zumindest waren sie schwarz.

Er kämmte sich und warf einen letzten prüfenden Blick in den Spiegel.

Gut.

Als er wieder in den Wohnraum kam, saß Jette auf dem Sofa.

Die schönste Braut, die er je gesehen hatte.

Seine Braut.

Er zog sie in seine Arme und küsste sie.

Ihre Lippen waren kalt.

*

Dass ich humpelte, zerstörte wahrscheinlich sein Bild von einer perfekten Braut. Doch ich versuchte, mein Fußgelenk zu schonen. Ich würde es noch brauchen.

»Zeig mir das Grab«, bat ich ihn.

»Wozu?«

»Ich möchte es sehen.«

»Nein.«

»Bitte.« Ich berührte sacht seinen Arm. »Zeig es mir.«

Unwillig führte er mich zu der Stelle, an der er den Wanderer vergraben hatte. Ich zupfte eine Blume aus dem Strauß und legte sie auf dem Grab nieder. Bedrückt sah ich auf das eilig zusammengescharrte Durcheinander aus Holz, Erde und Laub nieder.

Dann wandte ich mich wieder Georg zu, der mich missbilligend musterte.

Ich fühlte mich dem Toten so nah wie keinem Menschen sonst auf der Welt, und ich wünschte mir, ich könnte bei ihm bleiben und über ihn wachen. Doch Georg hatte mich am Arm gepackt und zog mich weg.

»Ist es noch weit?«, fragte ich, als mein Fuß zu pochen begann.

Er antwortete nicht, verstärkte nur den Griff um meinen Arm.

Ich hatte nicht vergessen, wie schnell seine Stimmungen umschlagen konnten. Da reichte ein falscher Blick.

»Wohin gehen wir?«, fragte ich trotzdem.

Er blieb stehen und drehte mich an den Schultern zu sich herum. Hatte ich die falsche Frage gestellt? Würde er wieder explodieren?

»Ahnst du es denn nicht?«

Er nahm mein Gesicht in beide Hände. Seine Augen verdunkelten sich. Er beugte sich zu mir herunter und küsste mich wieder. Nicht zärtlich diesmal, sondern drängend, voller Leidenschaft.

Ich presste die Lippen zusammen.

Er schob mich weg.

»Ja«, murmelte er. »Es ist noch zu früh.«

Er zog mich weiter.

»Wohin?«, wagte ich noch einmal zu fragen.

»Wohin!« Er lachte leise. »Wohin geht man, wenn man heiraten will?«

# 37

Rick fuhr wie der Teufel. Das tat er normalerweise schon häufig genug, doch diesmal brach er sämtliche Rekorde.

Bert sah nicht hin. Er war über seinen Laptop gebeugt und studierte auf einer Karte der Eifel die Umgebung von Höllenthal.

Wald, so weit das Auge reichte.

Rick fluchte. Er war gerade damit beschäftigt, einen Wagen mit Lichthupe von der linken Spur zu drängen.

»Ein Vorbild für den Bürger«, stichelte Bert.

Dabei war er froh, dass Rick Tempo machte. Und dass die A1 in Richtung Süden das überhaupt erlaubte. Die Staus, die für das Ferienwochenende angekündigt waren, hatten sich bereits im Laufe des Tages aufgelöst oder fanden auf anderen Autobahnen statt.

Bert hatte Magnus über die Fahrt in die Eifel informiert, das Gespräch jedoch kurz gehalten. Magnus war ohnehin nicht gesprächig gewesen. Er hatte immer noch im Büro gesessen, um irgendeine Panne bei der Auswertung der Hinweise auszubügeln, über die er sich jedoch nicht genauer geäußert hatte.

Rückschläge gab es bei jeder Ermittlung. Sie gehörten dazu. Gemessen daran waren die Erfolgserlebnisse selten. Damit musste man zurechtkommen. Was letztlich zählte, war die Aufklärung des Falls.

Der Weg dahin konnte allerdings steinig sein.

Bert wurde von Zweifeln geplagt.

Setzte er aufs richtige Pferd? Oder vergeudete er kostbare Zeit, indem er die falschen Schlüsse zog?

Er legte den Kopf zurück und grübelte.

*

Ich hatte mir ein Leben mit ihm vorstellen können.

Damals, als er noch Gorg geheißen hatte.

Ich war so glücklich gewesen. Unsere Liebe hatte mich überwältigt und alles, was ich bis dahin gekannt hatte, auf den Kopf gestellt. Ich wäre mit ihm überallhin gegangen. Ohne zu zögern.

Und jetzt?

Wohin brachte er mich?

Was tat ich in diesem grotesken Aufzug?

Heiraten …

*Wer sich selbst bezwingt, ist unbezwingbar*, hörte ich Luke sagen.

Verzweifelt dachte ich darüber nach, während ich neben Georg durch den Wald stolperte und mehrmals auf den Saum des langen Kleides trat und beinah hingefallen wäre.

Ich sehnte mich nach Luke, dass es wehtat.

Nach seiner Ruhe und seiner sanften Stärke.

*Nutze die Kraft deines Gegners,* flüsterte er in meine Gedanken hinein. *Nutze sie.*

Das war leicht gesagt, denn Georgs Kraft war gewaltig.

*Wer sich selbst bezwingt ... nutze die Kraft ... unbezwingbar ... sich selbst ... die Kraft ...*

Das würde niemals funktionieren.

*

Er hatte Kerzen und Teelichter in den Rucksack gesteckt. Schließlich war der Tag der Hochzeit der schönste Tag im Leben einer Frau.

Das sollte er auch für Jette werden.

Ihr Hinken hatte nachgelassen. Offenbar saß der Verband ausgezeichnet und ihr Fußgelenk gewöhnte sich allmählich an die Belastung.

Wie anders er sich das alles vorgestellt hatte.

Der Saum ihres Kleides schleifte über den Waldboden und war schon ganz schmutzig geworden. Laub und winzige Holzstückchen hingen daran fest. Er fegte mit einer zornigen Handbewegung einen schwarzen Käfer von ihrer Hüfte und bemerkte verärgert, dass sie zusammenzuckte.

War ihr Verhalten immer noch Auswirkung der Entführung? Musste sie sich erst wieder an ihn gewöhnen?

Er konnte die Heirat aber nicht verschieben. Das war unmöglich.

*Für ein Zusammenleben gab es Gesetze.*

Georg hatte am eigenen Leib erfahren, was es bedeutete, die Gesetze zu brechen. Seine Mutter hatte es getan, und er hatte es ausbaden müssen: ein freudloses Leben bei den Großeltern. Eine furchtbare Sehnsucht nach der Mutter, die im eigenen Elternhaus als Schlampe gegolten und es ohne ihr Baby verlassen hatte.

Ein Leben voller Regeln.

Und wenn man dagegen verstieß, wurde man bestraft.

Mit der Hand. Dem Gürtel. Dem Stock. In der Scheune mit ihrem flirrenden sanften Licht, wo niemand das Weinen hörte und die Schmerzensschreie.

Georg wollte nicht daran denken.

Nicht heute, an diesem besonderen Tag.

Die Schatten fingen an, sich zu verändern. Die Nacht bereitete sich vor. Jettes Kleid leuchtete vor dem dunkelnden Grün. Er hätte ihr ewig dabei zuschauen mögen, wie anmutig sie es gerafft hielt, um nicht wieder auf den Saum zu treten.

Seine Braut.

Sein Leben.

Nicht mehr lange und sie würde ihm ganz und gar gehören. Wie es sein sollte zwischen Mann und Frau.

*

Eine Kapelle. Vielmehr das, was von ihr übrig war.

Sie stand inmitten dieser Wildnis wie ein zu Stein gewordenes Wunder. Als hätte Georg sie sich nur ausgedacht. Womöglich würde sie sich bei der ersten Berührung in Luft auflösen.

»Da sind wir.« Er ließ mich los und blickte sich mit einer Art Besitzerstolz um. »Verstehst du jetzt?«

Er führte mich in der Ruine umher, in die sich die Natur spielerisch Einlass verschaffte. Ich sah, wie sie hier einen Schössling sprießen ließ und dort eine Fülle von Efeu in einen bröckelnden Fensterbogen schüttete.

Ein Taubenpaar begrüßte uns mit sanftem Gurren, doch kaum hatte ich den Kopf gehoben, als Georg die Tiere mit einem Steinwurf vertrieb.

»Ich hasse Tauben.«

Er stellte den Rucksack ab und öffnete den Reißverschluss, um Kerzen herauszuholen, die er überall verteilte.

Noch nie hatte ich ihn in einem Anzug gesehen.

Er passte nicht zu dem Mann, den ich einmal gekannt, vielmehr zu kennen geglaubt hatte. Der Bartschatten auf seinen Wangen ließ sein Gesicht fast hager wirken und wie das eines Fremden.

Die Aura, die ihn umgab, war unergründlich.

Damals war ich von ihr angezogen worden wie die Motte vom Licht.

Und beinah daran verbrannt.

Ich wandte den Blick ab und sah mich um. Versuchte einzuschätzen, wie hoch die Wahrscheinlichkeit war, dass ich entkommen konnte. Das Ergebnis meiner Überlegungen war niederschmetternd.

Der Wald schien an dieser Stelle noch undurchdringlicher zu sein. Meine Chancen standen ausgesprochen schlecht.

*

In der Höllenthaler Polizeidienststelle ließ Rick sich von Lars Egmonts, einem etwas übergewichtigen jungen Beamten mit Schweißflecken unter den Armen, über den Fall des verschwundenen Wanderers informieren.

»Seine Frau ist davon überzeugt, dass ihm etwas zugestoßen sein muss«, schloss er.

»Ist er krank?«, erkundigte sich Rick. »Benötigt er Medikamente? Ist er suizidgefährdet? Gibt es sonst einen Grund für diese Annahme?«

»Nein. Er ist allem Anschein nach ein durchschnittlich gesunder fünfzigjähriger Mann. Seine Frau vermutet wohl eher einen Unfall. Oder einen Kreislaufkollaps. Bei dieser Hitze unternehmen sie normalerweise keine Wanderungen. Er ist auch nicht an weite Strecken gewöhnt. Sie bezeichnet sich und ihren Mann als Sonntagswanderer.«

»Wissen Sie, ob er eine bestimmte Route nehmen wollte?«, fragte Rick.

»Sie hatten die Wanderung nicht durchgeplant. Sie mögen es beide lieber spontan, wie sie sagt.«

»Und er ist jetzt wie lange allein unterwegs?«

»Seit mittlerweile ...«, Egmonts schaute auf seine Uhr, »... über acht Stunden.«

Das klang nicht gut.

»Haben Sie schon etwas unternommen?«

»Nein.« Der Beamte schüttelte den Kopf. »Er kann sich verlaufen und abgebrochen haben. Das passiert oft bei ungeübten Wanderern. Vielleicht meldet er sich jeden Moment aus dem Hotel eines Nachbarorts und wir haben voreilig eine Suchmannschaft losgeschickt.«

»Hätte er seine Frau dann nicht längst von unterwegs angerufen?«

»Man merkt, dass Sie nicht von hier sind.« Egmonts verkniff sich das Lachen. »Ein Netz in dieser Gegend? Können Sie vergessen.«

Bert fand es an der Zeit, Jette und Georg Taban ins Gespräch zu bringen. Er erläuterte die Zusammenhänge und beendete seine Ausführungen mit der Frage nach einem abgelegenen Ferienhaus in etwa der Region, in der auch der Wanderer verschwunden sein musste.

»Es wäre kein Problem, einen Blick in das Flächenkataster zu werfen, zu dem wir jederzeit Zugriff haben«, sagte der Beamte. »Aber ohne Anhaltspunkt wird das nicht viel nützen.«

»Wir haben einen Namen«, sagte Bert. »Den eines

Mannes, der vor längerer Zeit als Waldarbeiter gearbeitet hat.«

»In dieser Region?«

»Das hoffen wir. Die Namen ehemaliger Mitarbeiter werden von den Forstämtern doch aufbewahrt?«

»Ich denke schon.«

»Und hier in Höllenthal gibt es ein Forstamt.«

»Richtig.« Der Beamte griff nach dem Handy, das vor ihm auf dem Schreibtisch lag. »Und nun wollen Sie mit dem Leiter des Forstamts sprechen, und das am Sonntagabend um zwanzig Uhr dreißig?«

Bert grinste von einem Ohr zum andern. Dieser Mann war nach seinem Geschmack. Er lehnte sich abwartend zurück.

Sein Jagdinstinkt erwachte.

*

Die flackernden Lichter waren wie verlorene Seelen, die sich hier versammelt hatten, um den Priester zu ersetzen. Sie gaben dem Ort etwas von dem Heiligen zurück, das er einmal gehabt haben musste.

Georg knöpfte sein Hemd zu und zog die Krawatte fest. Er war feierlich gestimmt und haderte nicht damit, dass sie nicht heiraten konnten, wie sich das eigentlich gehörte.

Für die Zeremonie brauchten sie bloß einander.

Er drehte sich nach Jette um, die in ihrem weißen Kleid dastand, ein Bild der Unschuld, und in den Wald hinausblickte.

Über ihre Beziehung zu dem andern, diesem Luke, wollte er großzügig hinwegsehen. Zur Liebe gehörte auch, dass man vergeben konnte.

Nicht vergessen.

Doch er hatte sich vorgenommen, ihr zu verzeihen. Es zumindest zu versuchen.

Er wandte sich ab.

Es war nicht so einfach.

Wie sollte er ihr jemals vergeben können, dass sie diesem Kerl erlaubt hatte, sie mit seinen gierigen Händen auszuziehen und zu berühren?

Und wusste er denn, ob sie nicht noch andere Männer gehabt hatte?

Er richtete seine Aufmerksamkeit wieder auf das Kerzenlicht. Rang um Beherrschung.

Diese Nacht würde alles ändern.

*

»Komm her«, sagte er und streckte die Hand aus.

Meine Füße bewegten sich gehorsam auf ihn zu, während mein Gehirn rastlos nach einem Ausweg suchte.

Ich war allein. Vollkommen allein. Nichts und niemand konnte mir helfen.

Nur ich selbst.

Er führte mich zu der Stelle, an der einmal der Altar gestanden haben musste.

Der Strauß in meinen Händen wurde schwer. Die Blumen und Gräser ließen die Köpfe hängen. Ihre Stängel hatten die Wärme meiner Hände angenommen. Ich schwitzte vor Angst und Unbehagen.

»Hier, an diesem heiligen Ort, nehme ich dich zur Frau«, sagte Georg und wandte sich mir zu. »Ich lege dir meine Liebe zu Füßen und werde dir treu sein, solange ich lebe.«

Er hob mein Kinn an und sah mir in die Augen.

»Jetzt du.«

Ich starrte ihn an.

»Hier, an diesem heiligen Ort …«, soufflierte er.

»Hier …«

Meine Zunge weigerte sich, die Worte auszusprechen. Unförmig lag sie in meinem Mund.

»… an diesem heiligen Ort«, flüsterte Georg.

»… an diesem …«

»… heiligen Ort …«

»… heiligen Ort …«

Seine Hand zerquetschte beinah meine Finger.

»Sieh mich an, Jette.«

Doch selbst meine Augen schienen gelähmt zu sein. Ich konnte bloß immerzu auf den Boden starren.

»Du sollst mich ansehen.«

Seine Augen sprühten Feuer, während er äußerlich beherrscht wirkte. Sie hielten meinen Blick fest, wie seine Hand meine Hand festhielt.

»… nehme ich dich zum Mann.«

»… nehme ich dich …«

»… zum Mann.«

»… zum … Mann.«

»… Ich lege dir meine Liebe zu Füßen …«

»… Ich lege dir …«

»… meine Liebe zu Füßen …«

»… meine …«

»… Liebe zu Füßen …«

»… L…«

Mir wurde schwarz vor Augen. Ich dachte noch: Komisch, wie dunkel es auf einmal ist. Dann knickten mir die Beine weg.

*

Malle Klestof hatte tatsächlich vor Jahren als Forstwirt, wie es korrekt hieß, für das benachbarte Forstamt gearbeitet.

Das war die gute Nachricht.

Die schlechte: Der von diesem Forstamt bewirtschaftete Bereich war so ausgedehnt, dass die Suche nach einem infrage kommenden Ferienhaus der einer Nadel im Heuhaufen glich.

Das letzte Lebenszeichen hatte die Frau des Wanderers aus der Nähe eines kleinen Orts namens Weißenheim erhalten. Während dieses Telefonats war die Verbindung jedoch äußerst schlecht gewesen und nach nicht einmal einer Minute abgebrochen.

Die Kollegen aus Höllenthal hatten vergeblich versucht, das Handy des Mannes zu orten. Entweder er befand sich in einem Funkloch, oder sein Akku war leer, oder das Handy war zerstört.

Georg Taban hatte den Wanderer aus dem Weg geräumt, daran zweifelte Bert keine Sekunde. Lars Egmonts davon zu überzeugen, ohne einen konkreten Beweis in der Hand zu haben, war jedoch unmöglich.

»Und wie ist es mit dir?«, fragte er Rick, als Egmonts kurz den Raum verlassen hatte, um irgendetwas mit irgendwem zu besprechen.

Verwirrt blinzelte Rick ihn an.

»Ich kann verstehen, wenn du hier abbrechen möchtest.«

»Wie bitte?« Rick zog den Autoschlüssel aus seiner Hosentasche und stand auf. »Du willst die Lorbeeren ohne mich ernten?«

Wenig später befanden sie sich auf dem Weg nach Weißenheim.

Bald einundzwanzig Uhr. Die Bürgersteige waren hochgeklappt, die Straßen wie leer gefegt.

Bert war stocknüchtern und hellwach. Seine Nerven waren zum Zerreißen gespannt. Sein Sehvermögen schien um ein Vielfaches gesteigert zu sein. Ihm entging keine Bewegung am Straßenrand und er sah alles überscharf.

Er kannte diesen Zustand.

Er signalisierte ihm, dass er auf der richtigen Spur war.

Er hoffte nur, dass sie ihr Ziel erreichten, bevor es dunkel war.

# 38

Jette lag da wie eine Blüte.

Sie hatte den ganzen Tag so gut wie nichts gegessen. Er selbst hatte auch nicht an Essen gedacht. Das passierte ihm oft und er war daran gewöhnt. Nur im Gefängnis hatte er sich zu regelmäßigen Mahlzeiten gezwungen.

Fasten war die beste Nahrung für den Geist. Allerdings musste man es erst lernen und Jette hatte offenbar keine Erfahrung damit.

Er zog sein Jackett aus und schob es ihr unter den Kopf. Fühlte ihren Puls, der so schwach war, dass er ihn kaum fand. Tupfte ihr mit einem Taschentuch kalten Schweiß von der Stirn.

»Jette? Liebling? Hörst du mich?«

Ein leichtes Flattern ihrer Lider, dann machte sie die Augen auf. Ihr Blick ging durch ihn hindurch, als sei er gar nicht da.

Er kramte im Rucksack nach einem Energieriegel, streifte das Papier ab und hob Jettes Kopf an. Hielt ihr den Riegel an den Mund.

Sie wandte das Gesicht ab.

»Du musst essen. Damit du wieder zu Kräften kommst.«

Sonderbarerweise gehorchte sie plötzlich, biss ab und kaute. Langsam und vorsichtig. Als täte ihr jeder Zahn im Kiefer weh. Georg streichelte ihr blasses Gesicht. Ließ sie ein zweites Mal abbeißen.

Sie waren schon wie ein Ehepaar.

*In guten wie in schlechten Zeiten.*

Diesen Satz hatte er bei dem Gelöbnis vergessen. Er hätte daran gedacht, wenn alles nach Plan gelaufen wäre. Doch das war es nicht.

Es war alles verkehrt.

»Shit!«

Sie zuckte zusammen, und er merkte, dass er laut geflucht hatte.

»Wieso hast du Angst vor mir?«, fuhr er sie an. »Sorge ich nicht für dich? Tu ich nicht alles, um dich glücklich zu machen?«

Er ließ sie los und sprang auf.

So ging das nicht. Wenn man die heiligen Worte nicht aussprach, wurde man nicht zu Mann und Frau. Sie mussten das Ritual beenden.

»Steh auf«, sagte er.

Mit seiner Hilfe kam sie mühsam hoch. Sie stützte sich auf seinen Arm.

»Wo ist der Strauß?«

Die Pflanzen lagen auf dem Boden verstreut. Kümmerliche Reste. Aber der Strauß gehörte dazu.

»Sammle sie auf!«

Als er sah, wie langsam und umständlich sie sich bückte, half er ihr beim Aufsammeln, damit sie nicht gleich wieder umkippte.

Endlich hielt sie den völlig zerrupften Strauß in der Hand, und er zerrte sie zu genau der Stelle, an der sie ihr Gelöbnis zu Ende sprechen musste.

»Wir sind noch nicht fertig, Liebes. Wo waren wir unterbrochen worden? Ja: *Ich lege dir meine Liebe zu Füßen …*«

*

*Er ist ein kranker Mistkerl*, hörte ich Merle sagen. *Du musst ihn stoppen, Süße.*

Hatte ich Fieber? Ich fror erbärmlich und hörte meine Freundin zu mir sprechen. Die nicht hier war.

*Ihn stoppen? Superidee, Merle. Eine der leichtesten Übungen.*

Und ich antwortete ihr auch noch.

Was würde Tilo dazu sagen?

*Dass du an galoppierendem Schwachsinn leidest.*

Merle hatte immer einen coolen Spruch auf Lager, selbst in der ausweglosesten Situation.

Georg würde mich verschleppen.

Oder töten.

Meine Mutter und meine Großmutter würden nie erfahren, was mit mir geschehen war. Ebenso wenig wie mein Vater. Und Tilo.

Und jetzt machte ich auch noch schlapp.

»Ich lege dir meine Liebe zu Füßen …«

Was? Wer hatte das gesagt?

*Wer sich selbst bezwingt, ist unbezwingbar.*

Luke …

*Nutze die Kraft deines Gegners.*

Mein Kopf fühlte sich an, als wäre er mit Watte vollgestopft. Es war ein angenehmes Gefühl. Als hätte ich was geraucht.

*Meine. Liebe. Zu. Füßen.*

Ein komischer Satz. Ich musste lachen. Aber das Lachen tat innendrin weh.

*Du hast dich erkältet, Kind.*

Ich horchte auf all die Stimmen.

»Trink«, sagte Georg und hielt mir eine Wasserflasche an die Lippen. »Du bist dehydriert.«

Ich trank und trank, und das Wasser rann mir die Kehle hinunter und floss mir übers Kinn und den Hals und versickerte in dem wunderschönen Kleid, und ich trank, trank und trank und hörte gar nichts mehr, kein Geräusch und keine Stimmen, nur das Glucksen meiner durstigen, gierigen Schlucke.

*

Weißenheim war nicht viel mehr als eine überschaubare Ansammlung von Häusern und Bauernhöfen, die von einem spitzen Kirchturm überragt wurden. Die Sonne hatte an Kraft verloren. Bald würde sie untergehen.

Kein Mensch war auf der Straße.

Kein Hund.

Nicht mal eine Katze.

Selbst die Vögel waren verstummt.

Bert und Rick stiegen aus und liefen durch den Ort, auf der Suche nach einem menschlichen Wesen, das ihnen irgendwie weiterhelfen konnte.

Das Café hatte längst geschlossen. Die Bürgermeisterin war, wie Lars Egmonts ihnen erzählt hatte, eine Zugezogene, die sich in Detailfragen nicht unbedingt auskannte und außerdem in einem Nachbarort lebte, was die Leute ihr sehr verübelten.

Die Kirchturmuhr schlug die volle Stunde.

Fünf Minuten zu spät, wie Rick nach einem Blick auf seine Armbanduhr bemerkte. Das passte zu diesem Ort. Ebenso wie das Stoppschild, das sie Minuten vorher fast übersehen hätten, weil es so ausgeblichen war, dass es die Farbe komplett verloren hatte.

Ohne sich abgesprochen zu haben, wandten sie ihre Schritte in Richtung Kirche. Wo eine Kirche war, war ein Pfarramt, und wo ein Pfarramt war, gab es einen Priester. Hoffentlich wohnte der wenigstens da, wo er hingehörte.

Er öffnete nach dem zweiten Klingeln und bat sie, nachdem Rick seine Dienstmarke gezeigt hatte, ins Wohnzimmer, wo der Fernseher lief.

Der Pfarrer schaute sich offenbar einen Thriller an. Auf dem Couchtisch standen eine große Colaflasche, ein volles Glas und ein Teller mit einem Schälmesser und roten Apfelschalen.

»Was kann ich für Sie tun?«, fragte der Pfarrer, machte den Fernseher aus und bot ihnen Platz an.

Sie versanken in großen, weichen Plüschsesseln.

Bert erklärte, weshalb sie gekommen waren. Der Pfarrer hörte zu, ohne ihn zu unterbrechen. Ab und zu nickte er. Dann saß er eine Weile nachdenklich da.

»Herr Pfarrer?«

Bert beugte sich zu ihm vor. Der Pfarrer blinzelte zerstreut.

»Vorgestern«, sagte er und betrachtete seine gepflegten Hände, die reglos auf seinem Schoß lagen, »vorgestern war ein Fremder in unserm Dorfladen und anschließend in der Bäckerei.« Er lächelte entschuldigend. »Jedes unbekannte Gesicht erregt hier Aufsehen. Das ist in kleinen Gemeinden so. Weißenheim ist normalerweise nicht der Ort, in den sich Urlauber verirren.«

Bert versuchte, sich die Erregung, die ihn gepackt hatte, nicht anmerken zu lassen.

»Können Sie ihn beschreiben?«

»Ich selbst habe ihn leider nicht gesehen, aber ich habe gehört, was über ihn geredet wurde.«

»Nämlich?«

»Er trug eine Baseballkappe und eine verspiegelte Sonnenbrille, die er auch in den Geschäften nicht abgenommen hat. Und er war nicht rasiert.«

»Er hatte einen Bart?«

»Einen Dreitagebart, wie man so sagt.«

»Wie alt hat man ihn geschätzt?«

»Das war offenbar schwierig, weil er sein Gesicht nicht gezeigt hat. Von der äußeren Erscheinung und den Bewegungen her war er wohl so um die dreißig.«

Georg Taban.

»War er mit einem Fahrzeug hier? Auto, Motorrad, Fahrrad?«, fragte Rick.

»Er kam anscheinend zu Fuß, wirkte aber nicht wie ein Wanderer.«

»Wieso nicht?«

»Er trug keine Wanderkleidung.«

Wieder entstand eine Pause, in der der Pfarrer sie lächelnd ansah. Er war noch keine fünfzig, und Bert fragte sich, was er verbrochen hatte, um in dieses Kaff versetzt zu werden.

»Kein Wanderer«, sagte Bert. »Kein Fahrzeug. Was schließen Sie daraus?«

Der Pfarrer nahm sich Zeit, bevor er antwortete.

»Jemand, der sich in die Stille zurückgezogen hat? Ein Künstler vielleicht? Jemand, der sein Leben überdenken möchte? Ein Aussteiger möglicherweise?«

»Wir suchen nach einem Ferienhaus hier in der …«

»Ferienhäuser gibt es hier nicht«, unterbrach ihn der Pfarrer. »Wie ich schon sagte, sind Weißenheim und seine Umgebung keine Urlaubsgegend.« Er runzelte die Stirn. »Wo hab ich denn meine Gedanken. Entschuldigen Sie bitte. Darf ich Ihnen etwas zu trinken anbieten?«

»Nein, danke«, sagten Bert und Rick wie aus einem Mund.

»Kein einziges Ferienhaus?«, hakte Bert nach.

»Nein.« Der Pfarrer schüttelte den Kopf. »Nur eine uralte Jagdhütte, einen strammen Fußmarsch von hier entfernt. Ich weiß gar nicht, ob die überhaupt noch bewohnbar ist.«

Es hielt Bert kaum noch im Sessel.

»Eine Jagdhütte? Wo genau?«

Der Pfarrer stand auf, ging zu einer Kommode und nahm eine Landkarte aus der obersten Schublade. Er setzte sich wieder, faltete sie auseinander, beugte sich tief darüber, als wäre es höchste Zeit für eine Lesebrille, und zeigte schließlich auf einen Punkt.

»Es gibt ganz in der Nähe der Hütte auch eine verfallene Kapelle. Sie wurde vor vielen Jahrzehnten von einem reichen Unternehmer als Dank für die Rettung seines Sohnes erbaut, der beinah in einem See ertrunken wäre. Damals sind die Leute aus dieser Gegend zu der Kapelle gepilgert, um Hilfe bei ihren Nöten und Sorgen zu erbitten.«

»Wie kommen wir dorthin?«, fragte Rick.

»Von hier aus? Zu Fuß«, sagte der Pfarrer lakonisch. »Oder mit einem Geländewagen. Der wird vielleicht nicht den gesamten Weg bewältigen, aber doch den größten Teil.« Er musterte seine Besucher forschend. »Einer meiner Nachbarn ist Jäger und dafür bekannt, dass er es liebt, durch die Wälder zu brettern. Er besitzt einen Jeep und macht sich über den einen oder anderen weiteren Kratzer keine Gedanken.«

Zehn Minuten später saßen sie mit dem Nachbarn des Pfarrers, der Tommy genannt werden wollte, in dessen Jeep und tauchten in den dämmrigen Wald ein, in dem sie hoffentlich Jette finden würden.

Unversehrt.

Rick hatte darauf verzichtet, bei den Kollegen in Höllenthal die Pferde scheu zu machen. Sie hatten noch immer nichts als Vermutungen in den Händen. Der Wanderer konnte überall sein und Jette, wenn sie ehrlich waren, ebenfalls.

Theoretisch.

Aber oft war es eben doch der vielgeschmähte Instinkt, der schließlich zur Aufklärung eines Verbrechens führte.

Bert dachte nicht mehr darüber nach. Er richtete den Blick nach vorn, wo das Licht der Scheinwerfer vor dunkelndem Blattgrün einen Hexentanz aufführte.

Tommy kannte nicht nur die alte Jagdhütte. Er kannte sogar den, wie er sagte, direkten Weg dorthin.

»Der ist allerdings nichts für schwache Nerven«, warnte er.

»Mit schwachen Nerven hat man bei der Polizei nichts verloren«, entgegnete Rick.

»Auch wieder wahr«, sagte Tommy und trat aufs Gaspedal.

*

Das Wasser hatte mich wieder belebt. Mein Kopf fühlte sich klarer an. Auch das Frieren hatte aufgehört.

*Wer sich selbst bezwingt, ist unbezwingbar.*

Das musste Luke gemeint haben. Man durfte nicht aufgeben. Gelangte man dennoch an den Punkt, an dem auch der letzte Hoffnungsschimmer erlosch, musste man zumindest versuchen, seine Würde zu wahren.

»Es wird dunkel«, sagte Georg. »Bringen wir es endlich hinter uns.«

Ich schwieg.

»Mach mich nicht wütend, Jette.«

Ich schwieg.

»Wenn du nicht augenblicklich …«

Ich ließ den Strauß fallen.

Der Schlag traf mich mit voller Wucht am Kopf und warf mich zu Boden. Es dröhnte in meinen Ohren. Ich rang nach Luft.

»Ich habe dich gewarnt.« Er stand breitbeinig über mir. »Und jetzt STEH AUF!«

Als ich es versuchte, trat ich auf den Saum des Kleids und fiel beinahe vornüber.

»Guck dir an, was du getan hast!«

Er spuckte mir die Worte ins Gesicht.

*Nutze die Kraft deines Gegners.*

Aber seine Kraft ist so groß, Luke. So mächtig.

»Guck es dir an! Du hast das Kleid ruiniert!«

»Lass mich gehn«, sagte ich.

Er rammte mir die Faust in den Magen und ich sank auf die Knie. Der Schmerz war ungeheuerlich. Ich schnappte nach Luft.

»Steh auf!«

Mühsam richtete ich mich auf, während er gereizt im Kreis um mich herumlief. Schließlich blieb er stehen und starrte mich schwer atmend an.

»Ich habe es im Guten versucht, Jette. Ich habe dir verziehen, als du nach Jahren zu mir gekommen bist. Ich habe Vorbereitungen getroffen für das Leben, das wir miteinander teilen wollten. Ich stehe hier und schenke dir meine Liebe. UND WAS TUST DU?«

Allmählich bekam ich wieder Luft. Ich versuchte, ruhig und tief zu atmen, auch wenn alles in mir sich wund anfühlte. Meine Gedanken rasten. Mein Körper schüttete Adrenalin aus. Mein Kopf versuchte verzweifelt, die Kontrolle zu behalten.

»Du willst das Gelöbnis nicht sprechen?«

»Nein.«

»Ist das dein letztes Wort?«

Ich nickte.

Mit einem irren Schrei wollte er sich auf mich stürzen.

*Nutze die Kraft ...*

Ich wich nicht aus, sondern duckte mich.

Und brachte ihn zu Fall.

Dann sprang ich zur Seite und griff nach einem der Steine, die hier überall lagen, stumme Zeugen eines ungleichen Kampfes, den ich nur verlieren konnte.

Aber ich würde es Georg nicht leicht machen.

*

Als er realisierte, was geschehen war, und er sich mit dröhnendem Kopf auf dem Boden wiederfand, war seine Wut ein einziges rot glühendes Feuer, das seine Eingeweide zu verbrennen drohte.

Sie hatte ihn niedergeschlagen!

Sie.

Ihn.

Sie wollte Krieg?

Den konnte sie haben.

Sie würde noch um Gnade betteln.

Er wollte gerade hochkommen, als Jette wie ein Schatten auf ihn zuflog und ihn mit etwas an der Schläfe traf, das ihn wie ein Blitz niederstreckte.

Rasch drehte er sich auf den Rücken und hob die Hände, um den nächsten Schlag abzuwehren.

Jette kniete neben ihm, den Arm erhoben, einen der Steine in der Hand, aus denen diese Kapelle einmal errichtet worden war. Er konnte einen roten Fleck darauf erkennen.

Sein Blut.

Sein verfluchtes Blut!

Sie hatte ihn blutig geschlagen!

Und jetzt wollte sie ihm den Rest geben.

Tu es, dachte er und blieb ganz ruhig liegen. Tu es, sonst mach ich dich fertig.

*

Ich konnte es nicht. Ich konnte es einfach nicht.

Ich ließ den Stein fallen, sprang auf und lief, so schnell ich konnte.

Das Kleid behinderte mich. Ich raffte es zusammen und rannte.

Ich wandte mich in die Richtung, in der ich die Hütte vermutete. Das war meine einzige Chance. In der Hütte gab es Messer, mit denen ich mich verteidigen konnte.

Messer …

Hatte ich nicht eben eine wirksame Waffe in der Hand gehabt?

Warum hatte ich gezögert? Warum?

An einem Strauch blieb ich hängen und zerrte verzweifelt an dem Kleid, bis es zerriss. Es gelang mir, den Riss zu vergrößern und mir mehr Beinfreiheit zu verschaffen.

Ich lief nicht. Ich flog.

Meine Füße berührten kaum den Boden.

Ich verspürte keine Schmerzen. Die Hoffnung hielt mich auf den Beinen. Sie verlieh mir Kräfte, die ich nicht für möglich gehalten hätte.

Als mir klar wurde, dass ich gar keinen Schlüssel hatte, geriet ich kurz in Panik, doch ich bezwang sie und rannte weiter. Die Gegend um die Hütte war mir wenigstens ein bisschen vertraut. Ich würde mich dort leichter verstecken können als hier.

Und wenn mein Schlag Georg stärker verletzt hatte, als ich glaubte?

Wenn er für eine Weile außer Gefecht gesetzt war?

Gab es dann nicht sogar eine realistische Chance, weiterzulaufen und ihm zu entkommen?

Sein Schrei holte mich ein und ließ mir die Haare zu Berge stehen.

Und ich wusste, er würde mich töten.

# 39

Die Fahrt war wirklich nichts für schwache Nerven, aber Tommy schien in seinem Element zu sein. Ein paarmal sah es so aus, als sei der Jeep an seine Grenzen gestoßen, doch Tommy ließ ihm keine Schwäche durchgehen.

»Komm schon, Alter. Lass mich jetzt nicht hängen.«

Der Jeep ließ ihn nicht hängen.

»Er ist mein bester Kumpel«, rief Tommy über das Aufheulen des Motors hinweg. »Abgesehen von meinen Hunden. Die haben mich auch noch nie im Stich gelassen.«

Bert und Rick klammerten sich an die Haltegriffe und wurden dennoch kräftig durchgerüttelt. Rick stöhnte jedes Mal auf, wenn sie gegeneinanderprallten.

Er sah ziemlich käsig aus.

»Ihr wisst aber nicht sicher, dass der Typ mit dem Mädchen da oben ist?«, erkundigte sich Tommy, als es kurz einmal ruhiger weiterging.

Er war zwanglos zum Du gewechselt und irgendwie hatte er recht. In solchen Situationen war kein Raum für höflichen Abstand.

Der nächste querliegende Baumstamm enthob sie einer

Antwort. Der Jeep streikte, und sie mussten aussteigen, um das Hindernis aus dem Weg zu räumen.

»Wie lange noch?«, fragte Bert, als sie wieder eingestiegen waren und die Höllenfahrt fortsetzten.

»Hängt davon ab, wie viele Baumstämme uns noch aufhalten«, antwortete Tommy lakonisch.

Den letzten Rest des Wegs würden sie zu Fuß gehen. Sie durften Georg Taban nicht durch das Geräusch des Motors warnen.

»Lass uns fünfhundert Meter vorher raus«, bat Bert.

»Wieso euch?« Tommy drehte sich zu ihnen um, ein verwegenes Grinsen auf dem Gesicht. »Dann fängt der Spaß doch erst richtig an.«

*

Allmählich wurde Georg diese scheußliche Benommenheit los. Nicht jedoch seinen Zorn.

Es war wie damals. Ganz genau so. Auch damals hatte sie ihn niedergeschlagen.

*Und war entkommen.*

Diesmal würde ihr das nicht gelingen.

Das weiße Kleid machte sie zur Zielscheibe, selbst wenn es bald stockfinster sein würde. Kostbare Sekunden hatte er geopfert, um die Taschenlampe aus dem Rucksack zu holen, bevor er sich an die Verfolgung machte.

Jette hatte keine Chance.

Er würde ihr zeigen, wer hier das Sagen hatte. Ein für alle Mal.

*

Jetzt kam mir das regelmäßige Joggen zugute.

Das Kleid reichte mir nur noch bis zu den Waden und

störte mich kaum. Was mir zu schaffen machte, waren die Sandalen, in denen meine Füße keinen festen Halt fanden. Und die Angst, die mich daran hinderte, meine Kräfte sinnvoll einzuteilen und ruhig und gleichmäßig zu atmen.

Nach dem Schrei hatte ich nichts mehr gehört, außer einem gelegentlichen Rascheln im Unterholz, meinen eigenen Schritten und meinem gequälten Keuchen.

Wo war er?

Um zu horchen, hätte ich stehen bleiben müssen. Aber jede Sekunde, die ich verlor, konnte mich das Leben kosten.

Bald würde ich die Hütte erreicht haben.

Und dann?

Vielleicht ging Georg davon aus, dass ich zur Hütte laufen würde, um mich dort zu verstecken. Es konnte jedoch auch sein, dass er erwartete, ich würde mich auf dem Weg dahin ins Unterholz schlagen. Oder er rechnete damit, dass ich blind floh. Irgendwohin. Bloß weg von ihm und vor allem bergab – in der Hoffnung, auf ein Dorf zu treffen oder wenigstens ein Haus, in dem Menschen lebten, die mir helfen konnten.

*Was würde ich tun, wenn die Hütte vor mir auftauchte?*

Ich wusste es nicht.

*

In ausweglos erscheinenden Situationen wuchs Georg über sich hinaus. Das war immer so gewesen. Er hatte nicht umsonst eine brutale Kindheit überlebt. Er hatte seine Lektionen gelernt und Nutzen daraus gezogen.

Er hatte darauf gesetzt, dass Jette den Weg wählen würde, den sie kannte. Und er hatte recht daran getan. Er konnte sie jetzt hören, noch ein gutes Stück entfernt, doch er kam ihr von Schritt zu Schritt näher.

Es machte sich bezahlt, dass er sein Leben als Einzelgänger verbracht hatte. Nie war er dem Herdentrieb normaler Menschen verfallen, der die Wahrnehmungen vergröberte und verflachte.

Seine Sinne hatten sich im Gegensatz dazu verfeinert und verschärft.

Er hörte wie ein Luchs, sah genauso gut und war beinah so schnell. Vor allem konnte er sich nahezu lautlos bewegen. Mit sicherem Gespür, wachem Instinkt und nicht nachlassender Energie.

Ausruhen konnte er später, wenn er Jette wieder eingefangen hatte und mit ihr fertig war. Er war sanft und nachgiebig gewesen.

Ein grober Fehler.

Er würde ihn kein zweites Mal begehen.

Als er einen Fetzen des Brautkleids aufhob, der sich im Gesträuch verfangen hatte, entfachte die Wut ungeahnte Kräfte in ihm. Und den Hass, den er längst überwunden glaubte.

*

Da war die Hütte. Ich dachte nicht mehr nach und lief geradewegs zum Grab des Wanderers. Nicht weit davon entfernt wuchs eine prächtige Gruppe von Stechpalmen, hinter die ich mich ins Gras kauerte.

Georg näherte sich schnell und lautlos, und ich entdeckte ihn nur, weil ich angestrengt nach ihm Ausschau hielt. Langsam umrundete er die Hütte, und ich fragte mich erschrocken, ob sich das Gras, das ich beim Weg hierher bestimmt niedergetreten hatte, schon wieder aufgerichtet hatte.

Er knipste eine Taschenlampe an und ließ ihren Strahl

langsam umherschweifen. Als das Licht mein Versteck streifte, drückte ich mich so tief ins Gras, wie ich konnte.

Ich hielt den Atem an.

Bittebittebittebitte, dachte ich wie ein kleines Kind. Bittebittebittebitte.

Ich hatte das Bedürfnis, die Augen zuzukneifen, wie ich es früher getan hatte, wenn ich etwas oder jemanden verschwinden lassen wollte. Aber ich gab ihm nicht nach.

Georg würde nicht verschwinden.

Im Gegenteil.

Sobald ich die Augen zumachte, wäre ich hilflos. Ich konnte mich nur wehren, wenn ich den Angriff kommen sah.

*

Sie war hier.

Ganz in der Nähe.

Er konnte sie spüren.

Wo hatte sie sich verkrochen?

Er versuchte, sich in sie hineinzuversetzen. Wie würde sie denken? Lauerte sie ihm hinter einem der Bäume auf? Hielt sie wieder einen Stein in der Hand? Hätte sie noch einmal den Mut, ihn zu benutzen? Und diesmal ganze Sache zu machen?

Nur dass er ihr ein zweites Mal keine Gelegenheit geben würde.

»Jette«, rief er und ließ seine Stimme lockend und freundlich klingen.

*Eins, zwei, drei, vier, fünf, sechs, sieben. Sag mir, wo bist du geblieben? Acht, neun, zehn, ich kooomme!*

Wie oft hatte er die anderen Kinder das rufen hören und sich vergeblich danach gesehnt, zu ihnen hinauslaufen zu dürfen. Und so hatte er versucht, mit dem Hund Verstecken zu spielen, obwohl der die Regeln nie begriffen hatte.

»Eins, zwei, drei, vier, fünf, sechs, sieben«, rief er leise. »Sag mir, wo bist du geblieben?«

Mit einem Rascheln verriet sie sich.

Er lächelte.

Sie war wirklich zu ungeduldig. Konnte keinen Moment stillhalten.

*

Nach etwa dreihundert Metern, die Tommy sie zu Fuß durch das Gestrüpp bergauf geführt hatte, konnte Bert die Hütte in der Dämmerung liegen sehen. Sie war wirklich heruntergekommen und wirkte unbewohnbar.

Die Terrasse machte den Eindruck, als könnte sie jeden Moment zusammenbrechen. Die ganze Hütte wirkte schief, krumm und baufällig.

Sie blieben stehen und lauschten.

War da nicht ein Geräusch gewesen? Kein lautes und keines, das Bert hätte einordnen können. Eher die Ahnung eines Geräuschs.

Rick und Tommy hatten es auch gehört. Bert sah, dass Rick nach seiner Waffe griff. Rasch vergewisserte er sich, dass Tommy nicht auch eine Waffe bei sich trug. Tommy schüttelte den Kopf, ohne den Blick von der Hütte abzuwenden.

Lautlos schlichen sie weiter.

*

Da war etwas gewesen. Rechts von der Hütte.

Schatten, die sich bewegt hatten.

Spielte mir die Anspannung einen Streich?

Vielleicht hatte ich mir auch den Kinderreim bloß eingebildet.

*Eins, zwei, drei, vier, fünf, sechs, sieben, sag mir, wo bist du geblieben.*

Womöglich verlor ich gerade den Verstand.

Nein. Da war nichts gewesen.

Wer sollte hier schon auftauchen? Es war Abend. Da gehörten die Menschen in ihr Zuhause und nicht in einen Wald, der sich von Minute zu Minute mehr in den finsteren Tann der Märchen verwandelte.

Falls nicht ein Wunder geschah, würde Georg mich finden.

Er hatte die Taschenlampe.

Ich hatte nichts als meine Augen.

*

Georg hatte die Taschenlampe nur kurz benutzt und dann wieder ausgemacht. Sie sollte Jette nicht verraten, wo er sich gerade befand. Vorsichtig setzte er den Fuß ins Gras und bewegte sich so lautlos wie möglich auf die Stelle zu, an der er das Rascheln gehört hatte.

Sie versteckte sich irgendwo in der Nähe des Toten. Als suchte sie seinen Beistand.

Fast musste er lachen.

Der Tote würde sie nicht beschützen. Das konnte nur er, der Mann, der sie liebte.

Und hasste.

Er ging in die Hocke. Wartete ab.

Sie würde ihm von selbst ins Netz gehen.

*

Wo war er?

Hektisch blickte ich mich um.

Ich hätte mich nicht ablenken lassen dürfen.

Vor Enttäuschung hätte ich schreien mögen. Ich presste die Lippen zusammen, damit ihnen kein Laut entschlüpfte.

Und dann sah ich wieder eine Bewegung aus den Augenwinkeln.

Mein Herz tat einen Sprung.

Da war jemand. Ich hatte mich nicht geirrt.

Und wenn es ihm so ergehen würde wie dem Wanderer? Durfte ich um Hilfe rufen? Oder würde Georg ihn dann auch umbringen?

Ich sah genauer hin.

Da war nicht nur einer. Ich hatte mindestens zwei Schatten gesehen. Das konnte doch nur bedeuten, dass die Polizei …

Vorsichtig richtete ich mich auf und spähte über das hohe Gras.

Tat behutsam den ersten Schritt.

Den zweiten. Den dritten.

Und lief Georg direkt in die Arme.

Wie aus dem Nichts war er plötzlich da, packte mich und schob mich vor sich her zur Hütte.

»Keinen Mucks«, zischte er mit einem Mal und drückte mir ein Messer an die Kehle.

*

Es schienen mehrere zu sein und er hatte sie nicht kommen hören. Hatte sich so auf Jette konzentriert, dass nichts sonst seine Ohren erreicht hatte.

Wenn er wenigstens wüsste, um wie viele Angreifer es sich handelte.

Er zog Jette an sich und suchte Schutz an der Wand der Hütte.

Nachdenken.

Er musste nachdenken.

Aber die Gedanken wirbelten in einem nutzlosen Strudel in seinem Kopf herum.

»Geben Sie auf, Herr Taban!«, hörte er die Stimme seines Widersachers von damals, von der er gewünscht hatte, er würde sie niemals wieder hören. »Lassen Sie Jette gehen!«

»Hände hoch!«, rief eine zweite Stimme von einer anderen Stelle aus, näher, viel zu nah.

Sie hatten ihn in die Enge getrieben wie ein Tier.

Seltsamerweise geriet er nicht in Panik.

Eine sonderbare Ruhe überkam ihn.

»Lebend werden sie uns nicht kriegen«, flüsterte er Jette ins Ohr. »Ich werde nicht wieder in den Knast gehen. Und nie wieder ohne dich sein.«

Im nächsten Augenblick stemmte Jette sich mit aller Kraft gegen ihn.

Er verlor das Gleichgewicht, hielt sie jedoch fest und riss sie mit. Sie stürzten von der Terrasse ins Gras, wo Jette benommen liegen blieb, während er auf die Knie kam und verzweifelt im Gras nach dem Messer tastete.

Als er es endlich gefunden hatte, hörte er die Schritte.

*Keine Zeit mehr für einen letzten Kuss.*

Er setzte Jette das Messer an die Kehle.

Der Schuss krachte durch die stille Nacht und traf ihn in den Rücken.

Er fühlte das Messer in seiner Hand nicht mehr.

Merkte nicht mehr, wie es seinen Fingern entglitt.

Er fiel.

# 40

Ich hatte mich geweigert, im Krankenhaus zu bleiben.

Ein übermüdeter junger Arzt hatte meinen Fuß behandelt, den Kratzer an meinem Hals desinfiziert und sich besorgt erkundigt, ob ich nicht psychologische Unterstützung in Anspruch nehmen wollte.

»Wir haben einen Psychologen in der Familie«, hatte ich geantwortet und gemerkt, wie nah mir Tilo mittlerweile war.

Näher als mein Vater, der diese Rolle eigentlich bloß noch spielte. Der mich zwar bei jeder Gelegenheit seine *Prinzessin* nannte, jedoch nie da war, wenn ich ihn brauchte.

Tilo hingegen hatte den Kongress in London, auf den er sich lange vorbereitet hatte, abgebrochen und war sofort in das nächste Flugzeug gestiegen, um in meiner Nähe zu sein.

Aber ich würde nicht reden können. Jetzt noch nicht.

Nicht über die Entführung. Nicht über Georgs Wahnsinn.

Nicht darüber, dass er auf dem Transport ins Krankenhaus gestorben war.

Nicht über meine schreckliche Verletzlichkeit.

Luke und Merle hatten mich nach Hause geholt, wo Ilka und Mike völlig übernächtigt auf uns warteten. Ilka brach bei meinem Anblick in Tränen aus, was ich verstand, als ich wenig später einen Blick in den Badezimmerspiegel warf.

Ich hatte völlig vergessen, dass ich immer noch das Brautkleid trug. Es hing in Fetzen an mir runter, war dreckig und mit Georgs Blut getränkt, und ich riss es mir hysterisch vom Leib und stellte mich unter die Dusche.

Nachdem ich mir die Haut mit der Massagebürste abgeschrubbt hatte, bis sie brannte, kam Merle herein und drehte das Wasser ab. Sie hüllte mich in ein Badetuch und trocknete mir behutsam das Haar. Dann suchte sie mir Wäsche heraus, half mir dabei, sie anzuziehen, und führte mich zu meinem Bett.

Wie früher legte sie sich zu mir und hielt mich, bis ich eingeschlafen war.

Der Morgen verlief sehr ruhig. Luke konnte mich kaum ansehen, ohne dass seine Gesichtszüge auseinanderfielen. Auch die andern waren befangen. Sie behandelten mich wie ein rohes Ei.

Das änderte sich erst, als der Kommissar vorbeikam, um nach mir zu sehen. Merle lud ihn zum Frühstück ein, was er dankend ablehnte. Er nahm jedoch eine Tasse Kaffee und setzte sich zu uns an den Tisch.

Sie hatten die Leiche des Wanderers geborgen und ins Tal gebracht. Seltsamerweise war das für mich das Wichtigste.

Ich sah dem Kommissar in die Augen.

»Danke.«

Ich wollte gar nicht wissen, ob er den Schuss abgegeben hatte oder ob es Rick Holterbach gewesen war. Aber ich musste wissen, ob sie Schwierigkeiten bekommen würden.

»Machen Sie sich keine Sorgen«, sagte er, und fast meinte ich, eine leise Zärtlichkeit in seinen Worten schwingen zu hören. »Kommen Sie nur einfach schnell wieder auf die Beine.«

Er trank seinen Kaffee aus und wollte sich gerade verabschieden, als es klingelte.

Draußen standen meine Mutter und Tilo, die Gesichter erschüttert und blass.

Meine Mutter lief nicht schnurstracks auf mich zu, um mich erleichtert an sich zu drücken. Stattdessen tat sie es beim Kommissar.

Der zögerte, bevor er die Arme um sie legte.

Eine Weile standen sie so, bis sie sich wieder voneinander lösten und beide einen Schritt zurücktraten.

Es war dieser Schritt, der meine Aufmerksamkeit weckte. Dieser Schritt, den sie taten, als wollten sie die Nähe im Nachhinein leugnen.

»Hallo, Liebes«, sagte Tilo und berührte sanft meine Schulter. »Jetzt wird alles gut.«

Der Kommissar verließ uns. Ich hörte, wie draußen sein Wagen ansprang.

Luke sah mich fragend an.

»Ich bin nicht zerbrechlich«, sagte ich leise und küsste ihn.

Wir fielen dabei fast von unseren Stühlen und alles brach in ein befreiendes Lachen aus.

Es fühlte sich gut und richtig an.

## Nachwort

Die JVA, die in diesem Buch beschrieben wird, existiert nur in meinem Kopf. Auch die Orte, die hier vorkommen, findet man so nicht in der Wirklichkeit, allerdings sind sie Orten ähnlich, die ich kenne. Die Kapelle steht (leider) nicht in den Wäldern der Eifel. Sie hat ihr Vorbild in einer Kirchenruine, die ich in Schottland gesehen und hierher transportiert habe. Wenn ich zu realistisch beschreibe, beschwert sich meine Fantasie …

Mit der *Julibraut* verabschiede ich mich von den Figuren der *Erdbeerpflücker*-Reihe, die mir im Laufe der Jahre so ans Herz gewachsen sind.

Von Jette, meiner Hauptfigur. Merle, dem Mädchen, das ich früher gern gewesen wäre. Der mutigen, verletzlichen Caro. Dem Kommissar, in den sich viele Leserinnen verliebt haben und über den mein Mann gesagt hat, er sei froh, dass es ihn nur in meinen Büchern gebe. Imke Thalheim, die nicht mein Alter Ego ist, auch wenn viele das glauben. Dem ruhigen, verlässlichen Tilo.

Sie alle haben lange Zeit zu meinem Leben gehört und, wie ich weiß, auch zu dem vieler meiner Leser und Leserinnen. Aber meine Figuren sind erwachsen geworden und kommen jetzt auch ohne mich klar ☺ – und ich habe eine unbändige Lust, mir neue Welten auszudenken.

# Dank

Ich danke den Menschen, die mich bei meinen Recherchen unterstützt haben. Meinen Freunden, die immer akzeptieren, dass ich oft wochenlang in die Welt meiner Bücher abtauche. Den Mitarbeitern vom cbj Verlag für ihr Vertrauen in mich und dafür, dass es solche Freude macht, mit ihnen zu arbeiten. Ganz besonders meiner Lektorin Birte Hecker und der Verlagsleiterin Susanne Krebs, die sich beide so für Literatur begeistern können.

Jemand hat mal gesagt, ich sei in einer Glückshaut geboren worden. Das stimmt offenbar, denn zu alldem kommt noch meine wunderbare, verrückte, liebevolle Familie, die mich unterstützt, wo sie kann.

Am Ende dieser Reihe möchte ich mich aber vor allem bei meinen Lesern und Leserinnen bedanken, die mir schon so lange von Buch zu Buch folgen. Ohne sie wär das alles nur der halbe Spaß …

Monika Feth

# Der Mädchenmaler

384 Seiten, ISBN 978-3-570-30193-7

Als Jettes Freundin Ilka verschwindet, verdächtigt Jette deren Bruder, einen egomanischen Szenekünstler. Hat er seine Schwester aus Eifersucht entführt? Da die Polizei ihr nicht glaubt, ermittelt Jette auf eigene Faust – und begibt sich dabei in Lebensgefahr.

cbt

www.cbt-buecher.de

6170